KB054276

클로이의
무지개

양선형 소설집
클로이의 무지개

펴낸날 2022년 1월 25일

지은이 양선형
펴낸이 이광호
주간 이근혜
편집 박선우 최지인 이민희 조은혜 방원경
펴낸곳 ㈜문학과지성사
등록번호 제1993-000098호
주소 04034 서울 마포구 잔다리로7길 18(서교동 377-20)
전화 02)338-7224
팩스 02)323-4180(편집) 02)338-7221(영업)
전자우편 moonji@moonji.com
홈페이지 www.moonji.com

ISBN 978-89-320-3951-0 03810

클로이의
무지개

양선형
소설집

문학과지성사

차례

가면의
공방

자루와 연인

　폭우가 쏟아졌다. 그는 구령대 옆 차양 아래 앉아 있었다. 운동장에 점점이 얼룩이 스몄다. 그는 그대로 드러누워 페인트를 바른 지 얼마 되지 않은 것 같은 새파란 슬레이트 지붕을 올려다보았다. 집으로 돌아가고 싶다는 생각이 들지 않았다. 축축하고 음산한 어스름 속에서 소년 몇이 야구 배트를 휘두르고 있었고, 빗소리가 거세지는 과정에서 졸음이 몰려왔으며, 서서히 감기는 눈을 부릅뜨자 일순간 소년들이 사라지고 없었다. 평평한 운동장이 폭우에 엎질러져 혼탁하게 부글거렸다.

　그때 학교 정문으로 승합차 한 대가 들어섰다. 라이트를 켠 승합차는 느린 속도로 운동장을 향했다. 바퀴가 흙탕물 속에서 공회전을 했다. 승합차는 방향 없이 운동장을 돌아다녔고, 후진을 하다가 전진을 하다가 이해할 수 없는 움직임을 반복하더니 곧 농구 코트 옆에 멈췄다. 라이트가 꺼지자 운동장에 드리워진 야음이 짙어졌다. 승합차가 지나간 자리에 헝클어진 바큇자국이 선명하게 패어 있었다. 그는 승합차를 향해 다가갔다. 폭우가 살갗을 꿰뚫는 듯했다. 얼굴에 빗물이 흘러 시야가 흐려졌고, 신발 밑창이 진흙 속으로 움푹 빠졌다. 그는 자신이 왜 승합차를 향해 다가가는지 알 수 없었는데, 그래서 자신의 걸음걸이 자체가 어떤 불길한 관성처럼 여겨졌다. 빗소리가 요란했다. 선팅된 차창으로 물줄기가 줄기차게 흘러내렸다.

그는 노크하듯 차창을 두들겼다. 승합차에선 아무런 기척이 없었다. 벌써부터 그와 승합차 사이에는 어딘가 기이한 독촉과 불응의 관계가 형성되었다. 그는 매번 이러한 관계 속으로 어수룩하게 진입하는 사람에 불과했을 뿐, 관계의 공모자가 되지는 못했다. 비실감에 사로잡히면 세상을 관측하거나 번역하기 위한 방법들을 닥치는 대로 사용하게 된다. 그러다 전부를 내팽개치고 만다. 배기구에서 스모그가 피어올랐다. 승합차는 시동이 꺼진 뒤 잠잠해졌다. 차창이 캄캄했다. 그는 곤혹스러운 기분이었고, 다시 구령대로 복귀해야 할까, 이대로 집을 향해 빗속을 뛰어가야 할까, 여러 무산되는 생각으로 도무지 옴짝달싹할 수 없는 처지에 빠져 있었다.

빗속에 우두커니 서 있는 사람은 자신을 사물처럼 대하는 사람이다. 빗속에서는 어디론가 급하게 달려가거나, 차양 밑이나 창문 안쪽, 울창하게 자라난 가로수 아래에서 비를 피하는 창백한 얼굴의 사람들과 함께 퍼붓는 빗줄기를 바라보아야 하는 것이다. 그는 양쪽 손바닥을 모아 우물을 만들었다. 차오른 빗물을 차창을 향해 공연히 끼얹었다.

좀더 의지적인 무기력이 가능한 상황에서 그는 세상을 단호하게 거절할 마음으로 아무것도 하지 않는다. 그런 순간도 있었다. 그러나 대부분 그는 무기력에 관한 의욕조차 잃어버린 채 별개의 사건들 사이를 전전하는 입장이었다. 그는 초조했다. 어떤 형상을 공들여 빚어도 뭔가 발가락으로 만든 것 같은 인상을 주는 질 낮은 점토처럼 그는 자신의 잠재성이 우스워지거나 비뚤어지는 모양을 방치하고 있었다.

얼마 전 그는 갑작스러운 전화를 받았고 교외의 공방으로 갔다. 새벽부터 깨어 시외버스를 탔는데, 나중에 듣기로 교통비는 지급되지 않는 듯했다. 커다란 공방의 운영자인 인간문화재 옹은 새침데기 같은 인상의 노인이었다. 데님 작업복을 입은 그는 신비로운 기억술과 놀라운 동체 시력의 소유자로 명성이 높았다. 실제로 만나자 매우 겸손하며 친절한, 그래서 속을 모르겠는 노인이라는 생각이 들었다. 그는 인사를 했다. 인간문화재 옹이 무당벌레가 그려진 손수건으로 이마에 맺힌 땀을 닦으며 말했다. 소인의 두개골 안에는 한계를 모르는 광학 기계가 삽입되어 있습니다. 사무실에 있는 장방형 탁자 위로 인간문화재 옹의 두개골이 실물 사이즈의 피규어로 제작되어 놓여 있었다. 자세히 보니 피규어가 아니라 주전자였다. 소인의 머릿속은 무의미한 기포들이 야기하는 끈질긴 공황으로 그만 돌아버릴 지경입니다. 아시겠지요. 주전자의 눈두덩이 새파래졌다. 인간문화재 옹이 주전자를 기울여 잔에 물을 따랐다. 말차 큐브가 증기 아래로 서서히 녹아내렸다. 그는 종일 공방에서 인간문화재 옹의 일손을 돕기로 되어 있었다.

그는 승합차와의 관계를 포기했다. 허탈한 걸음으로 학교 정문 쪽을 향해 나아갔다. 모든 일을 그만둘 심산이었다. 그러다 아쉬운 마음으로 뒤를 돌아보았고, 이런 마음은 착각이자 그냥 드는 생각이었으며, 그제야 승합차 운전석 문이 열리고 한 남자가 나타났다. 남자는 노란 빛깔의 우산을 쓰고 있었다. 그는 헐레벌떡 승합차를 향해 내달렸다. 남자의 노란 우산 속으로 침입해 들어가자, 멀끔하게 정장을 차려입은 남자가 기다란 혓바닥을 불쑥 내밀었다. 그러곤 고개를 좌우로 까딱거렸다. 마치 도마뱀처럼 말이다. 남자의 콧날에 렌즈가 검게 코팅된 안경이 걸려 있었다. 오늘도 공방의 부름을 받아 사람 둘을 납치했다오. 검은 안경이 말했다. 우산 손잡이를 틀어쥔 손가락으로는 뒷좌석을 가리켰다. 반질거리는 입술 사이로 삐져나온 혓바닥엔 온통 백태가 끼어 있었다. 그는 물러섰다. 이때 그들은 음험하며 관능적인 분위기를 풍기는 노란 방수포 아래, 공교롭게도 서로에게서 한 뼘도 되지 않는 거리에 서 있었다. 검은 안경의 호흡이 그의 얼굴로 전해졌다. 그는 금세 기분이 언짢아졌다.

내 지팡이는 대개 물컹한 해면동물의 아가리 같은 캄캄한 어둠 속을 배회하지만 사람을 발견해 겨눌 땐 길쭉하고 무서운 엽총이 된다오. 비가 쏟아지면 펼쳐 두를 수 있는 피난처가 되며, 자네처럼 마음에 드는 인간을 만나면 사랑이 성사되기 좋을 휴대용 텐트로 변하지. 사실 공적 삶과 사적 삶이란 분위기의 배치에 달려 있을 뿐이라오. 상황이 달라졌다면 자네 또한 얼마든지 내게 반했을지 몰라. 그랬다면 우리 사이에도 뭔가 은밀한 사건이 벌어지지 않았겠소. 사랑은 자격을 요구하지 않소이다. 누구나 지쳐버린 마음이 누워 칭얼거릴 수 있는 값싼 요람이 필요한 법이잖소. 이번 만남은 단지 때와 장소가 어긋났다고 말하는 편이 적당하겠지. 그럼 다음을 기약합시다. 안녕히 가시구려. 허깨비, 또는 허수아비나 다름없는 존재들이 불시착에 가까운 방식으로 출몰해 되바라진 소리를 내뱉는 이러한 세계는 처음부터 시작하지를 말아야 했을 것이다. 검은 안경이 그의 어깨를 쓸어내렸다. 어쩌라는 거죠. 저는 가고 싶은 곳이 없는데요. 애초부터 인간문화재 옹과 근로계약을 체결한 사이도 아니라고요. 말이 끝나기도 전에 그는 검은 안경의 손길에 이끌렸다. 운전석에 앉았다. 검은 안경이 세차게 문을 닫았다. 차창 저편으로 검은 안경의 뒷모습이 환영처럼 멀어지고 있었다.

온몸이 물먹은 인형처럼 무거웠다. 시트며 발판이 빗물로 흥건했다. 오한 때문에 어깨가 덜덜 떨렸다. 뒷좌석에 있는 밀봉된 자루 속에서 부풀어 오른 사람의 형체가 꿈틀거렸다. 자루는 붉은 혈흔과 정체 모를 얼룩으로 범벅이 되어 있었다. 네 개의 손바닥이 자루 표면으로 떠올랐다 가라앉기를 되풀이했다. 그는 들썩거리는 자루의 윤곽을 잠시 골똘하게 쳐다보았으며, 이내 티셔츠와 청바지를 벗었다. 빗방울들이 차창의 경사면에 부딪혀 휘거나 으깨어졌다. 아래로 떠밀리는 물의 막을 얼떨떨하게 응시하고 있으려니 사방이 초자연적인 거울에 의해 가로막힌 느낌이 들었다.

그는 승합차에 시동을 걸었다. 와이퍼를 켰다. 자루는 쉬이 진정되지 않았다. 온전히 알몸 상태가 된 그는 창문을 내린 다음 와자지껄한 빗속을 향해 흠뻑 젖은 티셔츠와 청바지를 투척했다. 감기에 걸릴 것 같았기 때문이다. 그렇게 하면 기분이 좋을 것 같았기 때문이다. 그는 히터 다이얼을 최대로 돌렸으며 나른하게 데워지는 온몸을 깊게 받아들였다. 그럼에도 그는 여전히 샌들을 신고 있었는데, 맨발로 운전을 할 수는 없었으므로, 어쩌면 그러한 방식으로 이 소설에 다녀가는 온갖 어설픈 형식과 혼란과 태업의 누덕누덕한 모자이크가 지속되고 있는지도 몰랐다. 자루의 움직임이 가라앉았다.

이제는 뒤척이거나 낑낑거리는 수준이었다. 그는 운전석과 조수석 사이를 넘어 뒷좌석에 쪼그리고 앉았다. 칼로 자루의 표면을 가르자 거기 한 쌍의 남녀가 서로를 뜨겁게 끌어안은 채 그를 빤히 째려보고 있었다. 아무래도 떨어질 생각이 없어 보였다. 그는 당황해 조금 물러앉고 말았다. 그야말로 불청객 취급이었다. 그는 속으로 되뇌었다. 제가 방해가 되었군요. 제 선의가 이렇게 또 중대한 위기를 맞았네요. 그는 점진적으로 방향을 빼앗기는 생각들 속에서 두 쪽으로 갈라진 자락을 다시금 그들의 어깨 위에 덮어주었다.

설거지에 유용한 사람

그가 목도한 공방 내부의 모습이란 왜소한 인간문화재 옹이 홀로 해냈다기에 좀처럼 믿기지 않는 광경이었다. 시외버스에서 내려 공방으로 향하는 동안 그는 퇴락한 시골길에 덩그러니 버려진 공용 주택 몇 채를 지나왔다. 포격을 맞은 듯 잿빛 모서리가 허물어진 외벽으로 커다란 균열이 가득했다. 베란다 난간에 방금 세탁한 것처럼 보이는 새하얀 이불보가 펄럭거리는 것으로 미루어 아직 사람이 거주하는 모양이었는데, 시골길 어디에도 사람의 흔적을 찾을 수 없었다. 단지를 에워싼 철제 울타리 또한 낡거나 이가 빠져 있었다. 잡초가 무성했다. 휘파람새의 울음소리가 단단한 적막에 바늘 굵기의 미세한 파열을 일으키는, 을씨년스럽게 망쳐진 텃밭을 배경으로 주택들은 마치 반세기 이전에서 생환한 괴물처럼 여겨질 따름이었다. 공방에 도착한 뒤 그는 자연스레 그 삭막한 주택들의 정체가 이곳에서 일하는 조수들의 기숙사라는 것을 알게 되었다.

인간문화재 옹은 A3 구역으로 그를 안내했다. 그는 어느새 공방의 청소 용역으로 고용되었고, 하늘색 앞치마를 두른 채 왼손엔 싸리비를, 오른손엔 쓰레받기로 쓰이는 큼지막한 모종삽을 치켜들고 있었다. 공방의 복도는 길고 끝이 없었다. 앞장선 인간문화재 옹의 몽돌 같은 머리통을 쳐다보며 그는 조심스레 조수들에 관해 물었다. 인간문화재 옹이 대답했다. 소인이 이루어낸 일들이 원체 타인에게 납득할 만한 방식으로 설명하기 어려운 일들이라 종종 그런 오해를 받습니다. 대수롭지 않은 말투였지만 어딘가 거짓말 같기도 했다. 소인은 혼자 일합니다. 선생님을 부른 다음에도 뭔가 부끄러운 마음에 애꿎은 곰돌이 인형을 쥐어뜯으며 쇠약해진 제 근지구력을 책망하고 있었답니다. 건강 하나는 자신이 있었는데 말입니다. 인간문화재 옹의 목소리가 터진 기침에 묻혀 사그라졌다.

그는 인간문화재 옹과 동일한 얼굴의 가면을 쓴 조수들의 모습을 상상했다. 가령 공방의 어느 작업실 테이블 위에서 피로연을 가장한 뷔페식 만찬이 벌어지는 것이다. 겉보기엔 호화롭고 정성스럽지만 한술 뜨면 미각을 훼손하며 몸에도 해롭다는 것이 밝혀지는 음식들 사이를 거니는 조수들은 그가 청소 작업을 완료할 때까지 그 비좁은 작업실 안에 꼼짝없이 감금되어 있어야 한다. 오늘은 공방의 종무식이자 그들이 인간문화재 옹의 부당한 횡포에 의해 정든 직장인 공방에서 쫓겨나는 날이었다. 탄두리치킨과 잡채와 소시지야채볶음과 딸기셔벗과 볼로네제파스타가 아슬아슬한 기울기로 담긴 일회용 접시를 받들고 산더미처럼 쌓인 음식들의 폭력적인 교차로를 통과하는 그들은 사소한 차이도 용인하지 않는 서로의 얼굴을 뚫어져라 쳐다보며 마지막 날까지 자신들의 존재를 은폐하는 데 급급한 인간문화재 옹의 기만적인 농간에 길길이 분개한다. 평생을 공방의 그림자로 성실하게 암약했던 조수들. 그들 또한 위태로운 비정규직이었던 것이다.

이러한 상상은 인간문화재 옹의 작업을 고려하면 꽤 그럴듯하게 여겨졌다. 그는 인간문화재 옹의 생애가 일종의 음모에 가깝다는 생각을 했다. 인간문화재 옹은 인간의 개별 표정을 순간적으로 박제해 헤아릴 수 없이 많은 가면을 제작했다. 공방에서 개최한 가장무도회에 초대된 백여 명의 사람은 자신들이 정확히 3년 4개월 전에 잃어버렸던 표정을 얼굴에 뒤집어쓴 채 서로를 마주해야만 했다. 나중엔 가면을 바꿔 쓰거나 무도회를 위해 특별하게 배포된 달란트인 도롱뇽 코인으로 다른 이의 표정을 구입한다든지 하는 혼란스러운 교환의 난장이 벌어졌지만 말이다. 명사형으로 환원될 수 없는 입체적인 감정들에 관한, 어수선하게 움찔거리는 천태만상에 관한, 무수하고 가변적으로 분기하는 표정의 복잡한 계열을 형성하는 세세한 주름의 궤적이나 망설이는 떨림이 그러하듯이 그것은 모방과 재현에 무능한 언어를 통해서는 도무지 옮겨질 수 없었는데, 우울하거나 괴로운, 기쁘거나 까다로운, 떨떠름하거나 멍하니 침을 흘리고 있는 것 같은 그 표정들은 오로지 사실적인 부동성 속에 응결된 채 지나간 시간에 대한 찰나의 승리를 표현하고 있는 듯했다.

문제는 그가 이러한 실종된 찰나의 이미지를 간직하거나 꺼내볼 수 있는 어떤 매체나 기록의 수단도 갖고 있지 않다는 것이었다. 기억의 보관과 복원에 한해서 인간문화재 옹은 아무것도 필요하지 않은 사람이었다. 축제가 끝난 뒤 가면들을 한데 겹쳐 용광로에서 소각한 뒤에도 사람들은 자신의 얼굴에 납작하게 달라붙어 있던 3년 4개월 전의 망령을 좀처럼 떼어내기 어려웠다고 했다. 이글거리는 용광로 바깥으로 용해된 가면의 점액이 찐득하게 흘렀고, 그때 인간들 모두를 못살게 굴던 망각이라는 이름의 악마는 페이지 상단에 비가역성이라고 적혀 있는 막대한 금액의 어음을 도난당한 채 울상을 짓고 있는 것만 같았다. 물론 이 악마는 대부분의 순간 인간을 긍휼하게 보살피곤 하는데, 단단한 것들이 흐릿하게 액화되어 떠다니는 인간의 의식 속에서 잊어버리고 싶은 것과 잊지 말아야 할 것을 카드 더미처럼 뒤섞는 황당한 유희가 이 순진한 악마의 참된 본성이기도 하다. 망각의 입장에서 모든 물상이란 연약하고 희끄무레한 헛것의 얼굴에 우연하게 부착된 가면에 지나지 않는지도 모르겠다는 생각이 소설의 뇌리를 스치고 지나간다.

그렇게 현상을 낚아채는 인간문화재 옹의 광학적 역량은 마법이나 기계의 영역을 넘나들고 있는 듯했다. 그것은 그에게만 주어진 신비한 능력이었다. 말년에 이르러 녹내장 판정을 받은 인간문화재 옹은 연례로 성대하게 개최하던 가면 축제 또한 중단한 채 칩거에 들어갔다. 가끔 공방을 공개하기도 했는데, 그때마다 압도적인 숫자의 가면이 미로처럼 이어진 공방의 여러 구역을 채우고 있었다. 그저 알려지지 않은 단독자의 남모를 사생활에 불과할, 그러나 날갯짓을 하는 나비의 무늬를 슬로모션으로 찍어 분절한 것만 같은 다채로운 표정의 집요한 무한이 있었고, 다른 무한의 강박적인 모조품들이 있었으며, 지금도 드넓은 광장을 스치는 낯선 사람들 각각의 독창성을 일시에 본떠 응고시킨 것만 같은 정교한 차이의 현기증을 높다란 내벽에 일렬로 전시해놓은 구역에 도달하게 되면 자연스레 다음과 같은 질문들이 목구멍을 타고 치솟는 것이었다. 대체 가면이란 무엇입니까? 대체 왜 인간이란 애초부터 마지막 음절이 지워져 있을 것이 예고된 진실의 첫째 음절을 발음하기 위해 이토록 끝이 없는 가면들의 야단법석을 감내해야 하는 것입니까? 왜 저는 싸늘한 가면의 배후에서 헛발질을 거듭하는 어릿광대 짐승이며, 얼굴 없는 장소에 눌러앉아 냉담한 고독의 문짝을 부서져라 닫아버린 기다림의 폭군을 위하여 저는 또 얼마나 오랜 시간 동안 이 지겨운 익살극의 대본을 되풀이해 다시 쓰고 폐기해야 하는 것입니까? 등등.

그것은 연극, 혹은 삶에 관한 상투적인 물음이었다. 그리고 인간문화재 옹은 이러한 주제에 관해 아무런 생각이 없었다. 이 물음들의 안타까운 내막에 관해, 바로크적으로 흉측하게 치장된 물음의 연쇄에 관해, 다른 이들이 제기하는 시끌벅적하며 희번덕거리는 애로 사항에 관해 그는 평등하고 무차별한 방식으로 관심이 없었다. 인간문화재 옹의 작업을 지배하는 원리란 신경쇠약에 찌든 광기였다. 고립을 연료로 폭등하며 난리를 피우는 인간 실존들의 부담스러운 발화와 제 비극에 말린 오징어처럼 꿰여 있는 한 떨기 오이디푸스들, 천 년 동안의 문학적 욕구불만이 지혜의 우물처럼 샘솟는 독방 천국 오아시스에 자발적으로 유폐된 성도착자 남성의 음습한 글쓰기, 모조 팬옵티콘에 조밀하게 세워진 반인반수 형태의 철학적 등신대들과 가면의 입술 사이로 줄줄이 미끄러지는 불온하며 감상적인 고백들, 그리고 다른 가면들, 가면과 관련한 잡다하며 지긋지긋한 문화 전체, 가난한 어부의 생계가 걸려 있는 인다라망 속에서 부질없이 파닥거리고 있는 구루병 앓는 물고기들, 손톱 먹는 인간, 구토하는 너구리, 귀 뜯어진 석상의 발등 아래서 엎질러진 구토를 탐식하고 있는 혈흔 성성한 날갯죽지들, 예쁘게 비뚤어진 옷걸이 신체들의 사이 키델릭한 입사식, 몽환적인 질병에 잠식된 브라운관 속의 서정시들, 꾸벅거리는 모가지들의 행진 혹은 불황, 충치가 게걸스레 씹는 은박지처럼 현란하게 구겨지는 의미와 충치를 납땜하는 보철처럼 까마득하게 패인 공허를 충당하는 빈사 상태의 이미지들, 방사능 피폭에 의해 기형적으로 부어오른 덩이뿌리의 다발성 증식, 속 빈 깡통처럼 걷어차이거나 미치광이 소시오패스의 사격 연습을 위해 길거리에 방치되는 우주, 그것이 무엇이든지, 변검술 및 삼국지, 게이샤 및 포청천, 경극 및 핼러윈 호박, 메리 여왕 및 디스토피아, 초현실주의 및 안동 하회마을, 아수라 백작 및 페르소나 서커스, 정신분석학 및 유사 민속학, 백인 부두교도 및 귀갑문, 처용가 및 앵포르멜, 달나라의 장난 및 사자후, 남파 공작원 및 신분 세탁자들, 파라오 및 안토니오 타부키, 찰스 맨슨 및 파리대왕, 거울단계 및 개미핥기, 마당놀이 및 주정뱅이, 금오신화 및 베네치아, 도그마 선언 및 스페인 내전, 메이지 일왕 및 사티로스, 광안대교 및 프란체스코회, 꿔바로우 및 기관 없는 신체, 들라크루아 및 김재규, 바닷가의 양로원 및 젬블라 왕국, 최치원 및 네안데르탈인, 잔혹극 및 극중극, 영지주의 및 와카마

츠 코지, 문명 및 원시, 야생성 및 후생성, 크로커다일 및 방탕주의 학교에 관해서도 인간문화재 옹은 오로지 일관되고 균질한 태도의 무관심을 유지하고 있었다.

인간문화재 옹은 흐릿해지는 시야 속에서 머릿속을 배회하는 표정의 환영들, 그 종이 인형 같은 현상의 거품들을 뜰 채로 건져 의식 바깥으로 내던졌다. 복제된 기억의 대용품들이 공방에 즐비했다. 일반적인 의미에서 조소나 가면이란 필멸하는 대상을 모사해 가능할 턱이 없는 영원과 술래잡기를 벌이는 일이다. 한계를 모르는 광학 기계의 소유자인 인간문화재 옹의 입장에서 그것은 자신의 머릿속에서 이미 불멸하는 표정들을 가면의 방식으로 소탕하는 일이었다. 머릿속에 고착된 불멸이라는 매듭을 가면을 통해 멸하거나 해산하는 일이었다는 것이다. 그처럼 시력을 점차로 상실했던 어느 죽은 남미 작가의 우화에서 명백하게 드러나듯 불쌍한 소년 푸네스의 노망난 공예가 버전인 인간문화재 옹은 자신의 뇌리에 콧물처럼 농축된 표정들의 아우성으로 인해 언제나 과도한 피로와 스트레스 상태에 빠져 있었다. 인간문화재 옹에게 가면을 제작하는 일은 스트레스로 인한 의식의 혹사를 외부의 질료로 투사해 해소하는 좋은 방법이 되어주었던 셈이다. 앞서 걷던 인간문화재 옹이 시무룩하게 어깨를 늘어뜨렸다.

어쨌든 그는 공방에서의 노동과 승합차 운전석에 홀로 버려진 지금 사이의 연관성을 도무지 파악할 수 없었다. 종일 공방을 청소했던 그는 하루치 급여인 10만 3천 원을 현금으로 지급받았다. 고스란히 3만 7천 원이 남았던 봉투는 그가 승합차 밖으로 내팽개친 청바지 뒷주머니에 들어 있었고, 그는 이제 돈이라곤 한 푼도 없는 거지, 빈털터리 혹은 낙오자, 인생의 야속한 구경꾼으로 전락해 있었다. 그에겐 유용한 정보가 터무니없이 부족했다. 상황의 변덕으로 인해 아늑한 승합차 안에서 폭우를 피하고 있었지만 말이다. 게다가 검은 안경이 납치했다고 주장했던 남녀는 환장하리만큼 천진한 태도로 에로틱한 행위에 몰두하고 있었고, 그는 난처한 기분이 되어 그들에게 이 상황을 극복할 결정적인 힌트를 구할 엄두를 내지 못하는 와중이었다. 부스럭거리는 소리가 들렸다. 고개를 돌리자 갈라진 자루 틈새로 남자의 거무스름하게 그을린 상반신이 노출되어 있었다. 남자는 쿵쿵거리며 승합차 내부에 풍기는 휘발유 냄새를 흡입하더니 곧 잠수부처럼 자루 안쪽으로 모습을 감췄다.

남자는 꽤 볼만한 어깨를 가지고 있었다. 특히 쇄골 위쪽으로 앙증맞게 곤두선 승모근이 매력적이었다. 직업으로 운동을 하는 사람일지도 몰랐다. 불그죽죽한 목덜미에는 사랑의 흔적인 가느다란 생채기가 여럿이었다. 다음으로 등장한 여자는 자루 안쪽에서 윤곽으로만 빈둥거리는 연인의 등짝을 손바닥으로 찰싹 내리친 뒤, 까치집이 생긴 머리카락을 정돈하며 운전석의 그를 향해 거부할 수 없이 자애로운 미소를 선사했다. 그는 얼른 시선을 회피했다. 이 순간 그는 세상과 어색한 사람이었다. 여자가 숨은 자리로 야무지게 튀어나온 가슴을 반항적으로 으쓱거리는 근육 호랑이가, 스킨십을 갈구하며 지독하게 꼼지락거리는 근육 호랑이의 구애를 저지하기 위해 몇 가지 성마른 명령어를 외치는 사육사 여성이 자루 바깥을 향해 순차적으로 출현했다. 그는 전방으로 시선을 옮긴 채 쏟아지는 폭우를 결연하게 응시했다. 그들에게 눈길을 주는 일 자체가 공방이 설계한 희롱의 함정에 꼼짝없이 사로잡히는 일 같았다. 가까운 자리에 파열하는 빗방울들이 있었다. 침침한 물안개 속에서 무릎을 꿇고 있는 구름사다리가 보였다.

A3 구역으로 향하는 대문을 열자마자 그는 눈부신 가면의 폐허로 진입하게 되었다. 처음에 그곳은 둥근 홀처럼 보였다. 내벽에는 가면들이 줄지어 걸렸을 대못들이 모종판 위의 콩나물처럼 빽빽하게 꽂혀 있었다. 창문으로 환한 햇볕이 해일처럼 밀려들었다. 감은 눈 속의 시야가 잔상으로 혼탁해졌다. 인간문화재 옹의 괴상한 목소리가 윙윙거리듯 귓가를 맴돌았다. 그는 비틀거렸다. 인간문화재 옹이 눈사태처럼 그를 뒤덮은 햇볕을 향해 양쪽 팔을 활짝 펼쳤다.

청소부 나으리, 최근 소인은 뒤늦은 황혼의 나날에 번개처럼 내리치는 깨달음 속에 있었습니다. 그렇습니다. 소인은 소인이 제작한 가면들 전부를 쓸어버릴 작정입니다. 소인의 머릿속에 무단 투기된 채로 치워지지 않던 황폐한 기억의 잡동사니들을 모두 쓰레기통으로 이주시키기로 마음을 먹었다는 뜻이옵니다. 소인은 다른 작업에 착수할 것이옵니다. 소인에겐 미련이 없습니다. 소인의 저주받은 기억력은 지금껏 찰나의 표정이라는 공허하고 피상적인 껍데기만을 상대하고 있었던 것이옵니다. 인간의 진실한 영혼과 그 바닥 모를 깊이에 관한 소인의 무지가 무가치한 가면의 증식을 부추기고 있었다는 것을 똥을 토하는 심정으로 인정하고 말았다는 뜻이옵니다. 소인은 권태로운 타성의 굴레에서 해방될 것입니다. 오늘날 소인이란 경이의 한복판에 납작 엎드린 낙타와도 같아요. 아시겠지요. 소인은 일주일 내로 공방을 폭파하고 그 잿더미 위에 새로운 공방을 건설할 것이옵니다.

청소부 나으리, 소인은 각성하고 말았던 것이옵니다. 무수한 그림자가 탈피를 거듭하며 생산하는 어지러운 무늬가 소인의 머릿속에 들어앉은 멍청한 광학 구렁이의 발작일 따름이라는 것을 신묘한 깨달음 속에서 자각하고 말았다는 것이옵니다. 그렇습니다. 소인은 언제나처럼 망각의 바다 저편에서 부표처럼 떠밀려 오는 각종 표정의 잔인한 미소를 보았습니다. 포말에 부딪혀 훼손되는 음영의 착란이 그만 퇴장해야 할 한때의 미소에 끈질긴 좀비 상태의 생명력을 불어넣고 있는 것을 보았습니다. 소인은 목적 없는 히스테리와 알레르기의 번성과 변천에 봉사할 뿐인 이 광학 기계와 소인이 침잠해 있는 자폐적 나르시시즘을 폐기하기로 하였습니다. 깨달음이 확장된 무아의 순간 소인의 천박한 육신으로는 시큼털털한 육수가 정화의 징후처럼 끝없이 샘솟고 있었답니다. 단전과 항문에 힘이 들어갔고, 귓속으로 격렬하게 나팔을 부는 존재와 타자의 함성 속에서 소인은 소인의 배꼽 아래로 자그마한 요정이 입주해 살게 될 다홍색 꽃봉오리가 슬며시 피어오르는 광경을 보았습니다! 소인은 바지를 벗은 채 공방의 문을 활짝 열었어요. 정원의 바위 틈새에 그 요염한 꽃을 묻고 엉덩이를 씰룩거렸지요. 세계여! 나와 함께 공동의 열락에 잠기도록 합시다! 환희가 빠져나가 차분해진 상태로 5분 동안 명상을 했습니다. 그리고 망치를 치켜든 채 공방으로 돌아와 가면들을 부수기 시작했답니다!

청소부 나으리, 소인은 이제 인간의 심장 속에서 싱싱하게 헤엄을 치고 있는 영혼의 물고기 가면을 제작할 것이옵니다. 소인은 인간의 내면적 실재를 찾아 떠나는 황혼의 모험을 위해 지금까지 만들었던 가면들 전부를 허무 속으로 내던질 자신이 있습니다. 소인은 기대하고 있습니다! 가슴이 벅차오르고 코끝이 찡하게 아리는 그런 표정이 있겠는가? 유령들 가운데 가장 아름다운 유령이, 서정적인 우아함으로 무장한, 창백한 기척으로 정원에 맺힌 뜨락의 빛 사이를 통과하는 그런 눈물 나는 신비가? 금방 사라질 것 같기도 하면서 나풀거리며 망향의 서글픈 손짓으로 소인의 칙칙한 살갗에 생기를 펌

프질할 그런 갸륵한 얼굴이? 귀를 핥는 음향처럼 섹시하고 칼에 베인 소름처럼 무서운 일생일대의 반려가? 그 묘연한 요정의 입술에 키스할 기회를 얻을 수만 있다면 소인은 기꺼이 존재의 꿀물 속에서 관능적으로 신음하는 황홀한 표정의 익사체가 될 것이옵니다. 소인은 달콤한 천연 비아그라를 발견한 벌이 공백 가운데 그리는 따스한 누이의 미소와도 같은 가면을 구상할 것이옵니다. 지금도 갱생을 축복하는 깜찍한 님프들이 손에 쥔 민들레 홀씨를 흔들며 소인의 민감한 귓속을 간지럽히는 것이옵니다. 힝힝! 기분이 아주 째지는구먼! 그는 생각했다. 가만 보니 이 사람은 뼛속까지 돌아버린 자가 틀림없어. 게다가 페도필리아에 가깝군. 엄마가 미친 사람을 만나면 최대한 빠른 속도로 도망치라고 하셨는데. 앞길이 캄캄하군.

그러나 그는 대부분 금전 관계만 제대로 처리되면 괜찮다고 생각하는 편이었다. 그는 자신을 타일렀다. 인간문화재 옹이 퇴장했다. 그는 싸리비와 모종삽을 들고 가면의 폐허를 향해 돌진했다. A3 구역은 자잘하게 으깨어진 유리 조각들로 이루어져 있었다. 복구될 수 없는 이목구비 파편들, 한때 누군가의 얼굴에 다녀갔을 부서진 유해들이 북적이는 광채의 해일 속에 어지럽게 가라앉아 있었다. 화창한 시야를 버린 흉기처럼 아찔하게 관통하는 파괴된 안색들, 침몰한 표정들의 시위 내지는 항변, 어떻게 보면 태평하고 어떻게 보면 고함을 지르고 있는 것 같은 손상된 순간의 번쩍거리는 미립자들, 핏기 없는 공포에 의해 예리하게 절단된 이미지들의 난맥상, 백색의 투명성에 의해 박살이 난 가면의 군중, 군중 안팎으로 위험하게 절그럭거리는 상이한 각도의 칼날들, 광학 기계의 눈부신 무덤에서 버젓하게 생환해 그의 눈동자속으로 다트처럼 박히는 햇볕의 정확한 굴절, 소진된 출처의 미래에서 학살당하는 분신들, 프릴처럼 겹겹이 에워싸이는 가시성의 장막들, 바스러진 조각들마다 크림케이크처럼 매달리는 하얀 포말들, 시간의 궤멸을 쓸어 담는 싸리비의 단조로운 움직임, 시끄럽게 과열된 금속성의 소음들, 뾰족하고 서늘한 부재의 꼬챙이들 사이에서, 산산이 흩어진 잔해들의 역류 속을 민무늬 뱀처럼 배회하며, 다채롭게 빛나는 폐허의 레이어를 신원 미상의 덤불처럼 걷어내고, 가끔은 충분히 부서지지 않은 가면을 구둣발로 세차게 짓밟기도 하면서 그는 오전 내내 청소를 했다.

다음 구역으로 이동했다. A4 구역에는 고철로 된 폐기물들이 한가득 산적해 있었다. 어떻게 서술해도 이름에 미달하는 잔해들. 제 사용을 다해 빛을 도축하는 가시성 공장의 삐뚤빼뚤한 톱니에 삼켜지는 더미dummy 및 일찍이 철거되어야 했을 실험용 마네킹들의 잡종적인 합산. 인간, 혹은 그와 다른 어떠한 사물과도 완벽하게 닮지는 못한, 실패한 기계나 불능의 유기체 속에서 헝클어져 괴사하거나 간혹 깜부기 불

28

꽃처럼 헐떡거리며 순환되지 못할 삶의 잔여를 전송하는 남루한 신경망들의 복잡성 전체. 그리하여 이 폐허를 운용하는 에너지는 어둠이 아니었다. 창밖에서 들이치는 햇볕이 가면들 사이의 어둠을 적나라하게 발굴하고 있었기 때문이다. 이 잔해들을 묘사할 수 있는 다양한 방법이 이미 개발되었다면 좋았을 것이다. 망가진 손목시계에게 망가진 손목시계가 아니라 다른 이름, 찢어진 필름에게 찢어진 필름이 아니라 다른 이름, 그들 사물이 당면한 순간에 어울리는 온전하고 분명한 이름이 존재했다면 좋았을 것이다. 함몰된 잔해들이 이 지리멸렬한 지속 속에서 무참하게 떠내려가고 있는 것이 아니라 치유되거나 복원될 모델과 무관한 개별적 존엄의 형태를, 잔해들에 의한 언어의 체계를 구성할 수 있었다면 좋았을 것이다. 도심의 변두리에 있는 쓰레기장의 뼈다귀나 찌꺼기, 재활용하지 못할 폐품들을 하나씩 소환하고 나열하는 일에 글쓰기에 관한 남은 열의를 모조리 헌납하면서 말이다. 검붉게 산패된 납덩이들 또한 비강이 무너졌거나 턱이 찌그러진 채였다. 그는 그것들을 주워 자루 속에 담았다. 그는 표정들을 수거하고 있었고, 그것은 누군가의 표정이 아닌 가면 자체가 짓고 있는 표정이었다.

그러나 소설은 생각했다. 가면은 가면이에요. 가공된 비천함 속에서 혼탁한 강바닥을 허우적거리는 당신의 작위적인 절망감 또한 가면에 불과합니다. 환영이며 모형이에요. 살아 있는 것들이 아니라고요. 진실이 아니에요. 삶에 도움이 되지 않아요. 위장이며 허위, 기만, 눈먼 착오를 증강하는 과민한 세포들의 원시적인 교접에 지나지 않는다고요. 당신은 말씀의 주체가 되어서는 안 되는 무능하고 어리석은 인간입니다. 잊지 마세요. 인간문화재 옹은 가면들의 시대를 청산할 것이고요. 그는 창문 너머의 마당에서 튀밥을 뿌리고 있는 인간문화재 옹을 발견했다. 구름 한 점 없이 맑은 날씨였다. 새들이 허공에 흩어진 튀밥을 물어 갔다. 인간문화재 옹의 깡마른 몸은 점차 새들의 날갯짓에 매몰되었다. 새들은 원근감 없이 거대했고, 표표히 공중을 떠가다 급강하하기를 반복하고 있었다. 청소를 하면서 그는 누군가가 자신에게 붙였던 별명을 떠올렸다. 그는 '설거지에 유용한 사람'이었다. 그는 싱크대에 건설된 시뻘건 접시들의 지옥을 간단한 손짓으로 해체할 줄 알았다. 접시들은 거품 속에 담겼다가 스테인리스 선반 위로 반듯하게 포개졌다. 그는 함께 생활하는 누군가의 경쾌한 코골이 소리를 들으며 접시를 세척하곤 했다. 설거지를 마치고 수건으로 손을 닦은 다음 윤기가 나는 접시들 위에서 구르는 물방울들을 바라보면 기분이 기막히게 깨끗해졌다. 먹구름에 질렸던 삶이 다시금 제자리를 되찾은 듯했다.

오토와 토토

그는 승합차 운전석에서 잤다. 꿈속을 부유했다. 광활한 공간, 관절이 물감처럼 흐무러지는 공간이었다. 그는 명멸하는 푸른 얼룩을 따라 헤엄치듯 나아갔다. 지구로 추정되는 행성의 뒷모습과 마주했다. 그는 새파랗게 깎인 행성의 민머리를 쓰다듬거나 토실토실하게 늘어진 행성의 귓불을 잡아당기며 놀았다. 모두 꿈이 그에게 허용하는 기행들이었다. 이외에도 여러 사건이 있었던 것 같지만 선명하게 떠오르지는 않고, 다음 순간 그는 화염에 휩쓸린 자신의 꼬리를 목도했다. 그는 지구를 향해 낙하했다. 혜성처럼 말이다. 꼬리는 신체에 삽입된 뇌관이었다. 그는 자신의 처지를 맹꽁이로 진화하지 못해 주화입마에 빠진 올챙이라고 진단했다.

불나방처럼 찬란하게 산화하던 꿈의 막바지였다. 그는 드디어 지구의 얼굴을 정면에서 바라볼 수 있었다. 지구는 인간 형태의 가면을 쓰고 있었다. 다종다양한 폐기물이며 부산물을 한데 녹인 이글거리는 용탕을 단순한 모양의 주형에 끼얹는 것이다. 떼어내 식히는 것이다. 꿈속에서는 개연성의 힘을 빌리지 않아도 저절로 알게 되는 사실들이 있었다. 철면피가 저런 모습이지 않을까? 저걸 고물상에 팔면 재벌이 될 수 있을까? 생각들이 저절로 따라왔다. 가면은 판판했다. 장식적인 부분 또한 발견할 수 없었다. 공산품 같기도 했으며,

인간의 얼굴이 가진 구상적인 요소를 지나치게 누락해 큰 머리 외계인의 데스마스크라고 부르기에도 손색이 없었다. 눈과 입에 구멍이 뚫려 있었다. 그는 곧 그 푸르스름한 구멍 속으로 추락할 것이었다. 언젠가부터 가면은 희미하고 오싹한 웃음기를 머금고 있었다.

이 행성은 가끔 그런 것, 구제하기 어려운 것처럼 생각되었다. 이때 수천 세대 동안의 심신상실에서 벗어나지 못한 지구는 제 표정에의 권리를 가면에 이양한 채 우두커니 침묵을 지키고 있었다. 광물을 향해 말이나 기척을 기대하는 상상력은 이상했다. 그것은 묘하게 종교적인 구석이 있었다. 응시가 차단된 무중력 속을 유령처럼 맴도는 타인의 의식, 블랙박스 또는 블랙박스들, 유아용 침대에서 벌떡 일어나 난간이자 창살을 거칠게 흔드는 사촌 동생의 검고 털 많은 손등, 누군가가 사랑하는 누군가의 손목에 친친 감겨 있는 갈변된 헝겊, 그 안쪽으로 흥건히도 부어오르는 나이테들. 그는 종종 도달할 수 없는 장소들 사이에 포위되어 있었다. 기도를 했지만 항상 그럴 수 있었던 것은 아니었다. 시선이라곤 존재하지 않는 진공의 한복판에 뜬금없이 출현한 가면 하나가 아무에게도 밝혀지지 않을 가장무도회를 꿈꾸고 있었다. 인간이 가늠하지 못할 대기권 바깥이 무기질의 냉담한 모조 리바이어던의 그림자 아래 억류되어 있었다. 그곳은 낮과 밤의 변화가 자전에 의해서가 아니라 지구가 착용한 가면에 의해 연출되는 세계였다.

가면이 지구를 한 바퀴 회전하는 동안 행성의 앞모습과 뒷모습 또한 뒤바뀌었다. 귓불 아래쪽으로 삐져나온 접이식 집게발이 가면을 끌고 지표면을 기어갔다. 그는 등단을 했을 때 어떤 소중한, 지금은 용감하게 죽음을 선택한 친구로부터 삶은 달걀 네 개를 선물로 받았다. 삶은 달걀에는 귀여운 병아리 캐릭터가 사인펜으로 그려져 있었다. 그는 키득거리며 달걀을 깨뜨렸고, 껍데기를 벗겨낸 뒤 하얗게 비어 있는 달걀처럼 그가 만난 대다수의 얼굴은 어떤 특별한 인상으로도 기억되지 못했다. 그는 망각에 재능이 있었다. 기억은 정신에 해로웠다. 그것은 어둑한 그늘에서 신경질적으로 자생하는 독버섯이었다. 그는 도둑맞은 시간을 다행스럽게 평가했다. 회상이란 상처에 맺힌 딱지를 구태여 떼어내 회복을 지연시키는, 마음의 돌이킬 수 없는 누더기 상태를 재촉하는 과정을 의미하는 말처럼 생각될 때도 있었다. 아무튼 그는 망상에도 재능이 있었던 모양이다.

그의 삶과 관련이 없었던 타인들은 대개 장막 뒤편에 표백된 채로 존재하다 어느 순간 그가 점유하고 있다고 믿었던 삶의 무대를 향해 뛰어서 올라왔다. 그러곤 난폭하게 무대를 무너뜨렸다. 그들은 그가 외면하고 있었던 소외나 불안의 테마들을 되풀이해 패러디했다. 감겨드는 나사처럼, 쓰러지지 않는 팽이처럼, 그가 느끼는 두려움이나 외로움이 희극에, 수

다스러운 유희에, 슬랩스틱에, 반복된 행위의 무감한 연쇄에
가까워질 때까지 말이다. 달걀의 여백은 얼굴이 발생하기 직
전의 잠재적인 캔버스였다. 그는 얼떨떨한 표정으로 눈을 크
게 떴다. 다시 작게 떴다. 아둔하고 시대착오적인 광학 기계
를 작동시키고 있었던 것이다. 그는 양손을 스스로 묶어버린
채 이 무대가 자신이 아니라 그들을 위해 준비된 극장인 것
처럼 행세했다. 단상에서 퇴장해 객석에 앉아, 그들이 그저
순간의 그림자들은 아닌지, 자신이 극장의 주소를 잘못 찾아
오지 않았는지만을 여러 차례 의심하고 연연했다는 말이다.
확실한 것은 가면을 쓴 달걀들이란 쉽게 물러가지 않는다는
것이다. 무대에 대한 권리, 배역을 요구하기 시작한다는 것이
다. 그는 불시에 잠에서 깨어났다.

비가 그치지 않았다.

오토: (승합차 뒷좌석 좌측에 앉아 창밖의 빗줄기를 쓸쓸하게
쳐다보며) 자기는 내가 얼마나 착잡한 심정인지 이해하지 못
할 거야…… 자기는 내가 무엇을 원하고 있는지 거의 생각
하지 않아…… 내가 예전에도 말했던 적 있지? 내 가슴속엔
홀로 피아노 앞에 앉아 닿을 리 없는 페달에 자꾸만 발을 뻗
으려 애쓰는 불우한 소년 한 명이 살고 있다고…… 그 소년
이…… 건반 앞에서 그만 울음을 터뜨리고 마는 거야. 눈물
이 한 방울…… 두 방울…… 처연한 음악이 한 방울…… 두
방울…… 소년의 슬픔이 건반을 건드리고…… 화병에 백합

한 송이가 꽂혀 있는 실내가 아스라하게 암전되는 거야. 내가 이렇게 근육을 기른 진짜 이유가 뭔지 알아? 그 슬픈 소년을 위로하기 위해서야. 다치지 마, 소년…… 네겐 내가 있어…… 그렇게 속삭이며 소년의 움찔거리는 어깨에 내 투박한 손을 올려놓는 거야. 그러면 소년이 얼굴을 들어…… 그러지 마…… 그렇게 가여운 얼굴을 내게 보여주지 마.

토토: (승합차 뒷좌석 우측에 앉아 바닥에 버려진 자루를 발로 **툭툭** 차며) 그러게 내가 설거지 좀 해놓으라고 몇 번이나 말했잖아. 먹는 사람 따로 있고 치우는 사람 따로 있는 게 아니잖아. 어제도 삶은 달걀을 한 판이나 처먹고 노른자는 다 버렸잖아. 출장 다녀온 사이에 집에 날벌레가 들끓어 온몸이 근질거려 죽겠잖아. 근육 아꼈다 변기에 앉아서만 쓰지 말고 집 안 꼴을 좀 생각해. 내가 자기를 사랑하지 않는 게 아니야. 자기 가슴속에 들어앉은 소년이 어떻게 되었는지도 알아. 헬스를 시작했지. 미국 사이트를 뒤져서 값비싼 프로틴을 직구로 왕창 사들였잖아. 내가 자기 근육을 미워하는 것도 아니야. 평소에는 자기의 근육이 참 좋아. 노력도 가상하지. 나는 자기를 근육 때문에 만난단 말이야. 물론 거기엔 근육을 만들기 위해 자기가 투자한 자기 관리와 인내의 시간들이 전부 포함되어 있다고. 내가 분명히 말했지. 근육이 없으면 자기는 그냥 찐따라니까.

설거지에 유용한 사람: (뜨악한 상태) 자루 속에서 튀어나온 오토와 토토가 갈등을 일으키고 있네요. 일반적인 서사 작품의 경우 그들의 갈등은 곧 화해의 국면에 접어들겠군요. 대한민국 문학 세계의 단편소설이라면 그들 사이에 생성된 해결되기 어려운 간극에 깊이 천착하겠지요. 설거지가 갈등의 단초가 되었는데요. 제가 설거지에 유용한 사람이라 그들의 다툼에 어깨를 으쓱하게 되네요. 심지어 그들은 운전석에 앉은 저를 아주 무시하고 있어요. 제가 그들의 운명을 좌우하고 있다는 걸 아는지 모르는지. 아무튼 그들의 갈등을 좀더 지켜보도록 하죠.

오토: (차창에 입김을 불어 동그라미를 그리며) 나는 원래 음악을 하고 싶었지. 글을 쓰는 작가가 되고 싶었어. 사뮈엘 베케트 같은…… 글렌 굴드 같은…… 나는 자유로운 예술가가, 강철 리비도를 휘저으며 흉노 전사처럼 초원의 노마드로 살아가는 봉두난발의 탈주자가 되고 싶었지. 돌아보면 그 시절의 나는 참 하고 싶은 일이 많았어…… 근육을 기르고 나서 인생이 엉망이야. 그러니까…… 나는 그 흐느끼는 소년을 포옹하기 위해 내 삶 전부를 지불하고 있었다는 말이야. 지금도 그렇지만…… 나는 껍데기에 지나지 않는 삶을 살고 있어…… 자기가 내 억울함을 터럭만큼이라도 이해했으면 좋겠어. 내가 지르는 비명에 제발 귀를 기울였으면 좋겠다고! 벤치 프레스를 하면서 곰곰이 생각하곤 해. 이 모든 일상이 악몽은 아닌지…… 내면의 상처를 치유하기 위해 이토

록 많은 근육이 필요하다면 근육이란 내가 갇힌 형벌이 아닌지…… 떡볶이 같은 것도 무서워서 못 먹겠고…… 자기가 그런 말을 할 때마다 가슴속의 소년이 울먹이기 시작해. 근육은 내 강박증이야. 죽음에 이르는 질병이지…… 자기는 지금까지 만났던 여자들처럼 내 질병을 사랑하고 있는 거라고.

토토: (주머니 속의 색종이를 뿌리며) 내가 가장 싫어하는 게 그런 유형의 자족적인 활동이야. 예술을 위한 예술, 근육을 위한 근육, 슬픔을 위한 슬픔. 실천적이지 못한 근육은 쓸모가 없어. 그러니까 당장 설거지를 하겠다고 약속해. 설거지만 깔끔하게 하고 나면 용서를 해주겠다는 말이야. 세상은 전쟁이야. 현실을 좀 자각하기를 바라. 지금도 현실이라는 열차가 무자비하게 전진하고 있는 거야. 실성한 사람들을 다 내팽개치고 가는 현실이라는 열차가. 물론 나는 열차에 탑승했고, 기꺼이 자기 같은 사람을 열차에 태울 용의도 있어. 삶에 치여서 지내면 내면의 상처 같은 것은 한낱 미미한 얼룩에 지나지 않아. 자기는 나랑 같이 객차에 탑승해 내 침대가 되면 그걸로 족한 거야. 사람은 누구나 역할을 하고 살아야 해. 그래야 자존감도 상승하는 법이지. 자학적인 감정들은 착각, 자기 연민의 악무한을 불러들이는 가장 멍청한 도취일 뿐이야. 자기의 근육은 내 손길이 다녀가는 자리에서 새로운 미래를 개척하면 되는 거야.

오토: (고릴라처럼 가슴을 두들기며) 자기는 상처 따윈 아랑

곳하지 않는 사람처럼 말하지만 나는 자기의 진실을 알고 있어! 자기가 현실에 대해서 언급하는 이유는 자기가 현실에 대해 알고 있는 것이 아무것도 없기 때문이지…… 진짜 현실은 심리적인 현실이지…… 현실이란 환상과 불안이라는 호두알 속에 웅크리고 있다고! 내가 근육을 잃어버리면 자기는 나를 사랑하지 않을 거야. 나는 두려움 속에 있어…… 근육의 본성…… 근육에 대한 근육…… 메타 근육…… 나는 근육의 메타적인 차원을 발견하고 말 거야. 대체 이 근육이라는 것이 내게 어떤 의미가 있는지, 내가 왜 참혹한 절망과 팽배한 마음의 공황 속에서도 근육에 대한 열정을 버리지 못하는지에 대한 해답을 말이야. 사람들은 오브제로서의 근육에 몰입할 뿐이지만 나는…… 그치지 않는 내적 모색을 통해 자기의 사랑이 없이도…… 슬픈 소년과 피아노의 선율이 없이도…… 홀로 자립할 수 있는 근육의 영역을 고안하고 말 거야. 실존이란 항상…… 불안정하고…… 근육이란 언제나…… 모든 것을 약탈하는 무력한 시간의 흐름 속에 내던져져 있으니까……

토토: (로션을 바르며) 내가 몇 번이나 말했잖아. 혼자서 살아가는 세상은 없어. 자기의 근육은 내 사랑으로 진정한 근육의 가능성을 획득하는 거야. 내 손길이 없었더라면 자기의 근육은 먹을 수 없는 고깃덩어리에 불과하지. 사람은 원래 각자도생하는 거야. 단지 고깃덩어리가 맛있는 햄버거나 탕

수육으로 변모하기도 하고, 그것이 바로 저마다 사로잡힌 고독에 출구가 열리는 기적적인 순간이라고 하더라. 자기는 자기의 가여운 소년을 특권이나 부적처럼 숭배하는 것 같지만 사람은 누구나 그런 내면의 갓난쟁이들을 지니고 있단 말이야. 나도 그렇고…… 내 경우엔 시냇가에 멍하니 앉아 하염없이 떠내려가는 종이배들을 바라보고 있는 이미지…… 아니, 이만 됐고, 자기도 이제 내면의 소년을 놓아주도록 해. 언제까지 제 발등만 내려다보고 있을 거냐고. 단지 둘 중 하나를 선택하는 일일 수도 있어. 연속성 속으로 나아가 세계와 어울리느냐, 불연속성 속에서 질질 짜면서 유기되느냐. 물론 내가 자기를 사랑하는 이유는 소년 때문이 아니라 자기의 근육 때문이야. 또 보기 좋은 떡은 시끄럽게 떠들지 않을 때가 가장 아름다운 법이고.

오토: (아득한 표정으로 웃으며) 그 이미지 참 좋네…… 나도 예전에 시냇가에서 가재를 잡곤 했어…… 항상 혼자 남았지만 나는 매우 허약한 소년이었기 때문에…… 가재가 숨어 있는 커다란 바위를 들출 힘도 없었지. 그때를 생각하면 붉게 지는 노을과 함께 시냇가에서 낑낑거리며 무거운 바위와 씨름을 하는 어떤 아이가…… 가재를 참 좋아하지만 가재와 대면할 수는 없는 그런 어린 시절의 애달픈 동화가 떠올라서…… 나는 그만 소리를 지르며 달아나버리고 말지. 웃지는 말고…… 사실 설거지 같은 건 아무것도 아니야. 설거

지는 그저 매개에 불과하지. 당장이라도 설거지를 하러 빗속을 뛰어갈 수도 있어…… 그렇지만 우리 사이엔 합의해야 할, 대화를 나누면서 좁혀야 할 내적 차이가 있어. 사랑은 말이야…… 근육의 표면을 타고 도래하지 않아. 근육이란 허상이지. 사랑은 연이은 투쟁과 소통에의 의지…… 또한 그것은 기묘한 혁명의 시간과도 같은 것…… 그러니까 자기가 내게 말했던…… 그런 완전한 연속성 같은 것은 거짓말…… 끝없는 불화 속에서…… 그러나 또한 불화를 극복하려는 신실한 의지 속에서…… 고통스럽게 이어질 고난과 근접성 사이의 팽팽한 긴장…… 그로 인해 우리가 통과하게 될 어스름한 오솔길 자체처럼……

토토: (오토를 싫어하며) 설거지를 그렇게 하찮게 여긴다면 자기의 인생은 허상이나 다름이 없어. 내 생각에 사랑이란 자기가 먹은 접시를 스스로 설거지하는 거야. 그러한 행동이 차츰 누적되는 거지. 그것이 바로 사람들이 배려라고 부르는 최소한의 애정이라는 거고. 자기는 자기의 소년을 돌보기 위해 설거지를 하지 못했다고 말했지만, 그 소년이 대체 어디 있냐는 거야. 제발 한 대 쥐어박았으면 좋겠다고. 끝없는 불화를 획책한 원인이 바로 설거지라는 거야. 설거지가 악의 근원이라는 거야. 말싸움은 사랑을 파국으로 데려가는 법이야. 설거지로부터 이 지루한 말싸움이 시작되었고, 설거지를 하지 않은 사람은 소년이 아니라 바로 자기라는 거야! 이 언

어의 마구니들이 쏟아져 나온 블랙홀이 폐허가 된 싱크대고, 자기의 근육은 책임 소재를 자각하지도 못하고 열심히 넘실 거리며 내 정신을 마비시키고 있다는 거야! 내 사랑은 설거 지라는 고난과 근육이라는 근접성 사이에서 정처를 모르고 방황하고, 찢어져 흩날리고, 속이 터져서 괴로워하고 있다는 거야!

오토: (팔을 펼치며) 스킨십을…… 진정하고 스킨십을 좀……

토토: (피하며) 으악!

오토: (손가락을 꿈틀거리며) 사랑의 양면성…… 동전을 던 지면 무작위로 출현하는 앞면과 뒷면처럼…… 매혹과 통 증…… 찢김과 떨림…… 플레밍의 법칙…… 사디즘과 마조 히즘…… 동시성과 부조리…… 흥부와 놀부…… 멜론빵과 카레빵…… 속닥속닥…… 우리는 샴쌍둥이…… 떨어지고 나 서도 서로를 그리워하는…… 중얼중얼……

토토: (오토를 걷어차며) 으악!

오토: (벌떡 일어나며) 나는 황금 불알의 무법자…… 누구 도 나의 폭주를 막을 수 없다…… 네가 나를 저지할 수 있을 것 같은가…… 나는 아무리 낫질을 해도 솟아나는 잡초…… 그렇다. 강한 자가 살아남는 것이 아니라 살아남는 자가 강 한 것…… 누구도 나의 고뇌를 설명하지 못하리. 네가 배척 된 자의 견고한 외로움을 알 수 있을 것 같으냐…… 근육을 위해 평생을 낭비한 자의 고고한 자의식을 말이다. 나의 두

뇌는 근육으로 이루어져 있다. 근육에 뉴런이 있을 것 같은 가…… 근육에는 오로지 섬유의 탄력성…… 매끄럽게 흐르는 땀방울…… 모든 감각을 난반사하며 거칠게 질주하는 힘의 전개…… 근육이 생산하는 것은 근육의 제한 없는 팽창일 뿐…… 근육을 위한 근육의 확장…… 근육에게 주어진 것은 오로지 두 가지 갈림길…… 사느냐…… 아니면 죽느냐……

설거지에 유용한 사람: (기어를 당기며) 오토와 토토가 파경 직전에 이르렀네요. 대신 설거지를 해주고 싶은 심경이지만 함부로 개입했다간 상황이 무지막지하게 악화될지도 모르겠어요. 어쨌든 말은 가끔 이렇게 인간을 걷잡을 수 없는 불행의 재생산으로 인도하곤 하지요. 특별한 결론은 아닙니다. 그래도 침묵에 관한 고지식한 금언들은 인간의 욕망과 발화를 거세하고, 호흡이 들락거리는 모가지를 답답하게 틀어쥐는 것이 보통이니 모두가 더 걷잡을 수 없는 말들을 뱉어냈으면 좋겠어요. 흉측한 폐기물의 전시장에 가까운 세계가 말이라는 대홍수 속으로 침몰하고, 저는 방주처럼 안전한 승합차 안에서 그 모습을 관망하도록 하겠습니다. 기분이 유쾌하겠지요. 말들이 세계를 바다 아래 가라앉힐 거예요. 세계는 잠수복을 입고 산소통을 매달고서 수천 미터 수심 아래로 하강해야 간신히 그 황폐한 따개비들을 건져낼 수 있는 어슴푸레하게 부식된 전설의 쑥대밭 이상도 이하도 아니게 될 거랍니다.

토토: (설거지에 유용한 사람의 어깨를 검지로 쿡 찌르며) 선

생님…… 오토가 많이 아파요. 정신이 이상해진 모양이에요. 어서 병원에 가야 할 것 같아요. 어젯밤에 계란을 너무 많이 처먹어서 그래요. 두뇌에서 부화한 병아리들 때문에 오토의 멀쩡한 상징체계에 조류 인플루엔자가 퍼지고 말았어요. 일단 제가 급소에 봉침을 놓아 기절시키긴 했는데, 언제 깨어나 우리를 위협할지 모르겠습니다. 아시다시피 오토는 온몸이 근육이에요. 지금은 근육 좀비로 변모해 선생님과 제가 제어하기엔 역부족이 되었지요. 빨리 병원에서 백신을 맞지 않으면 선생님 또한 오토처럼 황금 불알의 무법자가 되어버리고 말 거예요. 오토는 근육 좀비지만 선생님은 근육이 없잖아요. 선생님은 말라깽이 좀비라고요. 비실비실한 말라깽이 좀비의 사타구니에서 덜렁거리는 끔찍한 황금 불알이요!

설거지에 유용한 사람: (액셀 페달을 밟으며) 그거 큰일이군요! 그래도 도움이 필요할 때만 저를 찾는 당신의 이율배반적인 태도, 저는 인정할 수 없습니다. 저는 가고 싶은 곳으로 가겠어요. 검은 안경이 일러준 대로 공방으로 향해 당신과 오토를 생체 재료로 난도질한 인두겁 같은 그로테스크한 가면들을 제작할 예정입니다. 저는 예전부터 그러한 이미지에 매혹되었지요. 자르고 반죽하고 썰고 죽이고. 사지 절단. 접붙이기. 멸균된 인형을 향해 식칼 던지기. 파쇼적 신체의 해체. 미학적 독재와 탐욕스러운 예술적 주권의 행사. 분열의 전시. 문학 분과로서의 살인과 방화. 오나홀 친구들과 함께 떠나는 피크닉 서사. 전면적인 무력감에 점령된 신체를 구더기 크기로 잘게 미분하는 것입니다. 구더기들이 경직된 파쇼적 신체를 먹어치우며 폭등하는 것입니다. 분열의 에너지가 부패한 시신의 살갗에서 밀알처럼 발아하는 잡스러운 악다구니와도 같은 도착적 생산을 향해 나아가는 것입니다. 저는 거기서 찢김이며 떨림이고, 가학증자이기도 하고 피학증자이기도 한 것입니다. 카레빵이면서 멜론빵이기도, 흥부이기도 하고 놀부이기도 한 것입니다. 언어가 상사성이라는 이름의 가공할 공허 속에서 요동치기 시작하는 것입니다. 권태로운 게임들은 철회되는 것입니다. 저는 가면을 능멸하면서 저를 능멸하고 있다고 느끼고, 저를 능멸하는 고통 속에서야 제 손아귀에서 비참하게 늘어진 가면의 공포를 향유할 수 있게 되는 것입니다. 의미는 파쇼이자 감옥, 분열은 쾌락이자 희망인 것입니다!

토토: (전방을 쳐다보며) 선생님, 차가 가지를 않고 있는데요……

설거지에 유용한 사람: (손뼉을 치며) 으하하! 나는 매드 사이언티스트다! 나는 내가 향하려는 방향으로 너희를 인도할 수 있다! 너희는 물론 내 말을 숨어 경청하고 있는 관객들 또한 그것을 막지는 못할 것이다!

토토: (손목시계를 쳐다보며) 조류 인플루엔자…… 선생님께서도 혹시 계란의 유혹을 이기지 못하신 것은 아닌지……

설거지에 유용한 사람: (액셀 페달을 힘껏 밟으며) 내게는 면허 따위가 필요하지 않다! 보라고! 자격증들이 이 세상을 얼마나 따분하게 만들었는지! 인간은 헐벗은 자유 속에서야 자신이 이 질식할 것 같은 커뮤니케이션 체계와 단속적으로 차단된 문법의 시공간에 붙들리지 않는다는 깨달음, 날것의 세상이란 오로지 실험되는 것일 뿐 닭장처럼 억압적인 사기극의 무대가 아니라는 사실을 비로소 통찰할 수 있는 것이다! 독가스를 살포하라! 너도 내 포켓몬이 돼라! 인간의 실존이란 세계에 삽입된 비문인 것이다! 나는 바벨과 한바탕 전쟁을 벌일 계획이다! 시인이란 도시의 게릴라다! 작가란 사이코패스 산책자다! 새로운 시대의 인간이란 고아가 된 권력의 찬탈자다! 나는 트럼프와 김정은의 싸대기를 날리고 북미 정상회담에 원자폭탄을 투하할 것이다! 세계의 중심에 근사한 암적색 침팬지들의 연옥을 열어젖힐 거라는 얘기다! 으하하!

토토: (손가락으로 창밖을 가리키며) 아무래도 차가 진흙탕에 빠진 것 같아요. 아무리 페달을 밟아도 같은 풍경이고…… 비가 억수로 쏟아져 운동장이 질퍼덕하게 변한 지 오래라…… 진흙 괴물 같은 것들이 어른거리고 농구 코트가 뽑혀 나뒹굴고 있네요. 구름사다리는 오리걸음으로 대피하는 중이고…… 철봉 위에서는 머리가 깨진 아이들이 거꾸로 매달려 대롱거려요. 혹부리 선생님이 축구공이 된 해골을 쫓아

빗속을 내달리는데…… 경광봉처럼 축축하게 빛나는 회초리 한 자루를 휘두르면서…… 저거 보세요. 혹부리 선생님이 발을 헛디뎌 넘어지고는 허공을 볏짚처럼 찌르며 한풀이를 하고 있잖아요. 구령대 창고 철문이 열리더니 5년 동안 왕따를 당했던 펭귄 한 마리가 목발을 짚고 등장하고…… 출입이 금지된 학교 중앙 홀에서 배출되는 폴터가이스트 트로피들이 공중을 날아다녀요. 바람 소리가 들리잖아요. 흐느끼는 사람이 비단 소년만은 아니에요. 가짜 세계가 음울하고 환각적인 빗속에서 쇠약사하고 있으니까요!

그는 운전석 문을 열고 승합차 밖으로 나간다. 구덩이를 신발로 걷어낸다. 운동장에는 그가 팽개쳤던 옷가지가 빗물에 절어 있다. 폭우가 그를 주저앉힌다. 매섭게 총질을 당하는 살갗이 소란스럽고 아프다. 그는 앞바퀴를 걷어찬다. 진흙을 파헤친다. 가면의 안팎으로 비가 내린다. 그는 생각한다. 그는 생각하지 않는다. 그의 내면성이란 명백하게 가시적으로 상연되고 있기에 외면과 거의 분간되지 않는다. 그는 가면이다. 먹다 버린 단팥빵처럼 귀퉁이가 뜯어진 지구의 머리에 씌워진 가면이다. 배후의 옴짝달싹할 수 없는 허무를 움직이기 위해 거기 씌워진 가면이다. 낄낄거리는 가면들이 내용 없는 베일을 끌고 빗속을 나아가고 있었다는 말이다.

그는 초조하게 궁상을 떨며 바퀴 앞에 쭈그려 앉아 있다. 이미 시간을 지체했어. 이러다 한 푼도 벌지 못할 거야. 어디

든 도달해야 해. 빌려준 시간을 돌려받아야 해. 내 삶이 가면
들에 의해 잠식되는 것을 호락호락 방관할 수는 없어. 나는
가면들을 관통해야 해. 비가 그치면 꼬챙이로 가면들을 꿰
어 말리고, 빳빳하게 건조된 가면들을 착용할 연기자들을 섭
외해야 해. 그러나 그것은 영영 불가능하다. 그는 위의 연극
에서 시궁창 같은 말을 너무 많이 했던 것이다. 그가 앞서 경
솔하게 떠들어댔던 것처럼 말이란 가끔 인간을 불행으로 인
도하는 붕괴된 사다리가 되는 법이다. 가령 이러한 방법이
마련된다. 승합차 뒷문이 열리고 장신의 근육 호랑이, 조류
인플루엔자에 감염된 좀비 호랑이가 등장한다. 그는 파헤친
다. 오토 씨, 당신이 하고 싶은 대로 하세요. 토토 씨, 당신은?
그는 말하지 않았다. 오토가 호랑이 기운이 느껴지는 날카로
운 치아로 그의 목을 물어뜯는다. 희박해지는 의식과 추구하
지 못한 미련들, 그런 잠재적이며 가소로운 이야기들도 함께
데려간다. 그는 여기서 사망하고 만다.

사형장의 이슬

　정오에는 김밥을 먹었다. 어슬렁거리며 공방 마당을 돌아
다녔다. 인간문화재 옹이 건넸던 말들을 곰곰이 반추했다. 인
간문화재 옹은 아주 커다란 가면을 만들겠다고 선언했다. 일

하는 도중에도 그를 감시하듯 현장에 찾아와 시효가 만료된 관념적인 허풍을 늘어놓기도 했다. 신화나 영화 속에 등장하는 환상적인 거인들, 또는 그 거인들 전부가 소심한 너구리들처럼 틀어박혀 있는 이 행성에 알맞은 규모일지도 몰랐다. 형장의 이슬은 그 가면을 사망하기 직전의 꿈속에서야 만나보게 될 것이었다. 폭우가 그쳤다. 운동장의 메마른 흙먼지 속에서 상기된 얼굴의 소년들이 구보를 하고 있었다. 아지랑이가 자욱했다. 오늘은 야구부 정기 훈련이 있는 날이었다. 기합 소리가 들렸으며, 형장의 이슬은 그만큼 많은 시간이 흐른 뒤에도 운동장 어딘가에 증발하지 않은 채로 맺혀 있었다.

그것은 좀처럼 믿기 어려운 일이었다. 물방울의 둥근 표면 장력 속에서 스노볼처럼 후일담이 이어지는 공방의 모습이 상연되고 있었기 때문이다. 그날 오후 시간 즈음 형장의 이슬은 바닥에 미끄덩한 해조류처럼 널브러진 액상 펄프를 청소했다. 화장실에 갔다. 일을 하니까 기분이 참 좋구나. 사람은 노동을 해야지. 나는 활기찬 생활 세계의 일꾼이다! 이때 형장의 이슬이 하는 생각들이란 찝찝하고 잉여적으로 남은 뒤끝으로서의 위상을 가지고 있었다. 뒤가 구리다. 설거지를 끝낸 후에도 개운하게 씻기지 않은 잔여 혹은 오물이 이 소설의 나머지를 견인하는 사유의 정체성이기도 하다. 죽은 가면의 배후에 있어야 할 공백이 재차 형장의 이슬이라는 가면을 쓰고 계속되었던 것이다. 소설 또한 이런 괴상한 작위가 현실에서 가능할 만한 일이라고는 생각하지 않는다.

형장의 이슬은 막노동을 위한 충분한 체력을 비축하지 못한 허약자였다. 백수, 룸펜, 유튜브 중독자, 찢어지게 가난한 집안의 이기적인 골칫덩어리, 노동 거부자, 학자금 대출 및 각종 카드론 체납자, 소액 보험 사기꾼, 설거지에 유용한 사람, 고시원 총무 지망자, 강아지 배 만지는 사람, 반지하 생활자, 눌변가, 책벌레, 구제와 재활이 불가능한 어둠의 시네필이었다. 화장실에 당도해 급한 일을 해결한 뒤에도 진이 빠진 사람처럼 양변기에 앉아 시간을 허비할 따름이었다. 다리가 후들거렸다. 그때 바깥에서 요란한 소리가 들렸다. 쿵쾅거리는 군홧발 소리, 푸드덕거리는 소리, 야옹거리는 소리, 이명처럼 단속적으로 끊어지는 기계음 등등이 시끌벅적하게 뒤섞여 그의 귀를 잡아끌었다. 형장의 이슬은 얼른 바지를 추켜올렸다. 노동 현장으로 복귀해야지. 이렇게 시간을 죽이다간 혼쭐이 날 거야. 그의 걱정들이란 대부분 경거망동에 불과했다. 얼마나 오랜 시간 집구석에 점착되어 있었는가. 한 번 거머쥔 기회를 무위로 돌릴 수는 없다. 최소한 일한 만큼은 받아서 가야 하지 않겠는가. 피자를 야식으로 주문한 다음 냉장고에서 내 입맞춤을 기다리는 시원한 맥주와 함께 신나는 새벽의 카니발을 맞이해야 하지 않겠느냔 말이다!

욕망에 사로잡힌 물방울의 표면이 동요하기 시작했을 것이다. 그늘 속의 슬라임처럼 무모하게 비척거리며 환한 운동

장을 향해 제 동그란 정수리를 끄집어냈을 것이다. 방금 홈
런을 친 야구부 소년의 미소가 너무나 산뜻해 다가가 엉덩이
를 꼬집어주고 싶구나! 나도 어엿하게 활약할 수 있는 소설
속 인물인데! 한번 이 복잡한 세계의 무지막지한 치정극 속
으로 몸을 던져야 하지 않겠는가! 그러나 운동장 전역에 내
리쬐는 뙤약볕은 한 방울의 이슬인 그의 처지에 미루어 매우
위험천만한 환경이었다. 물방울에게 허용된 운신의 범위란
협소하고 가혹하기 마련이었다. 화장실 밖으로 나가자 공방
이 어수선했다. 형장의 이슬은 복도를 내달리는 사람들에 치
여 바닥으로 나동그라지고 말았다. 피가 난 무릎을 양손으로
감싼 채 훌쩍거리며 복도 저편을 응시하는 형장의 이슬. 물
방울 안쪽에서는 여전히 그가 체험했던 삶의 파노라마가 농
담처럼 펼쳐지고 있었다.

그들은 상상 속에서 막 뛰쳐나온 조수들이었다. 웅성거리
는 인간 타입의 가짜 인간문화재 옹들이 포크와 숟가락을 비
장하게 치켜든 채 복도 저편으로 몰려갔다. 그들은 이 소설
의 초반부에서 명확하게 고지되었던 것과 동일하게, 모두 인
간문화재 옹과 닮은 얼굴의 가면을 쓰고 있었다. 이윽고 부
리에 튀밥이 묻은 조류 타입의 가짜 인간문화재 옹들이 깃털
을 방생하며 날아갔다. 행렬의 아래쪽으로 도도한 고양이 타
입의 가짜 인간문화재 옹들이 사뿐거리듯 걸어갔고, 말미에
는 사이보그 타입의 가짜 인간문화재 옹들이 바퀴를 덜그럭

거리며 복도를 질주했다. 그들은 공방을 지키던 그림자 조직이었다. 오늘 해고될 예정이었던 비정규직 군단, 줄곧 밝혀지지 않은 장소에서 인간의 능력을 초과하는 광학 기계를 가능하도록 이끈 부품이자 태엽들, 신비가 혁파된 자리에 적나라하게 드러난 지하의 노동자들, 지금껏 인간문화재 옹에 의해 교묘하게 은폐되었던 무한의 비밀스러운 장치들이었던 것이다. 형장의 이슬은 인간문화재 옹을 응징하기 위해 사무실로 행진하는 혁명가들의 뒷모습을 막막하게 쳐다보았다. 인간문화재 옹의 시대가 종말을 고하고 있었다.

시간이 속절없이 지나갔다. 형장의 이슬은 사태를 빠르게 파악해야만 했다. 혁명의 시간에 어눌한 태도로 우물쭈물하다간 지폐 한 장 건지지 못하고 형장의 이슬로 사라져버릴 미래가 예고되어 있을 뿐이었다. 어떻게 처신해야 이 난세를 무사태평하게 넘어갈 수 있겠는가. 나는 공방에 파견된 청소부일 따름인데 시대의 소용돌이에 휩쓸려 이러지도 저러지도 못하는 상황에 좌초하고 말았구나! 얄궂은 덫이로다! 지하의 수맥을 엄혹하게 꿰뚫고 있던 권력의 말뚝이 아래로부터 솟아나고, 인간과 조류와 고양이와 사이보그로 구성된 그림자 군단은 존재의 꿀물에 수몰된 님프의 영혼을 더듬거리며 사무실 탁자를 홀린 듯이 핥고 있는 한심한 늙은 왕을 포박할 것이었다. 왕은 폐위될 것이었다. 인간문화재 옹은 무수한 가짜 인간문화재 옹 사이로 내던져질 것이었다. 형장의

이슬은 주춤거리듯 조수들의 동태를 살피며 A9 구역으로 갔
다. 부서진 가면들 사이에서 그나마 상태가 양호한 가면을
골랐다. 얼굴에 썼다. 거울을 바라보니 거기 있는 사람은 인
간문화재 옹과 전혀 닮지 않았고, 자신의 처지를 좀더 우스
꽝스럽고 난처하게 만들 것만 같았다.

　그가 주저하는 사이에도 조수들의 계획은 착실하게 진행
되었다. 인간 타입의 조수들이 마당을 향해 인간문화재 옹을
끌어냈다. 버둥거리며 저항하는 늙은 왕의 몸을 노끈으로 동
여맸다. 양탄자에 눕혔다. 새들이 날갯죽지로 양탄자를 받들
었다. 갑작스레 발병한 허리 디스크로 끙끙거리는 가련한 늙
은 왕을 공중으로 운반했다. 양탄자가 나풀거렸다. 사람들은
박수를 쳤다. 새들은 지저귀고 있었다. 함께 탑승한 간질이기
담당의 고양이들은 늙은 왕 주위를 타고 넘으며 전신에 편재
한 권력의 맹점을 향해 털을 비비적거렸는데, 그 바람에 인
간문화재 옹은 복장이 터지는 억울한 상황 속에서도 한스러
운 울분을 토해내지도 못한 채 힝힝거리며 망측한 웃음을 뱉
어낼 수밖에 없었다. 사이보그들은 이 인상적이며 역사적인
순간을 촬영하기 위해 윙크를 했고, 3D 프린터를 가동해 인
간문화재 옹의 얼굴, 그 웃음과 울음으로 찡그린 경악을 미
친 듯이 필경하기 시작했다. 가면들이 증식하고 있었다. 터지
는 플래시 세례 사이로 뒤범벅된 조수들이 미스터리 서클처
럼 와류를 만들었다. 인간문화재 옹은 하늘로 떠오른 양탄자

위에 통닭처럼 누워 있었다.

바람이 청량하게 불었다. 바야흐로 개화한 혁명이 흐드러진 절정을 향해 나아가고 있었다. 양탄자가 하르르 물결쳤다. 고양이들이 노끈을 깨물었다. 노끈에서 풀려난 늙은 왕은 이내 레인보우 스프링처럼 부드럽게 휘어지는 고양이들과 난투극을 벌이며 아래를 내려다보았다. 음험한 미소를 지었다. 축제의 봉화가 너무 일렀던 모양이다. 한때의 방심이 처참한 결과를 야기할지도 모를 일이었다. 늙은 왕은 공중에서 우렁차게 으르렁거렸다. 그것은 천지가 진동할 만큼 장엄한 울부짖음이었으며, 평생토록 공방의 대문자 주체로 군림했던 권력의 산실은 지금 그 유명이 허황되지 않았음을 증명하기라도 하듯 번뜩이는 치아를 드러내며 지상의 그림자들을 향해 제 건재한 공격성과 지배력을 과시하고 있었던 것이다. 그것이 늙은 왕의 필살기였다. 혁명에는 순간 암운이 드리웠다. 고양이들은 웅크렸고, 새들의 경쾌한 재잘거림이 일시에 그쳤으며, 이때 인간문화재 옹의 건강하고 새하얀 치아는 관료제적 엄격성으로 반듯하게 배치된 채 충치나 치석이 생긴 부분을 도무지 발견할 수 없었다. 그것을 무너뜨릴 취약한 구멍을 찾아내지 못했다는 뜻이다. 절망적인 전개였다. 인간문화재 옹은 의기양양한 표정으로 턱 양쪽에 붙은 저작근을 왕성하게 껄떡거렸다. 사람들은 수군거렸다. 기가 꺾였으며, 그림자들의 혁명은 그렇게 허망한 낮꿈으로 좌절되는 듯했다.

그때였다. 인간문화재 옹의 입술이 곶감처럼 쪼그라졌다. 양탄자 위가 산만해졌다. 고양이들이 텀블링을 하며 혁명의 재개를 알렸다. 풍악을 울렸다. 팡파르가 팝콘처럼 터졌다. 늙은 왕의 파랗게 부패한 잇몸에 장착되어 있던 도자기 틀니가 미끄러져 지상으로 추락하고 있었기 때문이다. 인간문화재 옹의 외마디 비명이 성층권 너머를 떠돌았다. 팔을 무용수처럼 뻗었지만 낙하하는 틀니를 잡아채기엔 역부족이었다. 뭉게구름 안쪽을 통과하는 틀니 속에서 노란 민들레 한 송이가 슬그머니 고개를 내밀었다. 낙하산을 펼쳤다. 뭉게구름이 V를 그리며 산개했다. 민들레는 스파이였다. 감시가 엄중한 권력의 성곽 안으로 대담하게 잠입해 잇몸과 틀니 사이에 형성된 모종의 끈끈한 유착에 오해와 배신, 균열과 와해를 유도했던 스파이 민들레의 잠행과 모략이 적시에 놀라운 성과를 맺고 있었던 것이다. 오늘을 위해 조수들이 파종했던 작은 씨앗, 잇몸에서 발아해 치조골의 하부를 흔들며 틀니의 쇠시리를 집요하게 공략했던 가느다란 뿌리들이 늙은 왕의 철옹성을 함락시켰던 것이다. 어느새 공방의 마당에는 나무 타입의, 돌멩이 타입의, 다람쥐 타입의, 도깨비 타입의 가짜 인간문화재 옹들이 인산인해를 이루고 있었다. 모두가 사이보그 프린터에 의해 신속하게 배포된 가면을 쓰고 있었다. 출력된 가면들은 낱장의 미농지처럼 얇고 무게가 없었다. 그림자 군단은 아량이 넓었다. 형장의 이슬 또한 조수들 사이에 끼어 박수를 치고 있었다. 낙하산 틀니가 빙그르르 회전하며 마당으로 안착했다.

인간문화재 옹은 허공의 양탄자 위에서 지구에 씌울 가면의 크기를 측량할 수 있었다. 제 기획의 도면을 완성할 수 있었다는 말이다. 그러나 또한 이 소설에서 옥쇄나 다를 바가없는 도자기 틀니를 빼앗긴 실각한 왕에게 무슨 가망이 있겠는가. 망국의 앞날에 무슨 여력이 남았겠느냔 말이다. 고양이들이 왕의 후위로 침투했다. 발바닥들이 인간문화재 옹의 등을 짚었다. 통통하고 향긋한 고기 캡슐들이 인간문화재 옹의 곤룡포에 발자국을 남겼다. 늙은 왕은 조금씩 양탄자의 모서리를 향해 내몰렸다. 겁에 질린 인간문화재 옹은 허둥지둥 정리되지 않은 잠꼬대를 뱉어내기 시작했다. 물론 여기서 서술되는 말들이란 도자기 틀니를 분실해 발음이 부정확한 인간문화재 옹의 언어를 인간 조수들이 사이보그 통역사들, 그리고 불시에 미지의 아이디어를 제공하는 고양이 석학들의 도움을 빌려 해독한 결과이기도 하다.

친애하는 조수들이여! 이제 만족하고 기숙사로 돌아가시게. 자네들의 모반과 쟁의가 내게 충분한 영감이 되었네만. 내 여기서 잘못을 뉘우치고 거듭해 고마움을 표시하고 싶네. 자네들은 내게 우리가 발을 딛고 살아가는 지구를 보여주고 싶었던 것이 아닌가. 나는 또다시 깨닫게 되었네. 여기 공동체를 일군 우리 모두가 똑같이 이곳의 주인이며 존귀한 공방의 구성원이라는 사실을…… 아름다운 님프는 나만의 연인이 아니라 우리 공동의 사유재산이었다는 사실을 말이오. 문제는 방법이 너무 폭력적이었다는 것이오. 인간문화재 옹은 조수들을 구슬렸다. 월급을 인상하겠소. 사대보험을 보장하지요. 자네들도 새롭게 부상하는 무한에 참여할 기회를 주지. 나와 함께 가면을 제작합시다. 역사의 대오에 올라탑시다. 미래를 욕망함이 어떠하오. 역사가 자네들의 땀과 눈물을 기억할 것이오. 땀과 눈물의 변증법이 역사의 실체를 출현시키는 것이지. 미네르바의 비둘기는 황혼이 지나서야 날개를 편다는 말도 있잖소. 양탄자가 기울어졌다. 고양이들이 인간문화재 옹을 한 바퀴 굴리는 바람에 상황이 급전직하로 치달았다. 왕의 손가락과 발가락이 절박하게 오그라졌다. 인간문화재 옹은 서둘러 전략을 변경해야만 했다.

짐은 영의정을 여덟 번이나 지낸 가문의 적자…… 어디서 천하고 비루한 것들이 함부로 짐을 능멸하는 것이냐! 동물원의 노루가 녹음된 호랑이의 쩌렁쩌렁한 음성에 본능적으로 개구멍을 찾듯, 짐의 사대부 혈통에 깃든 호방한 위엄 앞에 당장 엎드려 오줌을 발사하지 못하겠느냐! 이 배은망덕한 녀석들! 괘씸한 아나키스트들! 짐의 곁에서 짐의 지적인 권위와 계통발생적인 알리바이를 보증하는 근엄한 조상님들의 찌푸린 얼굴이 정녕 보이지 않느냔 말이다! 익히 알려진 그대로 짐은 한계를 모르는 광학 기계의 소유자, 가면들의 대주주, 망각을 살해하며 지상에 현신한 무소불위의 매체, 모든 표정과 얼굴이 축재된 불멸하는 문서고, 짐이 죽어도 짐의 두뇌 속에 진공 포장된 너희들의 얼굴은 절대로 지워지지 않을 것이리라! 짐은 복수에 미친 귀신으로 부활하리라! 공방을 경영하는 살벌한 악몽으로 다시 태어나리라! 죽음이 짐을 가로막을 수 있다고 생각하느냐? 죽음 또한 망각의 하인에 불과하니, 비록 육신은 모래와 먼지로 산산이 풍화된다고 하더라도 초합금 사리탑처럼 오롯하게 치솟는 짐의 지성은 시간의 압제를 넘어 기필코 너희가 저지른 배덕을 처단하고 마는 것이다! 짐의 코기토는 그렇게 설계되어 있다는 것이다. 짐은 위대한 기억의 무량수전을 탐사하며 저자 코너에 너희의 얼굴이 게재된 문서를 꺼내 참혹하게 훼손할 것이다. 짐의 머릿속이라는 방대한 평행우주적 아카이브에서 너희에 관련한 기록을 흔적도 없이 소멸시킬 것이다. 너희는 짐의 영토에서 추방되었으니 이제 누구의 기억에도 정주하지 못하는 불쌍한 몽유병자들의 신세를 면치 못할 것이다! 무섭지? 벌써 후회가 되지? 짐이 구사하는 기절초풍할 말씀의 장풍을 받아라! 이얍! 전율하라! 혼절하라! 통곡하라! 혼비백산하여 쓰러져라! 껄껄!

고양이들이 가볍게 발버둥을 했다. 졸지에 인간문화재 옹은 양탄자 위에서 까마득한 허공을 향해 내던져졌다. 세계

전체가 인간문화재 옹의 쪼그라진 입에 된바람을 먹였다. 인간문화재 옹은 정신을 집중해 하늘을 쳐다보았다. 자신을 심드렁하게 부감하는 고양이들, 들썩이는 양탄자를 떠받든 새들을 재빨리 응시했다. 구름을 움켜쥐었다. 아래에서 홍성거리는 모반자들을 자신이 보유한 광학 기계를 통해 다급하게 스캔하기 시작했다. 눈알이 들썩거렸고, 콧물이 주르르 흘렀으며, 현상의 분쇄된 모래알들을 빨아들이는 광학 기계의 역량이 최대치를 경신하고 있었다. 이때 광학 기계에 포착된 이미지들이란 공방의 달력에 새로이 기입될 기념일을 환영하는 대규모의 군중, 고개를 치켜들고 늙은 왕의 몰락이 지상에 도래하길 기다리는 조수들의 시선, 그리고 그들이 하나같이 착용하고 있는 인간문화재 옹 자신의 얼굴들이었다. 광학 기계는 나선 모양으로 도열한 같은 얼굴의 가면들을 마지막으로 완전히 작동을 정지했다. 청소부 나으리, 소인을 안아주십시오! 공중에서 단말마와 같은 목소리가 들렸다. 늙은 왕은 날지 못해 슬픈 새 통닭처럼 팔다리를 파닥거리고 있었다. 형장의 이슬은 자신을 향해 가까워지는 늙은 왕을 슬쩍 피했다. 세 걸음 떨어진 곳으로 이동했다. 우레와 같은 박수에 힘을 보탰다.

그것이 인간문화재 옹의 최후였다. 형장의 이슬은 마당에 고꾸라져 있는 인간문화재 옹의 주머니를 뒤졌다. 지갑에서 꺼낸 신사임당 두 장을 그림자 군단을 향해 깃발처럼 흔들었다. 하루의 노동이 막바지에 가까워졌다. 수십 마리의 고양이를 태운, 새들의 풍요로운 깃털에 의해 지지되는 요술 양탄자, 혁명의 성공을 상징하는 공중 기요틴이 허공에서 지상으로 하강했다. 모래바람이 일었다. 고양이들은 피로했는지 몸을 말고 단잠에 빠져 있었다. 사이보그들은 연료를 보충해 위성 로봇처럼 대기권 바깥으로 쏘아질 준비를 마친 상태였다. 도자기 틀니는 국보로 지정될 예정이었다. 새들이 흩어졌다. 나뭇가지에 앉아 평범한 새처럼 고개를 끄덕거렸다. 사람들은 곤히 잠든 자신의 반려동물을 품에 안고 공방으로 돌아갔다. 가면의 공방은 그림자 군단에 의해 영속할 것이었다. 그리고 지금, 운동장에서 야구부 소년들을 바라보는 형장의 이슬은 공방의 혁명으로 형장의 이슬이 된 인간문화재 옹과 한 방울의 이슬 속에서 그대로 포개어지고 말았다. 형장의 이슬과 형장의 이슬. 두 이슬의 시적이고 물리적이며 서사적인 결합. 그것이 물방울들의 운명이었다.

이 작고 연약한 물방울 속에는 인간문화재 옹의 생애 전체, 승합차, 방향 없이 종횡하는 난망한 시도 혹은 유희적 글쓰기, 오토와 토토, 맥락 없이 전개된 부조리의 양상이 한꺼번에 집약되어 있었다. 그것은 소설이라는 변이하는 점액질, 그러나 고작해야 한 방울의 이슬에 불과한 다른 세계의 파편일 수도 있었다. 운동장 저편으로 역광에 물든 한 사내가 나타났다. 아지랑이가 일렁였다. 그가 홈런을 날렸던 신선한 얼굴의 소년이라면 좋았겠지만…… 안타깝게도 그는 뒤뚱거리며 앉을 자리를 물색하는 퇴물 야구 선수, 때로는 가학적으로, 때로는 신경질적으로, 때로는 조직적인 방식으로 미래를 향해 개방된 소년들의 꿈과 희망을 말살하는 야구부 감독이었던 것이다. 형장의 이슬은 우울한 기분을 느꼈다. 감독의 육중한 엉덩이가 그늘을 깔고 앉았다. 형장의 이슬은 야구부 감독의 후줄근한 유니폼 속으로 배어들었다. 이 모든 언어가, 과장된 헛손질들이, 당신이 고생해서 써낸 소설이, 제 항문을 긁적이기 위해 궁둥이를 비틀고 있는 야구부 감독의 유니폼 아래서 가장 끔찍한 결말을 맞고 있었다는 말이다.

알레프Aleph. 그것은 인간문화재 옹의 초기 모델로 사용했던 보르헤스의 단편소설에 등장하는 비좁고 둥글며 시간의 무한한 조각을 엿볼 수 있는 틈새의 이름이다. 여기 한 방울의 이슬 속에 이 소설이 체험했던 많은 기억이 뒤섞이지 않은 채로 공존한다면, 이제 그 시공간의 편린들이 마른 낙엽처럼 우수수 떨어지는 상상도 가능하지 않을까? 소설은 매번 망쳐질 것이다. 어떤 비의도 획득하지 못할 것이다. 가을의 은행나무 아래, 도보에 즐비한 바스락거리는 가면들을 짓밟는 야구부 소년의 발걸음 속에서, 서성거리듯, 장난을 치듯, 부모님이 돌아오지 않아 거리의 가면들을 뭉개고 다니는 야구부 소년의 기억나지 않을 한때처럼, 홀연한 배회처럼, 그러한 방식으로, 이 소설은 부서져 가루가 될 것이다. 흩날리고 기각될 것이다. 사물의 낯빛은 그을릴 것이다. 잘린 손이 건네는 위폐는 소각될 것이다. 소설은 그것을 안다. 그러므로 다음의 문장은 이 소설이 타전하는 마지막 말. 가면을 쓴 무한이 전하는. 잘 들어. 지금부터 가면의 공방을 다시 써야 해. 항상 다시. 휘발된 가면의 배후를 향해 늘어나는 공허의 젖은 성냥개비들을 끈질기게 헤아리고, 그것을 다시 부러뜨릴 수 있는 사람처럼, 끝끝내 무산되거나 비워지는 출구들을 병치해 난폭한 선분을 작성하듯이, 실종된 것이 욕망하는 광학인 갱도의 지속, 부재하는 것에게 허락된 광학인 기계 모빌, 나를 망각한 가면이 뒤집힌 쪽의 뒤집힌 쪽들을 향해 끝없이 회전하듯이, 그저 책장을 넘기면 다른 이의 그림자가 되는 유령처럼, 아름다움 없이, 깨달음 없이, 애착 없이, 사랑 없이, 그렇게 아무것도 아닐 지속과 정말 아무것도 아닌 소설을 사랑하기 위해서 말이야.

거위와
인육

황금알을 위하여

아무도 그에게 대화를 시도하지 않기 때문에 그는 한없이 말하는 일에 익숙하다. 그는 보통 한없이 말하는 일에 어떤 장애도, 어떤 단절도 겪지 않는다. 가짜 푸아그라 농장으로 향하는 오솔길을 지나는 사람들에게 그의 목소리는 어제의 산들바람처럼 사소하게 들린다. 공중에서 산산이 흩어지는 뜬구름을 응시하고 있으면 홀로 헤아리는 날짜들이 무균형의 칸막이에 지나지 않다는 것을 깨닫게 된다. 바람에 스치는 나뭇잎들의 사각거리는 소리와 중얼거리는 그의 혼잣말은 오솔길의 구슬픈 어둠 속에서 나란한 위상을 차지한다. 사람들은 처음에 자신들의 귓전을 배회하는 말들이 누군가가 보내는 탄원이나 구명, 그들이 응답해야만 하는 신호가 아닌지, 말의 내용을 놓쳤을 때 그것을 무시하거나 외면했다는 자각에서 기인하는 경제적이며 윤리적인 손실이 발생하지는 않았는지 같은 문제들을 잠시 고민하게 된다. 그러나 귀를 기울이는 순간 그가 하는 말이 아무것도 아니라는 사실이 어김없이 판명될 따름이다. 혼잣말은 혼잣말일 뿐, 말은 희미해지는 배경처럼 그들의 후방으로 서서히 사라진다. 말이 사람들의 귓가를 맴돌아 미끄러지지만 그의 목소리를 청취하기 위해 잠시 멈춰 시간을 할애하는 사람은 존재하지 않는다.

그렇게 그는 가짜 푸아그라 농장으로 향하는 오솔길 가장자리에, 그곳의 입간판처럼 오랫동안 주저앉아 있었을 것이다. 천문학적인 금액의 베레모를 이마에 비스듬히 눌러쓴 채로, 구강의 타액을 굴리고 불어 영롱한 방울들을 만들어냈을 것이다. 손뼉을 치는 동안 공중을 떠다니던 방울들이 하나둘 사그라졌을 것이다. 인간이란 누구나 자기 자신에 대해 증언할 수밖에 없는 한계를 지니고 있다고 하더라도, 그가 말하고 있는 것이, 언제나 그 자신에 불과하다는 사실은, 언제나 말의 내용보다 더욱 참혹한 한계에 불과하다. 그는 영원히 자신을 향해 자기 자신을 강의하고 있을 따름이라는 절망감에서 벗어나지 못한다. 한밤중이라 오솔길은 쥐 죽은 듯 고요하다. 하늘에는 창백한 초승달이 걸려 있다. 인적은 느껴지지 않는다. 대신 바닥을 짚을 때 부서지는 낙엽의 촉감, 모래를 쓸고 다니는 바람의 기척이 좀더 선명하고 확실하게 감지된다. 대낮엔 일렬로 늘어선 사람들이 소란스레 떠들며 오솔길을 지나갔다. 사람들 사이에 혹여 허풍쟁이 악마가 끼어 있을까 머리통 하나씩을 눈여겨 살폈지만 발견하지 못했다. 음식 이야기에 열렬했던 것으로 미루어 그들은 가짜 푸아그라 농장을 방문하려는 미식가들이 아니었을까.

그는 여기 매복한다. 허풍쟁이 악마가 가짜 푸아그라 농장으로 향하는 오솔길을 통과하리라는 소식을 들었다. 무슨 일이 있어도 이곳에서 허풍쟁이 악마와의 악연을 끊어야 했다. 황금알을 낳아야지. 그는 할 수 있을 것이었다. 처음 이곳에 도착했을 때 그는 나무 그루터기 뒤쪽에 몸을 엄폐하고 허풍쟁이 악마가 오솔길로 진입하기를 기다렸다. 지금은 몸을 엄폐하지 않는다. 만사가 귀찮다. 그는 지쳤고, 은밀함을 가장할 여력이며 끈기를 잃어버렸다는 사실이 그렇게까지 중대한 잘못일 수는 없지 않겠느냐고 되묻는다. 돌멩이와 초승달을 향해, 미풍에 뒤채는 나뭇가지와 출싹거리며 덤불 사이를 오가는 족제비들에게 말이다. 물론 나뭇가지와 족제비와 초승달과 돌멩이는 지칠 때까지 자신을 몰아붙이다 수틀린 모양인지 칭얼거리며 만물의 응답을 재촉하고 있는, 이 한심한 매복자의 탄식 및 어리광을 향해 그들이 보유한 맑은 지혜를 제공하는 수고로움을 감수하지 않는다. 허풍쟁이 악마는 나타나지 않았다. 산보객들만이 오솔길을 한가롭게 드나들 뿐이었다. 연인들이 은신처 가까운 장소에서 애정 행각을 벌였다. 애정 행각이 끝나고 바지를 추켜올릴 때까지 연인들 가운데 누구도 그를 인지하지 못했기 때문에 그는 엄폐가 지나치게 완벽해 이런 같잖은 문제들이 발생한다고 생각했다. 툴툴거리며 은신처를 옮겨야 했다. 허풍쟁이 악마를 처단하지 못한다면 고스란히 납부해야만 하는 막대한 배상금이 그를 기다리고 있었다.

허풍쟁이 악마와는 온전히 이자적인 관계가 되어야 했다. 그는 갈망했다. 아무도 방해하거나 개입하지 못하는, 단지 둘뿐인 관계. 홀로 어떤 관계를 단지 둘뿐인 관계로 승화시킬 수 있는 가장 좋은 방법이란 상대를 향한 하염없는 기다림, 항상 순연하며 엄격하게 관리되어야 할 기다림의 태도일 것이다. 그러나 오솔길에는 이런 기다림을 신실하게 추구하는 일에 훼방을 놓는, 예컨대 기다림의 불청객들이 도처에서 출몰한다. 그는 매번 남루해진 기다림을 수선해야만 하는 난처한 상황에 직면한다. 기다림이 농밀해진 만큼 허풍쟁이 악마를 발견했을 때의 쾌감도 엄청날 텐데. 이때 그가 지속하는 기다림의 소실점이란 아직 등장하지 않은 허풍쟁이 악마이기도 했지만 제 장기를 떼다 팔아도 다 변상하지 못할 막대한 배상금 자체이기도 했다. 허풍쟁이 악마를 기다리는 동안 그에게 청구된 배상금 또한 그를 기다린다. 기다림의 소실점, 다시 말해 오지 않는 상대에 대한 어떤 의존적인 입장을 집요하게 고수하지 않는다면 기다림이란 신빙성이 결여된 망상이나 몽매한 자기기만 따위로 전락하고, 이 매복 행위가 무위와 삶에의 태만을 변명하고 벌충하기 위해 개인적으로 마련한 픽션에 불과하지 않느냐는 의혹이 머릿속에서 무성하게 자라나기 시작한다. 사람들은 빈번하게 오솔길에 출몰해 그의 기다림에 찬물을 끼얹었다. 그는 이제 은신하지 않는다. 양팔로 무릎을 감싸고 앉아 다가오는 사람들을 빤히 쳐다본다. 오뚝이처럼 덩실거리기도 한다. 혼잣말이 그치지 않는다. 그는 자신을 향한 암시에 순종하고 싶지 않다.

*

허풍쟁이 악마의 의뢰를 처음 전해 들었을 때 그는 어렸다. 돈이 아주 많이 필요했다. 더는 어리다고 할 수 없는 지금, 그는 생애 내내 지출했던 돈을 허풍쟁이 악마에게 전부 반납해야만 하는 얄궂은 상황에 봉착해 있었다. 매복 행위가 아무런 성과를 거두지 못한다면 그는 빚더미에 올라앉을 예정이었다. 앞으로도 줄곧 빈사 상태임이 자명할 제 통장의 간병인이 되어 먼 훗날까지 비통하고 처량한 나날을 보내게 될 것이었다. 그는 두려웠다. 그는 제 몫의 황금알을, 그것도 꽁무니가 아닌 주둥이로 토해내야만 하는 거위가 되어 있었다. 연금술이라도 익히지 않는 이상에야 머릿속의 공허를 황금으로 치환할 방법은 떠오르지 않았다.

허풍쟁이 악마는 한 인간의 생애를 금덩이를 소화시키는 과정에 비유하는 건방진 자산가였다. 한 인간의 귀중한 생애를 금덩이 따위에 빗대다니 정말 무례하고 난폭하기 짝이 없구나. 그는 생각했다. 역시 부자의 두뇌란 머릿속에 축재된 숙변일 가능성이 높아. 존재 자체가 비리, 만악의 근원이자 판도라의 화장실이 아닐 수 없지. 당시 허풍쟁이 악마는 심각한 조울증을 앓고 있었다. 경박함과 울적함을 수다스럽게 오르내리다가도 다소 부담스러운 침묵으로 말을 마무리했다. 전체적인 인상은 하는 말마다 유치한 투정에 가깝다는 것이었다. 의뢰의 내용이 일종의 숨바꼭질이었다는 것도 이와 관련이 있는 듯했다. 허풍쟁이 악마는 허풍쟁이라는 별명처럼 허풍이 심했다. 사족이지만 부자들이 하는 말은 대개 허풍처럼 들린다. 부자들의 세계에서 현실과 허풍은 분간되지 않고, 최소한 듣는 사람에 불과한 그는 현실과 허풍을 구별할 어떤 유형의 지성에 접근할 권한을 가지지 못한다. 부자들이 허풍으로 현실을 직역하고 있으리라 추측할 때, 인간의 현실이란 부자의 허풍에 내재한 과장과 왜곡, 기상천외하고 초현실적이며 신뢰할 수 없는 순간들을 함께 포함하는 영역이 된다.

의뢰의 내용을 언급하기에 앞서 허풍쟁이 악마의 혼란스러운 말들을 여기 옮겨놓고 싶다. 내 황금이 어디로 증발했지? 허풍쟁이 악마가 불안스레 주변을 기웃거렸다. 눈빛에 흐리멍덩한 광기가 배어 있었다. 머리를 긁적이며 고개를 갸웃거리는 침팬지 한 마리가 있다고 가정해봐. 황금을 모두 잃었다는 사실이 무척이나 억울해 가슴을 사납게 두들기며 흐느끼는 고릴라 두 마리가 있다고 가정해봐. 그는 가정하지 않았다. 잠시 뜸을 들이던 허풍쟁이 악마는 이윽고 선언하듯, 탁자를 내리치며, 자신의 빛나는 통찰을 과시하고 소모적인 논쟁으로 격양된 테이블 위를 일거에 평정한 뒤 레토릭의 권좌를 쟁취하려는 사람의 야심 가득한 호승심을 발휘하듯 이야기를 늘어놓기 시작했다. 그러나 이러한 호승심이란 언제나 좌중의 뻘쭘한 분위기를 자아내기 마련이다. 허풍쟁이 악마의 이야기에 귀를 기울이는 그의 심경이 그러했다. 섬광 같은 깨달음이었지! 허풍쟁이 악마가 소리쳤다. 이윽고 허풍쟁이 악마는 자신이 가진 황금이 결국 왜소한 스스로의 몸뚱이를 매입하는 일에 통째로 헌납되고 말리라는 엄혹한 진리를 깨우쳤다고 말했다. 이제 자신은 그런 고독하며 허망한 미래를 부인하거나 망각할 근거를 상실했다는 것이었다. 나는 달라졌어! 허풍쟁이 악마의 감격스러운 갱생에 별로 공감할 수 없었다. 그는 무슨 태평한 소리를 그렇게 열심히 하시나, 참 그게 부자의 특권은 아닌지, 귀를 후비고 싶은 충동을 억제하며 허풍쟁이 악마의 말을 청취하는 중이었다.

황금이란 허기의 불구덩이 안으로 투입되는 비옥한 연료

에 불과하다는 말이야. 내가 황금을 투자해 빌어먹을 굶주림을 사들이고 있었다는 말이지. 허풍쟁이 악마의 방만한 언사가 계속되었다. 황금으로 거래할 수 있는 궁극적인 대상이란 제 황금을 다 나눠 준 뒤에도 인간의 손아귀에 들려 있을 텅 빈 자루…… 이 텅 빈 자루야말로 인간의 존귀함과 비천함이 모두 담겨 있는 소망의 무덤이기도 하다는 것이 허풍쟁이 악마의 생각이었다. 인간에게 부과된 단 하나의 계약이란 고갈되지 않을 허기와의 계약이야. 허기란 죽어서도 꺼지지 않을 창백한 불꽃이지. 허기와 싸우려고 하지 마. 너는 허기의 외곽을 비행하는 똥파리 한 마리에 지나지 않아. 세상을 불매한다고 하더라도 결국 굶주림을 불매할 수는 없는 거야. 심지어 허풍쟁이 악마는 이러한 유형의 욕망에 관한 시답잖은 객설로 말을 끝맺지도 않았다. 청각이 피곤해졌다. 짜증이 몰려들었다. 허풍쟁이 악마에 따르면 허기와의 계약을 중단하고 파기하기 위해서는 제 영혼의 몫을 초과하는 황금이 필요하다는 것이었다. 영혼의 몫이란 쉽게 말해 그릇의 크기를 뜻해. 네 그릇이 종지 사이즈면 내 그릇은 덤프트럭 크기. 그릇 안에 금은보화가 고봉으로 수북하게 담겨 있다고 가정해 봐. 인간은 그만큼을 먹는 거야. 물론 네 종지엔 금은보화 대신 썩은 제삿밥이 올라와 있을지도 모르겠지만.

이어 허풍쟁이 악마는 위장에 황금을 임계 너머까지 투입하는 일, 한계를 허용치 않는 황금의 과잉을 통해 허기가 깃든 기관 자체를 멸절하고 괴사시키는 방법에 관해 이야기하기 시작했다. 허기의 근본을 뒤흔드는 것, 황금만능주의를 엔트로피 너머까지 속주하는 일을 통해 황금만능주의의 핵심인 굶주림을 제거하는 방법이라고 말했다. 황금이 허기의 동력이 아니라 허기에 대한 폭력으로 작용할 때까지. 여기서부터는 도무지 사고의 흐름을 종잡을 수 없었다. 가성비는 불황에 예속된 인간이 제 노예 상태 속에서 자유의 환영을 수확하기 위해 마련한 궁여지책이 아니냐는 거야. 절약이란 모래와 먼지를 비축하는 절차란 말이야. 오직 사치를 능가하는 사치, 죽음을 불사하는 절대적인 사치만이 허기를 불허하고 종식시키는 유일한 대안이라는 거야. 바닥을 드러낸 통장이 왜 백지수표가 아니냐는 거야. 왜 신체포기각서에 서명하기를 두려워하느냐는 말이야. 최저점에 도달한 신용을 담보로 왜 가공할 허무와 몰락의 재화를 반출할 생각을 하지 못하냐는 거야. 내가 백만 원을 들여 생산한 천만 장의 위폐가 대체왜 거리에 떨어진 동전 하나만도 못하냐는 거야. 거위의 배를 갈라 비대해진 푸아그라를 적출하기 전에 왜 비대해진 푸아그라가 거위의 배를 찢고 커다래질 수 없냐는 거야! 그는 허풍쟁이 악마의 말은 무엇이든 믿지 않았다. 의뢰를 수락한 뒤 갑작스레 증가한 통장 잔고를 확인하고 간덩이가 쪼그라지기 전까지는. 그야말로 경천동지할 만큼의 착수금이 그의 통장으로 입금되었기 때문이다.

*

경천동지. 하늘을 놀라게 하고 땅을 움직이게 한다는 뜻이
다. 받은 금액의 쥐꼬리를 떼어 빌딩 스무 채를 간단히 구입
할 수 있을 정도였다. 실화입니까? 제게 무슨 일이 벌어진 것
입니까? 그는 경탄했다. 코 묻은 돈을 옥상에서 휘날리며 히
죽거려도 코를 풀 지폐가 떨어지지 않는다. 반신반의하며 허
풍쟁이 악마가 건넨 약정서에 사인을 했던 기억이 난다. 약
정서가 실제로 효력을 발휘하리라고는 전혀 기대하지 않았
지만. 애초에 약정서는 얼토당토않은 조항들로 채워져 있었
다. 하단에 기재된 허풍쟁이 악마와 그의 사인 또한 무성의
하게 갈겨쓴 낙서처럼 옹색해 보였다. 그에게 일확천금을 선
사할 계기가 되기에는 진지함이나 엄연함이 모자랐다는 말
이다.

그러나 통장에 찍힌 0의 개수를 헤아리는 과정에서 현실의
밑바닥이 까마득한 현기증 아래로 가라앉기 시작했다. 그 어
떤 현란하고 근사한 문장으로도 돈다발 속을 헤엄칠 때 느낄
법한 순수한 환희를 온전히 전달하지는 못할 것이었다. 허풍
이 범람하지 못하도록 현실과 환상을 구획하던 견고한 제방
이 산사태처럼 떠밀려 오는 어마어마한 양의 지폐에 의해 허
물어졌다. 인생에 성공하고 말았다. 운수가 너무 좋아서 공포
스럽기까지 하다. 전생에 나라를 구했다는 사실이 확실시된

다. 빈곤했던 시절은 어느덧 과거의 추억이 되었다. 그는 가난으로 향하는 내리막길에서 극적으로 유턴해 풍요 쪽으로 핸들을 꺾어 올라탄다. 이후로는 긴 시간 막히지 않는 쾌적한 주행이 이어진다. 허풍쟁이 악마는 의뢰의 내막을 상세하게 알려주지는 않았다. 때문에 이해의 공백이 있었다. 이해의 공백에 괘념치 않고, 합리성이나 개연성을 추월해 당도하는 기막힌 행운을 사람들은 보통 기적이라고 일컫는다. 그는 기적의 당사자가 되어 있었다. 무지는 곧 안락한 생활의 기쁨으로, 낭비할 삶이 바닥나지 않는다는 경이로운 활력의 깊이로 전환되었다. 괜찮아. 얼마든지 더 써도 돼. 그는 자비로운 통장의 속삭임 속에 머무른다.

어디까지나 착수금은 허풍쟁이 악마가 제안한 의뢰를 성사시키는 대가로 지급된 금액이었다. 때문에 의뢰를 달성하기 전까진 그의 재산이 아니었다. 착수금이 뒤집혀 배상금으로 둔갑하고 나서는 부유하게 살았던 나날이 후회스럽게 여겨졌다. 아껴 썼어야지. 배짱을 부리기도 했다. 배를 째라지. 그는 이 소설이 그의 배를 째기 위해 고안되었다는 사실을 모르는 눈치였다.

허풍쟁이 악마는 계약과 동시에 자취를 감췄다. 소식이 불명이었으며 지상에서 감쪽같이 사라진 듯했다. 잠적한 허풍쟁이 악마를 추적하는 것, 다시 말해 의뢰인인 허풍쟁이 악마의 의뢰를 통해 의뢰의 표적이기도 한 허풍쟁이 악마를 추적하는 것이 허풍쟁이 악마와 체결한 계약의 내용이었다. 이는 허풍쟁이 악마가 줄곧 지껄이던 사치와 굶주림에 관한 어수선한 장광설들을 떠올리게 했다. 쫓고 쫓김의 구도가 제 꽁무니를 둥글게 말아 탐식하는 지렁이 괴물인 우로보로스를 연상케 하는 기이한 자아의 원환을 형성하고 있었다. 이해하겠는가. 그는 계약으로 말미암아 허풍쟁이 악마의 자의식 속에 입회하게 되었으며 그 납득하기 어려운 내면적 극장의 하수인으로 고용되었던 것이다. 이 원환에서 그는 허풍쟁이 악마가 가진 꺼림칙한 자의식의 운동성을 대리해 수행하는 피동적인 배역으로 활동해야 했다. 꼭두각시, 혹은 자아의 말판 위에 놓인 윷말과도 유사했다. 허풍쟁이 악마의 원환이란 그의 황금이 매장되어 있는 금광이기도 했는데, 당장 허풍쟁이 악마를 발견해 자아의 궤도를 완성하지 못한다면 그가 착수금을 통해 구가했던 호사스러운 나날이 한때의 환상이자 허황된 꿈으로 소각될 위기에 처해 있었기 때문이다. 그러나 이상하게도, 그럴 상황이 아니었는데도 불구하고 뜬구름에 매몰되었다는 느낌, 짙은 물안개가 스스로를 에워싸고 있다는 느낌 때문에 이러한 목표에 집중할 수가 없었다. 저절로 혼잣말이 줄줄 샜다. 멍하니 넋이 나가 의식이 혼몽해졌다.

청년 시절의 그는 분수에 넘치는 횡재를 누리며 살았다. 노동하는 대신 매일 소박한 파티를 벌였다. 흔들의자에 앉아 양손을 가슴에 얹으면 꿈이 그를 납치해 남모를 우주로 데려갔다. 그는 하얀 돛을 단 범선에 탑승해 하나같이 키메라를 모사하는 별자리들 사이를 항해했다. 선선하게 부는 바람과 조그맣고 흡족한 탐험의 순간들, 무엇보다 잔디밭 위에 떨어진 카스텔라 조각이 노동요를 부르는 개미들에 의해 가지런하게 허물어지는 속도로 탐구되어야 하는 내면의 신비가 있었다.

당시 그는 대체 어디서부터 허풍쟁이 악마의 행방을 추적해야 하는지 가늠하지 못했다. 거듭 강조하자면 그때 그는 어렸다. 그에겐 주어진 착수금과 함께 아직 작성되지 않은 많은 시간이 예비되어 있었다. 딱히 정해지지 않은 마감 기한까지 성실하고 침착하게 허풍쟁이 악마의 흔적과 자취를 수집한다면 언젠가 허풍쟁이 악마를 근거리에서 미행할 날이 다가오지 않을까. 그는 그렇게 생각했다. 그는 흥청망청 생활하는 동안에도 간혹, 아니 거의 매일, 허풍쟁이 악마 너 대체 뭐 하는 놈이냐, 허풍쟁이 악마는 사실 내 마음속에 있는 녀석이 아닐까, 녀석의 무덤을 파헤쳐 유골을 꺼내고 '찾았다!'라고 소리치는 게 탐정으로서 내게 부여된 잔인한 운명의 역설은 아닐까 등등의 시시한, 그 물음 자체가 근본적이며 철학적으로 기능하는 까닭에 내용이며 구체성이 부재하기 쉬운 공상들을 머릿속으로 굴리며 시간을 때웠다. 결단코 그에게 공상이란 약간의 단서조차 주어지지 않은 허풍쟁이 악마를 추적하고 조사하는 탐문의 일환이었다. 캄캄한 미래를 향해 상상력으로 불붙인 예지의 화살을 쏘아대는 것. 그는 활시위를 떠난 화살들이 포물선을 그리며 밤하늘 아래로 가라앉는 광경을 보았다. 대개 불발이었으므로 한 치 앞도 내다보지 못하는 공상의 광채는 덧없고 아름다웠다.

허풍쟁이 악마는 끝내 가짜 푸아그라 농장으로 이어진 오솔길에 발을 들여놓지 않았다. 각종 재테크에 관심을 가졌어야 했는데. 쓰는 돈보다 버는 돈이 많았다면 배상금을 갚은 뒤 허풍쟁이 악마와 맺은 계약을 파기할 수 있었을지도 몰랐다. 내가 느끼는 공허는 절대로 회피할 수 없는 문제야. 그것을 인정해야 해. 그는 읊조렸다. 그럼에도 이 공허를 거부하거나 긍정하기 위한 다양한 우회로, 바보 같고 어리석은 시도들, 분기하고 달아나며 폭죽처럼 터지는 착란의 궤적이 흩뿌려져 수놓인 공허의 천체가 이전과 같이 무의미하지는 않아. 나는 그것을 믿어. 그는 가느다랗게 뇌까렸다. 나는 삶을 사랑하는 방법을 배우고 있는 거야. 머릿속에 잘 기입하고 나중에 복습해야지. 사랑이란 날마다 암송하지 않으면 쉽게 휘발되는 법이니까. 한 시간이 지난 뒤 그는 자신에게 사과했다. 사과를 받고 싶지 않았기 때문에 따분하게 하소연을 늘어놓는 자신과 입씨름을 해야 했다. 농담입니다. 미안해요. 농담이라니까요. 농담인데 왜 예민하게 굴어요. 농담이니 딱 한 번만 용서해달라니까요. 침울하게 고개를 휘젓는 꼴이 안타까워 기운 좀 내시라고, 세상엔 당신이 마음만 먹으면 체험할 수 있는 즐거움이 팝콘처럼 곳곳에서 터져 입만 벌리면 받아먹을 정도가 되었는데, 대체 왜 농담 한마디도 제대로 수용하지 못하고 그렇게 빌빌거리고 있냐고요. 표정 관리 좀 하시고요. 농담? 농담! 당장 농담한 자의 혓바닥을 잘라 내게로 가지고 와!

매복자의 밤

거위들이 줄지어 가짜 푸아그라 농장으로 이어진 오솔길을 나아갔다. 할머니 거위가 선봉에서 아기 거위들을 인솔했다. 뒤뚱거리는 거위들의 행렬을 바라보는 과정에서 그의 망연자실한 심경이 증대되었고, 거위들은 그의 처지를 아는지 모르는지 고단했던 여행이 곧 끝난다는 사실에 산뜻하게 기뻐했다. 곰곰이 생각해보면 가짜 푸아그라 농장까지 오는 길이 그리 순탄치만은 않았을 것이다. 특히나 개울을 건널 때, 멀리뛰기 기술을 습득하지 못한 아기 거위들은 그들에게 고함을 치고 있는 것 같은 물살에 겁먹어, 계곡의 싸늘한 공기 속에서 웅크려 몸을 떨었다. 할머니 거위는 아기 거위들을 한 마리씩 부리로 물고 급류 너머를 향해 무려 스무 차례 이상의 목숨을 건 도약을 감행해야만 했다. 할머니 거위의 이러한 희생에 감동한 아기 거위들은 서로를 다그치며 그들의 연약한 체력으로는 수행하기 힘든 가짜 푸아그라 농장까지의 여정을 군말 없이 뒤따랐다. 다행스럽게도 여정은 한 명의 사상자도 없이 무사히 마무리되는 중이었다.

비록 내가 쓰러져도 좋다. 아기 거위들을 가짜 푸아그라 농장까지 안전하게 인도할 수 있다면. 할머니 거위는 천천히 닳는 호흡 속에서 매양 발랄하게 율동하는 아기 거위들의 걸음걸이를 자주 떠올렸다. 둥실둥실한 엉덩이와 보드라운 솜털의 촉감 또한 생생하게 되살아났다. 할머니 거위는 평생 한 잔의 술도 마시지 않았다. 한 개비의 담배도 피우지 않았다. 그러나 시간이 할머니 거위의 간을 부식시켜 캄캄한 그을음을 만들었다. 간암을 앓고 있는 할머니 거위는 가짜 푸아그라 농장에 도달하는 순간 제 숨이 끊어지리라는 사실을 직감했다. 주둥이가 파리했다. 늘 풍성해 자랑거리였던 깃털 또한 곳곳에 땜통이 생겨 너저분했다.

할머니 거위는 꿈에서 소인배 천사를 만났다. 소인배 천사가 자애로운 말투로 할머니 거위를 가짜 푸아그라 농장으로 초대했다. 할머니 거위가 소인배 천사에게 항의했다. 소인배 천사 당신이 내 아기들을 책임질 수 있어요? 나만 책임질 거면 그런 무책임한 소리 제발 하지를 말아요. 소인배 천사가 생글거리듯 미소를 지었다. 데리고 오렴. 가짜 푸아그라 농장은 거위라면 누구든 환영한단다. 그날로 할머니 거위는 아기들을 이끌고 가짜 푸아그라 농장으로 향하는 순례길에 올랐다. 한 끼 식사를 해결하기 위해 아기 거위들을 주시하던 맹금류들 또한 할머니 거위의 마음에 감화되어 매양 표적을 빗나가지 않는 제 날카로운 시선을 누그러뜨리고 한눈팔기 기술을 연마하기로 했다. 물론 한눈팔기란 맹금류들의 천성을 위배하는 행위였으므로 그들에게도 적잖은 인내심이 필요했다.

소인배 천사에 관해선 이후 다시 언급할 기회가 있을 것이다. 할머니 거위를 바라보는 동안 자연스레 할머니 생각이 간절하다. 할몽은 기초생활수급자였지만 매일 도서관에 출근해 소설을 썼다. 그가 스무 살도 되지 않았을 무렵이었다. 아침이면 말린 구아바 잎을 달인 물을 스테인리스 보온병에 담았다. 밤새 막혔던 콧구멍을 미온수로 세척하는 절차를 거쳤다. 구아바 또한 축농증에 특효라고 널리 알려진 작물이었다. 비염과 축농증은 생애 내내 할몽을 괴롭힌 고질적인 질병이었다. 민간요법을 포함해 다양한 처방을 시도했지만 좀처럼 차도를 보이지 않았다. 할몽은 정숙이 요구되는 도서관에서 평소처럼 코를 훌쩍거릴까 걱정이 되었던 모양이었다. 할몽이 노트북과 함께 지니고 나가는 검은 비닐봉지 안에는 종일 코를 풀었던 휴지들이 그득하게 담겨 있었다. 그는 소설을 쓰는 할몽보다 고요한 열람실에서 코를 세게 풀어 좌중의 이목을 집중시키는 할몽의 모습을 더 자주 상상했다. 그게 죄책감으로 남았다.

할몽의 새빨간 코는 녹아내린 양초를 닮았다. 손가락은 성마르고 뾰족하다. 이구아나, 혹은 그로테스크한 구관조와 유사한 외모이지만 형형한 눈빛과 얼굴을 뒤덮은 주름이 고집스러운 강인함을 표현한다. 장식 없는 머리띠로 백발을 정갈하게 빗어 올렸고, 얇은 입술에는 연분홍색 립밤을 발랐다. 당시 할몽은 한 사람의 작가로서 도달할 수 있는 최상의 시기를 통과하는 중이었다. 한 작가에게 위대함이 머무는 기간이란 고작해야 반나절, 대개는 눈을 감았다 뜨는 짧은 단위에 한정되기 마련이지만 이때 할몽은 그런 위대함의 가파른 벼랑에 무려 한 달 이상을 견실하게 매달려 있을 수 있는 언어적 피지컬을 획득한 상태였다. 언어와 씨름했던 많은 무용한 시간이 할몽에게 위대함을 제어하고 운용할 비밀스러운 교섭의 기술들을 자연스레 가르쳤다고 봐도 무방했다. 타는 목마름과 영하의 온도, 한 치 앞도 보이지 않는 어둠과 폐소공포증을 견디며 재해 현장이나 극지방에서 한 달 이상을 생존하는 사람들이 있다. 그때 할몽이 견뎠던 위대함의 강도란 그런 사람들에 필적하는 할몽의 초인적인 역량을 증언하는 일이었다고 그는 생각했다. 언젠가 음습한 고블린을 연상시키는 늙은 초인이 도서관 열람실에 앉아 자판을 두들기고 있었다는 말이다.

할몽은 그야말로 골격이 분해되는 것만 같은 위대함의 중력에 맞서며 꼿꼿하게 쳐든 머리를 향해 수직으로 내리꽂히는 압도적인 전율을 얻어맞고 있었다. 이때 손가락들은 뇌리를 타고 척추로 쏟아지는 전율의 자기장을 언어를 향해 방사하고 분유하는 피뢰침과 같은 역할을 했다. 자판 위를 격렬하게 질주하던 그 앙상한 손가락들이 없었다면 할몽의 두뇌는 머리에 퍼붓는 전율의 에너지를 감당하지 못하고 까맣게 전소되었을지도 몰랐다. 전율은 빠르게 언어로 교환되어야 했다. 전율에 말문을 약탈당하기 전에, 전율 자체가 재고 품목으로 전락해 먼지와 침묵의 포로가 되기 전에 위대함을 세계를 향해 반출할 미지의 기교들, 능숙하고 세련된 협상의 방법들을 동원해야만 했다. 문장과 문장, 단어와 단어 사이를 연달아 가로지르는 손가락의 리듬이 신체에 관류하는 전율의 에너지를 텍스트를 향해 유통하는 동안, 할몽은 자신이 드디어 이 전율의 유통망을 손아귀에 움켜쥐어 자유롭게 휘두를 저력과 능력을 갖추게 되었다는 사실을 또 다른 전율 속에서 실감했을 것이었다. 할몽이 남들의 시선에선 팽팽 코를 풀며 민폐를 끼치고 종일 티슈를 남용하며 도서관의 적막을 훼손하는 주변머리 없는 인간처럼 보인다고 해도 그게 무슨 상관이란 말인가. 할몽이 기초생활수급자라는 사실이 문제가 되나? 할몽의 몸에서 감식초 냄새가 난다는 사실이 무슨 문제인가? 고집쟁이 할망구가 얌전히 집에나 처박혀 있을 것이지 괜히 도서관으로 나와 쓸데없이 자리를 차지하고 앉아 도서관의 엄숙한 분위기를 저해하는 괴팍한 무법자로 악명을 떨치고 있다고 하더라도 그게 무슨 상관이란 말인가. 할몽을 도서관에서 내쫓기 위해 그 깡마른 어깨에 손을 얹으면 누구나 할몽의 전신을 관통하는 전율의 번개에 감전되어 목숨을 부지하지 못한다. 내장까지 낙뢰가 다녀가고 온몸이 소복하게 내려앉은 잿더미로 변한다. 황금기에 이른 작가는 하느님도 말리지 못한다. 할몽이 그렇다. 하느님이 할몽 앞에 엎드려 머리를 조아리고 있다고 해도 전혀 황당하게 느껴지지 않는다.

*

그는 자신의 손바닥을 향해 말을 걸었다. 양손을 휘젓고 주먹을 쥐었다 펼치며 그것이 자신의 손임을 확인했다. 마음대로 손을 움직일 수 있었지만 그 손으로 무엇을 할 수 있는지 도무지 모호했다. 그는 박수를 쳤다. 허공에서 나부끼는 자신의 손을 응시하고 있으면 서커스를 관람하듯 신기한 기분이 들었기 때문이다. 밑창에 비계가 달라붙은 슬리퍼를 신고 걸을 때처럼 손바닥과 손바닥 사이에서 짝짝 소리가 났다. 석양 속에서 그의 그림자가 오솔길 너머까지 번졌다. 그는 허리춤에 차고 있던 나이프를 꺼냈다. 날붙이에 노을의 광채가 스미도록 했다. 그의 곁에는 나이프를 갈고 또 갈았던 얼룩무늬 몽돌 하나가 놓여 있었다. 표면에 십자 모양의 홈이 패어 있었다. 녹슨 부분을 몽돌에 문지른 시간만큼 나이프의 도신이 가늘어졌다. 지금까지 한 번도 제대로 사용한 바 없었지만 결국 그는 이 나이프로 빚더미의 심장을 찔러 제 운명을 구제할 예정이었다. 붉은 칼날이 예리하게 번쩍거렸다. 석양은 묻히지 않은 피 대신이었다.

그가 거주하던 저택의 뒤뜰에는 가슴팍에 허풍쟁이 악마라고 적힌 스티커를 부착한 허수아비 인형들이 즐비하게 늘어서 있었다. 그는 우렁찬 기합과 함께 나이프를 마구 휘두르며 허수아비들을 향해 돌진했다. 이른바 허풍쟁이 악마를 향한 암살 연습이기도 했는데, 목덜미와 가슴과 사타구니, 급소가 될 만한 부위로 칼날을 전진시키면 인조 솜으로 채워진 허수아비들이 찢어져 하얀 속을 내비쳤다. 충전재가 상처 바깥으로 비어져 뒤뜰에 펼쳐졌다. 그는 자신이 허풍쟁이 악마를 단칼에 해치우리라 자신했다. 도륙되어 널브러진 더미 인형들이 뒤뜰에 음산한 분위기를 덧입혔다. 내리쬐는 태양에 의해 노랗게 변색된 인조 솜들은 곧 사람들의 발길로 다져지고 굳어져 잔디며 잡초, 다채로운 풀꽃이 물먹은 섬유질 너머로 번식하는 모종판이 되었다. 그는 하인들을 시켜 뒤뜰의

솜이며 더미 인형들을 모두 치우도록 명령했다. 청소가 끝난 뒤 그는 새로운 허수아비를 들였다. 이때 허수아비는 열기구처럼 커다랗게 부푼 스크루지 인형이었다.

나이프로 스크루지 인형의 배를 가를 때마다 수백 장의 신사임당이 뒤뜰에 나뒹구는 장관이 연출되었다. 마치 축복 같았다. 그는 기마 자세를 취한 채 단 한 차례의 칼질로 인형의 속을 채운 지폐를 전부 들어낼 방법을 모색했다. 가끔은 인형을 난도질하며 분풀이를 했는데, 하인들은 진지한 그의 검술 연습을 구경하며 턱이 빠져라 하품을 하거나 심드렁하게 과자를 까먹고 있었다. 실력이 하찮군. 검도에는 재능이 없는 게 분명해. 밤이 되어 그의 연습이 종료되면 뒤뜰로 바느질에 능한 재단사들이 방문했다. 하인들이 이미 빗자루로 쓸어 마대에 보관한 지폐들을 상처 부위에 쑤셔 넣고 숙련된 손놀림으로 봉합을 시도했다. 굵기가 황소의 넓적다리에 필적하는 바늘을 휘둘러 거대한 스크루지 인형을 수선하는 재단사들의 재봉 기술은 그가 연마한 검술보다 화려하고 섬세했으며, 동작마다 밝은 달빛, 그리고 적막한 밤에 어울리는 호젓하고 우아한 풍모를 환기하고 있었다. 마치 무협영화 속의 고수들이 함께 어우러져 무공을 겨루는 듯했다. 재단사와 하인이 많은 양의 지폐를 의도적으로 횡령하고 있었음에도 스크루지 인형은 아침마다 같은 규모로 팽창해 그의 칼날을 맞이했다. 가슴팍에 꿰매진 무수한 재봉선이 진짜 지폐들, 그리

고 하인들과 재단사들의 음모에 의해 정교하게 모사된 위폐
들을 뒤섞어 억류하고 있었다. 그는 알지 못했다. 알았다면
재단사들과 하인들을 찾아가 부채를 조금씩만 나누어 달라
고 애걸했을 것이었다. 지금 폐허가 된 뒤뜰에 버려진 스크
루지 인형은 그 모습이 마른 콩꼬투리처럼 홀쭉해졌다. 위폐
를 포함한 지폐 전부가 허풍쟁이 악마에게 인계되었기 때문
이다.

*

소인배 천사와의 만남을 어떻게 이야기하면 좋을까. 일단
그가 베레모를 도둑맞고 말았다는 사실에 대해 먼저 서술하
도록 하자. 소설의 시작 부분에서 언급했듯 그는 천문학적인
금액의 베레모를 비스듬히 눌러쓰고 있었다. 이 베레모는 비
싼 값을 치르고 구입했을 때부터 그가 줄곧 애지중지해온 물
건이었다. 배상금에 관한 최후의 통보가 있던 날 그는 자신
이 가진 진귀한 소장품 대부분을 경매에 내놓았다. 그때에도
베레모는 그의 영광스러운 소지품으로서 버젓하게 자리를
지키고 있었다. 베레모를 쓰고 거울 앞에 서면 스스로를 존
중하는 일이 어렵지 않았다. 너 좀 멀쩡하네? 거울 속의 베레
모가 말했다. 베레모는 그의 이마에서 배출된 땀과 체액으로
곯아 심한 악취를 풍겼다. 더럽고 누추했지만 함부로 취급될

물건이 아니었다. 그가 베레모를 자존감 버섯이라고 불렀기 때문이다. 내 머리 위에 자존감 버섯이 피어 있는 한 누구도 나를 망가뜨릴 수 없지. 자존감 버섯은 그의 초라한 행색에 화룡점정을 찍는 비루함의 휘장, 누구에게도 빼앗겨선 안 될 누더기 왕관이기도 했다.

어느 날 가짜 푸아그라 마을로 향하는 오솔길로 산책을 나온 사악한 어린아이는 베레모 속에 감춰진 그의 기름진 머리카락이 궁금하다. 대개 인간은 그런 충동 내지는 호기심을 갖는 법이다. 대체 어떤 모양의 까치집일까. 혹시 대머리는 아닐까. 진짜 재밌겠다. 사악한 어린아이의 속내를 간파한 그는 베레모를 수호하기 위해 마치 아르마딜로를 연상시키는 방어 자세를 취했다. 그러나 대개 어린아이들의 영리함은, 특히 사악한 어린아이들이 보유한 짓궂은 총기는 어른의 수비 범위를 훌쩍 추월하기 마련이어서 여러모로 당황스러울 때가 많다. 사악한 어린아이가 그의 면전에 우두커니 서서 볶은 땅콩 두 개를 내밀었기 때문이다. 노숙자 선생님, 땅콩이 아주 고소해요. 이 얼마 만의 애정 어린 관심이자 긍휼한 적선이란 말인가. 머릿속이 새하얘졌다. 땅콩을 건네받기 위해 손을 뻗는다면 자세가 허물어질 타이밍을 놓치지 않을 사악한 어린아이가 머리에 올라앉은 자존감 버섯을 가로채 냅다 달아날지도 몰랐다. 그렇다고 그가 땅콩을 거절해야 할까. 요새 부쩍 과민해진 그의 성격이 선량하고 무구한 땅콩을 음흉하고 엉큼한 땅콩으로 곡해하고 있는 건 아닐까. 볶은 땅콩의 고소함 속에는 어떤 불가해한 심연이 도사리고 있는 것일까.

사악한 어린아이가 사악한 어린아이로 위장한 허풍쟁이 악마였다는 사실은 나중에야 밝혀질 예정이었다. 허풍쟁이 악마는 이렇듯 대담한 방법으로 오솔길에 매복한 그의 감시를 무력화했던 것이다. 여하간 사악한 어린아이는 팽팽하게 당겨진 기다림의 고무줄을 절단하고 가짜 푸아그라 농장을 향해 내달렸다. 그는 허겁지겁 사악한 어린아이를 뒤쫓았다. 내 베레모 내놔 이 자식아…… 가정교육을 어떻게 받은 거냐…… 너 잡히면 불호령이 떨어질 거다! 그는 호통을 쳤다. 울분이 샘솟는 과정에서 혼잣말도 잠시 멎었다. 사악한 어린아이는 손가락에 골무처럼 끼운 자존감 버섯을 빙그르르 회전시키며 아득한 오솔길 저편으로 멀어졌다. 돌부리에 걸려 나동그라진 그는 베레모의 환영을 향해 양팔을 뻗었다. 머리를 쥐어뜯었다. 순간의 방심으로 일평생 그를 호위했던 자존감 버섯을 빼앗기는 중대한 실수를 범하고 말았던 것이다. 그는 허풍쟁이 악마를 향한 기다림마저 저버린 채로 베레모를 부르짖었다. 덤불이며 가시덩굴을 미친 듯이 손아귀로 잡아채며, 자존감 버섯을 그리워하는 가운데 오솔길의 끝과 끝을 표류했다. 가슴이 미어졌다. 오랜만에 드러난 이마로 불어오는 바람이 시원하고 상쾌했다. 얄궂은 일이 아닐 수 없었다. 항상 그를 피하던 청솔모 한 마리가 갑자기 친근감을 느끼며 다가와 그의 목덜미에 올라앉는 은총을 베풀었다. 그는 청솔모가 놀라 달아나지 않도록 온몸을 경직시켜 최대한 움직임을 차단한 채 자존감 버섯에 대한 상실감을 목 놓아 토로했다.

한편 가짜 푸아그라 농장에서는 허풍쟁이 악마의 복귀를 환영하는 경축 만찬이 거행되는 중이었다. 첫번째 희생자는 와병으로 사망한 할머니 거위였다. 다른 거위를 죽여 내놓을 수는 없었기에 불가피한 선택이었다. 무력한 거위들은 비탄 속에서 기다란 모가지를 바닥에 늘어뜨리고 침통하게 우짖었다. 허풍쟁이 악마는 그릴에 구운 할머니 거위의 사체를 집게로 헤집었다. 쌀알 크기의 푸아그라를 이쑤시개로 찍어 혓바닥에 올려놓았다. 할머니 거위의 간은 암으로 조직이 괴사해 있었다. 씁쓸하고 역겨운 맛을 느낀 허풍쟁이 악마의 미간이 저절로 찌푸려졌다. 불같이 화를 냈다. 농장의 식구들이 합심해 자신을 능멸한다고 생각했다. 허풍쟁이 악마는 붉은 목장갑을 끼고 친히 헛간으로 가 애꿎은 거위 몇 마리를 손수 도살했다. 간을 적출했다. 허풍쟁이 악마는 자신이 농장을 방치한 사이 푸아그라의 품질이 심각하게 저하되었다고 말했다. 주사기로 붉은색을 띠는 미지의 용액을 푸아그라에 주입하자 접시 위의 간이 울룩불룩하게 부풀었다. 허풍쟁이 악마는 팽창하는 간을 움켜쥐고 입으로 가져가 그대로 우물거렸다. 쇠스랑에 거꾸로 매달린 거위 사체들 아래로 간을 제외한 다른 내장들이 녹진하게 미끄러졌다. 소인배 천사는 화장실로 달려가 구토했다. 서럽게 흐느꼈다.

*

자존감이라는 단어를 처음 발명한 사람은 지옥에나 떨어져라. 그는 생각했다. 온 세상 사람들이 제 자존감 지수를 의식하고 괜한 열등감에 시달리며 가끔은 아무렇게나 휴식해도 괜찮을 마음의 텃밭을 종일 순찰하고 감독하는 피로한 강박관념에 시달리고 있지 않냐. 자존감의 높낮이를 통해 내면에 자리한 비가시적인 영역의 건전성과 안정성을 측량하고 어필해야 하는 속류 심리학에 중독되어 있지 않냐. 대낮에 자존감 버섯에 대한 애타는 마음을 이렇게 합리화하고 일축하다가도 밤이 되면 으레 그의 머릿속으로 모면할 수 없는 근심이 싹트기 시작했다. 그는 왕성해지는 생각의 그림자에 짓눌렸다. 인생이 끝장났다는 사실을 증명하기 위해 밤의 새까만 칠판 위에 터무니없이 장황한 수식을 적어 제출해야 하는 것이다. 대체 누구에게?

베레모는 그렇다고 치자. 그가 베레모 때문에 정신없이 오솔길을 방황하던 그때 허풍쟁이 악마가 유유히 오솔길을 지나 가짜 푸아그라 농장에 도착했다면 어떻게 되는 걸까. 그동안의 기다림이 보람 없는 나날이었던 걸까. 그가 되감고 되먹이던 혼잣말을 합치면 책 한 권을 능히 집필하고도 남았을 텐데, 그 책의 제목은 마땅히 '자존감 버섯'이 아니라 '허풍쟁이 악마'가 되어야 할 텐데…… 베레모 때문에 기다림의 의무를 유기했다니 그야말로 치명적이지 않은가. 허풍쟁이 악마가 나타나리라는 막연한 기대감이 슬그머니 종말을 고한다. 목적 없음, 집도 절도 없음이라는 광막한 무차별성이 그를 심문한다. 지금이라도 허풍쟁이 악마에 대한 기다림을 단념하는 게 좋지 않을까? 배상금의 일부를 지불할 방법에 골몰해 파산을 늦추는 편이 더 현명한 선택일지도 모르겠다. 그는 뒤척였다. 그러나 허풍쟁이 악마가 아직 오솔길에 발을 들여놓지 않았다면? 이렇게 체념하고 기다림의 희망을 포기하기에는 아직 이른 시각이 아닐까? 과거와 미래는 가위바위보 게임과 비슷하지 않은지…… 가위를 제시하면 주먹이 돌아오고 주먹을 증정하면 보자기가 돌아오는 악순환의 루프를 끊어내야 하고, 있는 힘껏 내팽개친 주사위에 편승해 승리하거나 패배하기를 선택해야 한다.

그때 오솔길 너머가 밝아졌다. 도깨비불 같은 주황색 광채가 정면에서 그를 향해 가까워졌다. 가짜 푸아그라 농장이 위치한 방향이었다. 소인배 천사의 비서인 스미스 씨가 부리로 손전등을 물고 다가왔다. 스미스 씨는 물갈퀴를 잠방거리며 당차게 걸었다. 소인배 천사가 광주리를 품에 안고 앞장선 스미스 씨를 뒤따랐다. 스미스 씨는 꽥꽥 유난을 떨며 그의 얼굴로 불빛을 들이댔다. 시야가 불빛의 잔상으로 혼탁해졌다. 눈을 깜빡거리자 잠시 후 그는 자신을 내려다보는 소인배 천사의 얼굴과 마주할 수 있었다. 스미스 씨가 손전등을 바닥에 내려놓았다. 광채가 오솔길의 어두컴컴한 덤불 사이로 번졌다. 청솔모들이 사방으로 흩어졌다. 스미스 씨는 날개를 이용해 제 우울감에 질려 얼떨떨한 표정을 짓고 있는 그의 뺨을 몇 차례 후려쳤다. 정신이 번쩍 들었다. 주저앉아 입을 벌리고 소인배 천사를 멍하니 올려다보는 행위가 예의가 아니라는 듯 부리로 그의 목덜미를 콕콕 찌르기도 했다. 그는 황망하게 엉덩이를 털며 일어났다. 소인배 천사에게 꾸벅 인사를 했다. 안녕하세요. 소인배 천사는 얼굴이 까칠했다. 눈두덩이 가무잡잡했다. 소인배 천사가 그의 인사에 화답했지만, 목이 쉬어 이전의 인자하고 다정한 느낌을 발견할수 없었다. 소인배 천사의 광주리 안에는 그가 잃어버렸던 자존감 버섯이 담겨 있었다. 민달팽이가 점액질의 궤적을 남기며 모자 위에 달라붙어 있었다.

허풍쟁이 악마가 가짜 푸아그라 농장으로 돌아오리라는 소식을 전해준 이가 바로 소인배 천사였다. 그에게는 은인이나 다름없는 사람이었다. 소인배 천사는 원래는 하얀 빛깔이었을 얇은 튜닉을 걸쳤으며 붉은 고무장화를 신고 있었다. 튜닉은 거위들의 똥과 오줌에 얼룩져 마치 색색의 물감을 뿌린 것처럼 알록달록했다. 소인배 천사는 항상 온몸에 거위들의 흔적과 체취를 듬뿍 묻히고 다녔으며 거위들과 생활하는 까닭에 그것이 자연스러웠다. 소인배 천사는 오늘 아침 오솔길에서 그의 자존감 버섯을 빼앗아 도망친 이가 바로 변장술에 능한 허풍쟁이 악마였다고 말했다. 잘 들어요. 소인배 천사가 그를 나무랐다. 말에 위엄이 어려 있었고, 그를 단호하게 꾸짖다가도 말을 삼키는 어투에서 솟구치는 노기를 억제하고 있음이 느껴졌다. 오늘부터 혼잣말 금지예요. 그 혀를 잘라 거위들의 밥으로 주기 전에 입 닥치고 제 말 들어요. 말 좀 관둬. 그는 꿀 먹은 것처럼 입을 다물고 머리를 긁적거렸다. 대체 생각이 있는 거예요 없는 거예요? 생각이 너무 많은 거예요 머리가 나쁜 거예요? 그는 수줍어하는 사람처럼 발끝으로 바닥을 긁었다. 그의 어처구니없는 행각을 보다 못한 스미스 씨가 부리를 세워 그의 항문에 분노의 일격을 날렸다. 그는 엉덩이를 감싼 채 소인배 천사의 말을 경청할 수밖에 없었다.

당신이 지켜야 하는 건 당신 통장만이 아니라 우리 거위 식구들이 있는 가짜 푸아그라 농장이기도 했어요. 거위들의 보고를 받으니 당신은 임무에 성실하지 못했고, 기척을 숨기지도 않은 채 몇 날 며칠이고 오솔길에 앉아 노래를 불렀다고 하더군요. 덤불 사이에 포복하지도, 높다란 나무 위에 올라 고요하게 숨을 죽인 채 표적을 노리려 하지도 않았다고요. 꾀죄죄한 몰골로 오솔길 가장자리에 앉아 혼잣말을 일삼으며 소음 공해를 유발했다고요. 당신이 허풍쟁이 악마를 기다리고 있다는 소문이 마을 어귀에까지 파다하게 퍼졌어요. 당신이 딴청을 피우고 임무를 등한시하는 동안 우리 거위 식구들이 셋이나 죽었다는 거 아세요? 진작 침묵을 선택해야 했지만 당신은 단 한 번도 스스로를 강변하는 일을 멈추지 않았죠. 엉거주춤 앉아 자신이 황금알을 낳을 수 있으리라 자신했겠죠. 그러나 당신이 낳은 건 황금알이 아니라 낙동강 오리알에 불과했어요. 낙동강 오리알은 공배이자 공란처럼 껍데기만 남아 가라앉지 않고 강물 아래로 떠내려가는 잘린 머리들에 불과해요. 두뇌가 없지요. 가격표가 없어요. 당신이 황금알을 낳을 수 있으리라 기대하는 사람은 어디에도 없어요. 오직 당신만이 배 속의 황금알을 입증하기 위해 천 개가 넘는 낙동강 오리알을 생산하고 있었다는 말이에요. 천 개가 넘는 낙동강 오리알을 팔아도 한 개의 황금알을 손아귀에 넣을 수 없다는 사실을 고백하고 자인하면서, 비워진 마음이 그만큼이나 무수한 낙동강 오리알을 생산했다는 사실에 경악하고, 때로는 은근히 즐거워하면서 말이죠. 자존감 버섯 위에 올라앉은 민달팽이가 뜨악한 그를 향해 찡긋 윙크를 했다. 곧 스미스 씨의 먹이가 될 녀석이었다.

푸아그라 포르노

베레모를 쓴 거위를 목격한 일이 있나. 여태 베레모 따위에 집착하고 있었다면 두번째로 주어진 기회가 허망하게 무산되었을 수도 있었다. 그는 오솔길에 베레모를 내팽개쳤다. 뒤를 돌아보지 않았다. 한 시기를 성공적으로 마무리한 느낌이라 괜스레 뿌듯한 기분이 들었다. 그럼에도 그는 한가롭게 자신을 칭찬할 수 없는 상황이었다. 그는 바글거리는 거위들 틈바구니에서 거위 분장을 하고 있었다. 스미스 씨가 안내한 가짜 푸아그라 농장의 헛간에는 거위들이 가득했다. 하나같이 그에게 적의를 드러냈다. 임무에 실패한 그를 용납하지 못하는 모양이었다. 분통이 터져 소란스럽게 날뛰는 호전적인 거위 몇을 스미스 씨가 진정시켰다. 그는 자신을 둘러싸고 수군대며 으름장을 놓는 거위들 사이에서 괜스레 부리로 내벽을 두드리거나 머리를 짚단에 파묻기도 했다. 쳐다보지 않는 게 상책이었다. 눈을 마주치면 이성을 잃은 거위들이 단체로 그를 해코지할지도 몰랐다.

지금부터 새로운 작전을 개괄적으로 소개하겠다. 그는 거위 흉내를 내며 가짜 푸아그라 농장의 헛간에 매복한다. 허풍쟁이 악마가 헛간을 방문한다. 곁에 있는 소인배 천사가 짐짓 시치미를 떼며 그를 지목한다. 저 녀석이 적당하거든요. 거위 친구들 사이에서도 간덩이가 커다란 놈으로 꽤 이름난 거위예요. 자신이 거위가 아니라 올빼미라고 착각하는 녀석이라니까요. 그는 해부실로 향한다. 그곳은 허풍쟁이 악마가 직접 거위를 해체해 푸아그라를 꺼내는 장소로, 그는 빈틈을 노려 허풍쟁이 악마를 응징할 기회를 거머쥐게 된다. 이 계획을 실행하는 일에 필요한 주된 역량이란 역시 그의 매복 능력이다. 어제까지 그의 은신처는 가짜 푸아그라 농장으로 향하는 오솔길이었다. 오늘부터 그는 자신이 연기하는 거위의 풍성한 깃털 안쪽에 매복한다. 분장한 거위 바깥으로 제 인간성의 기척을 코빼기라도 내비치는 순간 정체가 까발려지고 만다. 그는 거위들 사이에 몸을 은신하고 때가 오기만을 기다리는 한 마리 잠룡으로 비유될 수 있다. 결정적인 타이밍이 다가오기까지 거위로서의 자신에 몰두하며 암약하는 일은 허풍쟁이 악마라는 목표에 도달하기 위해 그가 치러야 하는 자명한 시련이자 고난이기도 하다. 현재에도 거위와 인간의 차이를 그다지 구분할 수 없는 이 소설의 우화적인 특성을 감안할 때 대체 어떻게 거위적인 것과 인간적인 것을 나누어 계열화할 수 있느냐의 난제가 생기지만, 여하간 그는 거위를 완벽히 연기하기 위해 황금알도 낙동강 오리알도 아닌 유정란 다섯 알을 꽁지 아래 품고 있었다. 만일 그의 매복이 유효하다면 내일 알이 부화해 다섯 마리의 아기 거위가 태어날 예정이었다.

코로 깃털이 들어가 자꾸만 재채기가 나왔다. 어미 거위들의 경우 알들 위에 차분하게 날개를 접고 앉아 휴식을 취하고 있는 것처럼 보인다. 그 모습이 천사와 닮긴 했어도 굳이 천사를 시늉하지는 않는다. 그는 알을 엉덩이로 깔고 앉아 어미 거위들의 흉내를 내고 있지만 알이 깨지지는 않을까 염려스러워 몇 차례나 제 꽁지를 들춰 알의 상태를 확인한다. 그 바람에 잠들지도 못한다. 같은 온도의 품속임에도 불구하고 어느 알에서는 아기 거위가 탄생하고, 어미 거위의 충분한 가호를 받지 못한 알들은 더 신속하게 부패한다. 알들이 폐사할지도 모른다는 걱정 때문에라도 포란에 집중하지 못하겠다. 아기 거위들을 위해 밤을 꼬박 새웠음에도 알은 미동조차 하지 않았다.

들이친 아침 햇살이 문틈 사이로 찰랑거렸다. 그는 슬그머니 둥지에서 빠져나왔다. 거위처럼 엉덩이를 작위적으로 씰룩거리며 헛간을 배회했다. 새벽 내내 오리걸음 준비 자세로 버티고 있어야 해서 뻐근해진 무릎과 다리를 위로했다. 역시 무리였어. 그는 낙담했다. 아기 거위들의 입장에서도 나를 엄마라고 인정하기 싫을 거야. 나는 임무에 실패한 낙오자일 뿐인걸. 서늘했던 새벽 공기가 아침 햇살과 함께 데워졌다. 그는 알들 근처로 되돌아와 둥지 앞에 무릎을 꿇고 앉았다. 정말 미안해. 나는 역부족이었던 것 같아. 새하얀 알들의 모습을 처연하게 응시했다. 천장의 환기구에서 햇볕이 둥글게 뻗어 들어왔다. 좁아진 빛의 접시가 알들 위로 어른거렸다. 알들이 눈부시게 밝아졌다. 하느님의 우연한 돋보기 장난이 그러하듯 둥지를 중심으로 햇볕이 중첩되었다. 알들이 놓인 짚단이 불붙어 타오르지는 않을까. 순간 그런 생각이 들었다. 그는 알들을 구출하기 위해 환한 빛의 접시 안쪽에 손을 넣었다. 움켜쥔 알들이 석탄처럼 뜨거웠다. 손바닥에 붉은 화상 자국이 남았다. 알들이 전구가 폭발할 때처럼 번쩍거렸다. 그는 어안이 벙벙해 양쪽 눈을 게슴츠레하게 뜨고서 둥지를 쳐다보았다.

어느새 알 표면에 균열이 생겼다. 작은 구멍 속에서 아기 거위 한 마리가 비틀거리며 머리를 내밀었다. 그는 아기 거위가 껍데기를 부수고 나오는 그 신성한 순간을 가만히 관찰했다. 화상으로 얼얼해진 손바닥을 혀로 핥으면서 말이다. 아기 거위는 자신이 태어나도록 힘을 북돋은 이가 실은 햇볕임을, 하느님의 돋보기 장난임을 알지 못한 채 그의 품에서 가쁜 숨을 몰아쉬었다. 어떤 존재가 스스럼없이 다가와 자신을 필요로 하고 있을 때 느껴지는 부담스러운 당혹감, 감히 내가 이렇듯 큰 사랑의 포로가 되어 덩달아 납치되어도 괜찮은가 묻는 한없는 자격지심 속에서 그는 아기 거위를 포옹했다. 사족이지만 사람을 변화시키는 계기 또한 이런 존재들과 공유하는 사랑임이 분명하다. 사랑하고 사랑받는 자의 마음에서 발아하는 책임의 씨앗인 것이다. 그가 반드시 허풍쟁이 악마를 해치워야겠다고 마음먹지 않았는가. 나머지 알들에서도 뚜렷하게 탄생의 징후가 포착되었다. 아기 거위들과 함께 헛간 안의 여론이 반전되었다. 그를 고까워하며 계획의 성사 여부에 회의적이던 냉소주의자 거위들 또한 그런 태도를 소탈하게 내려놓고 그를 응원하기로 했다. 스미스 씨가 날개를 들썩이며 그를 칭찬했다. 그는 자신이 한 일이 아무것도 없다고 웅변했지만 거위들은 그의 언어를 해독하지 못했다.

소인배 천사가 헛간으로 특식을 만들어 가져왔다. 제가 직접 봐서 알거든요. 천사의 날개는 사실 등짝이 아니라 발목 부근에 매달려 가늘게 파닥거리고 있거든요. 소인배 천사는 자신이 직접 목격한 천사에 관한 이야기를 들려주었다. 천사는 이륙하지도 활강하지도 않아요. 다만 허리를 반듯하게 세우고 우리가 공중이라고 부르는, 천사에겐 고도와 깊이가 부재할 어떤 평평한 지대를 경쾌하고 의젓한 걸음걸이로 행진할 따름이죠. 그게 천사에게 어울리는 비행이에요. 공중에서 가벼이 이동하는 천사를 멍하니 올려다보고 있으면 저도 그렇게 할 수 있을 것만 같죠. 지상에 묶여 있는 제 다리와 허공을 횡단하는 천사의 다리가 사실상 같은 동작으로 세계를 산책하고 있다는 게 정말 이상하고 아름답게 여겨지죠. 왼손에 받든 접시 위에는 소인배 천사가 상상한 영혼의 모델이 담겨 있었다. 너머가 비칠 정도로 얇게 부친 크레이프 낱장들을 겹겹이 포개 플레이팅한 살구색 튤립이었다. 크레이프 사이에 잼과 두유크림을 듬뿍 얹었어요. 영혼에 형태가 없다는 게 얼마나 다행인지 몰라요. 형태가 있었다면 저는 이 크레이프 튤립을 영혼의 모델이라고 부르지 못했을 테니까요. 튤립은 아주 맛있었다. 믿기지 않는 솜씨라 덩달아 허겁지겁 먹게 되었다. 그게 아쉬웠다. 튤립의 달콤함이 뇌리에 남아 지워지지 않았기 때문이다. 소인배 천사에겐 영혼의 모델에 관한 신비로운 레시피들이 헤아릴 수 없을 만큼 많았다. 기발하고 독창적인 조리법이 적힌 공책들이 부엌의 책꽂이를 간격 없이 메우고 있었다.

*

허풍쟁이 악마가 실종된 이후 소인배 천사는 농장의 임시 경영주로서 사업을 도맡아 운영했다. 거위들을 푸아그라가 담긴 쌈지 정도로 취급하던 기존의 진짜 푸아그라 농장은 소인배 천사의 활약으로 점차 거위들의 낙원으로 변모했다. 소인배 천사는 강낭콩과 당밀과 올리브유를 적절한 비율로 혼합한 가짜 푸아그라를 개발했다. 가짜 푸아그라는 푸아그라와 이름과 형태만 유사할 뿐 식감이 전혀 다른, 생소하며 희한한 음식이기도 했지만 새로운 식품으로 각광을 받았으며 미식가들의 환호와 호들갑을 통해 세상에 널리 알려지게 되었다. 농장은 연일 가짜 푸아그라를 먹기 위해 찾아온 사람들로 문전성시를 이뤘다. 푸아그라를 별로 좋아하지 않던 사람들도 가짜 푸아그라를 한번 맛보면 혀에서 짜릿하고 관능적인 무도회가 벌어져 제 식탐을 제어하지 못하고 맑은 침을 주룩주룩 흘릴 수밖에 없었다. 강낭콩과 당밀, 올리브유를 제외하고도 소량 첨가된 양귀비가 가짜 푸아그라의 폭발적인 인기를 견인하는 주된 악마의 재료라는 식의 의혹이 사람들 사이를 떠돌았다. 이런 괴담은 이내 근거 없는 음해로 판명되었다.

소인배 천사의 요리 실력은 환상적이었다. 사업은 나날이 번창했다. 자취를 감추기 전 허풍쟁이 악마는 종종 접시 위의 푸아그라를 나이프로 가리키며 그것을 거위 한 마리의 영혼이라고 말하곤 했다. 즉 거위의 알짜배기. 영혼이 머랭처럼 혓바닥 위에서 살살 녹는구나. 영혼이라는 게 이렇게 기름지고 부드럽다. 소인배 천사는 이런 비유를 끔찍하게 생각했다. 애초에 영혼이란 육체 안쪽에서 발굴될 수 없으리라고 생각했으며 그것이 육체나 정신과 무관한 가상적인 누빔점이 되어야 한다고 여겼다. 어쩌면 영혼이란 어딘가에 내재하는 것이 아니라 지금 이곳에서 발생하는 어떤 순간을 지칭하는 낱말인지도 모르겠다. 육체를 파헤치면 육체만 있을 뿐이지. 정신을 파헤치면 심연이 있을 뿐이고. 영혼이란 가짜 푸아그라 같은 거야.

가짜 푸아그라를 통해 농장은 전례 없는 부를 축적하게 되었다. 소인배 천사는 이렇게 벌어들인 돈을 거위들의 생계와 복지를 위해 지출했다. 거위들은 이제 협소하고 열악한 헛간 안쪽에서 태어나 목을 틀어쥐는 암실로 인계되어 제 간덩이를 살찌워야 하는 고통스러운 노동에 종사하지 않아도 되었다. 자유롭게 농장 안팎을 드나들었다. 마당을 질주하고, 채마밭을 어지럽히고, 계곡에서 물장구를 치고, 초원으로 피크닉을 나갔으며, 강낭콩 반죽을 치대는 소인배 천사의 일손을 보조하며 한껏 생색을 내기도 했다. 친절한 거위들은 식당에서 웨이터로 근무했다. 근엄한 거위들은 종일 마당에서 동상처럼 멋진 자세로 서 있었다. 다정한 거위들은 마주한 거위들을 빼놓지 않고 안아주었다. 사교성이라곤 태생적으로 갖지 못해 괴팍한 거위들 또한 면벽할 권리, 홀로 사색할 권리, 마음껏 토라질 수 있는 권리를 얼마든지 갖고 있었다. 아무 곳에나 오줌을 갈기고 울며 버둥거려도 이 모습 자체를 흐뭇하게 바라보면 그뿐이었다. 감수성이 예민한 거위들은 똥으로 바닥에 그림을 그리거나 깃털을 뽑아 공중에 글을 썼다. 거위들의 세계에서 윤리는 자발성에 기초한 비폭력적인 공감대 속에서 당위성이 아닌 개별 거위들의 정직성을 통해 추구되어야 하는 것이었다. 소인배 천사는 단연 농장에서 권위를 가진 존재였다. 그러나 이때 권위란 상대를 향한 동반자로서의 믿음, 공손하게 경청하거나 비판하고 물음을 제기하며 답을 기다릴 때 마음속에서 우러나는 신뢰와 겸양의 감정을 가리킬 뿐 그 이상도 이하도 아니었다.

불행했던 시절의 기억이 응축된 농장 내의 장소들은 억울함이 북받칠 때 들어가 몇 날 머칠이고 저마다 다른 리듬으로 제 슬픔을 애도할 수 있는 개방된 전당으로 변신했다. 죽음은 더는 조급하게 거위들을 뒤쫓지 않았다. 거위들은 자연사할 수 있었다. 돌연사할 수도, 병사할 수도, 자살할 수도 있었다. 푸아그라의 유통기한을 염두에 두지 않아도 얼마든지 죽음과의 관계를 새롭게 정초할 여지가 있었다. 거위들은 더는 빨래처럼 거꾸로 널려 죽음 이후의 생피를 게워내지 않아도 되었다. 가짜 푸아그라 농장을 방문한 사람들은 입구에서 그들을 낚아채는 거위 군단의 질풍노도 같은 흐름에 떠밀려 농장의 이곳저곳을 견학했다. 혼비백산한 상태에서 먹는 가짜 푸아그라는 최상의 진미였다. 자신들이 방금 연못에서 일광욕을 즐기던 거위들의 영구적인 행복에 공헌하고 있다는 인식이 가짜 푸아그라의 맛을 돋우는 향신료로 작용했던 것이다. 인간이란 으레 이런 도취된 기분 속에서 인류세니 종말이니 생태주의적 실천이니 하는 말들을 전개하며 거들먹거릴 때 동물적인 고양감을 느끼기 마련이고, 거위들 또한 인간의 이런 습속을 거절할 이유가 없었다. 인간의 고양감이 농장의 살림살이를 풍요롭게 만들었기 때문이다. 지구촌을 방랑하는 모험가 거위들이 가짜 푸아그라 농장으로 찾아와 이곳까지 오며 겪었던 험난한 여정들에 관한 이야기보따리를 풀어놓았다. 거위들은 겁을 내기는커녕 용감하게 모험가를 자처하며 농장 밖으로 나섰고, 잔뼈가 굵은 모험가 거위가 되어 돌아와 원래 있었던 이야기에 자신의 이야기를 접목시켰다.

소인배 천사는 가짜 푸아그라가 사람들의 변덕스러운 열광 속에서 한때의 유행으로 소비되지 않도록 매양 다채로운 조리법을 연구했다. 소인배 천사의 꿈은 가짜 푸아그라가 진짜 푸아그라의 대체 식품에 그치지 않고 두부나 낫또처럼 음식으로서의 고유한 자리를 차지하는 것이었다. 그럼에도 소인배 천사는 푸아그라라는 이름을 포기하지도 않았는데, 가짜 푸아그라와 진짜 푸아그라가 독립되어 별개의 음식으로 공존하는 상황을 원치 않았던 까닭이었다. 소인배 천사가 지향하는 전망의 핵심이란 가짜 푸아그라를 통해 진짜 푸아그라를 잊게 만드는 것, 다시 말해 가짜 푸아그라를 이용해 진짜 푸아그라가 보유한 진짜로서의 지위를 탈취하는 것이었다. 소인배 천사의 꿈이 이뤄진다면 훗날 사람들은 가짜 푸아그라를 진짜 푸아그라라고 생각하게 될 것이었다. 현재의 진짜 푸아그라는 따분한 인간 백과사전들이 음식 앞에서 줄줄이 낭독하기 시작하는 신변잡기 지식으로, 문헌에만 존재하는 외면당한 음식의 자리로 물러나 차츰 퇴장하게 될 것이며 가짜 푸아그라만이 유구한 시간 속에서 다양하게 분화된 조리법을 통해 계승되고 발전하는 식으로 인간의 식탁에 올라가게 될 것이었다. 그때 푸아그라는 그 이름의 속뜻처럼 적출된 거위의 간을 지시하지 않고 그저 거위의 간덩이와 상사적인 관계를 가질 따름인 강낭콩과 당밀 반죽을 일컫는 단어가 될 것이었다.

물론 이러한 비전을 실현하는 일에는 여러 어려움이 산적해 있었다. 소인배 천사가 가짜 푸아그라의 레시피를 다른 이들에게 아무리 전파하고 가르쳐도 다른 이들에 의해 제조된 가짜 푸아그라는 농장에서 제조한 가짜 푸아그라만 못했기 때문이다. 진짜 푸아그라 성애자들은 이 점에 착안해 가짜 푸아그라에는 쉬이 넘어가지 못할 중대한 결함이 있다는 식의 유언비어를 퍼뜨렸다. 농장의 위생 상태가 처참한 수준에 이르렀고, 그동안 인간이 휘두른 착취적인 행태에 악의를 품고 복수의 화신으로 성장한 거위들이 늦은 새벽마다 가짜 푸아그라에 배설물을 살포해 반죽을 오염시키고 있다는 소문이었다. 이 유언비어는 어느 정도 신빙성을 가지고 있었는데, 농장에서 거위들은 어느 곳에나 똥과 오줌을 투척할 전적인 자유를 구가하고 있었던 까닭이었다.

진짜 푸아그라 성애자들은 가짜 푸아그라의 신묘한 맛이 실은 거위의 배설물로 야기된 환각 효과이며, 가짜 푸아그라에 미식 취향을 갖는 일은 현대성의 보루인 위생 관념을 스스로 폐기하는 야만적인 퇴행이라고 비난했다. 그러나 야만적인 퇴행 좀 하면 어때? 소인배 천사의 공로로 진짜 푸아그라 성애자들만큼의 가짜 푸아그라 성애자들 또한 생겨났다. 그들에게 가짜 푸아그라를 불필요한 오해와 문제적인 소동에서 구하는 것보다 우선하는 일은 일단 가짜 푸아그라가 제공하는 황홀경과 뒤따라 나오는 탐미적인 트림을 향유하는 것이었다. 그들은 수거한 거위의 배설물을 가짜 푸아그라 반죽에 붓고 뒤섞었다. 이를 통해 집에서도 직접 가짜 푸아그라의 맛을 복제할 수 있으리라 소망했던 모양이었다. 그렇게 탄생한 푸아그라는 음해자들의 말처럼 환각 효과를 일으켰지만 진짜 가짜 푸아그라는 아니었다. 그것은 예컨대, 배설물 푸아그라였다. 배설물 푸아그라는 가짜 푸아그라와는 달리 엑스터시 수준의 유해한 의존성과 중독성을 지니고 있었다. 진짜 푸아그라 성애자든 가짜 푸아그라 성애자든 배설물 푸아그라를 한번 맛보면 종일 거위들의 종종거리는 꽁무니를 쫓아 배설물을 구걸하며 그 포동포동한 엉덩이를 향해 눈물겨운 애원의 말을 중얼거릴 수밖에 없었다. 신선한 자연산 배설물을 주세요, 거위 나으리. 저희가 나으리의 배설물을 강력하게 욕망합니다.

소인배 천사의 탁월한 요리 실력과 사업 수완이 결합한 결과인 가짜 푸아그라의 성공은 어디까지나 임시 경영주로서의 업적이었다. 그래서 불안정했다. 농장으로 돌아온 허풍쟁이 악마는 폭압적인 손길로 거위들을 잡아 가두고 헛간에 자물쇠를 채웠다. 소인배 천사는 거위들을 농장 바깥으로 대피시키려고 했다. 뭉게구름 같은 거위 무리가 피난민이 되어 마을로 내려갔다. 그러나 거위들이 전부 구출되지는 못했다. 가짜 푸아그라 반죽이 비축된 농장의 창고를 순찰한 허풍쟁이 악마는 이 반죽 모두가 거위의 먹이는 아니냐고 되물었다. 얼마든지 거위들의 간을 살찌울 수 있겠구나. 가짜 푸아그라는 거위들을 사육하기 위한 먹이로 공여되기 시작했다. 소인배 천사의 입장에서도 자신이 만든 가짜 푸아그라가 거위들의 지방간을 부풀리는 용도로 사용되리라는 사실은 꿈에도 예상하지 못했을 것이다. 거위들은 가짜 푸아그라를 삼키며 점점 뚱뚱해졌다. 가짜 푸아그라는 이제 음식이 아니라 비닐 팩 안에서 거위의 모가지를 향해 투입되는 걸쭉하고 질펀한 덩어리에 가까워졌다. 거위들은 자신의 위장으로 쉬지 않고 쏟아져 들어오는 그 눅눅한 덩어리들 때문에 점점 미쳐갔다. 음식물 쓰레기가 담긴 종량제 봉투처럼 거위의 몸뚱이가 붓고, 폭식 노동을 견디지 못해 죽은 거위는 다른 거위들의 사체와 함께 음식물 쓰레기를 담는 종량제 봉투 안으로 들어갔다. 모가지를 틀어쥔 허풍쟁이 악마의 손아귀에 의해 검고 으슥한 플라스틱 구덩이 속으로 버려졌다. 살아남은 거위들은 제 몸뚱이의 절반 크기나 되는 황금알을 배 속에 품어야 했다.

어느덧 그는 어엿한 거위 한 마리를 훌륭하게 연기할 실력을 갖추게 되었다. 며칠 전 허풍쟁이 악마가 그를 지목했다. 오더를 내렸다. 때가 왔나. 그는 날개로 혁명의 돌풍을 일으키듯 분주하게 겨드랑이를 펄럭거리며 헛간을 떠났다. 이내 그는 엉덩이를 겨우 붙일 수 있는 비좁은 의자 위에 앉아 있었다. 의자가 안쪽으로 꺼지는 것처럼 우묵하게 낮아졌다. 철제 커버가 몸뚱이 위로 씌워졌다. 그는 어둠 속에 감금되었다. 기울어진 좌석에 의해 사선으로 눕혀진 채 옴짝달싹할 수 없는 처지였다. 몸뚱이 전체가 박동하는 심장인 양 쿵쿵거렸다. 결박된 관절이 좌우로 비틀렸다. 그는 이 구속 장치의 목적이 거위 한 마리의 열량 소모를 극단적으로 저지하는 것, 지방을 연소하지 못하도록 행동과 동선의 반경을 축소하는 일이라는 사실을 미리부터 짐작하고 있었다. 그러나 미리부터 짐작하고 있었다는 것은 실제로 겪게 되는 이러한 체험의 실상에 대해 아무런 정보도 제공하지 않는다. 허풍쟁이 악마를 완전히 기만하기 위해서는 이 장치의 시험을 통과해야 했다.

그는 깔때기 모양의 합판에 의해 강제로 모가지가 쳐들린 상태였다. 목구멍에 삽입된 노즐 안으로 액화되어 곤죽이 된 탄수화물 덩어리들이 쏟아져 들어왔다. 공간이 협소해 공황

발작이 거듭되었다. 거부할 도리 없이 사출구를 물고 있어야만 했으며, 개구기를 착용한 것처럼 씹고 뱉거나 비명을 지르고 구토하거나 물어뜯을 능력이 봉쇄된 입은 폭식 장치의 케이블에 단단하게 결속된 채로 요지부동이었다. 사출구 끄트머리에 달린 집게발이 목구멍을 파고들어 후두에 박혀 있었기 때문이다. 그의 위장으로 젖은 펄프 같은 질감을 가진 흥건한 탄수화물 덩어리들이 그의 의지가 아닌 주입하는 기계의 압력에 의해 거침없이 퍼부어졌다. 노즐이 덜렁거렸다. 온몸에 힘이 풀리고 지금껏 경험한 적 없었던 어마어마한 쇠약감이 엄습했다. 그는 유출되는 덩어리들과 함께 실신 직전의 감각을 부조리하게 루핑하고 있는 것만 같은 궤멸적인 무력감 속으로 이끌려 들어갔다. 위장은 뒤집힌 채로 튀어 오르며 질척한 음용액을 위로 토하려 했고, 아래로는 역류하는 토사물을 가라앉혀 억누르는 장치의 가혹한 운동성이 그를 통제했다. 토사물이 비강으로 넘쳤다. 그는 온 힘을 다해 버둥거렸다.

폭식 장치의 센서가 식도 끝까지 차오른 덩어리들을 감지해 치사량을 넘어서지 않도록 먹이의 양을 조절했다. 시끄러운 전자음이 귀청을 때렸다. 속에서 부대끼는 위장이 다른 장기들을 압박했다. 마치 누군가가 갈빗대를 매섭게 구타하는 듯했다. 질식할 것처럼 눈앞이 흐릿해지기 시작했지만 노즐을 관류하는 덩어리들의 넘실거리는 느낌이 그를 괴롭혀

지속적인 각성 상태를 촉발했다. 그는 얼마간 기절해 있었는데 그 와중에도 먹이의 투입이 그치지 않았다. 시야가 점멸했다. 위장은 늘어나 헐렁해진 만큼 좀더 많은 양의 먹이를 수용했다. 벌어진 항문으로는 배설물이 둔감하게, 끈적끈적하고 미끄덩한 시럽처럼 낙하해 수챗구멍으로 흘러갔다. 역겨운 체기와 함께 괄약근을 지나는 배설물의 감각만이 그의 육체가 길고 구불구불한 튜브에 지나지 않음을 폭로했다. 위장이 죽창에 꿰뚫린 것처럼 욱신거렸다. 그는 살아갔다. 단순하게 진동하는 육체의 아우성으로밖에 설명하지 못할 어느 가없는 어둠 속에 드러누워 있었다. 그는 자신의 육체만을 의식했다. 그는 육체가 아닌 다른 어떤 차원에서도 존재하지 않았다. 마비되고 최면에 걸려 있었다. 요동쳤고 얼크러졌으며 분출되었고 다시금 속박되었다. 으스러졌고 격발되었고 추락했으며 꼬챙이에 꿰여 허공으로 치솟았다. 그는 장치에 연루된 밥줄이었고 소화 기관이었으며 장치가 퍼붓는 물큰한 덩어리에 매달려 실재하는 즉물적인 감각들 자체, 탄수화물 덩어리들을 비축하거나 배출하는 동안 쉬지 않고 움직이는 이 모든 불수의적인 타성과 탄력과 탈진의 연쇄, 육체 안쪽에 밀폐된 소용돌이들의 과격하고 난잡하며 고통스러운 작용점이자 극복할 수 없이 충만하게 들끓는 몸뚱이의 실효성이었다. 그는 꼴깍거리고 할짝거리며 꿀꺽거리고 헐떡거리는 무정형으로서의 시간 속에서 적나라하게 방치되어 있었다. 의식은 몸의 반응들 사이에서 조각난 채 발작적으로 되살아났다. 그것은 목구멍에 꽂힌 사출기를 뱉어내려는 무용한 몸부림이자 음식물의 투입이 잠시 정지되었을 때 경험되는 기진맥진한 절망감을 의미할 따름이었다. 인간성의 잔해들이 신체를 저주하고 부정하는 말의 파편이 되어 그를 찔렀다.

폭식 장치는 거위와 인간이 본성적으로 동일하다고 말한다. 그것은 거위에게도 인간에게도 특별한 방식으로 작동하지 않는다. 인간과 거위는 폭식 장치적인 보편성 속에서 호환될 수 있는 주둥이, 푸아그라를 생산하는 주머니로서 평등하고 균질한, 특성 없는 두 몸뚱이가 되어 나란히 병렬된다. 인간과 거위는 장치와의 결합을 통해 황금알을 출력하는 매체이자 공장으로서 무차별하게 작동한다. 거위가 되기 위해서 함부로 어깻죽지에 날개를 달고 뒤뚱거리기 전에 인간은 먼저 스스로를 고사시킬 퇴행적인 단계에 진입해야 하는지도 모른다. 그것이 장치의 명령이기도 하다. 인간과 거위의 생물학적인 차이는 폭식 장치의 입장에서 발가락의 길이나 점의 위치처럼 사소해 접촉 불량이나 기계의 오류를 일으키는 요소로 격상되지 않는다. 그러므로 인간과 거위를 향해 공평한 노동이, 공평한 고행의 과정이 할당된다. 그는 점차 고분고분하며 양순해진다. 먹이에 불응하던 신체는 자신이 장치의 일부임을 인정하는 가운데 제 비자발성에 순응하기 시작한다. 덜렁거리는 노즐의 운동에 귀속된다. 그는 너그러워진다. 너그러움이 목구멍에서 항문에 이르는 오솔길을 부드럽게 이완시킨다. 무중력이나 가사 상태와도 같은 몽롱하고 아득한 심신상실이 그가 속한 세계다. 그는 꿈을 꾼다. 그는 꿈속에서 자신을 영원히 실현한다. 가짜 푸아그라 농장에 거주하는 꼬마 거위 한 마리를 향해 영원히 날갯짓한다.

*

그는 낡은 도마 위에 방치된 고깃덩어리를 내려다본다. 고깃덩어리가 바로 그이다. 더는 고깃덩어리가 아닐 이유가 없어졌기 때문에. 아닐 이유가 없는 것처럼 그일 이유도 없어지고 말았지만.

고깃덩어리는 피가 빠져 창백한 빛깔을 띠고 있다. 웅크린 자세가 학대를 당한 당사자로서의 추억을 연상시킨다. 등장한 누군가가 고깃덩어리를 뭉툭한 식칼로 내리친다. 여덟 조각으로 토막이 난 부위가 노란 플라스틱 상자 속으로 던져진다. 도마 위에는 다른 거위의 몸뚱이가 올라온다. 절단된 부위들이 플라스틱 상자 안으로 쌓인다. 상자 속의 수많은 거위 토막은 곧 거위 한 마리의 조건을 충족하는 신체 부위들의 조합으로 분류될 예정이다. 어떤 거위 토막과 어떤 거위 토막이 합쳐져 거위 한 마리를 구성한다. 그러나 뒤섞인 토막들로 신체의 추상적인 퍼즐을 완성한다고 하더라도 그 육체 조각보가 곧 거위의 몸뚱이가 되지는 않는다. 퍼즐을 맞추는 건 아주 간단하다. 거위들은 같은 공정에서 길러지며 같은 무게와 크기를 채운 뒤 도살되기 때문이다. 어떤 거위의 정상적인 팔과 다리는 어떤 거위의 정상적인 팔과 다리와 교환될 수 있다. 심지어는 팔과 다리가 없는 거위들조차 팔과 다리가 있는 거위로 둔갑할 수 있다. 신체 조각들은 죽은 거위의 머릿수만큼 무한하며 얼마든지 번복된다. 그러나 사지가 멀쩡한 거위 한 마리를 판매하기 위해 잘린 거위 토막들을 접붙인다고 하더라도 그것은 인간에 의해 조립된 흉측하고 외설적인 모빌에 불과할 뿐 몸뚱이와의 간극은 해소되지 않는다. 거기엔 훼손된 신체로 멀쩡한 신체를 산출하거나 멀쩡한 신체로 훼손된 신체를 은폐하는 끔찍한 인지적 순환이 일어나고 있을 따름이다.

철제 커버가 비대해지는 몸뚱이를 억류했다. 늘어져야 했을 살점은 폐쇄된 공간에 의해 짓이겨졌다. 파묻힌 이목구비 또한 형체가 와해되었다. 얼마 전까진 꼼지락거리기라도 했던 것 같은데 지금은 움직임이 없었다. 사후경직이 시작되어 혈색이 창백했다. 혈관 조직이 파열해 생긴 울혈이 몸뚱이 전체에 퍼져 있었다. 장치의 커버가 개방되고 난 뒤에도 몸뚱이는 그렇게 구겨진 채 망가진 찰흙 인형처럼 굳어 있었다. 시신을 일으키고 모가지에 삽입된 노즐을 분리한 이후에도 시신은 시종일관 같은 모습이었다. 다리와 배가 맞붙었으며 비뚤어진 발목이나 굽어진 모가지를 대충 구별할 수는 있었지만 지방에 함몰된 까닭에 유골을 확인하지 않는 이상 죽음의 순간 몸뚱이의 자세가 실제로 어떠했는지를 육안으로 추측할 수는 없었다. 똑똑한 거위이자 소인배 천사의 유능한 비서였던 스미스 씨는 그렇게 털이 벗겨진 채로 폭식 장치 안에서 숨을 거뒀다. 폭식 장치에서 나온 그는 다행히 목숨이 붙어 있었던 모양이었다. 한 시간 전부터 해부실의 차가운 스테인리스 테이블에 누워 있었기 때문이다. 고무장갑을 끼고 푸아그라를 꺼낼 준비를 마친 허풍쟁이 악마가 그를 들여다보았다. 내내 고대하던 만남이었지만 만남에 대처할 기력이 생기지 않았다. 허풍쟁이 악마는 이 소설의 첫 부분에 등장한 그대로 장광설에 능한 인물이다. 그는 귀를 막을 방법 없이 허풍쟁이 악마의 말을 청취해야 했다. 그저 신음을 누설하며 가만히. 다른 무엇도 아닌 자신의 육체에 의해 매몰된 채 인간이었던 시절의 척추가 끊어져 무너진 터널 안에 갇힌 거위 한 마리처럼.

깃털과 악마

어린 시절의 별다를 것 없는 하루를 떠올리면 적막한 원룸에 둘러앉아 가족과 함께 식사할 때에도 불시에 난폭한 광기가 들이닥쳐 이 모든 평온함을 산산이 갈아엎으리라는 사실을 미리부터 예감하고 있었다는 생각이 든다. 평범한 일상이 과도하고 위험천만한 혼란의 밑바탕 위에 건립된 것만 같고, 수저를 들고 젓가락을 내려놓는 단조로운 동작들이 곧 밥상을 뒤엎을 무시무시하고 불온하며 저항할 수 없는 힘을 암시하는 징후처럼 느껴지기까지 한다. 실제로 몇 차례 그런 순간이 있었으며, 그때마다 식칼을 삼키듯 방 한쪽 구석에 틀어박혀 베개 끄트머리를 악물고 있어야만 했다.

*

해부실은 종종 허풍쟁이 악마의 식당으로 이용된다. 소인배 천사가 공업용 수세미로 그의 몸뚱이를 닦는다. 이때 기회를 봐서 나이프를 넘겨드릴 거예요. 귀에 대고 가늘게 속삭인다. 지금은 나약해져 몸을 가눌 수도 없는 상태이지만 기회가 오면 당신이 나이프를 받아 허풍쟁이 악마를 찌르리라는 사실을 알아요. 스스로를 살해하지 마세요. 중요한 건 자신을 살해하는 일이 아니라 살해되기 직전의 반환점을 돌아 다시금 삶을 향해 되돌아오는 일입니다. 잊지 마세요. 해부실은 싸늘하다. 천장에서 내려온 쇠스랑에 헐벗은 거위들이 걸려 있다. 잘그락거리는 소리가 들린다. 아마도 그의 배를 가를 도구를 선별하고 있는 듯하다. 내벽에 화폭 두 점이 걸려 있다. 지구의 정수리에 꽂혀 있는 과도의 수직선. 악마가 지구를 깎아 여덟 조각으로 쪼갠다. 그중 한 조각을 냉큼 집어삼킨다.

눈앞이 흐릿하다. 허풍쟁이 악마가 그의 복부에 매직으로 점선을 긋는다. 개복하기 전 모가지를 비틀어 목숨을 빼앗을 것이다. 목소리들이 둔감한 몸뚱이 아래로 익사한다. 팔을 내뻗을 수조차 없을 피로가 그를 제압한다. 의식의 어두운 서랍을 닫는다. 허풍쟁이 악마와 소인배 천사가 수술대를 사이에 두고 대화를 나눈다. 그의 몸뚱이가 천장의 홍등 때문에 붉게 흐느적거린다. 앞서 언급했듯 허풍쟁이 악마는 오랫동안 실종된 상태였다. 최근에야 가짜 푸아그라 농장으로 복귀했다. 지금껏 방임해두었던 재산 목록을 무자비하게 환수하기 시작했다. 그 바람에 가짜 푸아그라 농장이 다시 진짜 푸아그라 농장이 되었고, 수술대 위의 그가 절제라곤 없이 지출했던 착수금 또한 빚더미가 되어 고스란히 그의 몸뚱이 안으로 누적되고 말았다. 소설의 처지도 이와 유사하다. 낭비했다고 생각한 언어들이 그만큼의 체기로 육박해 속이 더부룩하다. 명치에 복숭아 씨앗이 박힌 듯 호흡이 답답해 어서 이 소설을 끝내고 메타적인 레벨로 피신하고 싶다.

그는 이미 죽은 사람이 아닐까? 비명을 지르지도 뒤척이지도 않는 그의 용태가 의심스럽다. 허풍쟁이 악마가 그의 생식기에 줄칼을 휘감는다. 얇은 줄칼이 생식기를 나팔꽃 모양으로 도려낸다. 누더기로 포개진 거즈들이 사타구니를 지혈한다. 소인배 천사가 말한다. 어떻게 이룩한 거위들의 낙원인데 이토록 잔인하게 내 식구들을 학살할 수 있죠? 당신은 악마예요! 부들거리며 고함을 지른다. 허풍쟁이 악마가 소인배 천사를 무심히 곁눈질한다. 딸기 먹을래? 스트리퍼가 벌어진 구강에서 혓바닥 안쪽의 꼭지를 틀어쥔다. 딸기 맛있거든. 천연덕스럽게 식전 유희에 공을 들이는 허풍쟁이 악마를 도발하기 위해선 이 정도의 시시한 외침이나 항변으로는 부족하리라는 생각이 든다. 간에 기별조차 가지 않는다. 허점을 노출할 때까지 허풍쟁이 악마를 모욕하기, 저주할 말들을 설계하고 자존심을 공략하기, 상황을 교란시켜 변수가 생성될 빈칸들을 착실하게 저축하기. 빈틈을, 나이프를 전달할 기회를 만들어야 한다. 더 급진적인 욕설이, 허풍쟁이 악마의 정신적인 난공불락에 치명적인 타격을 가할 좀더 과격하며 참신한 망언이 어디 없을까? 일단 힘닿는 대로 말들을 잇대 말들 사이에 우연히 허풍쟁이 악마가 동요할 어떤 지점이 생기기를 기대할 수밖에. 소인배 천사는 다짐한다.

지금은 당신이 농장의 폭군으로 군림하고 있지만 저는 당신의 미래를 훤히 예언할 수 있어요. 당신은 죽음과 동시에 수만 마리의 거위에게 포위되겠죠. 안 그러나 한번 봐요. 당신 이미 망했거든요? 광폭한 거위들의 쓰나미가 당신을 수몰시키기 위해 이곳으로 다가오고 있거든요. 수만 마리 거위의 텅 빈 내부를 채운 공백이 꼭두각시 장갑을 착용한 복화술사의 손바닥처럼 죽은 거위들을 움직이고 있거든요. 울부짖음을 난사하고 달아올라 희번덕거리는 눈으로 살벌하게 웅성거리며 오로지 당신에게 세상에서 가장 비참한 형벌을 부과하기 위해 투지를 기르고 있거든요?

보통 거위들은 착해서 사과하면 용서 말고는 할 줄 모르는 녀석들인데, 더는 용서 따위 하지 않기 위해 당하고만 살지 않기 위해 본성을 초월하는 극기와 단련을 거듭하며 포악한 귀신으로 진화하고 있거든요. 당신은 거위들의 쓰나미에서 도주하기 위해 막 뛰지만 사방이 온통 거위거든요? 앞에도 거위, 뒤에도 거위, 전후좌우 거위, 멧돼지를 다루는 능숙한 사냥꾼들처럼 당신을 구석으로 몰아넣은 거위들은 돌에 갈아댄 부리가 날카로운 창끝처럼 뾰족하거든요? 싹싹 손발이 닳도록 비는 당신이 징징거리며 하는 말. 거위 친구들, 내가 정말 미안해. 그래도 너희들이 진정으로 원한을 품어야 할 대상은 내가 아니라 자본주의야. 미워할 대상을 잘못 찾아온 거지. 땡땡. 너희들은 틀렸습니다. 그러게 내가 예전부터 계속 주장했다고. 이런 바보 같은 촌극을 막기 위해서라도 인문학이 필요하단 말이야. 한 사람을 사적으로 처벌하는 일보다 중요한 건 우리가 공동으로 속해 있는 사회적인 구조를 들여다보는 일이라고. 자본주의에 대항하기 위해 우리 손을 맞잡자. 날개나 닭발이라도 괜찮아. 자본주의 사회에서 우리는 너 나 할 것 없이 저마다의 낭떠러지로 내몰리는 불우한 희생양에 가깝다는 말이야. 어때? 나도 너희와 다르지 않은 불쌍한 거위 한 마리처럼 보이지? 너희 거위들도 사회적인 구조를 꿰뚫어 보는 매의 눈을 갖기 위해 나와 함께 인문학을 공부하는 게 어때? 그러나 당신이 아무리 매의 눈의 중요성에 대해 강조해도 노여움에 물든 거위들의 눈은 당신의 뻔뻔함을 가만히 내버려둘 생각이 없는 것 같은데요?

*

허풍쟁이 악마가 그의 왼쪽 눈알을 파낸다. 껄떡거리는 눈알을 손바닥에 올리고 골똘하게 쳐다본다. 배고파 죽겠네. 너 내 애인 안 할래? 약이 오른 소인배 천사가 발을 구른다. 대체 왜 농장으로 돌아오신 거죠? 소인배 천사가 묻자 허풍쟁이 악마가 의기양양하게 대답한다. 다 이 녀석 때문이지. 그의 오른쪽 발목을 톱질한다. 녀석에게 나를 찾아달라고 부탁했는데 녀석이 나를 이용했던 거야. 내 황금이 어떤 약속 때문에 지불되었는지는 까맣게 잊은 주제에. 나는 그것도 모르고 갖은 노력을 다해 녀석에게서 도망쳤단 말이야. 이 세상에서 증발하려고 했지. 허풍쟁이 악마의 목소리가 격양된다. 내가 녀석에 의해 죽었다면 가짜 푸아그라 농장도 가짜 푸아그라 농장 그대로였을 텐데. 아쉽게 되었어. 녀석을 탓하라고. 나는 모가지를 내놓은 사형수처럼 죽기만을 기다리고 있었지. 그런데 봐. 나는 여전히 건재하단 말이야. 붙잡히지 않았다고. 허풍쟁이 악마가 목청을 가다듬으며 제 장광설에 시동을 걸고 있다.

이게 다 녀석이 계약에 소홀했기 때문이야. 녀석에게 내 생사를 맡겼을 때 나는 내 굶주림이 내가 가진 황금 따위로 해결되지 않으리라는 사실을 알고 있었지. 나는 더 본질적인 부분들을 사치하고 싶었어. 이를테면 내가 소유한 것들이 아니라 나를 이루고 있는 것들. 이 몸뚱이를 예로 들면. 허풍쟁이 악마가 그의 왼쪽 손목을 절단한다. 이렇게 몸뚱이를 구성하는 기관들을 하나씩 제거하는 거야. 소거법이라고나 할까. 나를 삭제하다 더는 아무것도 허비할 수 없는 순간에 도달하면 그것을 내 영혼이라고 부를 작정이었지. 영혼은 간단해. 충일한 것, 절대로 손상될 수 없는 것이지. 절대로 손상될 수 없는 뭔가를 발굴하려면 나머지 손상되는 부분들은 철저하게 발라내야지. 안 그래? 허기에 열화되어 존재론적인 빈털터리가 되는 일을 두려워해선 안 돼. 일단 이렇게 선언해야지. 나는 헐값이다. 나는 길거리에 버려져 짓밟히는 꽁초 한 개비보다 싸다. 나중엔 두뇌가 이런 암시에 굴복하고, 바닥의 귀여운 꽁초 한 개비를 향해서도 반갑게 인사를 건넬 만큼이 되지. 그럼 일단 영혼을 찾아 떠나기 위한 최초의 마음가짐이 갖춰진 거야.

절망이 자신을 깨물고 놓아주지 않을 때 어떻게 하면 이 절망에서 헤어날 수 있을지를 고민하지 마라. 이것이 굶주림의 일반 원칙이지. 외려 나는 절망에 스스로를 제공한 다음 절망에 잠식된 자로서 느낄 수 있는 망연자실한 관능을 환대하는 사람이었지. 그 관능이 절망을 이해하기 위해 필요한 대화라면 나는 절망과 친교하는 가운데 내 활기를 사치하는 방법들에만 관심이 있었어. 친애하는 굶주림 씨, 나를 잡아 잡수시게. 내 내면이 변변찮아 차린 건 많이 없네만. 이렇게 말해야지. 내 정말 귀하다고 여기는 것들을 하나씩 허기의 먹이로 투입하는 거지. 처음엔 손발을 잘라 넣고 다음에는 사랑하는 친구들의 얼굴을 거기 넣어. 아꼈던 것들이 모두 갈증으로 환원된 자리에 널름거리는 허풍이 헬륨 풍선처럼 내 목소리를 변조하기 시작하지. 공허는 언어를 중지시키지 않고 다만 증폭시키지. 공허 속에서 언어는 현실과 교접하거나 그것에 의해 보증되지 않고도 자율적으로 증식할 수 있는 놀라운 생명력을 부여받게 되지. 현실이 이 생명력에 의해 폐지되거나, 아니면 언어 자체가 어떤 비밀스러운 음지에서 현실에 포함되지 않는 광대한 생태계를 남몰래 영위하고 있었는지도 모르지. 여하간 이 생명력이 산출하는 것들은 꽁초한 개비나 깃털 하나보다 값싸야 해. 꽁초 한 개비나 깃털 하나보다 값싸지 않다면 그 생명력이란 오래 이어지지 못하고 사멸할 테니까 말이야.

헛소리 말고 닥치세요. 소인배 천사가 허풍쟁이 악마의 말을 분질러 바닥에 팽개친다. 박수를 치듯 손바닥을 털고 있다. 거위들이 당신에게 달려들 겁니다. 몸뚱이를 뒤덮은 거위들이 당신을 쓰러뜨릴 거예요. 부리에 찍힌 당신의 온몸은 살갗이며 내장을 찢어 포식하는 거위들의 카니발에 헌정될 겁니다. 당신은 이미 죽었기 때문에 재차 죽지도 못하겠죠. 그러나 상상 이상의 통증이 당신의 명줄을 쥐락펴락할 거예요. 거위들 또한 이미 죽었기에 당신은 소화되지 않고 거위들의 갈라진 뱃가죽 아래로 걸쭉하게 흘러내릴 겁니다. 소멸하지도 썩지도 않는 당신은 계속해서 당신의 통각에 얽매여 있을 거예요. 발기발기 찢은 당신을 발기발기 찢어 미분하는 반복된 고통 속에서 당신의 해체된 몸뚱이는 무화되거나 사라지거나 순환하지도 못하는 치욕적인 유기물로 변신해 있을 거라고요!

나는 녀석에게서 맹렬하게 달아났지. 발자취를 남기지 않았어. 배후로 추적자가 따라오고 있다고 생각했으니까. 여권을 위조하고 얼굴을 고쳤지. 누가 나에 관해 물어오면 거짓말을 일삼았어. 거짓말에 자아를 의탁하기 위해 기억을 세탁하길 서슴지 않았지. 나는 되는대로 내가 되었어. 정체성의 상투적인 지표들을 열거하고 갈아치우며 아무도 나를 적시하지 못할 때까지 스스로를 은폐했지. 분열하려고 했어. 반성하지 않았지. 희롱하려고 했어. 나에 관해 말하기 위해서가 아니라 나에 관해 말하지 않기 위해 말하는 방법을 연습했지. 나는 나의 빗금이고자 했어. 나를 매설했으며, 지뢰의 뇌관이 폭발하는 순간은 녀석에게 발각될 바로 그때라고 여겼지. 내 잠행은 실로 완벽했어. 누락된 시간 속의 서투른 어릿광대처럼 세상에서 등 돌려 거울을 관람했으며, 나조차도 신기해하지 않는 재주를 선보이기 위해 위태로운 외줄 위에 오르는 아슬아슬한 놀이에 심취해 있었지. 이렇게 잘 도망치고 은신할 수 있었던 까닭은 다 녀석 때문이었어. 만일 녀석이 내 목숨을 위협하고 있다는 자각이 없었더라면 실종되기 위해서 이토록 절박하게 이동하지는 않았을 테니까. 녀석은 내 픽션 속의 주요한 인물이었고, 내 공포의 원인이자 나의 덫이었으며, 나는 시시각각 숨통을 조이며 나를 뒤쫓는 녀석을 따돌리기 위해 수만 갈래로 갈라진 골목을 질주했지.

　까불지 말고 제발 입 좀 다물어요. 소인배 천사가 일갈한다. 제가 당신을 어떻게 침묵시키는지 보세요. 당신은 거위한 마리와 함께 노란 장판이 깔린 골방에 투옥될 겁니다. 당신은 어쩌나 심심했던지 키득거리며 거위의 몸통을 움켜쥐겠죠. 거위가 그렁그렁한 눈으로 당신을 올려다봅니다. 순간당신은 거위의 모가지를 거칠게 비틀어 꺾습니다. 목뼈가 부러지는 감각이 손바닥으로 전해지겠죠? 당신은 실성한 사람처럼 비실비실 웃겠지요. 거위도 실성한 거위처럼 비실비실

웃고 있네요. 당신은 놀라 죽은 거위를 응시합니다. 목이 돌아간 거위가 살아남아 아가리를 벌리고 거무튀튀한 혓바닥을 까딱거리고 있네요. 당신은 특유의 잔학함을 발휘해 거위의 모가지를 낚아채곤 그것을 부러뜨립니다. 모가지가 원래대로 되돌아간 거위는 날개를 푸드덕거리며 허공으로 도약하고요. 당신의 얼굴을 향해 침을 뱉기 위해서예요. 퉤퉤. 네가 내 숨통을 멎게 할 수 있으리라고 생각했어? 멍청하긴.

이 숨바꼭질에 내 일생을 걸었던 거지. 나는 내 자아를 녀석에게 전적으로 빚지고 있었어. 모든 실마리가 지워지고 나에 관한 온갖 단서가 줄 끊어진 시간의 낱장이 되어 부재 속으로 곤두박질한 뒤에도 녀석이 정성스레 내 흔적을 관측하고 복기해 나를 추적하고 있으리라 믿어 의심치 않았지. 픽션이란 으레 그런 거잖아. 만일 녀석의 수사가 내 바람처럼 성공적이라면, 뒷덜미를 붙잡고 내 이름을 호명하며 '찾았다!'라고 소리친다면, 나는 그때 기꺼이 이 실종과 사치의 유희를 중단한 뒤 백일하에 드러난 나의 그림자를 끌어안고 장렬하게 죽음을 택할 작정이었지. 굶주림이 살해하지 못하는 내 영혼의 핵심이 밝혀지는 유일무이한 순간이 아닐까. 심장에 박힌 녀석의 칼 한 자루 때문에 내가 한없이 죽음에 가까워지는 동안 나는 허기가 삼키지 못했던 나의 본질과 대면할 것이요, 나는 역전하여 승리할 것, 항복을 선언하며 지금까지 삼켰던 것을 전부 게워내는 허기의 예봉을 꺾고 진정한 나를 정립할 수 있겠지. 그 어떤 허기도 침입하지 못하는 나만의 고유한 영토를 녀석이 개척했기 때문이겠지. 가짜들 사이에서 녀석이 나를 발견했기 때문이야. 녀석이 나를 세상에 드러냈기 때문이지. 녀석의 목소리에 포획되어 더는 부인하거나 면피할 수 없는 나를 되찾았기 때문이겠지. 나는 단지 녀석에게 적발되기 위해 숨죽여 잠복하며 내 영혼이 녀석의 목소리와 일치하는 순간을 희구하고 있었다는 말이야. 이 정도로 말했으면 나를 이해할 수 있겠지?

이해하고 싶지 않거든요? 당신은 거위 한 마리와 일생을 건 난투극을 벌이고 있습니다. 거위가 죽지 않거든요. 당신이 노란 장판에 누워 잠들려고 하면 거위가 당신을 귀찮게 건드리죠. 씩씩거리는 당신이 거위의 목뼈를 재차 비틀겠죠? 그러나 거위는 싱글벙글, 꽥꽥, 곤니찌와, 저랑 같이 놀아요, 꽥꽥, 함께 춤춰요, 이죽거리고 덩실거리듯 당신에게 속이 빤히 보이는 아양을 떨겠지요. 부리로 당신의 이마를 쪼아대겠죠? 당신은 머리끝까지 차오른 분노 때문에 길길이 날뛰는데, 거위는 긴 모가지를 물음표 모양으로 구부리며 희희낙락이겠죠. 널 못살게 구는 일이 내 축생의 낙이야. 주먹을 갈겨 거위를 넘어뜨리면 벌떡 일어나 헤헤, 주먹이 참 맛있군요? 코브라를 걸면 아이고, 관절의 유연성이 확장되고 있네요? 탈진한 채 천장을 올려다보면 보송보송한 거위의 궁둥이가 당신의 발바닥을 간질이기 시작합니다. 히히, 이왕이면 웃고 삽시다! 당신의 가슴팍을 깔아뭉갠 거위가 제 날갯죽지에서 깃털 하나를 뽑아요. 당신은 온갖 신경질을 부리지만 그것도 한 때, 나중엔 제발 죽여만 주세요, 차라리 안식을 얻고 싶어요, 호소하게 될 겁니다. 그러나 거위에겐 당신을 향해 죽음을 선물할 도구가 깃털 하나밖에 없어요. 그래서 당신이 소망하는 죽음이 지연되고 있는 거겠죠. 사망에 이를 때까지 깃털로 가해하는 거위와 이 까다로운 폭력의 희생양이 된 당신의 공허한 투쟁이 불멸하는 메아리처럼 철없이 반복되리라는 거예요.

나는 궁지에 몰린 범인을 지독하게 연기했지. 오늘은 내가 검거되는 하루이리라, 감격스러운 죽음을 맞이할 수 있으리라! 그러나 녀석은 나타나지 않았어. 녀석이 오솔길에 매복해 나를 기다리고 있으리라 생각했지. 설마 나를 까먹진 않았겠지? 오솔길을 걸어갈 때마다 맥박이 빨라졌어. 드디어, 드디어, 아무렴, 아무렴! 그래도 나는 은둔자나 도망자의 자세를 항상 견지해야 했지. 사방을 경계했어. 눈을 치뜬 채로 주변을 살살이 주시하며, 금방이라도 꽁무니가 빠져라 달아날 준비를 마친 사람처럼 행세했단 말이야. 녀석이 등장하리라는 공포와 설렘 때문에 신경이 곤두서 산만하게 손톱을 물어뜯고 침을 꿀꺽 삼킨 뒤 떨리는 다리를 끈질기게 내어 옮기며, 변장을 해서 녀석이 나를 색출하지 못하도록 만들었지만, 그러나, 이 초조와 불안의 유희는 녀석과의 숨바꼭질 게

임을 성립시키기 위한 내 역할에 지나지 않았으며, 나는 녀
석이 내 앞에 돌연 모습을 드러내 나를 살해하기만을 간곡하
게 바라고 있었지! 소식을 기다리고 있었다는 말이야. 녀석
만을 머릿속에 그리며 팽창하는 외로움과 그리움을 굶주림
의 무저갱 속에 파묻고 있었다는 말이야…… 발각될 가망 따
윈 없어진 술래잡기 게임 속의 퇴락한 유령처럼 녀석이 나를
저버렸다는 사실을 자각하지 않기 위해 스스로를 속이며 후
미진 어둠 속으로 물러나 있었다고…… 내가 무척이나 고독
한 사람이 되었다는 사실을 녀석이 알아주기만을 바랐어. 그
러나 녀석은 나를 발견할 생각이 눈곱만큼도 없었지. 나는
이런 부질없는 게임을 그만두기로 했어. 그리고 지금 내 앞
에는 나를 살해해야 했을 녀석이 병자처럼 드러누워 내 먹이
가 되려 하고 있지.

*

　할몽이 도서관 열람실에서 집필한 세기의 걸작은 예상대
로 대중과 평단의 무관심 속에서 할몽을 사랑하는 그에게
만 아주 각별한 작품으로 기억된다. 그는 할몽의 소설을 읽
고 또 읽는다. 어느 순간 그에게 문학이란 할몽의 소설을 가
리키는 다른 이름일 뿐이다. 할몽의 소설을 통해 세계에 다
가가는 순간 환멸이나 권태의 암초에 걸려 일상을 허비할 개

연성이 희미해진다. 여러 차례 다시 읽어도 소모되지 않는 풍부한 지혜, 대상을 극진하게 위하는 따스한 연민이 부채꼴 모양의 프릴을 연상시키는 소설 속 레이어들에 켜켜이 묻혀 있다. 근사하고 신비로운 낱말들이 길가의 돌멩이나 이름 모를 잡풀처럼 아무렇게나 널려 있다. 한 단락만을 물끄러미 응시하며 소일해도 친밀한 누군가를 위해 정성스레 기도할 때처럼 마음이 밝아진다. 할몽의 책으로 얼굴을 덮고 눈 감는 순간이 좋다. 난데없는 긍지 때문에 가슴이 벅차오른다. 무의식의 먹구름이 걷히고, 내면의 저지대를 탐험하는 일이 괴괴하지도 황량하지도 스산하지도 않다.

할몽의 소설을 독해하는 일이란 할몽이 세계 곳곳의 갈피에 끼워놓은 엽서들을 수집하는 일과도 같다. 평범한 산책로를 거니는 동안에도 말풍선 같은 할몽의 텍스트가 허공에, 마치 크롬 탭처럼, 각자의 장소에 놓인 사물들 위로 선명하게 부유하고 있어 할몽의 사유가 세계를 변화시키는 모습을 실제로 목격할 수 있다. 텍스트 바깥이 텍스트의 화분인 양 언젠가 할몽의 분신이었을 어떤 익명적인 시선이 생동하는 풍경들 쪽으로 만개하며 무성해진다. 그는 허풍쟁이 악마에게 받은 황금으로 독서가들을 후원하기 시작한다. 매달 충분한 만큼의 급여를 지급한다. 평생 책을 읽으며 몽롱하고 관념적인 문제들만을 궁리해도 생계가 해결될 것이다. 책들이 그들의 집에 감당하지 못할 만큼 쌓이면 그게 애물단지로 전락하지 않도록, 책을 위해 집을 교체할 수 있도록 두둑한 보너스를 선사한다. 넓은 평수로 이사한 독서가들은 에밀 졸라의 작업실에 비치되어 있을 법한 광활한 마호가니 탁자 앞에 앉아 독서를 한다. 탁자에 발을 걸치거나 누워서 읽어도 좋다. 읽지 않아도 된다. 아무것도 쓰지 않아도 괜찮고, 가족을 만들어도 좋고 독신이어도 상관없다. 반려묘를 키워도 되고 반려견을 키워도 되며 유니콘을 길러도 허용, 노벨문학상을 수상한 대문호의 뒤를 경건하게 따라 걷다 그 깜찍한 짱구를 쓰다듬거나 입에 물고 있는 호박씨를 대문호의 뒤통수를 향해 발사해도 괜찮다.

그의 헌신적인 자선 행위의 수혜자로서 은혜로운 나날을 구가하는 독서가들에게도 반드시 치러야 할 과업이 존재한다. 1년에 한 번 할몽의 책을 읽은 다음 하루 동안 그 소설에 대해 진지하게 고민하는 것. 생활고에서 탈출해 마음이 넉넉해진 독서가들은 콧노래를 흥얼거리며 할몽의 소설을 읽는다. 독서가들은 이어 각성하게 된다. 할몽의 소설이 얼마나 척박한 공간에까지 제 사유를 파종하기 위해 고투했는지가 분명하게 보인다. 사람들과 사물들이 동위 선상에 놓여 해방된 상태로 교호한다. 배치된 언어들의 침착하게 정돈된 품격이 보인다. 기민하며 진솔한 욕망의 야성이 보인다. 정밀하지만 즉흥성을 마중할 여분의 자리를 위해 부드럽게 휘어지는 문체가 보인다. 쉬이 해결될 기미를 보이지 않던 문학적 역설들, 그 수수께끼나 불가사의 같았던 난수의 그물코를 능란한 손놀림으로 되짚어 풀어내는 기교들이 감탄을 자아낸다. 봉건적인 은유와 플롯이 해산된, 무너진 폐허의 돌무더기 위로 자라나는 역동적인 활력과 이채로운 징조들을 무한히 장려하는 서술적 포용력이나 담대한 상상력 또한 소설 속의 담화들을 넘쳐흐르도록 하는 요인이자 물이 오른 작가적 자신감의 발로처럼 여겨진다. 이미 시한부 선고를 받은 과거의 오브제들을 구조하고 낚아채 재활하는 힘찬 비약의 솜씨 또한 빼놓으면 곤란하다. 단어들 하나하나가 우주 저편의 원시적인 행성을 향해 천진하게 날아가는 민들레 홀씨처럼 느껴진다.

갑작스러운 단절이 이야기의 리듬을 단호하게 저지한다. 그것은 작가적 자의식이 범람하는 일을 방지하고 의미를 온당한 방식으로 순환시키기 위한 의식적인 전략이다. 탈주하는 힘들이 폭우처럼 거세다. 그렇기에 더더욱 격렬하게 굽이치는 언어의 급류와 와류를 곳곳으로 분산하고 굴절시키기위한 영리한 물길들을 설치해야 한다. 할몽이 견지하는 비타협적이며 고집스러운 윤리적 쐐기들이 매끈한 텍스트 표면에 물질적인 양감을 부여한다. 위반은 억눌린 실존적 파토스로부터 견인되지 않는다. 어느 유년 시절 공책에 낙서를 갈겨쓰다 창밖으로 시선을 옮겼을 때, 하늘을 지나는 심상한 구름의 궤적이 어떤 제한 없는 형상들을 창발하고 있었는지, 그 모양을 어리둥절하게 바라보며 연필 꽁지를 깨물고 있던 그때, 귀가 먹먹해지는 것 같은 어둑한 그림자가 노트 위로 드리워진다. 노트에 기입된 삐뚤빼뚤한 낙서들이 투명한 화병 속의 마리모처럼 동그랗게 뭉쳐져 공중으로 떠오른다. 그들은 이 미미하고 눈을 비비면 감쪽같이 사라질 소박한 환상이 앞으로 살아갈 실제 삶에 돌이킬 수 없는 흠집으로 영속하리라는 사실을 모른다. 할몽의 위반이란 그 모기 물린 자국 같은 작은 흠집의 잠재성을 텍스트적 공간에서 극대화하는 일이기도 하다. 독서가들은 굳이 하루 동안 고민하지 않고도 할몽의 소설이 일군 탁월한 성취를 마음 깊이 수긍하며 공감할 것이다.

독서가들은 가슴에 차오른 문학적 환희로 정신없이 히죽거린다. 그중 몇몇은 내성적이며 음울한 성격을 극복하고 독서 호사가의 길을 선택한다. 이 소설이 걸작임을 세상에 전파하고 말겠다. 다른 누구도 아닌 바로 내가 해야만 한다. 조금 쑥스럽긴 하지만. 그런 사명감 때문에 온몸이 바르게 펴지고 근거 없는 의욕이 용솟음친다. 산삼을 통째로 삼킨 듯 내면의 열기가 진정되지 않는다. 할몽이 한 사람씩의 유사 막스 브로트로서 꾸준하게 활동하는 독서 호사가들의 난분분한 입소문에 의해 프란츠 카프카 같은 위대한 작가의 반열에 올랐음에도 그의 금고엔 아직 소진되지 않은 황금이 조금이나마 남아 있는 상태였다. 어떻게 써야 할까. 어떻게 써야 이 소설에 합당한 결말을 향해 나아갈 수 있을까. 그는 할몽을 기념하기 위한 도서관을 건립하기로 결심한다. 이때 그가 건립할 도서관은 관광자원이나 테마파크, 복합 문화 공간이 아니라 할몽의 죽음을 진심으로 위무하며 추억할 수 있는 사람들을 위한 장소로 기획된다. 그렇기에 출입 절차와 보안이 엄격해야 한다. 아무나 통행하지 못한다. 이곳은 애도의 성역이자 할몽을 위한 금자탑, 할몽이 이룩한 고귀한 문학적 업적을 숭앙하기 위한 겟세마네이기 때문에 보편 인간들 사이의 리버럴한 합의 따위는 명함도 내밀지 못한다. 허풍쟁이 악마처럼 괜히 그러고 싶어 허풍을 떨었지만, 실은 출입 카드를 발급받기 위한 독특한 조건을 요구한다는 말이다.

방문한 열람객들마다 그들 낱낱의 편의만을 보장하기 위해 마련된 객실이 배정될 것이다. 열람객들은 매일 도서관에서 개최되는 유익한 워크숍이나 성대한 행사, 웬만한 오성급 호텔에 상응하는 시설, 호화로운 식사와 테라피 프로그램, 서고에 보관된 수만 권의 장서를 객실 안에서 온라인 서비스나 원격 서비스를 통해 무료로 이용할 수 있다. 출입 조건만 충족한다면 누구나 이 도서관이 제공하는 혜택을 아낌없이 만끽할 자격이 주어진다. 도서관의 상냥하고 슬기로운 사서들인 거위 로봇들이 책을 객실로 운반한다. 굳이 독서를 하지 않더라도, 수험 공부, 소설 창작, 취업 준비, 엎드려 하품하기, 자격증 취득하기, 공상하기, 고뇌하기, 더 발전적인 내일을 위한 청사진 구축하기, 콧방귀로 문학하기, 크레용으로 그림책 색칠하기, 논문 집필 등등에 수반되어야 할 자질구레한 난점들을 보조하기 위해 개별적인 열람객과 매칭된 거위 로봇들이 사방으로 출동한다. 열람객들은 자연스레 거위 로봇에게 우정을 느끼게 된다.

이 도서관은 비염과 축농증을 앓는 자들을 위한 도서관이다. 비염과 축농증으로 고생하는 자들만이 제 누추한 병력을 이 도서관의 출입 카드로 교환할 수 있다. 인간의 코맹맹이 소리는 억만금을 들여도 구입하지 못하는 이 도서관의 출입 카드를 취득할 특권이자 지복으로 작용한다. 비염과 축농증을 앓는 자들은 이제 의기소침하게 허리를 수그린 채로 훌쩍거리지 않는다. 가슴을 펴고 당당하게 훌쩍거린다. 코를 너무 풀어서 생긴 딸기코가 아주 탐스럽고 매력적이다. 그는 걸작을 집필하는 동안 비염과 축농증으로 원성의 대상이 되었던 할몽을 위해 질환자들 모두가 상생할 수 있는 쾌적한 환경을 도서관 내부에 조성했다. 막힌 비강과 부자유하게 흐르는 콧물, 여러 차례 수술했는데도 악화일로를 걸었던 이 궁상맞은 질병에도 남부럽지 않은 장점이 생긴 것이다. 열람객들은 할몽에게 감사한다. 가슴 깊은 곳에서 우러난 경의를 바친다. 콧물을 닦은 휴지가 객실마다 무수하게 불어난다. 열람객들은 점심과 저녁에 객실을 찾아 날개를 파닥거리는, 밥을 달라고 성화를 부리는 거위 로봇에게 이 코 묻은 휴지들을 먹이로 증여해야 한다. 거위 로봇들이 부리를 벌리고 구겨진 휴지들을 받아먹는다. 거위 로봇의 기분을 상징하는 전자 패널에서 각각의 물거품이 하트 모양인 홀로그램 분수가 찬란하게 솟아난다.

그는 화로 앞에 앉아 있다. 소복하게 내려앉은 잿더미 위로 여남은 불씨가 깜빡거린다. 그는 화로 안에 땔감으로 사용할 휴지들을 올린다. 땔감 끄트머리가 오그라든다. 불이 번진다. 그는 몸을 건들거린다. 땔감의 형체가 작열하는 불꽃에 가려진다. 눈으로 불꽃을 응시하고 있다기보다는 넘실거리는 불꽃 속에 그의 눈이 들어 있는 것만 같다. 불꽃에서 시선을 돌려도 불꽃이 위치했던 시야의 어느 지점이 푸르스름한 암점으로 이글거린다. 연금술에서는 납을 황금으로 변형시키기 위해 불과 지혜가 필요하다고 말한다. 불꽃이 지혜를 연소하는 가운데 용광로 속의 마그마를 황금으로 승격시킨다는 것이다. 하지만 그에겐 빳빳한 지혜들 대신 휴지 조각이 된 지폐들만이 곳간이며 창고에 가득 쌓여 있었고, 만일 그것이 정말 지폐였다면 화로에 던져 넣어 불꽃을 되살릴 수 없었겠으나, 그것이 이미 아무것도 아니게 되었으니 타오르는 불꽃의 온기가 그를 아늑하게 감싸고 있었다. 그는 낭비한 지폐들만큼 많은 시간을 사위어가는 불꽃 앞에서 보냈다. 실내는 고요하며 안온하다. 불꽃 속에서 할몽에 관한 기억들이 신기루처럼 무궁무진하게 상연되었다. 그는 휴식했다. 아무런 말도 하지 않았다. 신기루를 응시하는 사람을 향한 너무 혹독한 야유와 비난 속에서, 야유와 비난을 송출하는 자아의 망상 속에서, 화로 옆으로 흘러내린 짙은 그림자가 지금 강렬하게 존재하는 그의 잔상처럼 흔들리고 있었다. 스스로를 긍정하기 위해 잠시 이 그림자의 윤곽을 빌려도 좋을까. 그는 생각했다. 꺼내지 못한 말들을 꺼뜨리지 않기 위하여.

*

그는 물감 딱지가 부풀고 덩어리져 형상의 얼개가 무너진 유화 한 폭처럼 보인다. 복부에는 구덩이가 패어 있다. 검붉은 구덩이 바깥으로 창자들이 삐져나왔다. 얼굴이 폭파된 콘크리트처럼 파괴되었고, 바닥에 깔린 신체 부산물은 뒤섞여 곤죽이 되었다. 거기 허풍쟁이 악마의 발자국이 찍혀 있다. 황금알을 채취할 때 불가피하게 나오는 이런 잉여적인 폐기물은 일종의 산업 쓰레기로 분류되어야 하지 않을까. 창자들을 비우고 솜을 쑤셔 넣어 그를 박제한다고 하더라도 그 박제품은 그를 모사하지 못한다. 물이 채워진 고무 대야 안에 그에게서 끄집어낸 푸아그라가 담겨 있다. 새끼 돌고래 크기로 살집이 통통하게 오른 모습이다. 그는 죽었다. 하느님이 개입하지 않는 이상에야 이 장면이 이 소설의 최종적인 끝, 끝의 끝임을 부인하지 못하겠다.

고무 대야 안으로 얼음들이 끼얹어졌다. 냉기가 펄펄 피어났다. 대야 앞에 땅딸막한 스툴을 놓고 쪼그려 앉은 허풍쟁이 악마가 주머니칼을 꺼내 푸아그라의 끄트머리를 잘랐다. 말랑거리는 조각을 입속에 넣었다. 연한 지방질을 씹지는 않고, 눈앞의 거울을 바라보며, 마치 자신에게 푸아그라를 먹는 방법을 해설하려는 것처럼 입을 쩍 벌린 채 조각을 혓바닥으로 짜부라뜨려 입천장에 발랐다. 이렇게 천천히 음미하면서 먹는 거야. 알고 있지? 소인배 천사는 수술대 옆에서 양손으로 얼굴을 감싼 채 참담한 느낌으로 서 있었다. 무릎 위에 접시를 놓은 허풍쟁이 악마는 지금 완전히 무방비한 상태가 되었다. 당장 수술대 위의 그에게 단검을 전달할 수 있다면 좋겠지만 그의 몸뚱이에는 나이프를 건네받을 손이 없었다. 눈알, 생식기, 오른쪽 넓적다리, 갈빗대, 혓바닥이 부재했다. 그는 황금알이 적제된 자리를 표시하는 일인분의 구덩이에 불과했다. 매장된 자원을 소진해 어둠과 탄갱만이 자욱한 갱도처럼. 자아의 원환은 폐쇄되었다. 무대의 커튼이 내려갔으며 계약은 만료, 게임은 종결되었다.

소인배 천사는 제 눈을 가린 손가락의 틈새를 열고는 그의 복부에 뚫린 징그러운 허방을 응시했다. 손가락과 손가락 사이에 걸려 글썽거리는 소인배 천사의 눈에 실핏줄이 깨어질 듯한 균열로 촘촘하게 얽혔다. 소인배 천사에겐 차선책이 있었다. 차선책을 실행하기 직전, 소인배 천사는 금방이라도 미끄덩하게 흘러내릴 것만 같은 얼굴에서 손을 뗐다. 역삼각형 모양으로 모은 손가락들을 비벼 구덩이 안쪽을 향해 마치 설탕을 놓아 흩뿌리는 것 같은 동작을 취했다. 트릭을 쓰는 마술사의 손놀림처럼 민첩한 동작이었다. 그러므로 주의를 기울여 관찰하지 않았다면 그 동작의 비밀을 파악하지 못했을 것이었다. 구덩이 안쪽으로 무언가가 가벼이 낙하했다. 허풍쟁이 악마가 접시의 둘레를 혓바닥으로 핥고 있었다. 소인배 천사는 재빨리 나이프를 겨눈 채 허풍쟁이 악마의 뒤쪽으로 접근했다. 허풍쟁이 악마는 앞선 언급이 무색하게 쩝쩝거리는 소리를 내며 게걸스레 푸아그라를 섭취했다. 포크나 나이프 없이 입술만으로, 손으로 떠받친 접시에 코를 박은 채, 무아지경에 사로잡혀, 눈앞에서 물컹하게 으스러지는 살굿빛 덩어리와 광란의 키스를 나누듯 음란하고 격정적으로 몸부림쳤다. 목덜미에 불거진 근육이 새끼줄처럼 섬뜩하게 비틀려 있었다. 소인배 천사는 허풍쟁이 악마의 목덜미를 향해 나이프를 들어 올렸다.

한편 구덩이 아래에서는 소인배 천사가 남몰래 심은 눈물 강낭콩 몇 방울이 미약한 시그널을 방출하고 있었다. 그 눈물 강낭콩들은 소인배 천사의 손끝에서 연약한 물방울의 형태를 취하고 있었으나 구덩이 밑으로 낙하해 응고된 뒤 씨앗처럼 자리를 잡고는 제 표면장력에 얇은 배리어를 둘러쳤다. 자기장을 내보냈다. 눈물 강낭콩들은 뿌리를 뻗기에 열악하며 척박한 환경이 아닐 수 없는 그곳에서 나름대로 노력하는 중이었고, 꼼지락거리고 꿈틀거렸으며, 제 에너지를 방류할 지점을 찾아 계속해서 공회전하기를 멈추지 않았다. 어림없는 환상을 지속시켰다. 무모한 언어들이 거기에 고여 진동하고 있었다. 순간의 가능성을 상상하는 일은 천 가지의 불능 속에 에워싸이는 일과 같고, 소설은 언제나 천 가지의 불능을 주파해 순간의 가능성을 보전하는 방법에 대해 말할 수밖에 없는 형식이다. 발아한 눈물 강낭콩이 손톱만큼 작은 잎맥을 틔워 올리며 이제껏 없었던 새로운 삶을 구덩이 아래에 이식할 것이었다. 그것이 무람하게 자라나 가짜 푸아그라가 되기까지는 시간이 많이 소요되겠지만 그 날조된 가능성이 그를 재건할 것이었다. 눈물 강낭콩 안에 그런 미래를 향한 밑천이자 굴성이 보관되어 있었기 때문이다.

나이프가 허풍쟁이 악마의 등을 갈랐을 때 벌어진 틈새에서 무수한 양의 깃털이 뿜어져 나왔다. 아직 아니야…… 아직은! 허풍쟁이 악마가 단말마를 뱉어냈다. 접시가 손에서 미끄러져 바닥으로 떨어졌다. 분출된 깃털들이 마치 날개가 돋아나듯 방사형으로 흩날리며 공중으로 치솟았다. 깃털들이 허물을 벗고 있었다. 허풍쟁이 악마는 그대로 고꾸라졌다. 허풍쟁이 악마의 살갗이었던 검은 천이 비산하는 깃털들 틈바구니에서 바람 빠진 풍선처럼 허무하게 내려앉았다. 허풍쟁이 악마가 거위의 깃털로 속을 채운 봉제 인형이었다는 사실이 밝혀지는 순간이었다. 더불어 이상했던 것은 깃털의 규모였는데, 몸집에 비해 지나치게 팽창하는, 그야말로 천정 부지로 궐기하는 깃털들이 허풍쟁이 악마의 내부에 과밀하게 압축되어 있었던 양 한꺼번에 나부끼며 시야를 뒤덮었던 것이다. 허풍쟁이 악마의 비만한 굶주림을 채우기 위해 몇 마리의 거위가 희생되었는지 가늠조차 되지 않았다. 깃털들이 가닥마다 가늘게 떨렸다. 공중을 서성거렸다. 소인배 천사가 날리는 깃털들을 팔꿈치로 걷어내며 해부실 문을 개방했다. 거위들을 향해 휘파람을 불었다.

갑작스레 들이친 돌풍과 함께 깃털들이 문밖으로 몰려갔다. 관현악단 거위들은 이미 마당에 운집해 공연을 준비하고 있었다. 정중하고 근사해 보이는 줄무늬 보타이를 목에 맸다. 소인배 천사가 바퀴 달린 수술대를 밀며 마당에 등장했다. 관현악단 거위들이 날개를 들썩였다. 수백 마리의 거위가 동시에 날개를 펄럭이자 재차 거센 바람이 일었다. 깃털들은 바닥에 착지하지 못했다. 바람에 휘말린 깃털들이 구름 한 점 없는 청명한 하늘을 향해 나풀거리며 떠올랐다. 소인배 천사가 헛기침을 하더니 수기를 하며 거위들의 사기를 북돋았다. 거위들은 소인배 천사의 지시에 따라 조직적이고 일사불란하게 움직였다. 가장자리의 거위들은 군무를 추듯 달덩이 같은 엉덩이를 까뒤집으며 명랑하게 스텝을 밟았다. 안쪽에 위치한 거위들은 대류의 운행을 지휘하는 역할이었다. 교묘하고 섬세한 날갯짓으로 바람의 세기와 각도를 조절하고 있었던 것이다. 각기 포지션이 달랐기 때문에 거위들은 자신이 담당한 대기의 진동을 예민하게 감지하며, 동시에 공동의 지평과 화음을 창출해야 하는 양가적인 흐름 속에 있었다. 하늘에서 한데 교차하며 합쳐지는 깃털들이 관현악단 거위들의 지휘에 반응해 점차 구체적인 이미지로 바뀌었다. 처음에 깃털들은 달팽이 집처럼 소용돌이를 형성하다 높은음자리표 모양으로 길게 펼쳐졌다. 이윽고 그것은 꽁무니가 통통해지고 모가지가 구부러지며 아래로 물갈퀴가 나왔고, 장엄한 크기로 하늘을 부유하는, 그렇게 농장을 굽어 살피는 거위 하느님의 형상으로 변모했다.

악단의 연주는 끝나지 않았다. 그것은 바람을 제어하는 숙달된 기교와 거기 호응하는 깃털들이 구축하는 한없이 가벼운 하느님의 환영이었지만, 동시에 농장의 모든 식구가 환영할 진짜 하느님일 수 있는 위엄과 영광을 빠짐없이 갖추고 있었다. 구덩이 안쪽에서 돋아난 새싹이 거위 하느님을 향해 떡잎 두 장을 맞붙이며 합장했다. 고마워, 하느님! 하느님이 뒤뚱거리며 농장의 하늘을 선회했다. 소인배 천사가 공연의 마침표를 찍기 위해 엄지와 중지를 맞부딪쳐 딱 소리를 냈다. 하느님을 영사하기 위해 날개를 푸드덕거리던 거위들이 일순간 바람을 내려놓았다. 하늘을 반주하느라 가빠진 호흡을 추슬렀다. 공중에 떠오른 하느님이 서서히 해산되기 시작했다. 깃털들이 느리게 팔랑거리며 농장으로 쏟아졌다. 거위들은 농장을 커다란 날개로 보듬어 품듯 하해와 같이 밀려오는 새하얀 깃털들을 축복으로 받아들였다. 자신들이 일으킨 기적을 왁자지껄하게 축원했다. 재와 흙을 뒤집어쓰고 있던 그는 어느 날 온몸을 수북하게 덮은 깃털들 사이에서 깨어났다. 앞으로의 삶에 대해 더 서술하지 않아도 괜찮다. 그것이 무엇이든 지금껏 보냈던 나날보다 더 값진 것, 말로는 설명하지 못할 눈부신 오늘의 연속임을 확신할 수 있었던 까닭이었다.

클로이의

무지개

출항: 오징어와 쌍둥이

오징어 한 마리가 광막한 대양 아래에서 헤엄을 치고 있었다. 햇볕이 들지 않는 어두운 바다에서 물의 흐름에 따라 유유자적하게 흐느적거렸다. 몸을 보트처럼 길쭉하게 늘이며 물살을 거슬렀다. 흔적을 남기지 않았다. 동그란 반점이 오징어의 반추형 몸통을 온통 뒤덮고 있었는데 그것은 오징어의 기분과 컨디션에 따라 여러 빛깔로 변화하는 아름다운 무늬들이었다. 기분이 개운하거나 오늘 뭔가 좋은 일이 벌어질 것 같을 때 오징어의 몸통은 무지갯빛으로 찬란하게 빛났다. 뿌리 뽑힌 크리스마스트리 한 그루가 색색의 환한 전구를 가득 매단 채 캄캄한 바닷속을 횡단하는 광경을 떠올려보라. 오징어는 깊게 잠들어 있다가도 발진하는 로켓처럼 새하얀 포말을 흩뿌리며 수면 위로 치솟았다. 격렬하게 기지개를 켰다. 그날도 별다를 것이 없었지만 수면의 움직임이 심상찮기는 했다. 며칠 동안 풍랑이 거세게 몰아쳤다. 파도는 떼를 쓰는 어린아이처럼 실컷 난동을 부렸고 광포하며 재앙적인 폭풍우가 연일 이어졌다. 오징어의 몸통에서 글썽거리던 장밋빛 반점들이 이내 거무스름한 팥빛으로 수축하기 시작했다.

대양을 항해하던 자이로스코프호의 선실에는 쌍둥이 선원인 청키와 팽키가 서로 얼싸안은 채 모포를 뒤집어쓰고 있었다. 악몽과도 같은 아침이었다. 범선은 위태롭게 태풍 속을 표류했으며 선실 안은 싸늘하고 축축했다. 범선은 이미 누더기 조각배나 다를 바 없는 처지로 전락해 있었다. 선박 어디에서도 선장을 포함한 다른 선원들의 모습은 코빼기도 보이지 않았다. 이들이 태풍에 휘말린 자이로스코프호의 마지막 생존자들이었던 셈이다. 어린 시절 청키와 팽키는 부드럽게 감겨든 서로의 귓바퀴를 혀끝으로 할짝거리는 장난에 심취해 있었다. 연약한 머리통 옆으로 비죽 삐져나온 조그맣고 미끄덩한 소용돌이 속으로 파고드는 여행이었다. 포효하는 뇌우가 선박을 강타하던 아침, 쩝쩝거리고 깔짝거리며 깡충거리고 낑낑거리는 그 시절의 온갖 유치한 충동의 메들리가 어슴푸레한 망각 속에서 갑작스레 되살아났던 것이다. 쌍둥이는 폭풍우로 인한 죽음에의 공포를 잊기 위해 어린 시절의 관능이 상기시키는 풍요로운 생명력을 환기하고자 했고, 남루한 모포 안쪽의 눅눅한 동굴 속에서 서로의 귓바퀴에 침을 묻히고 있었다.

청키의 혀끝이 팽키의 귓바퀴 가장자리를 빙그르르 회전하다 콩콩 제자리 뛰기를 했다. 팽키는 찡그린 얼굴로 금붕어 같은 입술을 뻐끔거렸다. 아찔하고 간지러운 전율이 서로에게 흘러들면 팔다리가 석쇠 위의 오징어처럼 비틀렸다. 자이로스코프호의 뾰족한 충각이 태풍의 중심에 근접했다. 태풍은 하늘에 걸린 커다란 귓바퀴처럼 자이로스코프호와 함께 떨고 있었다. 당시 자이로스코프호는 너구리 동굴에서 약탈한 보물들을 싣고 고국으로 귀환하는 도중이었다. 너구리 동굴의 거주자인 너구리들은 전부 두 눈두덩에 너구리 분장을 하고 있었으며 총검을 들이대자 제자리에 애원하듯 엎드려 동굴 안팎으로 감춰진 보물들의 위치를 줄줄이 자백하기 시작했다. 불우하고 무기력해 보였다. 쉬지 않고 피워댄 줄담배 때문에 이제는 정화하지 못할 농밀한 연기가 동굴 내부에 자욱하게 고여 있었다. 가로챈 보물들을 범선에 적재한 선장은 인중 양쪽으로 구불텅하게 자라난 이방 수염을 매만지며 흡족한 심사를 표현했다. 너구리들의 머리를 쓰다듬었다. 선장의 어깨에 올라탄 클로이가 방금 선장에 의해 즉흥적으로 창작된 축시 한 편을 낭송했다. 클로이는 날갯죽지에 수려하고 호사스러운 일곱 빛깔의 깃털을 보유한 앵무새였다.

꼼꼼하게 탄갱을 덧칠한 것처럼 보였던 눈두덩의 분장은

사실 피명이었다. 너구리들은 저항할 기력이 없는 것처럼 처연하게 웅크려 있었다. 초음파를 발사하듯 양쪽 검지로 관자놀이를 짓누르며 외계의 별나라를 향해 교신을 시도했다. 지구 너머로 자신들의 한스러운 슬픔을 토로했다. 피명이 가라앉으면 주먹을 움켜쥐고 자리에서 벌떡 일어나 제 눈두덩을 가격했으며 그러한 방식으로 다시금 너구리 공동체의 일원으로 변신했다. 그래도 분장은 분장이었다. 고통을 통해 눈두덩을 색칠하는 분장. 고통받는 인간이 고통에 대해 너무 오랫동안 고민하면 고통의 형이상학에 빠지게 된다. 고통을 물리칠 현실적인 대안을 상상할 수 없기에 먼저 고통 속에서만이 가능한 구원의 착각 속에 틀어박혀 은둔하려는 경향을 띠게 된다. 아무도 이들에게 함부로 재활이나 각성을 촉구할 수 없었는데, 고통 자체가 그들이 실천하는 삶의 정직성을 포함해 있을지 없을지도 모를 훗날의 해방을 약속하는 것처럼 보였기 때문이다. 이들이 거주하는 너구리 동굴이야말로 인간을 위한 갖가지 보물이 비축되는 장소였다. 이해하겠는가. 너구리들은 내내 최면에 걸린 것처럼 흐리멍덩한 눈빛이었다. 양쪽 어깨에는 어김없이 붉은 귀신이 걸터앉아 있었다. 체념이나 순응, 침울한 권태, 불능에의 착잡한 수동성이 너구리 공동체의 주된 미덕이었다. 보물을 갈취하는 과정에서 생길 다툼이나 손실을 걱정했던 선장으로서는 매우 기특하며 다행스러운 일이 아닐 수 없었다.

*

선장이 너구리 동굴에서 노획한 품목들 가운데 이 소설에서 가장 중요하게 다뤄질 보물은 거인의 자이로스코프라고 불리는 거대한 금속 팽이다. 거인의 자이로스코프는 곧 바닷속으로 가라앉을 자이로스코프호와 함께 지상에서 영원히 자취를 감출 예정이었다. 그 유실 지점에 관한 망상적인 수색들, 표적에 조금도 접근하지 못할 사변적인 배회들이 막막한 대양 위를 떠돌게 되겠지만 누구도 거인의 자이로스코프가 수몰된 구체적인 위치를 특정하지 못할 것이었다. 그러므로 이 항해는 선행했던 이들의 많은 좌절과 불가피한 혼란을 따라간다. 이미 누군가가 탐색했던 지점을 구태여 들쑤시는 일, 그저 바다 위에 미미하고 번잡스러운 궤적 한 줄을 덧붙이는 일에 불과하리라는 의혹이 지독하게 앞을 가로막는다. 보물선의 행방은 알려지지 않는다.

앞으로의 항해에 행운이 깃들기를 바란다. 보물을 찾는 일이란 목표한 보물, 즉 최초의 표적에 접근하는 과정이지만 또한 숨겨진 보물 주위를 표류하고 방황하면서 지금껏 은폐되어 있던 주변적인 보물들을 가시화하는 움직임이기도 하다. 표적에 도달하지 못했을 때, 의지했던 지도가 보물의 실제 위치와 도무지 포개지지 않을 때 비로소 새로운 보물을 위한 지도가 작성되기 시작하는 것이다. 새로운 보물들은 찾기와 더불어 발생한다. 찾고 싶었던 보물을 대체하고, 찾는 자의 조바심을 누그러뜨리며, 찾기를 과감하게 중단할 수도 있을 만큼의 작은 보물들이 헤매는 나날 속에 편재해 있다는 사실을 항상 기억해야 한다. 최초의 보물이 상실된 아득한 지평 위로 서서히 부상하는 낯선 보물들과 대면할 때 찾는 자는 제 손에 쥐어진 남루한 지도가 사실 최초의 보물만이 아닌 다른 복수의 보물을 포함하고 있었다는 것을 깨닫게 된다. 찾기는 지도의 차원을 증식시킨다. 표적에 빗나가리라는 사실, 결국 찾기에 실패하게 되리라는 사실에 겁먹지 말 것. 언제나 그 배회 속에서 발명될 작은 별빛들 사이의 상상적인 성좌가 무한하니까.

그렇게 스스로를 격려하며 다시 출항하기.

*

거인의 자이로스코프는 고대에서 전해지는 불가사의한 오파츠를 통틀어 아주 특별하다. 끝없는 초과를 달성하려는 초자연적인 에너지에 의해 운용되는 어린 신의 장난감. 이 기이한 금속 팽이를 갖고 노는 자가 인간 너머의 존재라는 사실에 이의를 제기할 수는 없을 것이다. 거인의 자이로스코프는 세차게 자전하고 있었으므로 공처럼 둥근 모습이었다. 실은 다섯 방향으로 갈라진 별 모양의 아치형 난간이 회전축을 향해 복잡하게 교차하는 형태로 설계되었다고 했다. 따라서 그것은 정말 구체는 아니었지만 빠르고 거침없이 회전하는 제 운동성을 통해 완벽한 구체의 환영을 영사하며 지상 위로 떠받들려 있었다. 곁에 있으면 대기를 가르는 팽이의 속력이 여실히 느껴졌다. 굉음이 팽이가 딛고 일어선 대지를 진동시켰다. 이글거리는 섬광들을 난반사하며, 홍채에 스크래치를 긋고 지나가는 새하얀 맹점이 되어 눈부시게 번쩍거렸다. 거인의 자이로스코프는 쓰러지지 않는 팽이였다.

그것이 일반적인 기계식 자이로 팽이였다면 기울기나 흔들림을 보정할 수평 유지 장치가 필요했을 것이고, 연료와 함께 추진력을 위한 모터가 내장되어 있었겠지만 거인의 자이로스코프는 짐벌이나 모터가 장착되지 않은 단순한 금속 팽이에 불과했다. 따라서 그것은 신의 권능이 물리계에 작용하고 있다는 사실을 증명하는 토템일 수 있었다. 모종의 밝혀지지 않은 에테르, 비밀스러운 영능, 팽이 주변의 고립된 대기를 에워싼 신비로운 난류의 흐름이 거인의 자이로스코프를 움직이고 제어하는 배후의 역학이었던 셈이다. 물리적인 한계를 추월하며, 비틀거리거나 거꾸러지지 않는 거인의 자이로스코프의 모습 자체가 끊임없이 팽이를 채찍질하며 또한 그것의 움직임이 방해받지 않도록 안전하게 감싸 보호하는 신의 헌신적인 손길을 나타내고 있는 듯했다.

회전하는 물체는 회전하는 과정에서 중력을 위반하며 직

립해 있을 수 있지만 회전할 때마다 생성되는 모멘텀의 마력 속으로 주변 세계를 휘감는다. 그렇게 생각한다. 회전하는 물체는 거기 사로잡힌 인간을 미치게 한다. 테이블 위의 팽이가 쓰러지지 않는 동안 테이블에 깔린 항해 지도를 뚫고 들어가는 소용돌이의 뿔. 맴도는 팽이와 더불어 항해 지도 안에 생성되는 공허의 좌표를 오랫동안 응시한다. 눈꺼풀 없는 팽이의 눈을. 팽이 또한 외눈박이 시선으로 자신보다 먼저 현기증을 앓고 쓰러질 인간을 응시한다. 순환하고 자전하면서, 순환하기와 자전하기를 통해 형성된 어떤 비인간적인 시선을 통해. 제자리에서 코끼리 코를 열 번, 스무 번, 서른 번…… 팽이에 의해 새빨갛게 충혈되는 인간의 눈. 시간에도 시선이 있다면 그것은 회전하는 팽이의 모습을 하고 있을지도 모르겠다는 생각이 든다. 항해 지도 위의 팽이는 휘청거리다 맥없이 나가떨어진다. 캐럿이 상당한 다각뿔 모양의 크리스털이다. 영롱하고 아름답지만, 내팽개쳐진 모습에서 그것들을 아무리 합쳐도 거인의 자이로스코프의 값어치에 미치지 못하리라는 확신이 생긴다. 찾는 자는 그가 설령 넝마주이나 빈털터리라고 하더라도 이런 하찮은 다이아몬드 결정 수백 개보다 더 비싸고 귀중한 것을 희구할 능력을 갖게 되리라.

152

*

거인의 자이로스코프는 지금까지도 그 실존이 불확실한 청동 거인상의 왼쪽 눈두덩에 박혀 있었다고 했다. 그곳이 최초의 처소였다. 으레 그렇듯 시간이 까마득한 높이의 청동 거인상을 느린 속도로 분해했으며, 바닥으로 주저앉혔고, 마모된 채로 녹청에 함몰된 거인의 잔해들은 곧 철거되어 사라질 운명이었다. 폐허가 된 청동 거인상이 지상에서 감쪽같이 증발한 이후에도 거인의 자이로스코프는 여전히 살아남아 지상을 주유했다고 했다. 당시의 청동 거인상은 탈부착이 되지 않는 오른쪽 눈, 그리고 탈부착이 가능하며 거인의 눈두덩에서 적출된 다음에도 독립적인 파편으로 존재할 수 있는 왼쪽 눈알을 동시에 소유했던 셈이다. 청동 거인상의 해체된 몸뚱이는 용광로의 마그마 속에서 각종 병기와 집기로 부활했고, 방치되거나 파묻혔으며, 다시금 고대의 유물로 발굴되기 시작하는 유구한 세월이 거기 보태졌다. 그때까지도 거인의 자이로스코프는 신비로운 회전체로서 지상을 떠돌고 있었다. 손에서 손으로 넘겨지며 장소를 옮겨 여러 지역에서 출몰했다. 훼손되었거나 파괴되었을 리도 만무했는데 목격자들의 언급에 따르면 심지어 속력이 점점 증가하고 있었다고 했다. 마치 보이지 않는 비탈 아래로 굴러떨어지고 있는 것처럼.

청동 거인상의 전설적인 규모를 고려해 그 왼쪽 눈알인 거인의 자이로스코프 또한 무게나 규모가 만만찮았을 텐데 어떻게 다른 장소로 운반될 수 있었을까? 모종의 간섭으로 회전이 중단되거나 속력이 더뎌지는 일이 정말 없었을까? 거인의 자이로스코프는 망가진 나침반, 방향 상실에 경도된 채 N극과 S극을 한없이 갈아치우며 가속하고 질주하기 위한 에너지를 탐욕스럽게 축재하는 나침반이다. 그것을 찾아 헤매다 보면 자연스레 이 소설이 겪게 되는 모든 갈팡질팡이 거인의 자이로스코프가 그것을 구하는 자에게 행사하는 사악한 영향력이 아닌가, 거인의 자이로스코프 위에 올라탄 인간이 체험할 법한 시좌의 무차별한 전위에 기인한 것은 아닌가 하는 나쁜 의혹에 사로잡히게 된다. 망가진 나침반이 무작위로 생성하는 모험 속으로 이끌리듯 문장을 내딛고 있다는 의혹을 버리지 못하겠다. 거인의 자이로스코프는 속력의 인플레를 경신하며 끝을 향해 나아간다. 계속해서 증가하는 속력이 그 끝을 예비하고 있는 듯하다.

과거의 어떤 사람들은 거인의 자이로스코프를 지구의 모사라고 생각했다. 거인의 자이로스코프가 작동을 멈추고 그 원심분리기 속의 에너지가 고갈되거나 폭발하는 순간 지상에 운명적인 무질서가 도래하리라는 미신이었다. 어떤 사람들은 거인의 자이로스코프를 검은 천막으로 가려 제 시야에서 추방했다. 이 불길하며 신성한 우상이 자신의 인지 바깥에서 여전히 평형을 유지하고 있다고 믿기 위하여, 어느 날 그것이 눈앞에서 정지해 쓰러지지는 않을까 두려웠기 때문에. 신앙의 대상은 언제나 감춰져야만 하는 법이다. 종일 눈앞에서 버젓하게 활동하는 신성이란 끔찍하고 폭력적인 혼돈 이상도 이하도 아니니까. 그때에도 거인의 자이로스코프는 그치지 않고 회전하며 캄캄한 천막 안쪽을 노려보고 있었을 것이다. 새까만 배경과 분간되지 않는 허구의 초점을 향해 눈을 부라리고 있었을 것이다.

거인의 자이로스코프를 지구의 모사라고 믿었던 사람들에게 팽이가 응시하는 시선의 첨단이란 곧 시간의 종말을 의미했다. 가파르게 전진하던 혼란의 외뿔이 미지의 장애물을 만나 충돌해 파열하는 바로 그 지점. 대지에 외발을 딛고 있는 소용돌이 발레리나의 왜소한 토슈즈 위에, 긴장한 듯 뾰족하게 곤두선 발꿈치에 지구의 명운이 걸려 있다고 상상했던 것이 아닐까. 그러나 자이로스코프식 원근법이란 시선의 소실점으로 향하는 직선적인 움직임만을 보여주지는 않는다. 그것은 시선의 정점에서 돌이켜 나선의 리본처럼 층층이 풀려 해방되는 무수한 동심원을 함께 보여준다. 울렁거리는 광선의 원통 속에서 점차 확장되는 방사형을 그리며 응시하는 자의 시야를 향해 쏟아지는 일곱 빛깔의 꽃잎들을. 이해하겠는가. 번쩍거리는 팽이 앞에서 구토했던 어린 시절이 선명하게 떠오른다. 동네 놀이터의 미니 자이로스핀 위에서 환각을 봤

클로이의 무지개   155

다. 깔깔거리며 난간을 밀치던 아이들이 있었다. 살갗이 화농처럼 녹아내린 기괴한 얼굴의 악마가 지구를 풍선껌처럼 씹고 있었다. 악마의 축축한 구강이 그야말로 유쾌해 죽겠다는 듯, 짝짝거리고 질겅거리며 지구의 형태를 향락하는 동안 뒤틀리고 일그러지는 온갖 공간적인 변형을 관통해야만 했다. 시야가 어지럽게 명멸했다. 마치 상상 속의 웜홀을 지나고 있는 듯했다.

멍하니 스마트폰으로 웹 페이지를 넘기다 북극의 빙하 속에서 발견된 앵무새에 관한 토픽을 읽었다. 북극에서 떠밀려온 투명한 유빙 안에 얼어붙은 앵무새 한 마리가 잠들어 있었다고. 더운 지방에 서식하는 앵무새가 어떤 경로로 북극에 이르렀는지, 어떻게 극지방의 빙하 속에 형체를 온존한 채 격납되고 말았는지, 혹한 속에 박제되어 생을 마감하고 말았는지 그 이유를 쉽사리 추측할 수는 없을 것이다. 북극을 상상하면 곧장 새하얗고 삭막한 설경이 떠오르는데, 이른바 호화롭게 치장한 피에로 같은 빛깔의 앵무새가 새하얗고 삭막한 불모지의 경치를 교란하고 있었다는 사실이 근사하고 재밌게 여겨지는 것도 사실이다. 북극의 빙하가 온난화 때문에 유빙이 되어 남하하지 않았더라면 그 앵무새는 굳이 인간의 시선에까지 떠밀려 오는 불상사를 겪지 않아도 되었을 텐데. 완벽한 공허 속에서 몇만 년이고 갇혀, 지구가 황폐한 암흑 행성이 되어 우주를 떠도는 아주 머나먼 미래까지 거기 그대로 보존되었을 수도 있겠다. 황폐한 암흑 행성의 영원한 무지개로서. 벤치에 앉아 담배를 피우고 있는데 옆자리로 앵무새가 날아와 앉았다. 앵무새는 부리를 달달 떨며 제 날갯죽지를 긁어대다 붉게 코팅된 작업용 목장갑을 낀 왼쪽 손등 위로 폴짝 뛰어올랐다. 사흘째 일당을 받으며 보일러실 보수 공사 보조로 일하고 있을 때였다. 어느 집에서 놓친 앵무새였을까? 현실이 절뚝거렸다. 잠시 눈을 비벼야 할 정도로 짧게 축복받은 느낌이었다.

*

청키와 팽키는 선박의 잡일을 담당하는 직급이 낮은 선원이었고 거인의 자이로스코프가 가진 어마어마한 값어치나 그 내력에 관해서도 무지했다. 그들은 그저 풍랑이 잠잠해지기만을, 어느 해안으로든 순조롭게 항해할 수 있는 맑은 대낮이 도래하기만을 바랐을 것이었다. 출렁거리던 범선이 한쪽으로 심하게 기울었다. 팽키가 구토했으며 청키는 엉금엉금 기어가 협탁 위에 놓인 성경책을 악물었다. 이게 사실이야? 우리가 여기서 이렇게 울부짖고 있는 게 정말 사실이냐고! 청키와 팽키는 서로를 숨차게 끌어안았다. 서로를 구속한 품속 또한 흔들리는 선박과 함께 요동치고 있었다. 그들은 단단한 갈빗대며 빗장뼈가 둘 사이를 가로막은 물리적인 거리 자체처럼 출현할 때까지 서로의 실재를 느끼고 있었다. 촛대가 넘어졌다. 모포에 말려 한데 뒤엉킨 청키와 팽키의 몸뚱이가 선실 바닥으로 나뒹굴었다.

한편 심해에서 자이로스코프호의 온갖 좌충우돌을 지켜보던 오징어는 홀연히 제 한쪽 촉수를 뻗어 선박의 뱃머리를 휘어잡았다. 선실 밖으로 탈출한 청키와 팽키는 일렁이는 해수면 위에서 치솟아 범선을 수면 아래로 잡아당기는 육중한 나무뿌리 같은 오징어의 촉수를 목격했다. 오징어는 광활하게 넘실거리는 일곱 개의 촉수로 침몰하는 자이로스코프호를 감싸 옥죄었다. 나머지 셋은 다른 선박들과의 전투로 끊어진 상태였다. 청키와 팽키는 난간에 몸을 의탁했다. 머리가 산발인 망태 할아버지를 연상시키는 오징어의 장엄한 머리가 폭풍우 속에서 떠오르는 광경을 입을 떡 벌린 채 바라보았다. 몸통에서 발광하는 현란한 반점들이 어스름한 바다를 술렁이는 박쥐 떼처럼 밝히고 있었다. 청키와 팽키는 자신들을 압도하는 두려움, 혹은 경이로움과 함께 이상한 기대감을 품게 되었는데, 선박을 낚아챈 이 괴물 오징어가 몰아치는 폭풍우보다 훨씬 무서운 세계로 그들을 납치하는 끔찍한 괴물이기도 하면서 폭풍우 속에 숨겨진 아늑한 은신처로 향하는 드러나지 않은 길들을 속속들이 알고 있는 든든한 안내자처럼도 느껴졌기 때문이다. 물보라가 선박을 에워쌌다. 오징어는 크게 들이친 파도에 삼켜지는 가운데 범선을 캄캄하고 적막한 물밑 세계로 데려갔다.

자이로스코프호는 수중을 가르며 나아가는 오징어와 함께 물밑 세계를 몇십 킬로미터 정도 탐험했다. 힘차게 바닷속을 행진하던 오징어는 미리 물색한 장소에 자이로스코프호를 내려놓고는 유유히 머리를 돌려 왔던 길로 되돌아갔다. 그곳은 살모사의 아가리를 닮은 후미진 바위 굴 속이었다. 난파선에 실려 있던 막대한 양의 보물이 이 바위 굴 속에 매장되어 있었다. 범선을 이루던 널빤지가 풍화해 썩은 나뭇조각들로 남루해지고 말았지만, 거인의 자이로스코프는 부서진 판자와 녹슨 금괴들 사이에서 그치지 않는 소용돌이를 만들었다. 어찌나 빠르게 회전했던지 이끼나 따개비가 생길 겨를이 없었다. 금괴의 철제 커버에는 사슴뿔 모양의 알록달록한 산호초들이 자라났다. 시간의 더께는 견고했다. 금괴에서 보물을 꺼내기 위해선 부식된 철판을 통째로 톱질해 증언을 완강하게 거부하는 시간의 악문 턱과 치아를 파괴해야 했겠지만, 또한 어느 누구도 이 바위 굴에 도달하는 정확한 루트를 파악하지 못할 것이었다. 거인의 자이로스코프를 찾기 위해 정확한 침몰 지점을 탐색하던 야심가들과 고고학자들은 거대한 오징어가 보물선을 심해의 외딴 바위 굴 속에 은닉했을 가능성을 간과하고 있었기에 매번 헛다리를 짚고 있었다.

잠수복을 입고 산소통을 멘 헛다리들이 수면 아래로 잠수해 들어온다. 바다는 잔잔하다. 혹독했던 폭풍우도 흉측한 괴물 오징어도 수없이 반복되었던 망각의 한 조각일 뿐, 바다는 토파즈 색깔로 깨끗하게 반짝거린다. 날씨가 화창하다. 잠수사들은 다리를 잠방거리며 물밑 세계를 유영한다. 수영이 아주 익숙한 그들은 별로 힘을 들이지 않고 수면 아래를 산책할 수 있다. 화사한 빛깔의 열대어 무리를 한참이나 경탄에 사로잡혀 구경할 수 있을 만큼 한가해 보인다. 수경에 장착되어 바닷속의 경관을 촬영하는 캠코더에는 그들이 자갈밭에 깔린 몽돌을 이유 없이 뒤집고, 일렁이는 물풀들을 손으로 가벼이 쓰다듬으며, 부서지는 물방울의 세밀한 입자들을 얼떨떨하게 주시하고, 모래를 뿌리며 달아나는 물뱀의 뒤꽁무니를 추적하며, 무리에서 이탈한 어린 돌고래를 만나 짧게 포옹한 뒤 서로를 격려하며 위무하기도 하는 광경들이 고스란히 녹화되어 있다. 인간이 도달할 수 있는 심해의 영역은 제한적이다. 이를 잘 알고 있는 잠수사들은 자신을 고용한 야심가들과 고고학자들에게 골탕을 먹이고 골탕을 통해 월급을 수령하듯 주어진 시간을 게으르게 축낼 따름, 유순하게 헤엄치는 가운데 나른하고 평화로운 바닷속의 오후를 만끽할 따름이다.

실종: 미스터리 스마일

　항해 지도 위에 사인펜으로 관측 지점들을 표기한다. 막막한 대양이 테이블 위에 평평하게 덧씌워진다. 가상의 구획을 설정한 뒤 엑스 표시를 긋고, 동그라미 속을 색칠하고, 엑스, 동그라미, 엑스, 동그라미, 다이빙, 파문, 다이빙, 실족, 무(無), 전면적인, 형편없는. 몇 발짝 물러나 항해 지도 위에 그려진 낙서 같은 궤적들을 실눈을 뜨고 들여다본다. 이렇게 하면 흔적들 사이에서 어떤 결정적인 단서를 발견할 수도 있으리라는 기대감으로. 줄에 매달린 잠수사들이 보트 아래로 하강한다. 여러 차례 바다를 드나들었고 해도의 주요한 지점들을 무성한 엑스와 동그라미로 채웠지만 자명하게도 그 기호들은 대양의 크기에 비해 매우 협소한 영역에 지나지 않는다. 색칠한 기호들로 대양의 빈 부분을 차츰 소거하면 언젠가 보물선에 도달할 수 있으리라는 계산은 대양의 광대함에 무지한 사람이 중얼거릴 법한 어리석은 농담에 지나지 않는다. 알고는 있었다. 기호들이 해류에 떠밀려 사방으로 흩어지다 차츰 희미해지고, 물고기들이 수온을 감지해 다른 해협으로 이주하는 가운데 저마다의 출처가 모호해지듯 하늘색 평면 위에 표시한 기호들 또한 액화된 잉크처럼 녹아내리며, 나중엔 보트 위에 우두커니 앉아 뜨거운 목덜미를 향해 수직으로 내리꽂히는 송곳 같은 햇볕에 포획된 자신만이 확정적이며 고립된 지표로 남겨진다. 복귀한 잠수사들이 보트에 올라 잠망경과 산소통을 벗고 젖은 머리카락을 말린다. 바라만 봐도 죽겠어. 설레어 마음이 짓물러 넘치는 홍시처럼 벌겋게 갈라져 미치겠어. 외설적인 공상들이 마음을 희롱한다. 그러고 보니 항해 지도 위의 탐색한 지점들을 한데 묶어 연결하면 동그란 스마일 부호가 된다. 그것은 찡긋 윙크하며 미소를 짓고 있는 것 같다. 미스터리 서클? 미스터리 스마일이다.

*

　미스터리 스마일은 어느 날 무대 위에서 실종되었다. 서른 명이 채 되지 않던 관객이 그의 실종을 최초로 목격했다. 발언대에 올라선 클로이가 식은땀을 흘리며 실종된 미스터리 스마일의 공백을 대신했다. 마이크 앞에서 암기한 대본을 유창하게 낭송하던 클로이. 단 한 차례도 실수하지 않고 유려하게 이어지던 말의 흐름 또한 한계에 다다랐다. 성마른 비명이 단어들 사이로 튀어나왔다. 클로이는 고래고래 악을 썼다. 훈련된 앵무새에서 인간이 짖는 소리를 알지 못하던 자연 상태의 앵무새로 퇴화하고 있는 듯했다. 몇몇 관객이 양쪽 검지로 제 귀를 막았다. 부서진 말들이 연이어 계속되었고, 초조하게 발언대 위를 서성이던 클로이는 이내 들썩이던 목울대 바깥으로 치미는 격렬한 딸꾹질의 포로가 되고 말았다. 누군가가 이 헐떡거리는 가여운 앵무새를 무대 바깥으로 데려가야 했다.

관객들이 웅성거렸다. 관객들 모두가 상황이 뭔가 잘못 돌아가고 있음을 인지했다. 예정대로라면 미스터리 스마일은 무대에서 사라진 뒤 얼마 지나지 않아 다시 무대 위로 복귀해야만 했다. 그렇게 약속했지 않은가. 복귀할 타이밍이 지연되고 있었던 셈이다. 관계자가 무대로 뛰쳐나왔다. 여기서 공연하던 마술사가 가짜가 아니라 진짜로 사라진 것 같다며, 죄송합니다, 공연장 밖으로 냅다 줄행랑을 쳤는지도 모르겠고, 어딘가에 머리를 부딪쳐 뇌진탕으로 혼절해 있을 수도 있고, 여하튼 함께 공연하던 앵무새 한 마리만 덩그러니 남기고, 내 이럴 줄 알았지, 어쩐지 공연 전부터 썰렁한 분위기를 풀풀 풍기더라니 등등의 정리되지 않은 변명들을 늘어놓기 시작했다.

클로이로 말할 것 같으면 고개를 산만하게 끄덕거리고, 물방울 모양 눈동자를 활활 불태우며, 낱말에서 불협화음, 불협화음에서 칵칵 가래를 토하는 듯한 소음으로 이행하며 무대 관계자의 해명을 방해하는 중이었다. 마술사가 진짜로 없어졌다고? 마술사는 잠시 없어졌다가도 다시금 관객들을 속이며 무대 위로 되돌아오는 사람 아닌가? 심장이 떨어질 정도의 강력한 팡파르를 터뜨리며 무대 위로 생환해야 하지 않느냔 말이다. 없어지기만 하는 건 마술이 아니다. 그건 그냥 현실일 뿐이지. 부재가 부재의 자리를 보전하며 정직하게 남겨지는 것. 현실의 배후에는 트릭 장치나 마술사의 재빠른 손놀림 같은 기술적인 장치들 또한 존재하지 않는다. 부재를 보충할 환상적인 사건도 벌어지지 않는다. 그저 부재를 부재 그대로 인정하며 받아들이는 수밖엔.

공연이 중단되었다. 무대 관계자가 발언대에서 왁자지껄하게 지저귀는 클로이를 붙잡기 위해 팔을 뻗었다. 어림없는 일이었다. 클로이가 발언대를 힘차게 박차며 날아올랐기 때문이다. 무대 관계자가 껑충 발을 구르며 클로이의 발목을 낚아채려 했다. 클로이는 무대 관계자의 애처로운 손놀림을 제 날갯짓으로 능청스레 후려치며 더 높은 공중을 향해 도약했다. 허공에 펼쳐진 무대 관계자의 빈손으로 붉은색 깃털 하나가 팔랑거리며 떨어졌다. 클로이의 그림자가 무대를 밝힌 조명들 사이에서 검게 팽창했다. 무대 관계자는 클로이의 붉은색 깃털을 손에 움켜쥔 채, 그 깃털을 더는 자신을 쫓지 말라는 당부이자 협박처럼 느끼며 도주하는 클로이의 날쌘 꽁지를 망연자실하게 쳐다보았다. 관객들의 시선 또한 클로이를 따라 움직였다. 클로이는 자신을 얼떨떨하게 올려다보는 관객들을 지나 공연장 출구 쪽으로 향했다. 당장 이 갑갑한 공연장을 개방하라고 시위하듯 신경질적으로 문짝을 쪼기 시작했다. 무대 관계자는 클로이를 놓친 일에 왠지 모를 수치심을 느꼈다. 양쪽 귀와 얼굴이 새빨개진 채 황급히 무대 뒤편으로 퇴장했다.

*

안내원은 공연장 출구 반대편에 앉아 있었다. 하품이 연달아 나왔다. 밤새 시험공부를 병행해야 했으므로 대체로 몽롱한 표정으로 근무했다. 이러다간 오래 일하지 못하고 목이 잘리겠지. 목이 잘리면 또 새로운 돈벌이를 구해야 하고 삶은 이런 방식으로 꺼벙하게 반복되는 것이다. 그렇게 생각했다. 문 뒤편에서 딱딱거리는 소리가 들렸다. 고개를 갸웃거리며 살짝 문을 열었는데 문틈 사이로 난데없이 등장한 그로테스크한 얼굴의 앵무새 때문에 봉변을 당했다. 으악 고함을 지르며 질겁해 바닥으로 나자빠졌다. 클로이는 약을 올리는 것처럼 안내원의 시야를 선회하며 춤을 췄다. 복도에 드러누운 안내원의 콧잔등 위로 주황색 깃털이 맴을 돌며 낙하했다. 재채기를 하자 주황색 깃털은 잠시 공중으로 떠올랐다가 지그재그 모양을 그리며 재차 안내원의 콧잔등 위로 착지했다. 아무리 코와 입으로 바람을 일으켜도 주황색 깃털이 낙하하는 장소는 콧잔등을 벗어나지 않았다. 안내원은 깃털이 자신을 통째로 짓누르고 있다는 생각을 했는데 가벼운 깃털의 무게를 감안하면 바보 같은 생각일 뿐이었다. 깃털이 콧잔등 위에 놓여 있는 동안엔 어디서든 잠들 수 있지 않을까.

바보 같은 생각이 안내원을 그대로 눈 감은 채 복도에 드러 누워 있게 했다.

공연장은 지하에 있었다. 건물의 구조가 제법 복잡했으므로 클로이는 나갈 길을 찾지 못하고 복도를 방황했다. 날갯짓을 제어하지 못해 내벽에 충돌할 뻔한 위험천만한 순간을 몇 차례 넘긴 뒤 간신히 방향을 우회했고, 한 층 위의 로비로 통하는 계단에서 사선으로 비행할 수 있었다. 공연장을 나서면 복도가 있었다. 복도를 지나면 계단이, 계단을 통과하면 로비가 나타났다. 클로이는 단지 건물 밖으로 향하기 위해 이만큼이나 많은 출구를 줄줄이 잇대며 나아가야 한다는 사실을 이해하지 못했다. 창문이 개방되어 있었더라면 클로이는 단숨에 그곳으로 돌입해 드높은 하늘로 솟구쳐 올라갔을 것이다. 건물 내부는 꺾인 모퉁이가 다수 포진해 있었고 천장도 낮아 앵무새가 몸을 운신하기에는 어려운 구조였다. 클로이 또한 사라진 미스터리 스마일을 찾고 있었다. 공연장 곳곳을 뒤지며 자신들을 고생시키는 마술사에게 입말로 짜증 섞인 불만을 토로하는 무대 관계자들보다 훨씬 먼저 미스터리 스마일의 품속으로 날아가 안길 예정이었다.

그러나 클로이는 아직 인간의 미로 속에 있었다. 인간의 미로는 언어로 되어 있었고 한쪽 통로와 다른 쪽 통로를 연결하며 다만 출구에서 출구까지, 닫힌 시퀀스에서 또 다른 닫힌 시퀀스까지로 향하는 궁색한 찾기의 지속만을 허락하는 듯한 미로이기도 했다. 그렇다고 당장 공중으로 떠올라 미로를 탈출할 수도 없었다. 천장에 부딪혀 머리가 깨지고 싶지 않은 이상에야. 닫힌 새장처럼 감금된 채 유폐되었다고 하기에도 어려웠다. 연속해서 다음 차례의 출구가 나타났기 때문이다. 비좁게 병렬된, 중첩된 채 조밀하게 늘어선 공간들 사이를 손을 떼지 않고 선분 하나로 이어 통과해야만 하는 알쏭달쏭한 기하학 퀴즈 같은 미로였다. 날짐승인 클로이의 입장에는 매우 거추장스럽고 귀찮은 미로가 아닐 수 없었다. 클로이는 한숨을 내쉬며 또 하나의 출구를 지나쳤다. 창밖은 겨울이었다. 난방을 틀어놓은 실내의 아지랑이로 인해 창밖의 겨울나무들이 홀로그램처럼 일렁거렸다.

로비 내벽에 몸을 기댄 장신의 더벅머리 청년이 양손에 닌텐도 스위치를 쥐고 거북 목을 늘어뜨린 채 입으로 대포 소리를 내고 있었다. 펑펑 혹은 쾅쾅. 나지막한 목소리였다. 갸름한 얼굴에 제법 입술이 잘생긴 청년이었다. 립글로스를 바른 도톰한 입술이 새빨갛게 빛났다. 클로이는 청년의 무성한 더벅머리 위에 살며시 내려앉았다. 닌텐도 스위치 화면 속에서는 방금 출현한 히든 보스인 크라켄이 청년의 범선에서 발사된 박격포에 맞아 빈사 상태에 빠져 있었다. 청년의 길쭉한 손가락이 버튼 사이를 우왕좌왕했다. 청년은 얼마나 닌텐도 스위치에 몰입하고 있었는지 제 수북한 더벅머리가 클로이의 보금자리가 되었다는 사실도 인지하지 못했다. 클로이는 청년에게서 풍기는 향긋한 샴푸 냄새를 맡았다. 이대로 미스터리 스마일을 버리고 더벅머리 청년에게 입양되는 것도 그리 나쁜 전개는 아니겠다. 클로이는 생각했다. 그만큼 청년의 외모가 클로이의 마음에 쏙 들었다. 클로이는 두 다리를 씩씩하게 벌린 채 손차양을 짚고, 그러니까 앵무새라서 손차양을 짚을 수 없지만 그와 비슷한 포즈를 취하며, 마치 조망대 위에 올라 대양 너머를 내다보는 항해사처럼 당찬 자세로 앞으로 펼쳐질 모험의 향방을 가늠했다. 아쉽게도 청년의 더벅머리 둥지 위를 떠나야 했다. 미스터리 스마일에 대한 그리움이 가시지 않았기 때문이다.

　더벅머리 청년은 크라켄을 사냥하며 천천히 건물 밖으로 걸어갔다. 회전문을 어깨로 밀쳤다. 클로이는 청년의 더벅머리에 탑승해 무사히 건물을 빠져나왔다. 아무튼 인간이란 참 편리한 교통수단이 아닐 수 없다. 햇볕이 번져 닌텐도 스위치 화면이 캄캄해졌다. 더벅머리 청년은 들고 있던 닌텐도 스위치를 가방에 집어넣었다. 냉랭한 공기를 한 호흡 크게 들이마셨다. 입고 있던 검은 코트의 단추를 끝까지 채웠다. 추위 때문에 몸을 움츠리지 않기 위해 주머니에 양손을 찔러 넣은 채로 허리를 반듯하게 세웠다. 더벅머리 청년은 입술 밖으로 하얗게 번지는 입김을 따라 하늘을 올려다보았다. 대뜸 신기루 같은 무지갯빛 앵무새가 공중의 뭉게구름 사이를 순식간에 가로질렀다. 머리를 긁적이며 눈을 깜빡이자 이내 눈앞으로 노란색 깃털 하나가 아른거렸다. 이게 뭐지. 더벅머리 청년은 노란색 깃털을 잡기 위해 긴 팔을 허우적거렸다. 몇 발짝 앞으로 이동했다. 아쉽게도 깃털의 궤적을 따라잡지 못했다. 더벅머리 청년은 바람에 실린 깃털이 겨울 풍경 속으로 녹아들어 휘발될 때까지 그것을 응시했다. 무심히 시선을 돌리는 순간 허공에 노란색 깃털이 있었다는 사실을 까맣게 잊어버렸다. 노란색 깃털이란 그 정도의 사소한 흠집이었다. 왠지 좋은 일이 생길 것만 같았다. 청년은 휘파람을 불었다. 컨트롤 실력이 늘어 크라켄도 무리 없이 잡을 수 있었으며 겨울 공기 또한 산뜻해 당장이라도 유쾌한 연락이 도착할 것 같았다.

*

자이로스코프호가 고국으로 복귀하고 있었다는 것은 사실이 아니다. 예상 발착지를 추려 항로를 빠짐없이 수색했지만 보물은 고사하고 동전 한 닢도 발견하지 못했던 것이다. 모종의 이유로 항로에서 이탈해 중간 기항지로 향하고 있었을지, 아니면 도중에 불미스러운 사건이 벌어져 고국이 아닌 다른 장소로 항로를 변경했을지 모르겠다. 여하간 시나리오를 수정해야 하는 시기가 가까워졌다는 뜻이었다.

뱃멀미가 지독하다. 잠수사들은 바다 밑의 그렁그렁한 몽돌이나 올망졸망한 조개껍데기 하나씩을 쥐고 천연덕스러운 표정으로 보트를 향해 되돌아온다. 자기 나라 언어로 영문 모를 말들을 지껄이다 낄낄거리며 엄지로 목을 긋는 시늉을 한다. 저건 누굴 해치겠다는 뜻인가? 잠수사들이 합심해 해코지를 시도한다면 꼼짝없이 당해야만 하리라는 생각 때문에 간담이 서늘해진다. 일주일 전부터 곱슬머리 잠수사 녀석이 눈에 밟혔다. 애타는 감정을 정리하려 노력했지만 힐끔거리는 시선이 녀석의 탄탄한 어깨를 타고 넘었다. 아뿔싸, 아뿔싸…… 그만 이성을 잃고 녀석의 뒷덜미를 끌어안을 뻔했다. 어쨌든 헛기침하며 마음을 진정시켰고, 결연하게 곱슬머리 잠수사 녀석을 외면하자 불시에 어떤 영감이 닥치듯 자이로스코프호에서 벌어졌던 선상 반란 에피소드를 떠올릴 수 있었다. 이런 중대한 사실을 빠뜨리고 지도에 채워 넣지 않았으니 수색이 지지부진했던 거다. 항해 지도에 부상한 진실의 조각들과 융기한 변곡점들을 표시한다. 누락된 단서들을 보완하자 지금껏 의식하지 못했던 새로운 루트가 출현한다. 자이로스코프호가 미지의 항로를 개척한다. 보물선의 발견이 머지않았음이 느껴져 괜스레 가슴이 뛴다. 허파에 바람이 들어간 것처럼 엉덩이가 들썩거린다. 이해하겠는가. 멍청한 잠수사 녀석들은 아무것도 이해하지 못한다. 녀석들이 바다 밑에서 건져온 개인적인 수집품들을 보트 위에 끝없이 진열하는 바람에 보트가 녀석들의 잡동사니 창고로 전락하고 말았다. 괘씸한 넝마주이들. 보물을 손에 넣어도 네놈들에겐 한 푼도 적선하지 않겠다.

*

클로이는 공연장 건물을 벗어나는 일에 깃털을 셋이나 소비했다는 것, 앞으로 사용할 수 있는 깃털이 넷밖에 없다는 사실에 자책했다. 그러나 미스터리 스마일을 찾을 수 있으리라는 자신감이 사그라지지는 않았다. 자긍심에 가까운 자신감이었다. 클로이는 미스터리 스마일의 실종을 향해 신속하게 활강했다. 클로이의 눈동자 속으로 들이친 섬광이 일곱 빛깔로 쪼개졌다. 클로이는 비산하는 스펙트럼을 향해, 분리된 색깔들이 견고한 다이아몬드 형태로 포개지며 환하게 폭발하는 광경을 향해 돌진해 들어갔다. 클로이가 이렇듯 청명한 겨울 하늘에서 미스터리 스마일을 수소문하는 동안 미스터리 스마일은 무대 아래로 이어진 통로를 기어가는 중이었다. 클로이를 위해서라도 빨리 무대로 돌아가야 하는데. 미스터리 스마일은 생각했다. 그러나 통로는 아래로 낮아지기만 했다. 왔던 길을 거슬러 돌아가기에는 자세를 바꾸지 못할 정도로 통로의 폭이 협소했다.

예정대로 치러졌던 공연이었다. 여느 때처럼 중절모를 벗으며 관객들에게 인사를 한 다음, 왼손에 들고 있는 뒤집힌 중절모 속에서 앵무새 한 마리를 꺼내는, 별다르지 않은 '깜짝 마술'을 통해 드레스 셔츠 품속에 웅크리고 있던 클로이를 공연장 허공을 향해 방사했던 것이다. 이때 클로이는 일곱 빛깔의 꽃잎들로 휘감겨 장식된 모조 튤립 한 송이를 물고 있었다. 공연장 허공에서 한 바퀴 공중제비를 돈 다음 관객들 가운데 가장 눈에 띄는 사람에게 그 무지갯빛 튤립을 헌정하게 되어 있었다. 클로이는 제 역할을 잘해냈다. 그의 어깨로 복귀해 묘기의 성공을 자축하듯 펄쩍 뛰며 노래를 불렀다. 으레 이 타이밍에 박수가 쏟아졌다. 클로이와 미스터리 스마일은 콤비로서의 궁합이 매우 좋았다. 클로이가 일반적인 앵무새와 비교해 훨씬 많은 문장을 능숙하게 발화할 수 있다는, 제법 특별한 능력을 보유하고 있다는 사실을 깨달은 직후에도 그는 별로 놀라지 않았다. 미스터리 스마일은 클로이라면 뭐든 쉽게 납득하는 사람이었다.

미스터리 스마일은 클로이에게 자신이 작성한 코미디 대본을 낭독한다. 키득거리는 웃음이 새어 참느라 혼쭐이 난다. 클로이는 웃지 않는다. 대신 대본에 적힌 말을 토씨 하나도 빠뜨리지 않고 그대로 외워 들려준다. 미스터리 스마일은 손뼉을 치며 기뻐한다. 평소에 그가 창작한 코미디 대본이란 그 자신에게나 익살스럽게 여겨지는 저속한 말장난과 너무 과도하게 자학적이라 좌중의 피로감을 자아낼 따름인 슬랩스틱 에피소드로 구성되어 있었다. 코웃음조차 환기하지 못할 정도로 너절한 내용이었다. 그리고 미스터리 스마일은 곧 자신의 볼품없는 대본, 그 무능하고 어리숙한 글줄들이 클로이의 메아리 속에서 탁월한 재담과 농담으로 변모하는 감격스러운 순간들을 청취하게 된다. 내용은 같지만 화자가 달라진 셈이다. 농담이란 말의 내용 자체보다 발화하는 이의 태도나 뉘앙스, 분위기와 제스처가 훨씬 중요한 부분을 차지한다. 목소리의 연극성도 빠뜨릴 수 없는 요소인데 이 분야에서 앵무새인 클로이를 능가할 수 있는 인간은 결단코 존재하지 않는다.

클로이는 타고난 달변가다. 미스터리 스마일이 무작정 웃기기 위해 냅다 갈겨쓴 실패한 문장들이 클로이의 발화 속에서 신선하고 경쾌하게 부활한다. 과장이 아니냐고? 아무리 과장해도 그가 클로이에게 느낀 감정을 반도 전달할 수 없어 차라리 이 소설을 클로이에게 통째로 낭독하고 싶은 심정이다. 클로이라면 이 소설의 가당찮은 에피소드들을 발화하며 거기에 그럴듯하고 활기찬 생명력을 불어넣을 수 있을 것이다. 낭송을 마친 클로이는 우쭐한 기색으로 미스터리 스마일을 째려본다. 콧방귀를 뀐다. 미스터리 스마일은 클로이의 소란스럽고 진취적인 콧방귀를, 그의 말을 따라 말할 때 클로이가 구사하는 변덕스러운 음색들 모두를 사랑한다. 가끔은 그를 놀림감으로 삼아 신랄하게 조롱을 퍼붓고, 배고파 칭얼거리듯 보채며, 호들갑을 떠는 그를 향해 심드렁하게 장단을 맞추고 있는 것 같고, 홀로 토라져 서러워하며, 발랄하게 까불며 으스대고, 우아하게 허밍하며, 걸걸하게 외치면서 그에게 뭔가를 독촉하고 있는 것 같기도 한 그 다채로운 음색들 모두를 말이다. 클로이는 발화의 내용과 무관하게 즉흥적이고 제멋대로 지저귄다. 그 지저귐이란 미스터리 스마일로부터 기원한 말이지만 또한 클로이를 통과해 비상하는 날개 달린 말들이기도 하다. 그는 클로이에게서 귀환하는 자신의 메아리를 들으며 오늘 클로이의 컨디션이 제법 좋은 모양이라고 생각한다. 공연을 마치면 꼭 살구 한 봉지를 사서 클로이에게 선물해야지. 클로이는 달콤한 살구에 진심으로 열광하는 평범한 앵무새이기도 하니까.

*

선장이 청키와 팽키에게 선박에 창궐한 생쥐들을 소탕하라고 명령했다. 그때부터 청키와 팽키는 자이로스코프호의 지하실에 갇혀 있었다. 당시 쌍둥이는 선원들 사이에서 따돌림을 당하고 있었다. 똑같이 닮은 둘의 얼굴이 애초부터 좋지 않았던 서로의 평판을 곱절로 저해하는 동인으로 작용했던 것이다. 쌍둥이는 고문관 취급을 받았다. 고문관은 그 존재만으로 그들이 속한 공동체를 고문하는 사람이며 이때 공동체는 자신들이 당한 고문을 앙갚음하고 있다는 생각으로 별 죄의식을 느낄 겨를도 없이 고문관을 고문하기로 합의하게 된다. 쌍둥이가 생쥐들을 잡으러 지하실로 내려가자 몰래 뒤를 밟은 선원들이 지하실 철문에 자물쇠를 채웠다. 이후 선장과 선원들은 이 가여운 쥐잡이들의 존재를 머릿속에서 지워버리고 말았다. 선박 안에서 폭동이 발생했기 때문이다. 갈라파고스화된 선박을 배경으로 선장 패거리와 선원 패거리가 나뉘어 사활을 오가는 난투극을 벌였다. 선장 패거리와 선원 패거리 모두가 지하실의 생쥐들과 싸우며 자신들처럼 사활을 오르내리지도 않는 엉뚱한 난투극에 매진하고 있을 청키와 팽키를 기억할 정도로 한가로운 처지는 아니었다.

선장은 자신을 보좌하는 일곱 명의 북두칠성 항해사를 대동하고 선장실 안에서 항거했다. 선장실은 어느새 요새가 되어 있었다. 북두칠성 항해사들은 전부 용맹하기로 이름난 자들이었고 온몸이 흉기 같은 근육으로 뒤덮여 있었으며 한 사람이 일반 선원 열 명을 능히 압도할 수 있을 만큼 무술 솜씨 또한 뛰어난 자들이었다. 선원들은 요새에 틀어박혀 농성전을 벌이는 북두칠성 항해사들을 격퇴하고 선장실을 공략할 묘책을 고안하기 위해 매일 지혜를 짜내야만 했다. 북두칠성 항해사들은 선장실에 칩거한 채 요지부동이었다. 이들은 선원들의 모욕적인 도발을 귓등으로도 듣지 않을 만큼 영리하고 침착한 성품의 소유자들이기도 했다. 지형적인 유리함을 점유해 선원들을 물리치고는 있었지만 요새를 포기하고 갑판으로 나가 포위되었을 때 자신들이 수적으로 훨씬 우위에 있는 선원들을 당해내지 못하리라는 사실을 예감하고 있었다. 요새를 저버리지 않도록 서로의 마음을 단속했다. 엄지를 깨문 뒤 방울져 흐르는 혈흔으로 테이블에 깔린 항해 지도 위에 북두칠성 모양의 지장을 찍었다. 지지부진한 전황은 딱히 어느 편에도 이롭지 않았다.

한편 북두칠성 항해사들이 충성을 맹세한 선장으로 말할 것 같으면 반쯤 정신이 나가 종일 제 손가락을 빨며 진퇴양난에 빠진 스스로의 처지를 한탄하는 중이었다. 째깍거리는 벽시계 속의 무고한 뻐꾸기를 강제로 꺼내 제 손바닥 위에 올려놓고 종일 징징거리는 하소연을 퍼부었다. 시간에 대한 복수심을 그렇게 해소하려는 모양이었다. 선장은 아무도 개입하거나 위로할 수 없을 것만 같은 절대적인 고독과 자폐적인 비애감 속에서 제 실망이며 불안을 사방에 난사하는 것만 같은 우렁찬 탄식으로 결사적인 항전을 다짐한 북두칠성 항해사들의 마음을 싱숭생숭하게 만들었다. 그러니 그가 선장만 아니었다면 당장 엉덩이를 걷어차 요새 바깥으로 내쫓았을 것이다. 하지만 정말 그렇게 한다면 북두칠성 항해사들이 치렀던 피의 서약이며 죽음을 무릅쓰고자 하는 결기는 대체 누구를 위한 마음이란 말인가. 선장을 끈질기게 호위하기로 결심한 북두칠성 항해사들에게 선장이란 단연코 문제적인 애물단지가 아닐 수 없었다.

애물단지는 요새 구석에 늙은 독수리처럼 쪼그려 앉아 있었다. 의지박약의 파렴치한 구렁텅이로 그들을 유인하기 위해서였다. 선장은 듣자마자 온몸의 힘이 쭉 빠지는 시무룩한 혼잣말과 어물거리는 방언으로 자신이 시달리는 우울감과 몰락의 판타지를 북두칠성 항해사들에게 전염시켰다. 그런 선장의 한심한 꼴불견 자체가 북두칠성 항해사들이 보유한 진정성이나 내적 긍지에 대한 맹렬한 탄핵이자 테러 행위에 상응했다. 선장이 민폐를 끼칠 의도가 없으며 그저 슬픔에 취약한 사람이라는 사실은 변명조차 되지 못했다. 식구들의 의욕을 북돋아도 모자랄 판국에 참 안일한 슬픔이잖아. 북두칠성 항해사들은 생각했다. 제 실추된 권위에 대한 상실감에 빠져 꺼이꺼이 울부짖는 저 엉터리 사기꾼을 대체 어떻게 처리해야 하냐고. 이런 되바라진 생각들로 인해 괴로워했다. 우리가 감히 선장님을 능멸해도 되는 건가. 그들처럼 강인하고 자존감이 높으며 견실하게 단련된 육체에 어울리는 정신적인 원숙함까지를 무난하게 성취한 자들에게 불우한 자포자기 상태란 불명예스러운 투항보다 못한 치욕적인 기분을 전달할 따름이었다. 졸지에 애물단지는 음험한 목소리로 그들을 미혹하는 전설 속의 세이렌으로 변신해 있었다. 물론 선장은 남성이었고 노래에 소질이 없었으며 턱수염이 무성한 욕심 많은 제국주의자에 불과했지만.

북두칠성 항해사들은 선장실을 습격한 선원들을 치열하

게 무찌르고 있었음에도 뭔가 가장무도회에 참석한 기분이
었다. 지구는 위대한 태양을 축으로 회전하고 달은 아름다운
지구를 축으로 회전하는데 북두칠성 항해사들의 경우 침통
하고 나약한 자기 연민에 매몰되어 시름시름 앓는 궁상맞은
애물단지를 축으로 회전해야 하니 허탈함을 넘어서 환장할
노릇이었다. 중력 없는 공간에서 과거의 영광스러운 공전 궤
도를 좇아 선장을 수호하는 일이란 그 신실한 의지와 무관하
게 중력의 부재를 외면하기 위한 도피 행각이라는 결론이 도
출되었다. 하여 도저한 공허를 가늘고 위태로운 씨줄로 봉합
하는 동안 그들은 하늘에 총총히 박혀 선장의 앞날을 인도하
는 일곱 개의 길잡이별이었다.

　한편 선장은 선원들이 자신에 대한 반달리즘 행위의 일환
으로 선박에 실린 거인의 자이로스코프를 파괴했으리라 믿
고 있었다. 거인의 자이로스코프를 고국에 바치는 대가로 황
제와 심술궂은 부호들을 꼬드겨 거액의 대출금을 수령했는
데. 막상 돌아가면 사기꾼으로서의 오명을 뒤집어쓰고 추접
스러운 노역의 수렁 속으로 내던져져야 했다. 소망이 물거품
으로 변했다고 그 물거품에 배어 있는 진실한 노고까지 인정
받지 못하는 상황이 가당키나 한가? 대출한 야심은 인간을
실성하게 한다. 선장은 만사를 내팽개치고 제 손가락을 탐닉
하는 일에 몰두했다. 두뇌가 녹아내릴 때까지 손가락과 손가
락을 휘감는 혓바닥의 감각에 집중해야 스스로를 위협하는

미래에 대한 공포와 세상에 대한 원한에서 놓여날 수 있었
다. 체면 따위는 중요치 않았다. 혓바닥에 돋아난 천 개의 미
뢰가 구순기의 심연 속에 도사린 천 개의 어뢰처럼 쟁쟁하게
폭발하는 것만 같은 난폭한 탐닉이었다. 게걸스러운 충동의
세계 속으로 퇴행해 말초적인 감각들의 뻘밭을 뒹구는 한 마
리 짱뚱어가 바로 선장이었다. 비통한 심경이 임계를 초과하
면 타액으로 쭈글쭈글해진 손가락을 넣어 제 목구멍을 헤집
었다. 여러 차례 헛구역질했다. 그런 끔찍한 비언어를 통해
자신의 서글픔을 방출하려는 모양새였다. 너희는 내가 얼마
나 고통스러운지 똑똑히 알아야 해. 내 수난을 날것 그대로
처먹어야 한다고. 북두칠성 항해사들은 헛구역질 때문에 절
박하게 헐떡거리는 선장에게서 그런 메시지를 읽었다. 선원
들의 노동력을 착취했던 것도 모자라 우리 북두칠성 항해사
들의 감정까지 착취하려고 기를 쓰고 계시네. 흥분해 부풀어
터진 선장의 입술에는 특유의 잔인성과 귀기가 어려 있었다.

*

무대 위에 클로이의 발언대가 놓인다. 클로이의 말들은 연
습한 대본에 따라 때로는 구연동화에, 때로는 정치 연설에,
때로는 스탠딩 코미디에 가깝다. 관객들은 클로이가 다른 앵
무새들처럼 단어나 인사말 정도의 간략한 발성을 구사하는

일에 머무르지 않고, 변론이나 웅변, 이야기에 상응하는 장황한 분량의 말을 능숙하게 지저귀는 모습을 신기해한다. 관객들에게 클로이의 말이란 귀여운 재롱이나 색다른 퍼포먼스 같은 것과 유사하다. 미스터리 스마일은 클로이의 말에서 자신의 말을 되찾은 다음 그 말의 확장된 울림을 감각한다. 자신의 언어가 클로이의 육성을 통해 환상적으로 고양되는 순간을 체험한다. 관객들은 그의 말에도 앵무새의 지저귐에도 무관심하다. 음색도 듣지 못하고 내용은 더더욱 듣지 않는다. 무대 위의 클로이는 말하고 있는 것이 아니라 재주를 부리고 있는 것이기 때문이다. 관객들은 앵무새의 말이 얼마나 깜찍하며 가소로운지, 앵무새가 얼마나 영특하고 잘 훈련되어 있는지에 대한 품평을 왁자지껄하게 늘어놓는다.

그러나 미스터리 스마일에게 클로이는 인간의 말을 녹음해 출력하는 기능적인 꼭두각시 같은 존재가 아니었다. 차라리 클로이는 인간의 말에 지저귐으로서의 은총을 부여하는 존재였다. 클로이에게로 이주한 말은 어쩌면 그곳에서 다시 탄생한다. 같은 점토로 왜곡된 자화상을 빚는 사람도 있고 바늘 끝에 올라앉은 천사를 빚는 사람도 있다. 앵무새는 인간과 대화하기 위해 말하지 않는다. 말을 통해 인간에게 무언가를 가르치지도, 인간을 위로하거나 꾸짖지도 않는다. 클로이는 말하고 있지만 사실 지저귀고 있을 뿐, 말의 물리적인 진동을 탈취해 그것을 완전히 다르게 사용하는 방법을 제안하고 있을 뿐이다. 앵무새는 인간 아닌 존재가 인간의 말에 어떻게 귀를 기울이고 있는지, 그 불가해하며 밝혀지지 않는 듣기의 심연을 지저귀기를 통해 시연하고 있는지도 모른다. 단지 말을 지저귀기로 치환하는 과정에서, 그 조응 방식을 앵무새의 발성기관에 걸맞게 위치 이동하는 단순한 변위를 통해 말은 한층 승화된 차원에서 스스로를 황홀하게 되풀이한다. 물론 이런 승화된 차원을 지각할 리 없는 아둔한 관객들은 어깨를 으쓱이며 콧방귀를 뀌겠지만.

미스터리 스마일은 클로이의 지저귐에 강박적인 의미들을 덧붙인다. 클로이의 목소리를 사랑하며 그 사랑을 해명하려는 사람이기 때문이다. 자신에 의해 과포화되는 의미의 미로들이 실종된 자신을 찾고 있는 클로이의 비행을 너무나 복잡하게 만들고 있다는 사실을 자각하지 못한다. 클로이는 의미들을 위해 지저귀지 않는다. 그렇다고 의미들을 배반하거나 소거하기 위해 지저귀는 것도 아니다. 클로이는 대수롭지 않게 지저귄다. 다만 그 지저귐이 산출하는 효과들이 울창해지는 밀림처럼 미로의 규모를 증식시키고 있으며, 이로 인해 친구이자 동반자인 미스터리 스마일에게로 귀환하는 클로이가 해결해야 할 수수께끼 같은 갈림길들도 늘어나게 된다. 클로이는 미스터리 스마일을 뒤쫓는 앵무새 탐정이었다.

쌍둥이는 시간이 날 때마다 지하실 철문을 두들겼다. 그 소리는 선장실로 진군하는 선원들의 쿵쾅거리는 발걸음 소리와 분간되지 않았다. 쌍둥이는 뱃가죽이 등짝에 달라붙는 듯한 굶주림 속에서 생쥐들의 성자가 되어 있었다. 생쥐들을 잡기 위해 설치했던 쥐덫과 쥐약을 수거했으며 올가미를 헝클어뜨렸다. 생쥐들은 쥐구멍 근방에 떼로 모여 쌍둥이를 관찰했다. 경계심을 거두지는 않았다. 쌍둥이는 생쥐들을 해치지 않는다는 의사를 전달할 수 있으리라는 염원을 담아 중얼거렸다. 이리 와. 같이 놀자. 항복의 표시로 선원용 베레모를 벗어 흔들었다. 생쥐들은 청키와 팽키의 수신호를 이해하지 못했다. 어쨌든 쌍둥이 쥐잡이의 태업 혹은 파업으로 말미암아 생쥐들은 방해받지 않고 지하실에서 제 식구를 불릴 수 있었다. 그사이 쌍둥이는 오한 때문에 턱이 덜덜 떨렸다. 총성과 환호성이 들렸다. 어느 날은 조용해 마치 젖은 솜으로 귓구멍을 틀어막은 듯했다.

생쥐들의 번식력은 타의 추종을 불허했다. 이때 지하실은 가난한 실향민 생쥐들의 공화국이기도 했다. 노쇠해진 생쥐들은 하나같이 코를 쌔근거리며 고향인 너구리 동굴에 대한 향수를 읊조렸다. 간발의 차이로 하선하지 못해 억울하게 떠나온 이들이 대부분이었다. 생쥐들은 인간보다 생애가 짧으

므로 육지에 도착하기 전에 종족의 한 세대가 교체될 예정
이었다. 너구리 동굴에 관한 기억을 새로 태어난 생쥐들에게
상속하는 일은 늙은 생쥐들의 과제이자 소일거리가 되었다.
너구리 동굴에서 생쥐들은 그곳의 주인인 배려심 넘치는 너
구리들과 화목한 관계를 유지했다. 그것은 이 소설의 첫머리
에 기술했듯 패배주의적인 가치관에 찌들어 지나칠 정도의
절망감에 사로잡힌 너구리들이 거주지에 들끓는 생쥐들을
퇴치하는 방식으로 제 삶의 환경적인 조건을 정비할 기력과
의욕이 없어서이기도 했지만, 동시에 자신들의 가엾은 실존
적 상황이 비천한 생쥐들과 별반 다르지 않다고 생각했기에
공교롭게도 그들에게서 여느 인간들은 발견하지 못할 장점
을 찾을 수 있었던 까닭이었다.

  너구리들이 밑도 끝도 없는 자학적인 망상들 때문에 제 머
리를 쥐어박으며 신음하고 있을 때였다. 생쥐들은 너구리들
주변에서 바삐 먹이를 수색했다. 귀를 쫑긋 세우고 호기심에
물든 시선으로 너구리들을 바라보았다. 저 인간이 대체 뭘
하고 있는 거지. 왜 자신을 구타하며 킬킬거리고 있는 거야.
누가 보더라도 더 비루한 삶을 사는 쪽은 너구리들이었다.
너구리들은 마르지 않는 눈물로 언제나 동공이 촉촉한 편이
었다. 징그러운 생쥐들의 모습에서 공포나 혐오라는 말로 간
단하게 정리할 수 없는 기묘한 감정들을 함께 느꼈는데, 이
또한 너구리들이 항상 착용하던 눈물의 렌즈 덕분이었다. 그

천진난만한 찍찍거림에서, 본능적으로 먹이의 냄새를 맡는 기민하고 착실한 움직임에서 절망을 극복하지 못한 자신들이 한참 전에 잃어버리고 말았던 어떤 면모들을 추억할 수도 있었다. 인간은 꼬리가 길고 불결한 설치류를 싫어하는 반면 꼬리가 짧고 청결한 설치류를 귀여워한다. 너구리들은 소외되었던 자신들의 지난 세월을 반추하며 꼬리가 길고 불결하다는 특성이 애꿎은 누군가를 기피하거나 배척할 명분이 되지 못한다는 사실을 자연스레 깨닫게 되었다. 그간의 무익한 번민이 윤리적인 자양분으로 활용되는 희귀한 순간이었다. 너구리들이 생쥐들에게 다가가 치즈와 비스킷을 내밀었다. 먹이를 맛있게 받아먹는 생쥐들을 물끄러미 응시하며 음울한 안색 어딘가에 숨겨져 있던 미소를 잠시나마 되찾을 수 있었으니 너구리들에게 생쥐들은 고마운 종족이었다. 생쥐들도 절망한 너구리들을 자애로운 종족으로 인식했다. 그들의 품속이나 옷깃 안팎을 자유롭게 드나들었다. 동굴 생활 및 운동 부족으로 비실비실하고 허여멀건 너구리들의 살갗에는 생쥐 종족과의 우애와 공생을 상징하는 생채기와 푸르뎅뎅한 잇자국이 즐비했다.

자이로스코프호의 선원들은 생쥐들이라면 질색을 했다. 생쥐들은 자신들을 처치하기 위해 눈에 불을 켜고 달려드는 선원들을 피해 암약하거나 도망치는 기술을 습득해야만 했다. 생쥐 공화국의 암흑기였다. 당시 선박 내부에 선원들을 착취하고 폭행하며 정해진 급료를 일방적으로 삭감하는 만행을 저지른 선장과 북두칠성 일당에 대한 적개심이 만연한 상태였음에도 선원 패거리와 선장 패거리는 생쥐들에 한해선 한통속으로 종족을 박멸하기 위해 혈안이 되어 있었다. 어쨌든 생쥐들이란 인간들 사이에서 초래된 갈등에 비하면 사소한 골칫덩어리에 불과했다. 선장 패거리에도 선원 패거리에도 속하지 못한 청키와 팽키는 사소한 골칫덩어리의 아군이었다. 지하실에 감금된 이후 막상 할 일이 아무것도 없고 쥐구멍 주변에서 웅크려 복작거리는 생쥐들의 눈치를 보는 나날이 계속되자 자연스레 생쥐들과 친해져야겠다는 공감대가 형성되었다. 그러나 생쥐들에게 유난히 가학적이었던 자이로스코프 공동체의 죄과를 참회하거나 대속하지 않는 이상 생쥐들과의 친분은 요원하게 느껴지기만 했다. 게다가 쌍둥이는 태생적으로 사교 행위에 서투른 인간들이었다. 그들이 따돌림을 당했던 원인 또한 선원들에게 다가가는 방법을 전혀 몰랐기 때문으로, 가만히 있으면 어눌해 보이고 적극적으로 행동하면 부담스러워 보이는 이중구속과 자가당착으로 인해 옴짝달싹하지 못했던 것이다. 그런 소심한 성격과 쩔쩔매는 듯한 태도가 노동 현장에서의 빈번한 실수로 이어졌다. 이를 해명하거나 능청스러운 넉살로 무마시키지 못하는 암담한 침묵은 덤이었다.

일에 몰입한 사람은 일에만 전념하면 된다. 이중구속을 의식하는 사람의 경우 일의 능률도 함께 저하되기 마련이다.
쌍둥이가 노동과 이중구속 둘 다와 열렬하게 투쟁했다는 사
실은 알려지지 않았다. 과로와 뱃멀미, 신선한 음식을 섭취하
지 못하는 데서 오는 영양실조와 괴혈병의 징후 때문에 건강
이 악화되어 신경이 예민해진 선원들은 쌍둥이의 정신이 다
른 곳에 처박혀 있다고 생각했고, 정신이 다른 곳에 처박혀
있는 사람이란 종종 정신이 이곳에 처박혀 있는 사람들에게
지탄이나 교정의 대상으로 취급되는 법이었다. 선원들은 쌍
둥이가 현실이라는 생지옥이 아니라 머릿속의 꽃밭에서 풍
류를 즐기고 있음이 분명하다고 확신했다. 이에 분개했다. 막
상 쌍둥이의 정신은 분열된 이곳에서 발을 동동거리고 있었
는데도. 쌍둥이는 자신들의 딜레마를 진솔하게 소명하거나
실토함으로써 문제를 해결하려 했다. 그러나 고문관으로 낙
인찍힌 그들의 눌변이란 애초부터 비겁한 변명이나 철모를
응석보다 유리한 위치를 점유하지 못하리라는 사실이 불 보
듯 뻔했다. 선원들은 야유하고 귓구멍을 후비거나 선실 침대
에서 야속하게 돌아누우며 쌍둥이의 어리숙한 웅얼거림을
묵살했는데, 웅얼거림의 화자인 청키와 팽키, 즉 말의 출처가
말의 내용보다 먼저 그들이 진술할 고백의 성격과 맥락을 규
정했기 때문이다. 하여 쌍둥이는 오직 서로에게만 씁쓸한 진
심을 속삭일 수 있었다.

쌍둥이는 광대뼈가 도드라져 퀭해진 서로의 얼굴을 쳐다

보다 그간의 자신을 바꾸고 싶다는 강렬한 욕망에 사로잡혔다. 자리를 박차고 일어났다. 아직 태어나지 않은 자신에 대한 갈망이 걷잡을 수 없이 치솟았다. 지하실이란 어쩌면 그들의 갱생을 위해 마련된 공간일지도 몰랐다. 자신을 학대하기 위해, 그러한 학대를 정당화시키기 위해 고안된 어처구니 없는 명분들과 결별하고 싶었다. 그러기 위해 우선 청키는 팽키를, 팽키는 청키를 배신해야 했다. 그들이 서로의 거울이었기 때문이다. 청키는 팽키의 세계에서, 팽키는 청키의 세계에서 과감하게 탈주해야 했다. 오해를 겸허하게 수용해야 했다. 이해하거나 이해되기 위한 갖은 수법을, 세련된 대화의 기술을 연마해야 했다. 피로하고 천박한 인간 사회의 치정극과 일일이 대면하거나 악수해야 했고, 희로애락을 얼렁하게 갈아치우거나 그런 척하거나 아부를 하거나 속물적인 공감을 전시하며 감정의 동요를 통한 세상에의 소속감과 유대를 실시간 단위의 지속적인 응답을 통해 확인해야 했다. 시간의 밀린 서류를 쉬지 않고 결재해야 했으며, 현재에 뒤처지지 않게끔 제 입장의 선언과 교대와 철회를 민첩하고 능란하게 반복해야 했다. 한낮의 열기에 용해된 채 득실거리는 개미들에 의해 성실하게 파먹히고 있는 끈적끈적한 마시멜로 조각처럼. 쌍둥이는 서로를 원망스레 쏘아보았다. 너와는 달라질 거야. 거울을 부술 거야. 두 마리의 맹수처럼, 투우사와 투우처럼, 자신의 분신을 때려눕힐 것처럼 이글거리는 그들의 눈빛은 애잔하게도 너무 비슷해 보이기도 했다. 그들은 멀찌 감치 떨어져 상대의 자세에 자신을 견주었다. 한바탕 격투를 벌이기 직전이었다. 상대가 먼저 허점을 노출하길 기다리는 눈치였다. 지하실에 호흡곤란을 유발하는 긴장감이 팽팽해졌다. 생쥐들도 침을 꿀꺽 삼키며 쌍둥이를 지켜보았다. 석상처럼 마비된 부동 상태가 길어지자 이내 시큰둥해져 제 할 일을 하러 갔다.

*

클로이가 무대의 발언대에 올라 연습한 대본을 막힘없이 지저귀는 동안 미스터리 스마일은 발언대 옆에 가만히 서 있었다. 홀연히 문짝을 열고 발언대 안으로 들어갔다. 손목에는 수갑이 채워져 있었다. 미스터리 스마일은 발언대 안쪽의 비좁은 직사각형 공간에 쪼그려 앉았다. 흡혈귀처럼 무시무시한 눈빛으로 관객들을 노려보았다. 무대 관계자들이 나타나 문을 닫았고, 발언대, 일종의 직립한 관(棺), 그러니까 지금껏 발언대라고 강조해 서술하긴 했지만 사실 트릭 장치를 탑재한 가짜 기요틴이었던 궤짝 양쪽의 홈에 톱니 모양의 은빛 칼날을 삽입했다. 철컹거리는 은빛 칼날이 마술사를 처형했다. 클로이는 처형 마술이 진행되는 동안에도 떠들썩한 지저귐을 그치지 않았다.

기요틴의 하부는 무대 아래로 연결되었다. 처음엔 미끄럼 틀이었으며 몇 미터 정도 아래로 내려가 수동 도르래로 작동하는 엘리베이터에 탑승하게 되어 있었다. 속임수라고 해봐야 엉금엉금 무대 아래를 기어가는 것뿐, 트릭 장치는 눈부시게 내리쬐는 조명 아래로 마술사를 들어 올리게끔 설계되어 있었다. 발언대 안이 감쪽같이 비었다. 물론 그것은 무대 아래의 비밀스러운 통로를 통과해 현현하기 위해서였다. 죽음이라면 삶으로, 처형이라면 부활로, 부재라면 존재로 보상되며 복구되기 위한 잠깐의 유예였다. 그러나 지금 미스터리 스마일은 무대 아래에 생성된 까마득한 시간의 주름 속으로 굴러떨어져 허우적거리고 있는 신세였다. 요란한 팡파르, 관객들의 환호나 경악과 맞닥뜨리며 다시금 무대를 향해 등장해야 했는데. 그러면 클로이는 약속이라도 한 것처럼 공중을 향해 날아올랐을 것이다. 뒤집힌 중절모 속으로 파고들어 사라졌을 것이다. 미스터리 스마일은 중절모를 다시 쓰며 관객들에게 공연의 마무리를 통보했을 것이다.

그러나 미스터리 스마일은 이 처형 마술의 트릭 속으로 실종된 뒤 돌아오지 못했다. 통로는 깊었다. 그곳을 기어가는 미스터리 스마일의 움직임이 통로를 한없이 아래로 굴착하고 있는 듯했다. 그는 떠오를 엘리베이터를 기다렸으나 통로는 이를 허가하지 않았다. 무대 지하로 개미굴 같은 실종의 갱도가 작성되고 있었다. 그는 자신이 실종되었다는 사실을 천천히 자각했다. 이 고독을 증언할 사람이 자신밖에 없다는 사실, 이른바 완전한 실종을 불가능하게 만드는 자신이라는 최저 지점을 의식했고, 이때 이 최저 지점이란 불명의 홀로 됨 속에서 출현하는 자신, 타자 없는 자신, 아래를 향해 기어 가는 행위로서만 잔존하는 익명적이며 자동적인 궤적을 뜻 하는 것처럼 생각되었다. 이때 미스터리 스마일의 얼굴은 황 금색으로 칠해져 있었다. 하강하는 어둠의 반대편에서 마주 해 올라오는 자가 있었다면 그 사람은 형광 안료를 발라 찬 란하게 번쩍거리는 황금색 스마일 하나를 목도할 수 있었을 것이다. 빙그레 웃고 있는 달덩이 같은. 그러나 그런 사람은 존재하지 않았다. 미스터리 스마일은 자신의 스마일을 상상 했다. 어둠 속을 부유하는 가운데 점진적으로 쪼그라지는 스 마일 풍선. 분장한 스마일이 그의 얼굴이었으므로 그것을 직 접 볼 수는 없었지만 그는 이 실종이 황당할 정도로 무감하 게 웃고 있는 황금색 가면을 따라가는 여행임을, 둥실 떠가 는 스마일 아바타의 환영이 고갈되지 않을 때까지만 가능할 실종 이후의 삶임을 이해할 수 있었다.

만남: 거인의 의안

　도로시 유치원 너구리 반 원생들이 살구나무 숲으로 소풍을 나왔다. 앙증맞은 종이 귀와 까불거리는 털실 꼬리를 달고. 이때 너구리 반 선생님은 원생들을 인솔하는 일에 집중하지 못했다. 어린이 스마일은 너구리 반 선생님이 한눈을 파는 사이를 틈타 진정한 모험을 개시하기로 했다.

최근 너구리 반 선생님은 갈라파고스사에서 발행한 자이로스코프 코인을 구입했다. 소액 투자자들과 연대해 투자금을 횡령하고 국외로 도망친 갈라파고스 회장을 고소한 상태였다. 인터폴의 수배 이후에도 갈라파고스 회장의 행적은 묘연했다. 부당한 비난이며 악의적인 소문에 굴하지 않고 난파선 인양에 박차를 가하고 있다는 내용의 게시물이 갈라파고스사의 홈페이지에 게재되었다. 뻔뻔하기가 이루 다 말할 수 없을 정도였다. 너구리 반 선생님은 갈라파고스 회장이 당장 체포되어 손해를 본 투자금을 조금이라도 회수할 수 있게 되기를 바랐지만, 동시에 보물선 인양이 정말 실현되어 이제는 휴지 조각이 된 자이로스코프 코인이 갈라파고스 회장의 사기극이 아니길 간절하게 바라는 마음 또한 없지는 않았다. 어젯밤의 떨떠름한 개꿈 속에서 선생님은 나뭇잎 팬티를 입고 출렁거리는 뗏목 위에 올라 가없는 대양을 표류하는 폴리네시아 너구리가 되어 있었다.

귀신에 홀렸던 걸까. 허무맹랑한 동영상에 속았다는 사실이 부끄러웠다. 입금한 돈을 생각하면 가슴이 벌렁거리고 피가 거꾸로 솟았다. 그럼에도 수치스러운 현실의 장막을 찢고 자이로스코프호가 인양되기만 한다면 이 모든 조바심과 맘고생이 거액의 배당금으로 역전되리라는 어림없는 기대를 단호하게 끊어내지 못했다. 보물선 이야기는 어릴 적의 동화책에나 씌어져 있을 법한 공상인 줄로만 알았는데, 막상 공상에 투입한 돈이 보물선의 현실적 규모를 눈덩이처럼 부풀렸던 것이다. 갈라파고스사의 홈페이지에는 난파선의 잔해들을 촬영한 사진들이 연일 올라왔다. 사기극의 전모가 전부 밝혀진 지금도 기만적인 허장성세를 중단할 생각이 없어 보였다. 보물선 인양에 필요한 사전 작업들에 관한 자료들을 나날이 비축하며 수배 이후에도 사업이 건재하다는 사실을 과시하기까지 했다. 원생들은 흐리멍덩한 눈빛으로 정신없이 스마트폰 피드를 내리다 억장이 무너져 허공을 향해 구시렁거리며 욕을 퍼붓는 너구리 반 선생님을 걱정스레 쳐다보았다. 과거의 인자함과 다정함을 상실하고 도깨비나 망태 할아버지 같은 존재로 변한 선생님의 모습에 적응하려 했다.

원생들 가운데 가장 대범한 아이였던 어린이 스마일이 이런 절호의 찬스를 놓칠 리 만무했다. 숲의 은신처에서 생활하는 전설 속의 거인을 만나기 위해서였다. 어린이 스마일의 유치원 배낭 속에는 은박지에 포장한 김밥 한 줄, 비상용 간식인 초콜릿 세 토막, 혹여 거인이 자신에게 우호적이지 않을 때를 대비해 선물로 챙긴 유리구슬 꾸러미와 직접 스케치북에 집필한 그림책, 거인이 혹여 자신에게 호전적일 때를 대비한 무기인 부메랑 표창과 야광 엑스칼리버가 들어 있었다. 그는 눈치를 살피며 너구리 반 선생님의 감시가 느슨해지는 타이밍을 기다렸다. 쩍쩍거리며 동물 구호를 외치는 원생들의 소풍 행렬에서 이탈했다. 살구나무 군락지의 울타리를 넘었다. 입산 금지라고 적힌 푯말을 향해 발차기를 날렸다. 괴괴해지고 음산해지는 숲속을 향해 씩씩하게 걸어갔다. 몸이 가뿐해졌다. 어린이 스마일은 걸으면 걸을수록 불어나는 낙관을 맞이했다. 너구리 반 선생님은 원생 한 명이 없어졌다는 사실을 뒤늦게야 알아챘다. 눈앞이 캄캄해졌다. 종일 가혹한 스트레스 속에 파묻혀 있었는데, 으레 그렇듯 불운이 도미노처럼 다른 불운을 넘어뜨리며 삶을 파산 직전으로 떠밀었던 셈이다. 선생님은 혼비백산한 상태로 숲을 배회하며 어린이 스마일의 이름을 부르짖었다. 오후가 다 지나서야 경찰서에 미아가 발생했다는 신고를 했다. 울먹임 때문에 발음이 뭉개졌다. 책임을 다하지 못한 자신에게도 나름의 사정이 있었음을 변명하고 있는 듯했다.

*

어린이 스마일은 계속 갔다. 초록색 나비 떼가 숲의 후미진 곳까지 어린이 스마일을 이끌었다. 말고삐 모양의 대형을 이루고 있었다. 신비한 광채의 분말이 초록색 나비 떼가 지나간 자리로 흩날렸다. 어린이 스마일은 초록색 나비 떼에 매혹되었다. 초록색 나비 떼는 마치 어린이 스마일을 유인하듯 일정한 간격을 두고 멀어졌다. 살금살금 다가가면 직전에서 능청스레 대형을 갖춰 빙글 돌아 떠나갔다. 딴청을 부리기로 작정한 모양이었다. 곤충채집을 하러 나온 것도 아니었는데 마음이 온통 초록색 나비 떼에 쏠렸다. 날이 어둑해질수록 초록색 나비 떼의 나풀거리는 날갯짓에 활기가 더해졌다. 무언가가 어린이 스마일을 내동댕이쳤다. 돌부리에 발이 걸렸는지도 모르겠다. 초록색 나비 떼가 어린이 스마일 주위를 얼쩡거렸다. 코피가 주르르 흘렀다.

거인이 어린이 스마일의 뒤통수를 내려다보았다. 쭈뼛거리는 귓바퀴 너머로 엄습하는 거인의 시선이 선명하게 느껴졌다. 두려움 때문이었다. 거인은 없었다. 그러나 굳은살로 덮여 있는 거인의 투박한 손아귀가 뒷덜미를 제압하고 있는 듯했다. 혹은 얼마든지 무릎을 털고 일어날 수 있었지만, 만약 그렇게 한다면 거인이 냉큼 자신을 한쪽 옆구리에 끼우고 돌이킬 수 없는 숲의 저편으로 납치할 것만 같았다. 교착 상태였다. 포갠 손깍지를 베고 엎드려 있는 동안엔 안전했다. 어린이 스마일은 거인이 지나갈 때까지 죽은 체를 하고 있었다. 나는 돌멩이다, 나는 돌멩이다. 속으로 그렇게 되뇌었다. 입술을 깨물었다. 흙에서 비린내가 풍겼다. 관자놀이에서 나는 맥박 소리가 어린이 스마일이 피신한 상상적인 지하실의 철문을 발로 걷어찼다. 어린이 스마일은 눈을 질끈 감은 채 축축한 땅을 짚고 일어섰다. 그늘진 바닥에 떨어져 있던 살구를 움켜쥐었다. 숲의 어둠을 향해 투척했다. 소리를 질렀다. 자신을 협박하는 맥박 소리에 있는 힘껏 대항하기 위해서였다.

날아간 살구가 영원한 포물선을 그리며 낙하했다. 어린이 스마일은 지면에 도달하지 않은 살구가 그대로 허공에서 짓물러 물큰해진 뒤, 드러난 딱딱한 씨앗이 연날리기용 얼레처럼 둘둘 말려 있는 제 잠재성을 해방하며 어둠 속에서 무성해지는 모습, 무중력의 구덩이 속을 파고들며 연분홍색 살구들을 매단 커다란 살구나무로까지 생장하는 모습을 떠올릴 수 있었다. 고요의 중심에 우글거리는 씨앗들이 가득했다. 기분이 한결 나아졌다. 어린이 스마일은 토라진 듯 팔짱을 끼고 몸을 홱 틀었다. 초록색 나비 떼를 향해 이별을 통보했다. 집에 갈래. 너희 따위는 실제로 존재하는 것들만 못해. 입을 삐죽거리며 배낭에서 야광 엑스칼리버를 꺼냈다. 왔던 방향으로 뒤돌아 걸어갔다. 가끔 야광 엑스칼리버를 휘둘러 눈앞을 가로막은 덩굴을 걷어내기도 했다. 이번엔 초록색 나비 떼가 어린이 스마일을 따라왔다. 새침데기 전략이 적중한 모양이었다. 자신을 미행하는 초록색 나비 떼의 보살핌을 받고 있다고 생각하니 뒤통수가 든든했다. 어느덧 꿈의 시간이었다. 종일 걸은 피로로 기진맥진한 어린이 스마일은 살구나무

밑동에 몸을 기댄 채 잠들었다. 그러자 초록색 나비 떼의 움직임이 부산스러워졌다. 일단 꿈의 호숫가에 서식하는 눈먼 일각수를 이곳으로 데려와야 했다. 그것이 초록색 나비 떼의 임무였지만 이는 어린이 스마일이 잠에서 깨어나기 전까지만 허용된 일이었다. 초록색 나비 떼는 어린이 스마일의 가르랑거리는 들숨과 날숨 사이를, 몽롱하게 떠벌리는 잠꼬대 속을 팔랑거리며 날았다.

*

눈먼 일각수는 호수에 비친 바스러지는 달빛으로 목을 축였다. 살갗이 병변으로 얼룩덜룩했다. 백내장을 앓아 시력이 나빠진 뒤, 그리하여 눈앞의 풍경이 희부옇게 탈색된 뒤 늙은 말의 두개골 위로 창백한 뿔이 돋아나기 시작했다. 이마에 박힌 매끈한 조약돌 같았던 뿔은 점차 증상이 진행되고 풍경이 소실되는 속도로 확장되었다. 이제는 그 길이가 제법 되었다.

일각수는 앞이 보이지 않았기 때문에 예전처럼 숲을 제멋대로 휘젓고 다닐 수 없었다. 찰박거리는 물소리를 들으며 호수 주변을 산책하거나 무릎을 꿇고 쉽게 거칠어지는 호흡을 추스르며 휴식하는 게 매일의 일과였다. 그런 수척하며 쇠잔한 나날 가운데서도 약화된 시력을 대신해 시야의 자욱한 안개 너머로 솟구치는 뿔의 감각을, 이마의 중심을 통과하는 간질거리는 기척을 분명하게 감지할 수 있었다. 뿔은 벽 안쪽의 까마득한 어둠을 향해 깊어지는 나사못 같았다. 물론 내부 세계가 아닌 외부 세계를 향해 가늘고 예리한 회오리를 그리며 전진하는 중이었다. 설령 상실한 시력을 되찾을 수 있다고 하더라도 새로 얻게 된 뿔을 회복의 대가로 지불하지는 않을 것이었다. 눈먼 일각수는 자신이 완전히 다른 존재가 되었다고 생각했다. 다른 동물로 변신했다고, 늙고 병든 말이 아닌 눈먼 일각수가 바로 자신이었으며 둘은 각각 상이하고 고유한 존재로 분기했다고 말이다. 그러므로 뿔과 시력은 저울질할 수 있는 항목이 아니었다. 뿔이 눈먼 일각수가 새롭게 획득한 긍지와 자존의 원천이었기 때문이다.

일각수는 뿔을 치켜든 채 자랑스럽고 늠름하게 걸어갔다. 더디고 서투른 보행이었지만 그 주저하는 절룩거림에도 모종의 활달함이 느껴졌다. 눈먼 일각수는 과거의 아스라한 이미지들 속에, 어른거리는 무정형과 해산된 얼개들의 연합이 만드는 호의적인 착란들 속에 거주했다. 뿔의 창백한 빛깔을 직접 호수에 비춰 보지 못했기 때문에 뿔은 일각수의 내밀한 실명의 공간에서 무지갯빛 섬광을 발산했다. 일렁거리는 수면 위로 으깨어진 고리가 떠다녔다. 일각수가 호숫가로 기울인 깡마른 모가지를 뒤로 젖힐 때, 휘어지는 말의 머리는 허공에서 원반처럼 부유하던 초록색 나비 떼의 올가미 속으로 부드럽게 미끄러져 들어갔다. 초록색 나비 떼가 일각수의 모가지 둘레를 빙글빙글 맴돌았다. 푸르릉거리는 일각수를 진정시켰다. 유령처럼 한 줌의 무게도 갖고 있지 않은 기수가 일각수의 등으로 훌쩍 올라탄 듯했다. 일각수는 지금껏 인간에 의해 한 번도 길들여진 바 없었지만 어쩐지 그 암시와 요령을 체득하고 있었다. 장애물에 부딪히지 않을까 조심스러웠던 일각수는 위험을 먼저 예지하는 유령 기수의 신호에 발맞춰 꿈의 호숫가 둘레를 빠르게 내달릴 수 있었다. 환상과 환상의 합창이었다. 날리는 갈기가 바람에 엉켜 윙윙거렸다. 일각수는 마모되고 깨진 노르스름한 치아와 자줏빛으로 케케묵은 잇몸을 드러낸 채 순수하게 기뻐했다.

어린이 스마일에게로 도달한 눈먼 일각수의 모가지에는 여전히 초록색 나비 화환이 걸려 있었다. 어린이 스마일은 같은 장소에서 잠들어 있었다. 눈먼 일각수는 타액이 뚝뚝 떨어지는 주둥이를 어린이 스마일 앞으로 들이밀었다. 힝힝 소리를 내며 애교를 부렸다. 그래도 어린이 스마일은 깨어나지 못했다. 눈먼 일각수와 인사를 나누지도, 애교에 화답하지도 못했다. 원복이 식은땀으로 흥건했다. 알아듣지 못할 헛소리를 중얼거렸다. 병색이 완연했다. 호흡이 가빴으며 피어난 두드러기로 인해 온몸이 울룩불룩하고 새빨갛게 부풀어 있었다. 불덩이 같은 몸뚱이를 통통한 팔로 끌어안고 낑낑거리며 사경을 헤맸다.

유령 기수가 어린이 스마일을 안아 올렸다. 일각수에 태웠다. 유령 기수는 신열을 앓는 어린이 스마일을 뉘여 간호할 침대가 있는 거인의 은신처를 향해 말을 몰았다. 상황이 긴박했다. 술렁이는 바람 소리가 죽음의 웅얼거림이 되는 괴테의 시 「마왕」의 한 장면에서처럼, 쇠약해진 어린이 스마일의 귓속으로 불길한 퍼덕거림이 끊이지 않았다. 아이야, 약해지지 마. 일각수가 뒷발을 박차며 빽빽하게 얽힌 나뭇잎들 속으로 뛰어올랐다. 초록색 나비 떼가 날갯짓하며 일각수의 도약을 보조했다. 숲의 가르마가 내려다보이는 허공으로 진입한 일각수는 지금 자신이 눈먼 채로 다른 존재가 될 수 있었던 가장 막중하며 고귀한 이유를 짊어지고 있다는 것을 깨달았다. 지금껏 유령 기수가 자신을 이끌고 있다고 믿었지만 이 또한 착각일 뿐이었다. 일각수는 시각이 필요하지 않았으며 기수도 필요하지 않았다. 뿔의 수직성을 얽으며 나선 모양으로 친친 감겨 있던 헝겊이 헐겁게 풀리면서 안쪽의 비어 있음이 드러나듯, 눈먼 일각수의 뿔이 점차 지워지고 산화하는 과정에서 그것이 가리키던 방향으로 마치 은하수 같은 헝겊의 무지개가 펼쳐졌다. 초록색 나비 떼가 주위를 선회했다. 어린이 스마일이 뒤척이며 신음했다. 일각수는 자신을 인도하는 헝겊의 무지개 위를 달리고 있었다. 찬란한 광학적 환각이 소진되고, 공중에서 버둥거리던 다리가 느닷없이 아래로 곤두박질할 때까지. 그러나 측량할 수 없을 만큼 높은 고도를 질주하고 있었기에 일각수의 포물선이 내려앉게 되는 장소가 바로 일각수를 마중하는 낙원의 입구였다.

*

갈라파고스사의 유튜브 계정으로 한 영상이 업로드된다. 헤엄치는 잠수사의 시점을 좇는 기록 영상이다. 잠수사는 볕이 들지 않는 심해에서 랜턴 불빛에만 의지해 앞으로 나아간다. 색감이 혼탁하다. 외계, 혹은 악몽 한복판에서 전송되었다고 말해도 무리가 아닐 만큼 화질이 좋지 않다. 신뢰성을 높이기 위해 일부러 해상도를 떨어뜨리지 않았는지 의심스럽기까지 하다. 영상은 전반적으로 미심쩍은 분위기를 자아낸다. 랜턴 조명이 화면을 잠식하고 있는 어슴푸레하고 끈적끈적한 바닷속을 나뒹군다. 흙탕물이 들이친다. 폐비닐을 모닥불에 태울 때처럼 농밀하며 새카만 연기가 이글거리는 수중으로 펄펄 피어난다. 카메라가 초점을 잡지 못하고 산만하게 요동친다. 화려한 줄무늬를 가진 열대어, 맑은 토파즈 색깔의 바다, 이국의 해협을 연상시키는 이채로운 앵무조개들, 돌쩌귀 틈새에 기생하는 진귀한 보석 같은 산호초 등등은 포착되지 않는다. 움직이는 암흑과 그 암흑을 애처롭게 꿰뚫는 미미한 조명 사이의 혼란스러운 너울거림, 꼴깍거리는 물거품, 구체적으로 묘사할수록 가려진 장막을 실바람으로 건드리는 일이 고작인 불분명한 윤곽들이 프레임 안팎으로 떠밀려 간다. 잠수사는 가글하는 악마의 구강 속을 헤엄치고 있는지도 모른다.

영상은 잠수사의 암중모색을 20배속으로 빠르게 재생한다. 방황이 단축된다. 영상이 원래의 속도로 복귀한다. 잠시 후 잠수사는 아가리로 소용돌이를 내뿜는 살모사 모양의 바위 굴을 목격하게 된다. 바위 굴의 전모는 침침하며 흐릿하다. 영상 하단의 자막이 바위 굴의 모양을 살모사에 빗대며 그림자의 실체를 가늠하는 사람들의 막연한 인지를 보충한다. 영상 하단의 자막은 화면의 불확실한 그림자들에게 일종의 내러티브를 부여한다. 주의와 부주의를 분배하는 방법을, 시각적인 가이드라인을 제공한다. 카메라가 살모사의 소용돌이 속으로 나아간다. 구체성은 더욱 열악해진다. 픽셀들이 범람한다. 덜덜거리는 프레임이 상황이 악화되었다는 사실을 나타낸다. 수영 실력이 조금만 모자랐다면 큰일을 치렀을지도 모른다. 잠시 후 잠수사는 살모사의 아가리 속에 머리를 집어넣고 음침한 바위 굴 내부로 들어서는 일에 성공한다. 소용돌이가 갈라져 쉬쉬 진동하는 혓바닥인 양, 잠수사는 살모사의 혀뿌리 뒤쪽에 몸을 숨긴 채 널찍한 바위 굴을 조사할 기회를 허락받는다. 그러나 이런 서술들은 영상과 그다지 관련이 없는데, 영상에서는 전혀 판이한 광경이 펼쳐지는 중이며, 너덜너덜한 조명, 그리고 조명을 갈가리 찢어 흩뜨리는 것만 같은 데굴거리는 기포들이 잠수사의 앵글을 향해 반복해서 엎질러지고 있기 때문이다.

그러나 자막의 효과에 의해 영상은 이 소설 속에 서술되는 정황을 가까스로 반영하는 것처럼 여겨지기도 한다. 영상의 박동하는 불투명성은 잠수사가 심해의 어느 은폐된 장소를 향해 접근하고 있다는 메시지를 전달한다. 영상을 관람하는 사람들은 우연한 경로로, 혹은 영상에서는 생략된 보물선 탐색의 기구하고 지난한 역사를 등에 업은 채, 이른바 가라앉은 보물선을 발견하는 기적적인 순간에 다다르는 잠수사의 시선을 좇고 있다. 까막잡기, 까막잡기…… 잠수사는 그래픽이 조잡한 슈팅 게임의 일인칭 시점에서처럼 방수 장갑을 끼고 있는 뭉툭한 손을 더듬거린다. 이 연속된 장면들에서의 현실성은 거의 말소된 것처럼 여겨지며, 이때 영상 속의 가라앉은 난파선을 수면 위로 인양할 충분한 자본을 마련하는 일은 스마트폰을 들여다보며 영상을 시청하는 사람들의 몫이 된다. 잠수사는 곧 소용돌이를 일으킨 원인이었던 거대한 금속 팽이 앞에 도달한다. 흘러넘치는 난류의 어지러운 문양들. 화면 조정 영상처럼 빗금으로 들끓는 물의 기둥, 물의 스크린. 영상은 살모사의 아가리가 수천억 원을 호가하는 금괴를 축재하고 있다고 말한다. 배를 산으로 옮기는 일은 어렵지 않다. 배를 산꼭대기로 수송할 충분한 자본이 주어진다면. 영상이 잠시 정지한다.

어린 시절의 무지개를 수면 위로 인양하는 일에도 어마어마한 자본이 필요하다. 이 문제를 해결하기 위해 갈라파고스사는 영상을 관람하는 사람들을 보물선이 있는 심해로 초대할 비즈니스 티켓을 발행할 예정이다. 자이로스코프 코인은 심해의 보물을 채굴하는 일에 드는 비용을 충당하기 위해 갈라파고스사에서 배포한 가상 화폐다. 투자금은 보물선이 바다 위로 떠오르는 순간 거액의 배당금으로 둔갑할 것이다. 믿기지 않겠지만, 믿기지 않는 횡재에 최초로 접근할 수 있는 영예의 달란트를 제공하려는 것이다. 평소라면 이 영상은 유튜브의 연옥에 널려 있는 다른 영상들의 홍수에 떠밀려 자취를 감추고 말았겠지만 이상하게도 꽤나 유명해졌다. 유튜브의 연옥에서 화제가 된 영상들 대부분이 불가지의 이상함으로밖에 설명할 수 없으니 아예 조리가 없는 전개는 아니었다. 영상에 속아 자이로스코프 코인을 구입한 이들은 중국산 보이스 피싱의 덫에 걸려든 사람들과 비슷한 대우를 받았다. 놀림감이나 멍텅구리 취급이었다. 속지 않은 자가 대다수였으니 속은 이들이 멍텅구리였지만, 투자한 멍텅구리들의 머릿수 또한 상당했기 때문에 범죄의 규모가 작지는 않았다. 보물선이 실제로 발굴된다면 어떨까. 멍텅구리였던 이들은 오명을 씻고 도리어 지금까지 자신을 멍텅구리라고 불렀던 이들을 멍텅구리라고 손가락질할 수 있을 것이었다. 그것은 그들의 선택이나 의지와는 무관한 일이었다. 떼돈이 걸려 있는 심해의 자이로스코프 룰렛이 미친 듯이 회전하는 동안 어떤 이들은 멍텅구리의 세계에서 구제되었고 어떤 이들은 새롭게 출현한 멍텅구리가 되었으며 그러므로 가만히 있어도 멍텅구리로 전락하기 십상이었다.

랜턴이 난파선의 잔해들을 비질하며 지나간다. 좀먹은 나무판자 같은 것, 고꾸라진 돛대의 형체, 흉물스럽게 부식된 갈고리와 쇠사슬과 닻, 허수아비 모양으로 둘둘 말린 해먹. 잠수사의 손이 암석 틈새에 박혀 있던 구닥다리 촛대를 뽑아낸다. 살모사의 아가리에 널려 있는 골동품 몇몇을 수거한다. 액정에 금이 간 회중시계, 뭉툭하게 닳은 사금파리들, 용도를 파악할 수 없는 요철 모양의 쇠붙이들 따위. 뱃머리는 반파되어 있었지만 범선의 후미는 해류의 침식을 피해간 듯하다. 영상의 마지막에 잠수부는 금괴 위에 새겨진 알파벳을 향해 랜턴을 비춘다. Gyroscope. 알파벳은 화면의 어스름한 색감을 고려할 때 조작되었다고 의심할 만큼 확실하게 알아볼 수 있다. 서류상에만 존재하는 페이퍼 컴퍼니로 밝혀진 갈라파고스사의 갈라파고스 회장은 평생 보물선을 찾기 위해 노력했지만 보기 좋게 실패했다. 이때 갈라파고스 회장의 선택은 보물선을 위조하는 것이었다. 항해 지도에 자이로스코프호가 침몰한 위치를 직접 점지한 뒤 보물선을 발견했다는 소식을 언론에 공표했다. 그때부터 회장의 사기 행각은 걷잡을 수 없이 진전되었다. 점입가경으로 거짓말에 호응하기 시작한 세계가 갈라파고스 회장의 망상을 증폭시키는 듯했다. 망상이란 갈라파고스 회장이 일반적인 사기꾼들과 변별되는 지점이기도 했다.

사기꾼은 거짓말과 거짓말로 달성하고자 하는 현실적 목표가 명확하게 구분된다. 거짓말은 자신을 치장하는 도구이자 손안에 쥐어진 트럼프 카드일 뿐, 사기꾼은 거짓말을 활용해 상대를 조종하며 이득을 취한 뒤 쓰고 있던 가면을 망설임 없이 쓰레기통에 버린다. 반면 갈라파고스 회장은 자신이 실제로 자이로스코프호를 발견했다고 생각하는 사람에 속했다. 갈라파고스 회장의 황당한 믿음과 영상을 조작해 사람들을 기만하는 행위가 공존할 수 있다는 사실이 흥미롭다. 갈라파고스 회장은 영상을 편집하는 과정에서 스스로가 심해의 현실을 직접 수정하고 있다고 판단했다. 영상을 손보는 행위를 통해 그토록 찾기를 희망했던 난파선을 잿빛 심해로부터 차츰 발생시켰으며, 갈라파고스 회장에게 자신이 수선한 현실이란 진짜 현실과 분간되지 않았다. 때문에 갈라파고스 회장이 정말 사기꾼이냐 아니냐의 여부 또한 보물선이 수면을 향해 떠오르기 전까진 보류된 채로 남아 있었다. 온갖 단서가 보물선이 실재하지 않는다는 사실을 지시한다고 하더라도, 갈라파고스 회장이 검거를 피해 도주하는 동안에는, 역시 조작이 의심스럽긴 하지만, 장엄한 골리앗, 증기를 뿜는 육중한 해상 크레인이 수십 명의 잠수사와 정비사를 대동한 채 표표히 영상 속의 현실을 향해 하강하고 있기 때문이다. 갈라파고스사의 홈페이지에 따르면 말이다.

실종된 갈라파고스 회장이 마지막으로 투숙했다고 알려진 장소는 휴양지로 명성이 높은 국외의 어느 해안 마을에 있는 호텔이었다. 형사들은 그곳에서 갈라파고스 회장의 몇몇 소지품을 압수했다. 일단 탐색 일지. 두꺼운 탐색 일지에는 갈라파고스 회장이 자이로스코프호의 행방을 조사하는 과정 일체가 기록되어 있었다. 형편없이 각색된 항해 소설만도 못한 이야기들이. 형사들은 이 탐색 일지가 수사망에 혼선을 일으킬 의도로 영리한 갈라파고스 회장에 의해 공들여 창작된 가짜 탐색 일지라고 결론지었다. 이 가짜 탐색 일지는 이후 체포될 갈라파고스 회장이 심신미약이나 정신 질환을 핑계로 법정에서 스스로를 변호하기 위해, 감형이나 선처를 주장할 근거로 제출될 것이었다. 화장대 위에는 1년 내내 후덥지근한 휴양지의 기후와 어울리지 않는 털실 장갑 두 짝이 나란히 놓여 있었다. 한쪽은 줄무늬고 다른 한쪽은 물방울로 두 짝의 무늬가 달랐는데, 탐색 일지에 기록된 바에 따르면 갈라파고스 회장은 선상에서 벌어진 일들을 이해하기 위해 이 털실 장갑 두 짝을 끼고는 홀로 연극을 벌였다고 했다. 복화술로 깝죽거리는 장갑 두 짝에 목소리를 불어넣었다. 줄무늬 청키와 물방울 팽키의 수난을 관람하며 만족한 듯 폭소를 터뜨렸으며, 장갑을 팽개친 뒤 방금 상연한 연극의 실황을 탐색 일지에 받아 적었던 것으로 추정된다.

이외에도 갈라파고스 회장은 동그란 어항 안에 심해의 환경을 조성했다. 이끼가 긴 어항은 한눈에도 오래 관리되지 못한 듯 더러웠다. 걸이식 여과기 또한 더는 작동하지 않은 채 필터와 호스를 장악한 거무튀튀한 물때에 오염되어 있었다. 역겨운 비린내가 풍겼다. 먼지와 죽은 날벌레가 떠다니는 수면으로 부어터진 열대어들이 원래의 빛깔을 잃고 멀겋게 바랜 채 뒤집혀 있었다. 갈라파고스 회장은 이 어항을 거인의 홍채라고 불렀다. 수조 밑바닥에 잔해들이 수북했으며, 그러니까 잔해라고 일일이 호명할 수 없는 지리멸렬한 생활 쓰레기들, 먹다 버린 닭의 엉치뼈, 초코바 껍데기, 햄버거, 일회용 숟가락, 액상화된 배춧잎, 밀봉된 기저귀, 짓밟혀 찌그러진 깡통, 렌즈 없는 쇠테 안경, 똬리로 엮인 머리카락 타래, 비디오게임 카트리지, 조약돌 목걸이, 패스포트, 망원경, 커피 그라인더, 손톱과 발톱, 구겨진 티슈, 구토, 고무 타란툴라, 귀이개, 오리발, 코르크 마개, 종이비행기, 딸기 꼭지, 가위질한 신용카드, 구겨진 신문지, 액정이 부서진 스마트폰, 뱀의 허물, 휴대용 선풍기, 모래시계, 깨진 유리병의 푸르스름한 파편 등등이, 서술적 정확성을 기하기 위해서는 이 잔해들의 목록을 계속해서 열거해야 하겠지만, 미생물과 부산물의 생태계 아래서 목이 길쭉한 용각류 공룡을 닮은 검고 끔찍한 집합체를 이룩하고 있었다. 잔해들에 매몰된 채 돛대

만을 간신히 노출한 모형 범선이 보였다. 범선의 블랙박스에
내장된 초소형 카메라는 어항을 가득 메운 구정물과 쓰레기
들 사이에서도 변함없이 작동했다.

*

　항해 지도로 돛단배를 접었다 펼친다. 접힌 자리마다 실선
을 긋는다. 돌고래와 메아리를 접는다. 굴곡진 바다가 다홍색
군도(群島)를 삼킨다. 지도를 펼친다. 두루미와 개구리, 사슴
의 귓바퀴를 접는다. 실선이 증가한다. 혼란스레 얽혀 교차하
는 실선을 서로 연결하면 누더기 같은 평면 위로 수많은 별
이 떠오른다. 야심한 밤, 보트에 드러누워 있으면 목구멍으로
넘어오는 별들이 생선 가시처럼 욱신거린다. 유령선 한 채가
도넛 모양으로 오므린 지구의 입술 위에 놓여 있다. 선분들
은 헝클어진다. 유령선이 폭풍우를 맞이한다. 종이접기는 평
평한 항해 지도 위에 기상학적인 혼돈을 도입하는 작업이다.
푸른 평면이 푸른 늑대로 접히는 동안 청키와 팽키는 자신의
심장을 깨물기 위해 서서히 다가오는 푸른 암살자를 느낀다.
푸른 늑대로 나아가는 루트가 생성된다. 항로들을 소급하면
유령선의 항로는 앵무새로 접히고, 순서를 달리하면 어떤 특
별한 형상도 접히지 않지만 다섯 대양과 여섯 대륙이 한 폭
으로 겹쳐졌다가 다른 면의 열도로 조각난다.

종이꽃을 오린다. 펼친 지도의 구멍은 브로콜리 모양의 프랙털을 반복한다. 항해 지도로 스무 가지의 형상을 접었다 펼쳤을 경우 지도에 표시한 선분들이 폭우처럼 쏟아진다. 바다 위를 뒤덮은 궤적의 엔트로피는 하나의 평면에서 천 가지의 입체 퍼즐이 맞춰지는 동안 증대된다. 그러고 보면 항해지도 위의 접힌 주름들은 파도의 우연하고 무의미한 형태론적인 변화들을 닮아 있다. 지도 위에 갈겨쓴 혼란스러운 빗금들 속에 천 가지의 잠재적인 형상들이 공존한다. 복수화된 찾기들이 저마다의 모델을 향한 일회적인 성좌를 그으며 번잡한 어둠 속을 가로지른다. 어쩌면 그것들은 단일한 찾기의 맥락 속에서는 유용한 발견의 연합을 구축할 수 있었겠지만, 이제는 종이를 접은 횟수를 헤아릴 수 없기에 지도의 상황은 중첩되고 분기하는 무한대의 항로에 의해 어지러워진다. 낙서의 먹구름 속에서 번쩍거리는 스파크를 일으킨다. 이것은 분자적으로 넘실거리는 기호들이 합세해 연출하는 교란의 패턴들, 앞서 언급했듯 대기나 날씨의 차원을 평평한 항해지도에 개입시키는 일이다. 파도가 친다. 일순간 결정된 파도의 모형을 허물어뜨리며 또 하나의 파도가 친다. 악마의 포크, 로렌츠 끌개, 파로스의 등대, 펜로즈의 계단을 접는다. 이제부터 항해 지도를 부감하는 사람은 새의 시선이 아닌 곤충의 시선을 갖게 되리라.

잠수사 녀석들의 동태가 수상하다. 저들끼리 속닥거리다

쳐다보면 헛기침하고 눈길을 피해 수평선을 쳐다보는 척한
다. 한번은 전날 잠을 자지 못해 보트에서 졸았는데, 불시에
눈을 뜨자 왼손에 은빛 물체를 그러쥐고 똑바로 다가오던 곱
슬머리 잠수사 녀석이 황급히 등 뒤로 그 은빛 물체를 감췄
다. 추궁했을 때는 이미 늦어 녀석이 그 은빛 물체를 바다에
던져버린 뒤였다. 화가 났고, 녀석의 야무진 가슴팍을 손등으
로 후려치자 뜬금없게도 살갗에서 나는 찰진 소리가 참 경쾌
했다. 곱슬머리 잠수사 녀석의 관능적인 몸뚱이 앞에서 바람
앞의 등불처럼 갈팡질팡하는 이 감정을 명쾌하게 해명할 수
없었다. 곱슬머리 잠수사 녀석의 횡설수설을 스마트폰 번역
기로 해독하니 바닷사람들은 종종 찰랑거리는 물빛을 오인
해 살인을 저지르기도 한다는 문장이 나타났다. 외국 사람도
눈을 조심하시오. 그래, 눈을 조심해야지. 잠수사 녀석들의
탐색이 녹화된 방대한 분량의 영상을 일일이 열람하느라 눈
알이 쪼개질 것만 같다. 외장 하드가 달린 노트북 또한 녀석
들의 머릿수만큼 곱해지는 시간의 용적을 감당하지 못해 윙
윙거리며 트래픽과 과부하를 앓는다. 녀석들이 보물선 찾기
에 심드렁하다는 사실은 돈을 주는 사람 입장에서 분하기 짝
이 없는 일이다.

　녀석들의 물밑 생활을 동시 재생하면 노트북 액정이 분할
된 프레임들로 빽빽해진다. 머리가 지끈거린다. 이렇게 장기
간 탐색을 진행했는데 보물선의 그림자조차 찍히지 않았다

는 것은 지금까지와는 다른 배후의 진실을 시사하는 듯하다. 잠수사 녀석들이 일부러 보물선의 존재를 은닉하고 있는 건 아닐까. 녀석들은 자이로스코프호가 수몰된 장소를 이미 알고 있고, 그곳을 교묘하게 회피하고 우회하는 방식으로 간사한 농간질을 꿈꾸고 있는지도 모르겠다. 이런 음모론적인 가정을 채용한다면 노트북의 프레임들은 각각 동영상 퍼즐의 한 조각이 된다. 퍼즐을 완성해 심해의 경관을 적절하게 복원한 뒤 최후까지 누락되는 장소, 이른바 퍼즐의 결여된 조각을 밝혀낸다면 그 공백이 바로 자이로스코프호가 침몰한 장소일 개연성이 높다. 보물선은 프레임 바깥에, 동영상 퍼즐의 맹점에 위치하는 것이다. 보이는 것들의 속임수가 관측자를 현혹하지만 뛰어난 관측자는 그에 개의치 않고 보이는 것 너머까지를 응시하는 사람이다. 잠수사 녀석들이 꾀를 써서 앎의 도달을 지연시키고 있다고 하더라도 관측자는 네거티브 필름에 인화된 암점을 통해 그곳을 판독한다. 녀석들의 시건방진 지능을 응대하며 어르고 달래듯 트럼프 게임을 하는 것도 이제 지겹다. 어쭙잖은 트릭에 놀아나는 척했지만, 나는 탐정소설 속에서 허우적거리는 어리석은 주인공이나 수법이 뻔한 꼭두각시 율동에 과몰입하는 순진한 독자가 아니다. 나는 소수의 영예로운 이들만이 출구를 발견할 수 있는 다층적인 언어의 미로를 손수 고안하고 경영하는 유능한 소설가에 가깝다. 머저리들을 데리고 큰일을 도모하려 했다는 사실이 이 기막힌 표류의 참된 원인이다.

*

거인은 저녁 내내 시를 썼다. 책상에 놓인 양초 심지에 파란 불꽃이 밝혀져 있었다. 처음 숲으로 망명해 산장에 칩거했을 당시 거인은 갈빗대가 앙상하고 팔다리가 가느다란, 걸을 때마다 직립한 몸이 길쭉한 장대처럼 휘청거리는 부류의 말라깽이 인간이었다. 지금 거인은 발바닥으로 지면을 견고히 짓밟아 지탱하듯 둔중하게 움직였다. 중력을 향해 제 웅대한 풍채를 각인시켰다. 숲속 어딘가엔 비밀스러운 은신처가 있고 그곳에는 놀랄 만한 몸집을 자랑하는 거인이 홀로 생활하고 있는데…… 덩치에 걸맞지 않게 낯가림이 심한 거인은 다른 이들에게 발각되지 않는 평화로운 고독을 남몰래 영위하기만을 바랄 뿐이다. 거인은 어느새 자신이 이러한 유형의 동화적인 내러티브 속으로 들어서고 있음을 실감했다. 거인은 고립된 생활 속으로 으레 찾아오기 마련인 외로움, 불안, 무력감, 쇠퇴에 대한 예감 등등의 부정적인 감정들을 압도하며 풍요롭게 불어나기 시작한 자신의 몸뚱이를 의식했다. 수치심 때문에 은둔하는 것이 아니었다. 거인은 초자연적인 수준에 도달한 자긍심 때문에 은둔했다.

초저녁, 네모난 거울 앞에서 입을 벌리고 으르렁거리며 거인으로서의 넘치는 야성을 뿜낸 직후 책상 앞에 앉았다. 거인에겐 써야 할 시가 있었다. 그러므로 심심하거나 권태로울 겨를이 없었다. 창문에 암막 커튼을 쳤다. 바깥과 차단된 어두컴컴한 작업실에서 파란 불꽃은 집중력과 영감을 북돋는 일에 도움을 주었다. 거인은 자신의 커다란 두개골 안에 무언가 위대한 것이 응집되어 있음을 느꼈다. 화상을 입을 만큼 뜨거운 오줌을 배출할 때처럼 종일 어깨와 골반이 부르르 떨렸다. 스스로에게 운명 지어진 놀라운 시적 재능을 각성한 셈이었고, 그때부터 거인은 줄곧 황금으로 된 영광스러운 괄호 속에 은거해 있었다. 끙끙거리며 책상 아래의 비좁은 공간에 통나무처럼 큼지막한 양쪽 정강이를 집어넣었다. 의자가 삐걱거리며 비명을 질렀다. 시를 쓸 때 거인은 다른 어떤 형태의 승리도 견주지 못할 최상의 승리를 살아가고 있는 것이었다.

실패나 패배를 들먹이며 시의 역량을 폄훼하는 자들은 시가 최후의 순간 확정적이며 번복하지 못할 승리를 달성할 수밖에 없다는 숭고한 진실을 외면하는 자들이었다. 그들은 음흉한 협잡꾼이었고 비록 그 의도가 순수하더라도 재능이 부족한 자들이었다. 거인은 생각했다. 시는 승리하려는 경향이었고 실제로도 승리하고 있었다. 아름다운 하품, 난해한 무위, 독창적인 졸음, 호사스러운 비천함, 낭랑한 코웃음과 같은 난센스의 기교에 불과한 시가 유구한 시간 동안 얼마나 많은 승리의 작은 역사를 누적해왔는지를 헤아리면 경이로울 지경이었다. 티끌 모아 태산이었다. 어엿한 거인으로서의 태산 같은 몸뚱이가 거인의 자라나는 문학적 전망을 물리적인 방식으로 입증하는 듯했다. 시는 공허 속에서 덩실거리며 춤을 추는 곰 한 마리였다. 시는 망각의 불가피함 따위를 귀신 씻나락 까먹는 소리로 취급하는 방법을 알고 있었다. 시는 영면한 사람의 머리맡에 놓여 있는 시끄러운 알람 시계였다. 시의 거룩한 방주가 전면적인 긍정의 물난리 속을 항해하고 있었다. 찬가를 부르면서. 시는 인간에게 주어진 어떤 최악의 상황에서도 그 고유의 원리인 농담과 실어의 연합, 언어와 침묵을 구부려 모든 불가항력의 중심에 존재하지 않는 피난처를 건설하는 현란하고 담대한 작위의 곡예를 통해 인공적인 은총을 발명하고 있었던 것이다. 시의 승리는 패배의 반대말이 아니었다. 타인의 굴욕이나 권능의 확대, 실질적인 보상을 자양분으로 취하는 그런 소박하고 하찮은 승리가 아니었다. 시 자체가 패배와의 상대적인 관계를 제거하며 공동의 승리, 공동의 무아 속으로 평등하게 도래하는 충만한 지복의 순간과 일치하고 있었기 때문이다. 온몸을 관통하는 전율을 광폭하게 베끼며 공책 위를 밤새 질주해도 폐활량이 모자라지 않을 만큼 거인의 심장은 강건하고 튼튼했다.

거인의 머릿속에 적재된 뭔가 위대한 것, 이른바 시적 과대망상을 유지하기 위해서 글쓰기의 기간은 아주 길어질 필요가 있었다. 한 편의 시는 미완된 채, 종결되지 않은 채로 한 없이 연장되어야 했다. 시를 끄적인 공책이 착착 쌓여가는 만큼 거인의 몸뚱이도 불어났다. 오른손에 감아쥔 몽당연필 또한 팽창하는 골격에 비례해 꾸준하게 작아졌다. 이제 글을 쓰는 동작은 바늘로 뜯어진 천을 깁는 세심한 동작과 별반 다르지 않았다. 공책은 메모지 크기였다. 이러다간 플랑크 길이로 축소될 글자들을 읽기 위해 그에 걸맞은 현미경을 준비해야 할지도 몰랐다. 지구는 우주의 관점에서 창백한 푸른 점이라고들 하던데, 거인의 관점에선 실눈을 떠야만 보이는 시의 낱말들 속에 지구만큼의 응집된 다채로움이 담겨 있었던 셈이다. 거인은 콧김을 씩씩 뿜으며 행과 행 사이를 가로질렀다. 어느 긍휼한 문장에 도달하면 얼굴이 봇물처럼 터진 울음으로 죽상이 되었다. 거인은 눈물을 닦는 대신 천정부지로 궐기하는 시적 메타포들을 알록달록한 풍선처럼 몸에 매달고 허공으로 승천했다. 성층권을 비행했다. 발이 지면에 닿지 않는 어린아이처럼 깜찍하게 다리를 달랑거렸다. 흐느적거리던 얼굴이 차갑게 식어 견고해지는 동안 위대한 천체의 궤도가 근일점을 돌아 원일점에 이르렀다. 동굴 같은 입을 벌려 시원하게 트림하자 쩌렁쩌렁하게 울리는 천둥이 책상에 밝힌 파란 불꽃을 흔들었다. 그만큼의 위대함을 걸신스럽게 소화시킨 직후에도 거인은 지치지도 탈력감을 느끼지도 못했다. 마법 같은 시절이었다.

*

오랫동안 의자에 앉아 있었던 탓인지 골반이 뻐근했다. 거인은 체조로 몸을 풀기 위해 의자에서 일어났다. 은신처 밖으로 나갔다. 보름달이 환했다. 마당에 도착한 거인은 먼저 상의를 탈의했다. 가슴팍을 주먹으로 두세 차례 가격했다. 달빛 때문에 살갗에 흐릿하게 윤기가 돌았다. 희열과 흥분으로 심장이 터질 것만 같았다. 거인은 밤하늘을 올려다보았다. 찬란하게 흐르는 은하수를 향해 몸을 건들거리며 알통을 만들어 보였다. 근사한 알통이었다. 시를 쓰는 과정에서 거인은 점점 건강해졌다. 고무 타이즈를 착용한 것처럼 미끈하면서도 단단한 신체는 홀로 감상하기에도 아주 매력적이었다. 바람이 청량하게 불었다. 병약함은 한 인간을 쓰러뜨리면서 끝나지만 건강함은 계속해서 추구될 수 있었다. 양손을 털며 준비운동을 하자 지축이 동요했다. 자신만큼 비범한 시적 재능을 가졌던 과거의 시인들이 정신 질환과 신경쇠약 사이를 허우적거렸다는 사실이 믿기지 않았다. 질병이나 절망 같은 건 혐오스러운 판타지일 뿐이지. 거인은 생각했다. 위대한 시인은 그 판타지를 능란하게 이용하면서도 단호하게 물리쳐야 하지.

그런 골골거리는 환자들이 시를 쓴다면 그들의 비뚤어진 공격성과 비만한 자의식이 세상에 엎질러져 재앙적인 결과를 초래하고 말겠지. 모두가 동의하는 바 아니겠냐고. 거인은 달밤 아래서 체조를 했다. 환멸이나 우울증을 살균하기 위해 시를 쓰는 거야. 절망 때문에 괴로워하는 사람들을 만날 때마다 그들에게 건강한 사유의 참맛을 전수하고 싶은 선량한 감정이 가슴 깊은 곳에서 차오르지. 내가 하고 싶은 말은 온갖 부정적인 가치들로부터 삶과 시를 지켜내야 한다는 거야. 이게 바로 자기 객관화라고 불리는 건강한 사람들 고유의 미덕이지. 수동성은 죄악이야. 건강한 사람들은 자신의 건전성을 연이어 갱신할 권리와 의욕을 가진 사람들이지. 반대로 그렇지 못해 두뇌가 꼬인 인간들의 경우 개들 특유의 피학적인 요람에 기거하며 현실 인식을 상실한 채 차츰 뒤처지거나 혓바닥이 마비되거나 길거리를 뒹구는 낙엽들처럼 요란스레 버려지는 미래를 할당받을 뿐이겠지. 현실적으로 생각해. 뇌에 힘을 주란 말이야. 질병과 절망의 에너지를 건강한 모두의 삶이 더 윤택해지는 쪽으로 사용할 수는 없는 거야? 모르모트나 마루타처럼 말이야. 병든 인간들을 보면 얼마나 함부로 살았기에 그런 병에 걸렸는지 한심해. 다 자기들 책임 아니겠냐고. 절망에 사로잡힌 인간들을 만나면 얼마나 머리가 나쁘기에 절망 따위를 실재하는 것으로 착오하는지 궁금해. 내가 왜 그들의 중얼거리는 푸념과 넋두리를 듣고 있어야 하냐고. 구린 게 옮는 느낌이야. 나는 그런 삶을 살고 싶지 않거든. 건강한 인간은 자신의 건강한 신체와 정신을 쟁취하기

위해 건강하지 못한 인간들을 소독해 주변을 정화할 필요가
있어. 건강하지 못한 인간들과의 대화는 보통 상종하지 못할
악몽이야. 오물이나 다름없는 녀석들과 같은 지구를 쓰고 있
다는 사실이 부끄럽지. 코딱지나 눈곱 같은 녀석들이 건강한
사람들의 헤게모니를 탈취하지는 않을까 밤마다 우려스러워
개탄에 개탄을 거듭하다 불면의 고통이 시작되는 법이지. 삶
은 전쟁이야. 건강하기 위해 건강하지 못한 것들을 소탕하는
전쟁.

　거인은 이렇듯 머릿속으로 어떤 교만하고 건방진 생각 타
래를 풀어냈다. 체조하는 와중에 잠시 다녀간 의식의 흐름일
뿐이었다. 심지어 거인은 이런 유형의 생각이 처음이었고, 이
생각 타래에 깃든 사악한 뉘앙스를 깨닫고 얼른 그것을 반
박하려 했다. 이를테면 생리적인 위생 관념에 불과한 문제를
모든 이로운 가치들과 동일시하고, 그것을 휘두르는 방식으
로 구체적인 타자를 멸균하려 할 때 위와 같은 생각의 참극
이 벌어지는 것이었다. 그러나 반박이 너무 뒤늦은 듯했고,
아울러 그 생각의 대가는 앞서 서술한 바처럼 두 문단도 채
되지 않는 생각의 분량을 고려할 때 매우 혹독했다. 체조하
는 거인을 꼴같잖게 지켜보던 별들이 거인의 정수리에 뿅망
치를 내리쳤기 때문이다. 현실에서는 권선징악이나 사필귀
정의 순간이 드물지만, 소설에서라면 작가가 직접 등장해 인
물이라고들 일컫는 기호 주머니에게 권선징악이나 사필귀정

을 노골적으로 행사하는 일이 정말 아무렇지도 않다. 눈앞으로 별들이 회전했다. 그 뿅망치는 엄숙한 재판정에서 두들겨지는 의사봉처럼 돌이킬 수 없는 처벌을, 잠시의 실수를 용납하지 않는 엄격한 처벌의 집행을 암시했다. 동시에 거인은 자신이 지금껏 쓰고 있던 시를 완성하고 말았다는 사실을 깨달았다.

이 완성이란 거인이 구상했던 위대한 청사진의 가랑이가 찢어지는 경험이었다. 맙소사, 맙소사…… 더는 쓸 구절이 없어졌다는 것, 꿈을 압류당했다는 것, 황금으로 된 영광스러운 괄호가 벗겨져 벌거숭이가 된 스스로의 몸뚱이가 적나라하게 폭로되었다는 사실을 의미했다. 노트를 질주하던 상상력이 앙상해졌다. 탈주하는 힘을 처형한 다음 핏빛 석류처럼 굴러간 머리통이 마침표로 찍히듯, 왕성하게 번식하던 미래의 문장들이 전원 코드를 뽑은 것처럼 덧없이 암전되었다. 거인은 반성하고 후회하는 가운데 용서와 선처를 구하는 잡다하고 초라한 문장들로 마침표를 난도질하며 공책을 더럽힐 수는 있겠지만, 또한 그 통곡과 회한에 젖은 문장들은 시의 세계 바깥으로 쫓겨나 그것과 상관없게 된 인간의 억지스러운 동동거림임을 자인하는 행위와 다르지 않으리라는 잔인한 인식이 거인의 뇌리를 스치고 지나갔다. 거인은 별들에게 굴복했다. 체조를 그만두고 차렷 자세를 취했다. 죄송합니다. 제가 좀 주제를 모르고 깝죽댔죠. 무릎을 꿇은 채 양쪽 손바닥을 비벼댔다. 그러나 이제 거인에게 허용된 은유나 의태라곤 자신처럼 손바닥을 싹싹 마찰시키고 있는 똥파리 한 마리밖에 없었다. 곧 똥파리마저 빼앗긴 거인은 상심한 표정으로 비틀거리며 자리에서 일어났다. 뽕망치를 치켜든 별들은 여전히 관용을 베풀 생각이 없어 보였다. 거인은 왕년의 기억으로 박제된 위대한 시를 검토하기 위해 쿵쿵거리는 발소리를 내며 작업실로 돌아갔다.

책상에 놓인 양초가 악마의 콧대처럼 찌그러졌다. 뭉툭한 콧방울 위에 붙어 있는 파란색 불꽃이 희미하게 사위었다. 촛농이 흘러내려 종유석 모양이 되었다. 별들의 뽕망치가 거인의 문학적 전망을 압수하던 그때, 책상 위에서도 희한한 일이 벌어졌다. 양초 심지가 짧아져 바닥을 드러냈다. 심지 끄트머리에 매달려 있던 파란색 불꽃은 사뿐거리는 님프나 민들레 홀씨처럼 가벼이 공중에서 약동하며 공책들 쪽으로 옮겨 갔다. 그렇게 수월한 걸음걸이로 공책 무더기를 함락시켰고, 이때 부풀어 오른 파란색 불꽃은 공책 안에 건립된 위대한 환상이 그러하듯이 공책의 둘레를 넘어서지 않았다. 마치 이 위대한 환상을 연소하는 동안에만 파란색 불꽃이 현현할 수 있는 듯했다. 낱말들은 글을 쓰는 방향처럼 처음에 왼쪽에서 오른쪽으로 그을리다가 아래에서 위로 거슬러 오르며 눈부시게 타올랐다. 부채꼴로 산개하기도, 갈지자를 그리며 무질서하게 퍼져 나가기도 하는 파란색 불꽃에 의해 한

데 뒤섞였다. 시를 쓰던 축복 같은 나날이 동등한 현재의 장
작들로 함께 작열했다. 거인은 허둥지둥하며 손바닥으로 불
이 붙은 공책 위를 내리쳤다. 불꽃은 꺼지지 않았다. 손바닥
또한 맹렬하게 타오르는 화염의 온도를 느끼지 못했고, 거기
개입하지 못했으며, 그것이 파란 불꽃이 아니라 파란 오로라
인 양 까불거리는 화염의 리듬에 맞춰 캄캄한 실내로 일렁이
는 물결무늬가 나부꼈다. 거인은 물러섰다. 수긍한 듯 망연자
실하게 고개를 끄덕였다. 천천히, 그리고 멍하니 파란색 불꽃
을 구경하기 시작했다.

*

보물선은 쌍둥이가 감금된 지하실에 꿀단지라고 불리는
땅딸막한 오크 통 두 대를 보관했다. 거기에는 기념일에만
아껴 내놓아 선원들의 갈증을 해소했던 귀한 포도주가 들어
있었다. 쌍둥이에게는 생존을 위해 장기간 계획적으로 분출
해야 할 식량이기도 했다. 청키와 팽키는 매일 홀짝이며 맛
을 보다, 그러던 어느 날, '그러던 어느 날'이란 언제나 소설
속의 인물들에게 불행을 연출하기 위한 접속사로서 유용하
게 쓰이는 법인데, 추위와 취기와 외로움이라는 세 얼간이의
난데없는 급습으로 말미암아 이 소중한 포도주를 전부 마셔
버리고 말았다. 취한 사람의 위장은 고래만큼 거대해진다. 인

사불성이 된 청키와 팽키는 서로의 얼굴을 손가락으로 가리키며 히죽거렸다. 꼴값이 그 모양이어서 어쩌냐. 너로 태어나지 않아서 참 다행이다. 시답잖은 말로 서로를 희롱하다 먹살을 붙잡았고, 사과를 주고받으며 뜨거운 포옹을 나누더니 갑작스레 선실 바닥을 뒹굴며 요절복통하는 등 야단법석을 떨었다. 그윽해진 눈망울을 낙타처럼 껌뻑거리며 시간을 허비했다. 만취했을 때 쌍둥이의 술버릇은 계속해서 한 잔 더, 한 잔 더를 외치는 것이었다.

청키와 팽키는 근래에 우애 좋은 쌍둥이에서 어떤 경쟁적인 관계로 변모하는 중이었다. 그 이유는 위에 잘 서술되어 있으니 귀찮더라도 돌아가 확인하길 바란다. 이때 경쟁의 성패란 생쥐들의 마음을 먼저 얻는 일에 달려 있었다. 청키와 팽키는 서로를 눈빛으로 견제하며 슬며시 생쥐들 곁으로 이동했다. 생쥐들은 뿔뿔이 흩어졌다. 자리를 내주지 않았다. 윙크하거나 휘파람을 불어도 마찬가지였다. 생쥐들은 청키와 팽키를 대놓고 무시했다. 비정하고 냉담하게 쥐구멍 속을 왕래할 뿐이었다. 처음 쌍둥이가 지하실에 감금되었을 당시 생쥐들은 굶주려 있었다. 야위고 파리한 눈두덩은 매양 겁에 질려 휘둥그레진 상태였다. 자이로스코프호의 내란이 급진화되는 과정에서 이들의 고난에도 숨통이 트였다. 사상자들이 곳곳에 방치되어 있었던 까닭에 생쥐들은 선원들의 시체에서 양질의 단백질을 공급받았다. 인간들은 서로를 섬멸하기 위한 악전고투에 힘쓰느라 생쥐들을 주목하지 못했다. 부상을 입은 선원들의 환부로 생쥐들의 체내에 기생하던 미시세계의 악마들이 살포되었다. 선박에는 포유류들 이외에도 상처나 호흡기를 통해 착실하게 세력을 확장하는 미시 세계의 악마들이 있었다.

거나하게 취한 청키와 팽키는 취객 특유의 거북하고 낯짝두꺼운 친근감을 발휘하며 생쥐들에게 다가갔다. 생쥐들은 난감했다. 청키와 팽키는 생쥐들을 상대로 구애 경쟁을 벌이기 시작했고, 납작 엎드린 채 엉덩이를 들썩거리며 꼬부랑거리는 음성으로 찍찍 목청이 터져라 생쥐들의 울음소리를 연기했다. 도무지 들어주지 못할 때까지 앞다투어 데시벨을 올렸다. 바닥에 코를 박고 벌름거리며 냄새를 맡았고, 자기들 딴에는 취기의 힘을 빌려 생쥐들의 모습을 사력을 다해 시늉하는 것이겠지만, 생쥐들이 보기에 그 피상적인 흉내란 어설프고 성가시며 부담스럽기 짝이 없는 데다가 살짝 모욕적인 기분을 전달하기까지 했다. 청키와 팽키가 스스로의 정체성을 나도 어디서 꿇리지 않을 생쥐 한 마리라고 자신하며 낮은 포복으로 생쥐 무리를 향해 돌진할 때 생쥐들은 술독에 빠진 코끼리가 엄청난 속도로 제 식구들을 향해 뛰어오는 것만 같은 아찔함을 느낄 수밖에 없었다.

생쥐들에게 청키와 팽키의 진정성은 널리 알려진 바 있었다. 그 방법이 세련되지 못했으며 항상 곤혹스럽고 괴팍하긴 했지만 자신들과의 우정과 연대를 모색하는 쌍둥이의 시도가 그간 신뢰할 수 있을 만큼 꾸준하게 이어졌음에 공감하는 생쥐가 대다수였다. 그리하여 생쥐 몇몇은 쌍둥이가 그치지 않고 생쥐 흉내를 수행하는 모습을 연민했다. 무용한 호소를 중단하고 각자의 생물학적인 거리에 타협한 뒤 데면데면하게 생활하면 좋을 텐데. 자신들의 호의와 관심을 쟁취하기 위해 난동을 피우는 쌍둥이의 도전적인 민폐를 안타까워했다. 미약하게나마 스스로를 자책하기도 했다. 알코올의 영향 아래에서 쌍둥이의 생쥐 흉내는 과도해졌다. 생쥐들 또한 민망함과 낯 뜨거움을 감당하다 못해 이들을 말릴 수단을 강구하는 지경에 이르렀다. 폭음으로 인간성의 리미터가 해제된 쌍둥이는 서로에 대한 경쟁심에 온전히 열화된 채로 흉성과 두성을 번갈아 구사하며 찍찍거리는 아카펠라를 제창했다. 시뻘건 눈이 도깨비처럼 번뜩였다. 사실 동물은 광기나 야만과 무관한데, 인간만이 동물성을 편리하게 해석하거나 그것을 대상화하고 싶은 나머지 제 광기나 야만에 동물의 이미지를 투여한다. 청키와 팽키가 찍찍거림에 열성적으로 임하는 만큼 그들이 생쥐가 아니라 끔찍한 혼종을 연상시키는 주정뱅이 키메라로 변신하는 것도 자명한 수순이었다.

미시 세계의 악마들마저 혀를 내두를 정도였다. 청키와 팽키가 딱히 미시 세계의 악마들에 대한 내성이나 면역력을 보유하지 않았음에도 미시 세계의 악마들은 청키와 팽키에게로 번식하는 일을 꺼림칙하게 여겼다. 그것은 미시 세계의 악마들이 쌍둥이의 흉내를 인정해 그들을 인간이 아닌 다른 존재로 오인했다는 뜻일 수도, 인간의 범주를 초과한 주정뱅이 키메라의 체내에 착종하거나 잠복하는 일을 매우 위험하고 달갑잖게 생각했다는 뜻일 수도 있었다. 진상은 마이크로 차원으로 눈을 조정해 미시 세계의 악마들을 인터뷰하지 않는 이상 미지의 영역으로 남아 있었다. 쌍둥이의 방만하며 과격한 흉내가 그들의 신체를 생쥐와 인간 사이의 중립 구역, 예외 지대로 만들었다는 가정 또한 일리가 있었다. 여하튼 이와 같은 기묘한 방역 작업의 결과로 쌍둥이는 생쥐들과 매일 합숙하고 있었음에도 감염을 피할 수 있었다. 술기운이 가신 뒤 숙취와 씁쓰레한 후회, 조갈, 배고픔으로 피폐해진 참이었음에도 청키와 팽키는 드러누운 몸을 굼벵이처럼 뒤집으며 아스라하고 맥없이 들리는 찍찍거림을 연호했다. 생쥐들은 이들의 찍찍거림이 자신들을 힐난한다고, 더는 좌시할 수 없을 만큼 절박해진다고 느끼며 쌍둥이를 지하실에서 구출하기 위한 작전에 착수하기로 했다. 이른바 쌍둥이가 인간성을 회복하도록 보조하는 작전이었다. 생쥐들은 인간의 윤리학을 공부한 적이 없었기에 생쥐들에 의해 회복될 인간성이란 인간의 윤리학 너머에 있는 찍찍거리는 작전이었다는 서술이 가능해졌다.

*

거인은 밤새도록 어린이 스마일을 간호했다. 어린이 스마일의 호흡이 차츰 안정되었다. 젖은 수건을 이마에 올린다. 가루약을 풀어 탁해진 물을 숟가락으로 떠먹인다. 공책이 불타지 않았더라면 아직도 시를 쓰고 있지는 않았을까. 거인은 생각한다. 시를 쓸 때는 세상이 사라진다. 바깥으로 폭풍이 임박해도 모르고, 세상으로부터 온전히 등을 돌린 사람의 자세를 취하고 있는데도 세상에 관해 말하고 있다는 모순적인 감정 속에서 놀라운 문장에 도달하며, 이러한 간극에 내재한 악덕을 사유하느라 스스로를 경멸하게 된다. 그러나 어떤 문장은 시인을, 시인이 포함된 더 넓은 세상을 위로한다. 그런 효과를 일으키며 정전기처럼 진동할 뿐 문장이란 본래 아무것도 아니다. 오늘 밤 거인은 시를 쓰지 않는다. 대신 어린이 스마일의 통통한 팔목을 쥐어 두근거리는 맥박을 감지한다. 원고가 불탄 건 행운이었는지도 모른다. 원고가 소실되었기에 비로소 눈먼 일각수가 어린이 스마일을 데려온 것을 눈치챌 수 있었는지도 모른다. 거인은 상관성을 인과성으로 오해하며, 상관성을 인과성으로 오해하는 일은 비합리적이지만 종종 시간의 뉘앙스를 다르게 감각하도록 이끈다.

시로 따지면 환유가 인간에게 베푸는 혜택이라고 할 수 있겠지. 거인은 아직도 시인 같은 생각을 그만두지 못한다. 더는 시를 쓸 수 없게 되었지만 시에 관한 생각은 계속될 것이며 그것은 모종의 불편한 희망처럼 거인의 머릿속을 떠나지 않을 것이다. 거인은 어린이 스마일의 얼굴에 혈색이 돌아오기를 바란다. 내일 자리를 털고 일어나면 넌 소망했던 대로 숲속에 은거한 거인을 만날 수 있을 거야. 거인은 다감하고 친절해. 아까까지만 해도 그럴 수 있으리라고 전혀 예상하지 못했지만. 거인은 어린이 스마일 곁에서 잠든다. 눈을 뜨자 감미로운 아침이 코앞이다. 양반다리를 타고 올라선 어린이 스마일이 깡충거리며 억세고 풍성한 거인의 턱수염을 잡아당긴다. 새들의 지저귐이 오전 내내 산뜻하게 이어진다. 침대 시트에는 어린이 스마일이 누웠던 자리가 밤새 흘린 식은 땀으로 흥건하게 젖어 있다. 그것이 마른다. 어린이 스마일은 유치원 배낭을 열어 집에서 가져온 스케치북 그림책을 내민다. 쑥스러워하는 것처럼 보인다. 폭풍 속의 보물선이 커다란 오징어를 만났대. 오징어는 보물선을 바다 아래로 끌어당겼지. 청키와 팽키는…… 그런 크레파스 바닷속에서 벌어지는 이야기들. 거인이 스케치북 그림책을 읽는다.

어린이 스마일의 머리를 조심스럽게 토닥거린다. 위대한 시인으로서 말하는 건데 너는 나보다 더 위대한 시인이 되겠구나. 어린이 스마일을 칭찬한다. 이는 거인이 구사할 수 있는 최고의 덕담이지만, 어린이 스마일은 위대한 시인의 삶이 전혀 흥미롭지 않기에 거인의 말을 칭찬으로 인식하지 못한다. 어린이 스마일은 훗날 무지갯빛 앵무새를 기르는 마술사가 될 것이다. 아저씨는 거인이에요, 시인이에요? 어린이 스마일이 묻는다. 거인은 왠지 시인이라고 대답하면 어린이 스마일이 무척이나 실망하리라는 인상을 받는다. 거인이냐고요, 시인이냐고요. 어린이 스마일이 다그친다. 나는 거인이지. 시인이란 거인이 될 수 있는 능력을 뜻하니까. 거인이 대꾸한다. 어린이 스마일이 입술을 뾰로통하게 내민다. 말로 장난치는 걸 보니 영락없는 시인이네요. 방금 자신이 시시한 시인임을 시인하셨다는 말이에요. 거인이 팔짱을 끼며 제법이라는 듯 껄껄 웃는다. 그것 봐라. 네 천직은 위대한 시인이야. 어린이 스마일이 고개를 젓는다. 시인은 시보다 형편없는 사람이라는 뜻이래요. 앞으로는 어디 가서 시인이라고 하지 말고 거인이라고 말하고 다니세요. 제가 보기엔 그쪽이 더 어울리니까.

거인은 어린이 스마일과의 만남이 즐겁다. 침대 시트의 젖은 자국처럼 좋은 만남이 차츰 증발해 사라지는 것이 아쉽다. 인간은 한 명의 정다운 친구를 사귀기 위해 평생을 기다리기도 하고, 길을 잃어버린 한 명의 아이에게 집으로 향하는 길을 안내하기 위해 평생 창작한 시를 잃어버리기도 한다. 이런 생각 또한 상관성을 인과성으로 오해하는 한 방식에 가깝지. 거인은 목말을 태운 어린이 스마일과 함께 숲의 오솔길로 향한다. 햇살이 수런거리는 나뭇잎들 사이를 삐뚤빼뚤하게 드나든다. 거인은 손만 뻗으면 얼마든지 움켜쥘 수 있는 살구를 어린이 스마일이 직접 딸 수 있도록 유도한다. 이는 놀이에 불과하지만 모든 놀이 속에는 함께 지켜야 할 약속이 있다. 어린이 스마일이 채집한 살구들이 바구니 위로 떨어진다. 거인은 예전부터 골라놓은 살구나무 근처로 이동한다. 가만히 대기한다. 어린이 스마일이 자신의 힘으로 들썩이는 나뭇잎들 사이에 숨겨진 새의 둥지를 발견할 때까지. 여기 둥지가 있어요! 어린이 스마일이 말한다. 쾌활하게 탄성을 내지르는 어린이 스마일의 모습이 내심 뿌듯하지만 여기서는 둥지의 출현이 우연한 일인 양 짐짓 모른 척을 해야 한다.

둥지 안으로 어미 새가 근교의 도심에서 물어다 놓은 수집품들이 즐비하다. 단추, 진주 반지, 유리나 금속 파편, 포일 뭉치나 깡통 뚜껑 같은 것들. 수집품들 사이로 얼룩무늬 새 알 몇이 보인다. 거인이 말한다. 새들은 작고 반짝거리는 물체를 좋아해. 그건 아주 신비로운 일이지만, 작고 반짝거리는 물체들에 함유된 중금속 입자들이나 미세 플라스틱, 새의 부리로 씹거나 삼켜지는 작고 반짝거리는 물체들의 칼날 같은 날카로움은 연약한 새들의 신체에 치명상을 입히는 가장 큰 원인이라고 하더구나. 허공을 날아가는 새의 체내에도 작고 반짝거리는 것들이 가득해. 길거리에 방치된 새의 사체 또한 작고 반짝거리는 것들로 포화 상태지. 인간은 작고 반짝거리는 것들이 새의 사체에서 꿈틀거리는 구더기들이나 짓이겨진 골격보다도 훨씬 징그러운 것이라는 사실을 인정해야 할지도 모른단다. 어린이 스마일은 거인의 설교를 경청하지 않는다. 아저씨 꼰대 아니에요? 그쯤이야 유치원에서도 다 배우거든요. 현학적인 말씀 그만두고 지금부터 제가 어떻게 도움을 드리면 되는지 똑바로 말하세요. 흠씬 혼나고 나서야 거인은 하고 싶은 말을 꺼낸다. 보다시피 내가 손이 좀 크잖니. 둥지에 있는 작고 반짝거리는 물체들을 들어내 앞으로 태어날 새들이 좀 안전해졌으면 하는데, 알을 건드리지는 않을까, 자칫하면 손이 어눌해 둥지를 해치는 불상사가 벌어지지는 않을까 걱정이구나. 거인이 되고 나서 할 수 없는 일이 너무 많아. 네게 그 일을 맡기고 싶다.

어린이 스마일의 손이 둥지를 오가며 작고 반짝거리는 물체들을 줍는다. 둥지에 얼룩무늬 새알들만 남았을 때 어미 새가 돌아왔기 때문에 거인과 어린이 스마일은 황급히 자리를 비켜준다. 어미 새는 둥지의 약탈자들을 까탈스럽게 내쫓는다. 거인은 어린이 스마일을 오솔길에 내려놓는다. 가끔은 누군가를 위하는 일이 불청객 취급으로 돌아오기도 하지. 앞으로 그런 일이 빈번할 거야. 그래도 해야 할 일을 했으면 그걸로 됐지. 누군가가 너를 외면하고 비난했다고 해서 그 대상을 싫어하거나 증오해서는 안 돼. 그건 우리 자신에게 침을 뱉는 행동이니까. 어제까지만 해도 넌 영락없는 불청객이었단다. 오늘 너는 내 친구고. 시간이 우리 주위를 빙빙 돌며 불청객을 친구로 변화시키고 있는지도 모르겠다. 어린이 스마일이 대답한다. 저도 안다고요. 유치원 친구들에게 거인을 만났다고 이야기할 건데요. 아무도 믿지 않겠지만 그래도 저는 괜찮아요. 거인의 어깨 위에서 세상을 보라. 그건 설명될 수도 없고 설명하는 순간 하찮아지거나 짓밟히고 마는 거잖아요. 그래도 저는 분명히 보았거든요. 이제 제게 그런 품위를 간직할 힘이 생겼다는 뜻이에요. 내일은 또 모르겠지만, 문득 떠오를 때마다 가슴이 웅장해져서 저는 정말 제가 되고 싶었던 바로 그 사람이 되어 있겠죠. 세상을 다 가진 것 같은 기분으로요.

오솔길의 끝에서 거인은 자신의 왼쪽 눈알을 뽑아 어린이 스마일의 손아귀에 건네준다. 유리 의안이 적출된 자리가 우묵하게 패어 있다. 주름져 처진 눈꺼풀 안쪽이 상상할 수 없을 만큼 검다. 눈을 마주칠 수조차 없다. 흉측한 구멍을 피해 시선이 자꾸만 달아나기 때문이다. 유리 의안 속에서 울렁거리며 돌아가던 팽이의 속력이 서서히 느려진다. 어린이 스마일은 유리 의안을 눈앞으로 끌어당겨 내부를 바라본다. 동공이 정지한다. 바늘이 회전판 위에서 자정을 가리킨다. 자정이 아니라 북쪽이란다. 거인이 말한다. 겁에 질린 어린이 스마일을 위해 왼쪽 눈두덩을 손으로 가리며, 최대한 자상한 말투로. 그래야 한다. 이걸 네게 주마. 이건 꿈속에선 그저 망가진 시계처럼 보이지만 꿈속을 벗어나면 유용한 나침반이 되거든. 이렇게 눈에서 떼어냈을 때 제대로 작동하기 시작하지. 북쪽을 따라 걸으면 살구나무 숲을 빠져나갈 수 있을 거다. 어느덧 작별의 시간이었다. 거인이 어린이 스마일을 배웅하며 손을 흔들었다. 어린이 스마일은 거인의 왼쪽 눈알을 손에 그러쥔 채 잠들어 있었다. 어쩌면 그 눈알의 정체가 노랗게 익은 살구 한 알이나 바닥에서 우연히 주운 별똥별 조각일지도 모르지만. 멎은 바늘이 유리 의안을 통과하는 햇볕을 찌르고 있었다. 그곳에서도 무지개가 샘솟았다. 어린이 스마일은 숲속으로 사라진 미아가 아니라 하룻밤을 걸어 거인을 만나고 집으로 돌아온 용감한 아이가 될 수 있을 것이었다.

*

생쥐들은 자이로스코프호 내부를 드나들며 지하실 열쇠를 수색했다. 마침내 탐색이 결실을 맺었다. 열쇠는 측두엽이 으스러진 채 취사실 바닥에 쓰러져 있던 이름 모를 선원의 가슴 포켓에 들어 있었다. 대규모의 생쥐 무리가 지하실 철문 앞에 집합했다. 열쇠를 입에 문 생쥐가 생쥐들의 피라미드를 밟고 올라 자물쇠를 풀었다. 쌍둥이가 지하실 철문이 열렸음을 눈치채지 못하고 여전히 찍찍거릴 때, 생쥐들은 항의하듯 단체로 몰려가 청키와 팽키의 입술을 꽉 깨물었다. 생쥐들이 선사하는 화끈한 키스였다. 나중까지 얼얼했던 그 키스에는 지금껏 자신들에게 구애하기 위해 애썼던 쌍둥이의 노력을 치하하는 의미도 담겨 있었다. 쌍둥이는 울퉁불퉁하게 부어오른 입술을 움찔거리며, 언제까지고 생쥐들이 베푼 은혜에 감사하리라고 맹세하며 철문을 열고 네발로 기어 지하실을 탈출했다. 뱃머리로 나오자 햇살이 쨍하게 밀려들었다. 조타수가 없는 자이로스코프호는 갈라파고스 해협으로 나아가는 중이었다. 남쪽 기압골에서 막 세력을 확장한 태풍이 자이로스코프호를 향해 진로를 변경했다. 그러나 아직 바다는 평화로웠다. 미래에 대한 관념 때문에 조급해하지 않아도 좋았다. 청키와 팽키는 맑은 햇볕 아래서 일광욕을 했다. 축축했던 몸이 나른하게 데워졌다.

청키와 팽키는 식료품 창고에 틀어박혀 소시지와 삭힌 청어를 실컷 축냈다. 아수라장이 된 자이로스코프호를 거닐었다. 거대한 오징어가 그들을 물밑으로 납치하기 사흘 전이었다. 어디에나 유해가 있었다. 삐거덕거리는 선장실 문을 밀고 들어가자 테이블에 고꾸라진 선장의 상반신이 보였다. 목덜미에 단검이 꽂혀 있었다. 총상을 입은 지구본 위로 비산한 혈흔이 거무튀튀하게 말라 있었다. 청키와 팽키는 가늘게 몰아쉬는 숨소리를 들었다. 북두칠성 항해사들의 맏형인 북극성이 선장실 바닥에 제 팔을 베고 엎드려 있었다. 비탄을 이기지 못한 듯 콜록거리며 밭은기침을 했다. 청키와 팽키는 북극성의 유언에 귀를 기울이기 위해 곁에 쪼그리고 앉았다. 북극성이 가래가 끓는 듯한 바람 빠진 목소리로 말했다. 지하실로 내려가면 꿀단지가 있을 거야. 그걸 조금만 술잔에 따라 여기로 가져와줘. 청키와 팽키는 책망하는 시선으로 서로를 노려보았다. 맥 빠진 목소리로 옹얼거렸다. 저희가 전부 마셨는걸요. 한 모금도 남기지 않고 싹 다. 그래도 꿀단지를 채워놓긴 했거든요. 저희가 그걸 요강으로 썼으니까요. 지하실에 변소가 없어서. 정말 죄송합니다. 저희도 이런 일이 생기리라곤 꿈에도 예상하지 못했단 말이에요. 청키와 팽키의 말이 끝나기도 전에 북극성의 눈이 스르르 감겼다. 청키와 팽키는 선장실에 도래한 무거운 침묵에 찬성하듯 입을 다물었다.

출항: 마술 키트

뒤집힌 조개껍데기 위에 남색 깃털이 놓여 있는 장면. 뒤집힌 조개껍데기는 대양을 향해한다. 파도에 실려 정처 없이. 남색 깃털은 미풍에 하늘거리지만 날아가지는 않고 유선형 난간에 기대어 있다. 망망대해의 온갖 난류의 흐름이 함께 떠도는 두 사물의 가여운 동맹을 허락하는 듯하다.

조개껍데기와 남색 깃털은 기나긴 시간 동안 바다를 유랑한다. 설령 그 국지적인 이동이 앞으로 나아가는 것이 아니라 엇비슷한 장소에서 머뭇거리는 일처럼 보인다고 하더라도, 그것은 태곳적부터 전래된 신호이기에 조개껍데기와 남색 깃털이 아득한 망각 속을 항해한 거리는 거의 무한하다. 상냥하고 슬기로운 우연들이 조개껍데기와 남색 깃털의 표류에 협력한다. 대기와 물결이 조화롭게 주변을 맞들며 조개껍데기와 남색 깃털을 엄호한다. 가끔은 태풍을 만난다. 그러나 모든 것을 드잡이하며 지리멸렬하게 와해시키는 태풍에게도 끝까지 간수하고 싶은 긴요한 사물이 존재하는 듯하다. 변덕스레 신경질을 부리는 비바람 또한 물결에 편승해 허허롭게 운반되는 조개껍데기와 남색 깃털의 태연자약한 질서 앞에서 이들의 항해만은 방해하지 않기로 굳게 결심한다. 지도 탭을 클릭한다. 조개껍데기와 남색 깃털을 중심으로 마우스 휠을 조절하자 대양의 전체 국면이 한눈에 들어온다. 위성사진 속으로 짙게 뭉쳐진 구름의 소용돌이가 떠오른다.

대기권 너머의 위성 장비와 레이더가 태풍을 실시간으로 감시하며 복잡한 무늬로 얽힌 기압골과 난기류, 무역풍, 요란의 순환과 전향력의 추이를 입체적으로 관측하고 있지만 태풍의 진로를 정확하게 파악할 수는 없다. 일기예보는 종종 어긋나기 마련이다. 예측된 패턴들 가운데 가장 확률이 높은 경우의 수를 추정하는 일만이 가능하다. 다행스러운 일은 이번 태풍이 불규칙하게 움직이거나 신속하게 휘어져 상륙하지 않고 드넓은 바다에 그대로 머물러 있다는 사실이다. 거기 정박해 세력을 약화하고 있는데 그 엉큼한 꿍꿍이야 이해할 도리가 없고, 갑작스레 기세를 불리며 내륙을 습격할지도 모르기 때문에 불철주야 만반의 대비를 해야 한다. 인공위성에서는 조개껍데기와 남색 깃털을 관측할 수 없다. 조개껍데기와 남색 깃털이란 대양의 규모에 비하면 먼지나 설탕 입자에 불과할 정도로 미미한 대상이기 때문이다. 태풍이 조개껍데기와 남색 깃털의 동행을 방해하지 않기 위해 제자리에 멎어 소멸하기를 선택했다는 가능성은 알려지지 않는다. 이런 건 애초에 알려질 수 없는 가능성이다. 조개껍데기와 남색 깃털은 태풍의 눈 속을 통과한다. 위성사진에서는 소용돌이 중심의 새카만 구멍인 태풍의 눈이 조개껍데기와 남색 깃털에게는 너무도 광대하고 화창한 영역이다. 내륙에 도달하지 못한 태풍에게도 저마다의 이름이 주어진다. 태풍의 이름이 나열된 장황한 목록에서 클로이라는 이름을 발견한다고 해도 전혀 이상한 일이 아니다.

*

구름 한 점 없는 갈라파고스제도의 하늘로 영원한 무지개가 걸려 있었다. 굼뜬 거북이들이 황량한 잿빛 암석 위에 웅크려 낮잠을 잤다. 쌍둥이는 돌멩이를 주워 거북이의 딱딱한 등딱지 위에 글자를 썼다. 그들은 문맹이었기에 성경책에 기술된 꼬부랑 지렁이들을 모사했을 따름이었다. 너희가 일찍이 일어나고 늦게 누우며 수고의 떡을 먹음이 헛되도다. 그러므로 여호와께서는 그의 사랑하시는 자에게 잠을 주시는도다. 꼬부랑 지렁이들에 영성이 깃들어 있었지만, 마치 잠든 인간의 뇌파를 해독한다고 해서 그가 꾸는 구체적인 꿈의 이미지를 추출하거나 공유하는 일은 터무니없듯, 그것을 읽어내지 못하는 나날이 계속되었다. 거북이들은 만성화된 식곤증에 빠져 있었다. 등딱지에 새긴 희미한 실금은 거북이들이 해안으로 수영을 나갔다 돌아오면 말끔하게 지워졌다.

영원한 무지개와 더불어 섬의 미스터리는 한둘이 아니었다. 이를테면 거북이들은 태양이 정점에 이르렀을 때 먹이를 섭취하기 위해 해안으로 이동했다. 메마른 바윗덩어리와 구분되지 않는 거북이들이 섬의 사방에서 꾸물거리듯 출몰하는 모습은 장관이었다. 해안에는 바다에서 떠밀려 온 크라켄의 사체가 널브러져 있었는데, 장기간 그렇게 방치되어 있었음에도 부패하거나 건조되지 않았고, 간혹 반투명한 살갗에 내리쬐는 햇볕의 산란으로 무지갯빛 섬광을 발산하기도 했다. 모여든 거북이들이 크라켄의 몸뚱이를 느리게 포식했다. 크라켄은 너덜너덜해지거나 줄어들지 않은 채 장엄한 괴물 빗자루 같은 몸뚱이를 건재하게 유지했다. 이를테면 크라켄이 기적의 음식인 만나를 거북이 버전으로 패러디하고 있었으며, 청키와 팽키는 거북이들에게 내려진 도돌이표 같은 풍요를 좀도둑질하는 기분으로 크라켄 다리의 끄트머리를 잘라 선박으로 가져왔다. 길쭉하게 채를 썰어 선창에 널었다. 그제야 오징어 다리는 꾸들꾸들하게 마르기 시작했다.

쌍둥이는 바위섬을 어슬렁거렸고 심심할 때마다 호주머니에서 오징어 다리를 꺼내 질겅거렸다. 청키가 말했다. 하느님이 다른 맛있는 음식이 아닌 오징어 다리만을 공급하시는 이유는 섬에서 벌어지는 기적이 인간의 몫은 아니라는 뜻이겠지. 마치 짭짤한 나뭇가지를 씹는 느낌이었다. 그래도 거북이들이 누리는 기적을 질투해서는 안 돼. 섬에 불시착한 사람은 쟤들이 아니라 우리라니까. 기적을 조금이나마 가져다 쓰는 일에 만족해야지. 만담을 주고받았다. 오징어 다리로 할 수 있는 재밌는 놀이가 없을까.

청키와 팽키는 원통 안에 꽂은 오징어 다리를 뽑으며 하루의 운세를 점쳤다. 섬의 하루하루가 지난 하루하루와 동일했기 때문에 빨판의 모양으로 행운과 불행을 추첨하는 일은 따분한 소일거리에 지나지 않았다. 삭막한 바위섬에서 내다보는 수평선은 온화하고 잔잔했으며 그만큼 단조로웠다. 매일이 수영하기 좋게 맑은 날씨였다. 그러나 물놀이도 금세 귀찮아지고 말았다. 영원한 무지개가 마음을 홀렸지만 때때로 무지개가 바위섬을 채색했어야 할 다채로운 빛깔을 빼앗은 양 원망스럽게 여겨지는 순간이 있었다. 채도가 선명했음에도 실속이 없었다. 모델하우스 내벽에 걸려 있는 겉만 번드

르르한 복제화처럼. 영원한 무지개는 어느새 그들의 둔감한 시야에 항상 존재해 별로 특별할 것이 없는 배경이 되어 있었다.

이때 자이로스코프호는 섬의 육지로 올라와 있었다. 선박을 해안으로 운송할 방법이 없었기에 출항은 불가능했다. 쌍둥이는 종종 자신들이 천국에 와 있다고 생각했다. 그러나 짓궂게도 이곳은 인간들의 천국이 아닌 거북이들의 천국인 듯했다. 하늘 시스템의 행정적인 오류로 말미암아 인간들의 천국이 아닌 거북이들의 천국에서 영생을 보장받고 말았던 것이다. 이왕 이방인의 신세를 면치 못할 거 차라리 이곳이 생쥐들의 천국이었다면 상황의 부조리함을 쉽게 받아들일 수 있었을 텐데. 악동 같은 생쥐들을 뒷바라지하며 자발적인 하인으로서 자질구레한 가사 노동에 종사하느라 지루할 여유가 없었을 것이다. 쌍둥이는 임박한 폭풍을 감지해 뱃머리에 모여 구슬프게 찍찍거리던 생쥐들의 모습을 기억했다. 끝내 생쥐들에게 보은할 기회를 얻지 못했던 것이 서글픈 미련으로 남았다. 바위섬 한가운데 성곽처럼 육중하게 세워진 자이로스코프호는 새로 건조된 양 멀쩡하고 튼튼했다. 내부의 정리 정돈을 마친 듯 내란의 흔적 또한 깔끔하게 청소되어 있었다. 기름칠한 바닥에는 윤기가 돌았다. 비유컨대 하느님이 침몰한 자이로스코프호의 이데아를 통째로 건져 바위섬 한가운데에 내려놓은 듯했다. 조이스틱으로 악력이 모자란 집게발 크레인을 움직여 인형 뽑기 기계 안에 처박힌 모형 범선을 구조하거나 말거나. 하느님을 모독하려는 것도 아닌데 이런 우스운 이미지가 떠오르고 만다.

*

쌍둥이는 자이로스코프호의 선창에 드러누워 쏟아지는 별빛을 감상했다. 밤하늘의 별자리들을 하나씩 식별했다. 항해는 밤하늘에 총총히 박혀 선박을 보살피는 신성한 동물들을 따라가는 여행이다.

황도대의 제왕인 사자자리에서 가장 밝게 빛나는 항성인 레굴루스는 지구에서 79광년 떨어진 거리에 위치한다. 홑별처럼 보이지만 사실 분광쌍성이다. 사자자리 인간들은 반드시 스스로를 사칭하는 분신이나 저급한 도플갱어를 갖게 된다고 한다. 「왕자와 거지」 우화는 사자자리 인간들의 희극적인 숙명을 반영하는 알레고리로 널리 알려져 있다. 사자자리에 속한 대표적인 인물인 나폴레옹 보나파르트 또한 훗날 나폴레옹 3세라는 형편없는 도플갱어를 통해 스스로의 굴욕을 반복하지 않았는가. 사자자리의 수호성은 태양이다. 사자자리 인간들은 자신의 네이털 차트에서 태양이 어느 하우스에 들었는지를 주목해서 살펴야 하는데, 사자자리인 쌍둥이의 네이털 차트에서 태양은 물병자리가 관할하는 여섯번째 하우스에 들어 있다. 물병자리의 수호성은 토성이고, 토성이 수호성인 염소자리와 물병자리는 사자자리의 태양과 대극을 이루며 서로 불화한다. 아울러 여섯번째 하우스와 열두번째 하우스는 하강과 비밀, 고독과 죽음의 하우스이다. 점성술사들은 이구동성으로 청키와 팽키의 태양이 익사했다고 말한다.

청키와 팽키는 이 별자리들 사이에 가변적인 선분들을 도입한다. 오징어 다리에 곁들이면 더욱 고소한 심심풀이 땅콩이다. 사자자리와 염소자리와 뱀자리의 매듭을 해산하고 고립되어 떠다니는 항성들을 서로 가로질러 연결하면 사자의 머리, 염소의 몸통, 뱀의 꼬리를 가진 키메라가 탄생하는 식이다. 똑같은 원리로 생쥐자리나 거북이자리, 너구리자리나 일각수자리를 구획해 항해의 지침으로 삼아도 제 운명을 거스르거나 황도대의 엄숙한 별들에게 뿅망치를 얻어맞지 않는다. 얼마든지 그곳으로 나아가도 괜찮다. 쌍둥이가 밤하늘을 향해 투사하는 혼천의의 시뮬라크르 속에서 사자자리는 생쥐자리와 거북이자리로 나누어질 수 있다. 나눗셈이야말로 몽상의 초심자들이 가장 먼저 습득하는 기교이기도 하니까. 이때 쌍둥이에 의해 작성될 가짜 별자리들의 수호성이란 태양계를 농구공 모양으로 에워싼 가상의 천체 집단인 오르트 구름 속에 있는 작은 얼음 알갱이들인지도 모른다. 창백하게 반짝이는 은빛 땅콩들. 오르트 구름은 태양계로 날아오는 장주기 혜성들의 근원지인데, 부유하는 먼지, 운석들, 파편화된 얼음 알갱이들이 그곳의 주민이라고 한다. 태양계가 생성될 당시 바깥으로 떠밀린 소규모의 천체들이 카이퍼 벨트 외곽에 자욱하게 모여 태양계의 변방을 운영하고 있다는 것이다. 청키와 팽키는 와글거리는 가짜 별자리들에 파묻혀 잠이 든다. 다음 날 밤에는 자신들이 뜨개질한 별자리들을 전혀 구별하지 못하게 된다.

*

클로이는 깃털 여섯 개를 소모한 끝에 갈라파고스제도의 해안에 도착할 수 있었다. 쉬지 않고 날개를 퍼덕였다. 여섯 개의 깃털은 이 소설 속에 이미 구현되었던 것처럼 저마다의 환상적인 역할을 수행했으며, 미로 속으로, 숲과 바다로, 미스터리 스마일의 유년 시절을 향해 내려앉으며 그곳에 꿈결 같은 파문을 일으켰다. 이 깃털들을 지표로 생성되는 루트가 미스터리 스마일에게 부쳐지는 클로이의 궤적인 셈이었다. 클로이는 장시간 공중을 비행했기에 아주 지쳐 있었다. 폭풍우 속을 통과할 때는 정말이지 끔찍했다. 매서운 빗방울들이 허우적거리는 날갯죽지에 총질을 하는 듯했다. 클로이는 섬에 내려앉자마자 금세 기절하고 말았다. 안도감으로 긴장의 끈을 놓아버린 탓이었다.

쌍둥이는 섬을 산책하다 한 늙은 거북이의 등딱지 위에 누워 부들거리는 클로이를 발견했다. 공해에 찌든 비둘기처럼 꾀죄죄하며 누추한 몸뚱이였다. 클로이의 날갯죽지를 수려하게 색칠했던 물감 또한 폭우에 용해되어 추레하고 볼품없는 잿빛이었다. 쌍둥이는 쇠약해진 클로이를 조심스레 보듬어 선박 안으로 데려갔다. 담요를 덮었다. 미음을 떠먹이고 따뜻한 입김을 불어 넣으며 체온을 덥혔다. 얼마 후 클로이는 기력을 회복했다. 비록 깃털의 빛깔은 탈색된 그대로였지만 지금까지의 모험을 정당하게 평가받길 원하듯 쌍둥이가 제작한 간이 횃대 위에 앉아 모가지를 의젓하게 쳐들고 있었다. 늠름해 보였으며 그간 스스로가 하늘에서 그렸던 궤적에 대한 굳센 확신이 느껴졌다.

미스터리 스마일을 기다리는 동안엔 뭘 해도 상관없었다. 클로이는 자신을 예뻐하는 청키와 팽키를 위해 미스터리 스마일의 코미디 대본을 낭독하기로 했다. 성조를 교체하며 다채롭게 지저귀는 앵무새의 목소리에 내포된 의미는 하나도 알아먹지 못했지만 어쨌든 쌍둥이는 거기서 음성적으로 반복되는 어떤 언어의 잔해 같은 것들을 솎아낼 수는 있었다. 앵무새가 날아온 수평선 너머에서 송달된 칵칵거리는 소음이나 낯설게 분절되는 발음들, 사전도 없거니와 통역의 방법도 전혀 개발되지 않은 떠들썩한 지저귐이었다. 쌍둥이는 앵무새의 목소리를 따라 발음하기 시작했다. 혀끝이 앞니를 생경하게 건드렸다. 음절은 미끄덩하게 입천장을 자맥질하다

한 호흡에 목젖 안쪽으로 불쑥 삼켜지는 듯했다. 아마 이 앵무새는 기상천외한 언어를 구사하는 부족이나 국가에서 생활했던 모양이었다. 달아나거나 위축되지 않고 친숙하게 인간의 손을 타는 것으로 미루어 짐작할 때 그 부족이나 국가에도 앵무새를 아끼고 사랑하는 자신들과 같은 인간이 존재했던 모양이었다. 청키와 팽키는 언어의 잔해들을 입속으로 굴리며 시간을 때웠다. 어정쩡한 서로의 입술을 바라보며 키득거렸다. 수업도 아니었는데 배울 잔해들이 산더미였다. 클로이는 굳이 교정하거나 해독하지 않아도 신선하게 발음할 수 있는 휘파람들을 전수했다. 틀리게 배열할 염려가 없는 지식, 입술 위를 간지럽게 배회하다 허물어지는 모래성 같은 즐거움이었다.

*

가증스러운 잠수사 녀석들과도 곧 끝장이 날 듯하다. 결백한 척 오리발을 내미는 잠수사 녀석들을 참아주는 것도 진절머리가 난다. 한바탕 욕설을 퍼붓고 싶지만 잠수사 녀석들에겐 모국어 욕설이 통하지 않는다. 비속어를 입력하면 번역기는 먹통이 된다. 번역 결과가 없다고 뜨는데, 내 천박한 언어따윈 번역할 가치도 없다는 말처럼 들려 정치적 올바름을 가장하는 번역기를 향해서도 한바탕 욕설을 퍼붓게 된다. 모국어 욕설만큼 단숨에 모멸적인 효과를 환기할 외국어 욕설에 능통하지 못하다는 사실이 억울하다. 만약 외국어로 욕을 한다면 녀석들은 마치 교과서를 낭독하듯 어눌하고 소심한 어조로 재롱을 부리고 있는 것만 같은 내 말씨에 폭소를 터뜨릴 것이다. 증오와 배신감으로 달궈진 쇠꼬챙이로 잠수사 녀석들의 귓구멍을 쑤셔야 하는데 말은 녀석들에게 도달하지 못한다.

심판의 날이었다. 잠수사 녀석들의 교활한 음모를 파헤친 직후엔 분노를 금할 길이 없었다. 타고난 맥주병이 아니었다면 벌써 바다에 입수해 보물을 손아귀에 넣었을 텐데. 농락을 당해도 정도를 초과했고, 이제 녀석들을 해고하고 고발하는 일만이 나의 의무였다. 곱슬머리 잠수사 녀석의 경우 참회한 뒤 정신을 차리고 내게 순종하며 용서를 구한다면 아량을 베풀 마음도 있다. 다른 잠수사 녀석들은 국물도 없다. 세상이 녀석들의 모략에 걸려들 정도로 호락호락하지 않다는 것, 지구 끝까지 따라가 복수하는 사람도 있다는 것을 입증하고 말겠다. 보트에 탑승해 보물선의 수몰 지점에 다다른 뒤 바닷속을 향해 삿대질하며 길길이 날뛰었다. 네놈들이 설치한 음모와 함정은 애들 장난만도 못해. 공들인 속임수가 통째로 까발려진 기분이 어때? 날 눈먼 장님 취급한 대가를 톡톡히 치르게 될 거야. 모든 수단과 방법을 동원해 네놈들의 삶을 망가뜨릴 거란 얘기야. 보물은 내 거야. 보물선의 진정한 주인은 나란 말이야. 욕을 섞어 신나게 막말을 지껄였지만 내 말은 녀석들에게 전해지지 않으리라. 이럴 땐 언어적 장벽이 퍽 유용하다는 생각이 든다. 오늘 일정이 끝나면 해고 통지를 발송하고 녀석들과의 악연을 끊어낼 작정이다. 각오해. 자연재해를 능가하는 재난이 네놈들을 항상 추적할 테고 그 재난의 주재자는 바로 나니까.

그런데 잠수사 녀석들의 반응이 어딘가 살벌하다. 평소엔 아무리 소리쳐도 귀나 후비고 태평하게 하품이나 하던 녀석들이 오늘은 석상처럼 일제히 고개를 돌려 나를 바라본다. 나, 그래, 녀석들이 바라보는 사람이 바로 나다. 나, 보물선을 찾는 사람, 보물선의 역사를 속속들이 알고 있으며 보물선으로 향하는 항로를 처음으로 개척한 사람, 내 이야기 속에 보물이 파묻혀 있는데, 나, 일인칭, 벌거벗은 나, 때로는 누군가가 황금을 꺼내 가져가기도 하고 때로는 누군가가 똥 같은 것을 꺼내 가져가기도 하는, 자기들 멋대로, 내게는 언제나 중요하지만 남들에게는 중요한 말을 할 때만 중요할 따름인 바로 이것. 곱슬머리 잠수사 녀석이 비척거리는 발을 끌며 내 곁으로 다가오네. 양팔을 펼친다. 우리는 포옹하지. 잠깐, 잠깐…… 이거 꿈이야 생시야? 녀석의 가슴팍에서 풍기는 향기로운 체취를 들이마신다. 너도 내 마음을 간파하고 있었구나. 우리는 우리를 내버려둔다. 내 몸뚱이를 에둘러 압박하는 곱슬머리 잠수사 녀석의 대담한 박력에 심취한다. 그래, 그래…… 절대 떨어지지 않을 거야. 나도 널 좋아한단 말이야. 다른 잠수사 녀석들이 우리를 향해 종이꽃을 투척하네. 이건 무슨 이벤트인가?

다음 순간 곱슬머리 잠수사 녀석이 내 다리를 걸어 넘어뜨리고, 아뿔싸…… 나를 끌어안은 채 보트 너머로 몸을 던지는데, 기우뚱…… 어어…… 제발 그러지 마, 나는 수영에 젬병이란 말이야! 악을 쓰면서 곱슬머리 잠수사 녀석의 등짝에 들러붙지. 곱슬머리 잠수사 녀석은 바다로 추락해 속절없이 다급해지는 내 팔을 유려하게 뿌리치며 보트를 향해 되돌아가네. 나를 봄비 때문에 떨어져 뭉그러진 목련 꽃잎 같은 색종이들 사이에 버려두고 말이야. 그러면 나는 어떻게 되는 거지? 어떻게 되긴 뭘 어떻게 돼. 수중 탈출 마술에 실패해 자신이 설계한 속임수 속에서 죽어가는 마술사가 되는 거지.

잠수사 녀석들이 보트 위에서 나를 방관하네. 생긋 입꼬리를 올린 채 시시덕거리며 파도에 따귀를 맞아 철썩거리는 내 혼탁한 시야를 빤히 내려다보네. 나를 구출할 능력도 없는 자식들이, 상반신이 구릿빛으로 그을린 무능한 요괴 같은 자식들이 보트로 올라온 곱슬머리 잠수사 녀석과 하이파이브를 나누네. 쾌재를 부르고 싶은가 봐. 나는 실연하네. 첨벙거리며 물장구를 치고 있지. 비강이 맵고 얼얼해. 이것이 나야. 몸을 비틀수록 발목을 잡아끄는 추의 무게가 커지는 것. 이것이 나지. 아무리 헤엄쳐도 아래로 고꾸라지는 어떤 경향.

밀려오는 거품이 와르르 허물어지는 픽셀들 같네. 어린 시절 문방구 앞에서 '부글부글'이라는 이름의 비디오게임을 했어. 저주에 걸린 초록 공룡과 분홍 공룡이 나룻배를 타고 각종 미지의 섬을 여행하고 다니는 내용이었지. 초록 공룡과 분홍 공룡은 저주에서 풀려나 인간이 되고 싶었단다. 공룡의 입에서 발사한 공기 방울로 섬의 괴물들을 물리치고, 괴물이 들어 있는 공기 방울을 터뜨리면 괴물이 사망하며 점수를 획득할 수 있는 아이템을 주었지. 내가 했던 부글부글이 '보글보글'이라는 게임을 표절했다는 사실을 나중에야 알았어. 그런데 오늘은 내가 부글부글을 표절하고 있네. 내가 부글부글의 해적판이기 때문이거든. 이 복제된 도피처, 보글보글을 날조한 부글부글의 가짜, 부글부글에서나 가능할 허접스러운 환상을 절도해 지금 꼬르륵 침몰하는 내가 아직도 말을 계속할 수 있는 여분의 자리를 확보했기 때문이거든.

나는 보물선을 향해 잠수하고 있어. 공기 방울이 나를 보호하고 있네. 우주 공간이나 무중력 속을 유영하는 느낌이야. 수압은 전혀 느껴지지 않네. 둥실 떠가는 부글부글을 힐끔 쳐다보고 가는 열대어들. 나는 심해에 관한 데이터를 방대하게 축적하고 있어. 바닷속의 지형이야 내게 눈 감아도 뻔하지. 그러니까 나는 조난된 게 아니지. 한 번도 탐험하지 못한 영역, 트릭의 바깥, 잠수사 녀석들이 은닉한 블랙박스를 향해 하강하고 있는 거지. 공기 방울을 타고, 과밀하게 들끓던 혼란의 저지대를 향해, 항해 지도를 침식하던 기호의 바다, 매양 공치기 일쑤였던 탐색의 연대기 아래로, 그러니까 마이너스의 바다, 기하급수적으로 깊어지는 제로 아래의 바다를 탐험하지. 실재하는 것뿐인 심해에서 보물선을 찾는 사람들을 괴롭히던 공황이나 좌절은 별세계 이야기야. 밑바닥이 발을 딛고 있는 지상인 줄로만 알았는데 실은 아무리 다리를 잠방거려도 닿지 못할 만큼 머나먼 곳이었다니. 모든 루트를 소거한 끝에 착지한 영점이 실은 제한 없이 낙하하는 공기 방울 속의 나였다니. 해수면에서 산란된 빛이 해파리처럼 춤추네. 암흑 속에서 먼지구름이 치미네. 잠수사 녀석들의 비웃음이 귓가를 배회하네. 꺼져버려라, 꺼져버려라. 공기 방울은 회전하는 거인의 자이로스코프를 향해 차츰 빨려들지. 나는 공기 방울에 안치된 채 수중의 흉가를 조사하네. 나는 내가 찾고자 했던 것들의 눈부신 후광 속으로 파묻히네. 내게 항해 지도가 있다면 이곳에 아무리 문질러 닦아도 지워지지 않을 붉은 엑스를 표시하겠네. 이제 나의 현재란 내가 간절히 원했던 것들의 밝혀지지 않는 불멸이라네. 그렇게 찰나의 시간이 지나고 부글부글에서 훔친 투명한 공기의 막이 깨지는 순간 나는 아무것도 아니게 된다. 쿵 다음엔 연이어 쿵. 내가 들이마실 마지막 콧물의 짜고 비린 맛.

미스터리 스마일은 공연장 지하에서 기억에는 없는 보물 상자 하나를 발견했다. 아래로 이어지던 통로가 막혀 있었다. 미스터리 스마일이 지어냈던 이야기들의 원형이 이 보물 상자 안에 보관되어 있었다. 그러나 미스터리 스마일은 보물 상자의 존재를 오랫동안 의식의 밑바닥에 유기했던 참이었다. 곧 망각의 봉인이 풀리고, 미스터리 스마일은 자신이 찾지 않았던 시간 동안 퇴락한 채 영생을 구가하던 과거의 허구와 접촉할 예정이었다. 닫힌 보물 상자 안의 하늘이 갈라지기 시작했다. 자이로스코프호의 조망대에 올라앉아 있던 클로이가 잽싸게 날개를 짓치며 갈라진 하늘 위로 비상했다. 별자리들이 수놓아진 반원형의 천구가 절반으로 쪼개지고 그 틈새로 밤보다 짙은 어둠이 몰려들었다. 망루에서 별빛을 관람하던 청키와 팽키는 뜨악한 상태였다. 선실로 피신하기 위해 황급히 사닥다리 아래로 기어 내려갔다.

미스터리 스마일이 보물 상자를 개방하자마자, 마치 용수철 해골이나 잘린 손목이 튀어나오는 '깜짝 상자'처럼, 푸드덕거리는 클로이가 보물 상자 밖으로 솟구쳐 올라왔다. 클로이는 반가움에 겨워 미스터리 스마일의 뺨에 머리를 비볐다. 그것 봐. 내가 찾겠다고 했잖아. 그렇게 말하듯 거드름을 피우며 뿌듯해했다. 미스터리 스마일도 보물 상자 밖으로 뛰쳐나온 클로이 때문에 많이 놀랐지만 앞서 언급했듯 그는 클로이라면 뭐든 쉽게 납득하는 사람이었다. 눈높이에서 폴짝거리는 클로이를 위해 팔꿈치를 굽혀 내주었고, 팔꿈치 위로 도약한 클로이의 날갯죽지를 어루만지며 감격스러운 해후를 나눴다. 그렇게 재회의 마음을 교환한 두 친구는 보물 상자 안에 멎어 있는 과거의 이야기를 살펴보기로 했다. 이 소설에 등장했던 유치한 소도구들이 보물 상자 안쪽에 번잡스레 뒤엉켜 있었는데, 개중 미스터리 스마일이 특별히 애지중지했던 장난감은 자이로스코프호의 미니어처와 깡통 거인상이었다.

이내 미스터리 스마일은 당혹스러운 기분을 느꼈다. 장난감들 사이를 연결해 꾸며냈던 과거의 이야기들을 도무지 회상할 수 없었기 때문이다. 어린 시절의 황당무계한 허구 속에서 우정과 갈등, 비애와 죽음, 재생과 환희를 되풀이하며 무대 위를 종횡무진 활동하던 배역들이었음에도 그들에게 생명력을 불어넣은 이야기가 삭제되어 있었다. 보물을 되찾은 것은 사실이었다. 그러나 이 보물들이 각자 어떤 이야기를 품고 있었는지, 당시에 적절하게 끝맺거나 매듭짓지 못한 이야기가 무엇이었는지 떠오르지 않았다. 정말 어려운 것은 보물을 찾는 일이 아니라 보물들 사이에 성립했던 충만한 결속을 발굴하는 일이었다. 근거가 미미했기에 더욱 고집스러워지는 애착이 상자 속의 잡동사니들을 보물로 승격시키고는 있었지만 그들을 움직이던 과거의 이야기를 상기하지 못한다면 상자 속의 보물이란 해묵은 좀약 냄새를 풍기는 폐품과 중고품의 집합체와 하등 다를 것이 없었다. 미스터리 스마일은 왼손에 녹슨 깡통 거인상을, 오른손에 나무 곰팡이가 핀 자이로스코프호의 미니어처를 움켜쥐고 둘을 번갈아 골똘히 쳐다보았다. 보물 상자 안에는 각종 동물 피규어, 장난감 메달, 요술봉과 뿅망치, 퍼즐 큐브나 트럼프 카드 따위가 혼잡하게 널려 있었다.

이때 클로이, 그가 보물 상자를 열기 직전까지 그 동물 피규어들 가운데 하나로 스스로를 위장하고 있었던 클로이는 미스터리 스마일의 과거를 거슬러 나타난 앵무새였다. 미스터리 스마일에게로 이르는 서술의 길목마다 클로이의 깃털들이 떨어져 있었다. 때문에 클로이는 망각한 이야기가 상세하게 적혀 있는 이 소설을 미스터리 스마일에게 돌이켜 암송할 수 있었다. 미스터리 스마일은 지저귀는 클로이의 목소리에 귀를 기울였다. 클로이가 미스터리 스마일의 이야기를 반복할 때 리코딩 테이프나 영사기의 롤링처럼 기억의 팽이가 회전하기 시작했다. 그리하여 클로이가 되찾았던 건 미스터리 스마일의 현재만이 아니었다. 실종된 과거 전체가 클로이의 메아리 속에서 함께 공명했기 때문이다. 미스터리 스마일은 어지러운 보물들 사이에서 스페이드 모양의 놋쇠 토큰을 집었다. 깡통 거인상의 등에 꽂고 태엽을 천천히 되감았다.

거인의 자이로스코프는 열쇠 구멍에 놋쇠 토큰을 삽입해 작동시키는 조악한 태엽 장치였다. 당시의 발명왕 키트에 간략한 조립법과 함께 들어 있었던 정교하지 못한 장난감인 까닭이었다.

미스터리 스마일은 깡통 거인상에 귀를 대고 딸깍거리는 소리를 들었다. 토큰이 돌아간 횟수를 헤아렸다. 너무 많거나 적게 감아도 깡통 거인상은 앞으로 벌어질 이야기에서 제 역할을 소화하지 못할 것이다. 태엽 장치 내부의 금속 팽이는 이야기를 초과해 질주해서도, 맥없이 비틀거리며 쓰러져서도 제 임무를 완수하지 못한다. 그러니까 적당한 만큼만 중력을 거슬러야 했다. 에너지는 아슬아슬한 만큼이어야 했고, 깡통 거인이 섣불리 미래를 향해 달려 나가거나 현재에 도달하지 못하고 움직임을 정지하지 않을 만큼이어야 했다. 거인의 자이로스코프 안에는 나선형으로 휘감긴 무지갯빛 스프링이 있었다. 한계까지 탄성을 축적한 스프링을 무리해서 조이려고 하면 태엽 장치가 헛돌며 망가지는 경우도 부지기수였다. 이윽고 미스터리 스마일이 토큰에서 손을 뗐을 때 무지갯빛 스프링이 풀리며 가동된 일곱 개의 톱니바퀴가 맞물려 굴러갔다. 까칠득거리는 마찰음과 함께 등에 박힌 토큰이 시계 반대 방향으로 회전했다. 바위섬의 자이로스코프호가 덜컹거리며 허공으로 부상했다. 청키와 팽키는 또다시 하느님이 조화를 부리나 싶어 하늘을 올려다보았다. 갈라진 하늘의 요지경 같은 틈새에서 앵무새 한 마리가 모가지를 굽어 빼고 보물 상자 안쪽의 세계를 조망했다. 벌레 크기로 줄어든 쌍둥이는 공포와 경외 때문에 기절초풍할 지경이었다. 쌍둥이의 제한된 관념 속에서 클로이는 앵무새의 탈을 쓴 하느님, 앵무새를 시늉하는 하느님이었다.

아래에서는 지면에 발을 디딘 깡통 거인이 자이로스코프 호를 등에 짊어지고 섬의 해안을 향해 전진하는 중이었다. 깡통 거인의 걸음걸이는 자연스럽거나 믿음직하지 못했는데, 절름거리듯 양발을 험난하게 지면으로 가져갔고, 자칫하면 평형을 잃고 나동그라질 수도 있었으므로 미스터리 스마일은 마음을 졸이며, 그것이 모방하는 인간의 보행에 비해 엉성하고 보잘것없는 헛발질에 불과한 깡통 거인의 걸음마를 응원했다. 턱을 앙다문 채 집요하고 과묵한 표정을 짓고 있는 깡통 거인의 얼굴은 당연하게도 속을 비운 꽁치 통조림이었다. 모스 신호 같은 기계적인 딸깍거림 사이에 실로폰의 탁한 레, 혹은 날카로운 솔이 미스터리 스마일의 귀를 잡아끌었다. 예전에는 오르골 기능이 있었던 듯했지만 지금은 축음기가 손상되어 음향 대부분을 소실한 듯했다. 클로이가 걸걸하고 까불거리는 듯한 목소리로 나머지 다섯 음계를 벌충했다. 익숙한 멜로디였다. 낡은 마루의 키다리 시계는 할아버지의 옛날 시계. 이제는 가지 않네. 할아버지의 기쁨과 슬픔을 함께한 보물처럼 아끼던 시계. 이제는 들리지 않는 소리로만 시간을 얘기한다네. 자이로스코프호가 삐거덕거리는 깡통 거인의 어깻죽지에서 위태롭게 넘실거렸다. 미스터리 스마일은 지금 다른 누구도 아닌 이 장난감 세계의 전능하지 못한 공학을 책임지는 사람이었다. 그런 작위적인 손길과 마술 같은 개입이 허락된 공간이란 이 장난감 세계가 유일했기에 이곳에서만큼은 책임을 회피하지 않을 작정이었다. 깡통 거인은 섬의 해안가에 다다라서도 걸음을 멈추지 않았다. 망설임 없이 입수해 바닷속으로 나아갔다. 깡통 거인의 무릎까지 철썩거리는 바닷물이 차올랐다.

*

이른 아침이었다. 여명에 물든 깡통 거인의 뒷모습이 차츰 작아져갔다. 깡통 거인은 자이로스코프호를 머리에 이고 바다를 건너려는 듯했다. 그러나 깡통 거인의 키보다 수심의 깊이가 까마득했다. 가슴팍까지 밀물이 침범했다. 거친 파도를 우직하고 필사적으로 거스르던 깡통 거인은 앞서가는 걸음만큼 서서히 가라앉았다. 물보라에 휩쓸린 암초나 빙산의 일각처럼 머리통만을 식별할 수 있을 따름이었다. 밑바닥의 경사가 급격하게 기울어졌다. 깡통 거인은 짊어지고 있던 자이로스코프호를 해수면 위로 부드럽고 홀가분하게 밀어냈다. 몇 걸음 더 이동했다. 광활한 바다가 깡통 거인의 몸뚱이를 잠식했다. 골짜기에 발을 헛디딘 깡통 거인은 졸지에 바닷속으로 고꾸라졌다. 버둥거리듯 융기하는 흙탕물을 몇 차례 걷어차다 홀연히 작동을 정지했다. 태엽 장치에 비축된 에너지가 소진된 모양이었다.

쌍둥이는 수류탄을 피하는 자세로 선창에 웅크려 있었다. 자이로스코프호는 섬에서 수십 킬로미터 떨어진 바다로 나와 있었다. 쌍둥이는 정탐하듯 슬쩍 머리를 들고 주변을 곁눈질했다. 상황을 파악한 뒤 허겁지겁 자리에서 일어났다. 돛을 내렸다. 순풍이 타이밍 좋게 불며 자이로스코프호의 출항을 견인했다. 자이로스코프호가 바다 위를 순조롭게 행진하기 시작했다. 노를 젓지 않았음에도 항적이 경쾌하고 신속했으니 자이로스코프호 내부에도 태엽을 충분히 감은 거인의 자이로스코프가 탑재되어 있는지도 몰랐다.

피어오른 뭉게구름이 갈라진 하늘의 틈새를 뒤덮었다. 자이로스코프호는 마치 그곳이 결승선인 양 수평선에 걸린 영원한 무지개의 아치형 궁륭 아래로 나아갔다. 선원용 베레모가 몰아치는 맞바람에 벗겨졌고, 그러나 쌍둥이는 공중으로 떠나가는 베레모를 붙잡기 위해 뜀박질을 하며 경솔하게 출렁거리지 않았다. 제자리에 우두커니 서서 상쾌한 바닷바람을 만끽했다. 오래지 않아 무지개는 멀리까지 뒷걸음질했고 궁륭이 있던 자리에는 푸른 섬의 능선이 나타났다. 그 섬은 두번째 무인도일 수도 있었고, 운이 좋다면 상냥하고 친절한 섬의 주민들이 청키와 팽키를 환대할 수도 있었겠지만, 운이 나쁘다면 생소한 범선의 출현에 겁먹은 원주민들이 입항을 거부하며 작살이나 돌멩이를 투척할 수도 있었다. 감사의 뜻을 전달하거나 환심을 사려면 원주민들에게 증여할 선물이나 진상품이 필요할 텐데, 자이로스코프호에 실린 어떤 물건이 그들을 매료시킬 수 있을까? 어떤 물건으로도 원주민들의 마음을 사로잡지 못한다면 보물들이 과적된 자이로스코프호 또한 궁색하고 가난한 함선일 뿐이었다.

클로이가 뭉게구름을 꿰뚫고 선상의 하늘로 강림했다. 이때 클로이는 일곱 빛깔의 꽃잎으로 휘감겨 장식된 모조 튤립 한 송이를 물고 있었다. 자이로스코프호 주위에서 공중제비를 돌다 선창으로 활강해 마술 공연의 관객인 청키와 팽키에게 그 모조 튤립을 하사했다. 쌍둥이는 방금까지 분명 하느님이었던 앵무새를 어리둥절하게 영접했다. 각기 검지를 제 턱밑에서 까딱거리며, 이 모조 튤립의 주인이 자신인지, 아니면 옆에 멀뚱멀뚱하게 서 있는 이 도플갱어 자식인지를 몸짓으로 되물었다. 기분이 언짢아진 클로이가 모조 튤립을 압수하려 하자 그제야 쌍둥이는 다급하게 어깨동무를 하며 손사래를 쳤다. 우리 진짜 친해요. 천국에서도 지옥에서도 살아 돌아온 역전의 콤비라고요. 그러니까 주실 축복은 공평하게 둘로 나눠 가질게요. 우리 둘 중에 먼저 태어난 사람은 있지만 위계나 서열 같은 건 원래부터 존재하지 않거든요. 수평선의 영원한 무지개가 차츰 희미해졌다. 내리쬐는 햇볕은 공중에 분포하는 수만 개의 물방울 입자를 만나 굴절된다. 빠르고 다이내믹하게, 혹은 느리고 유유자적하게 대기를 뒹구는 수만 개의 물방울 모두가 빛을 연주하는 마이크로 세계의 프리즘이며, 빛은 물방울들을 통과한 입사각과 반사각에 걸맞게 제 분화된 스펙트럼을 실험하거나 조율하면서 하늘의 스크린 위에 그들이 함께 연출한 공동의 환영인 아름다운 무지개를 영사한다. 그러므로 무지개가 소멸하는 동안 무지개를 사출하던 수만 개의 물방울 입자도 함께 증발하고 있는 것이었다.

클로이가 뭉게구름 속으로 되돌아갔다. 미스터리 스마일이 보물 상자를 닫았고, 이제부터 청키와 팽키는 누구에게도 보호받지 못할 것이었다. 그러나 닫힌 보물 상자 안에서도 자이로스코프호의 돛이 순풍을 머금고 의기양양하게 부풀어 올랐으므로, 쌍둥이는 뭉게구름을 향해 한쪽 엄지를 치켜들며 앵무새로 의태한 하느님의 묘기에 진심으로 경탄했다. 청키와 팽키는 새로운 항해 소설의 두 주인공이 되어 있었다. 미래를 근심하거나 근심하지 않는 사이 어디로든 도착하는 항해 소설. 꿈에서 깨면 꿈속의 인물들은 어디로 가나. 어디로도 가지 않고 그들만의 이야기를 계속할 것이다. 미스터리 스마일은 보물 상자를 지하에 내버려둔 채 지상으로 향하는 통로를 기어올랐다. 팔꿈치에 올라앉은 클로이를 쓰다듬었다. 엘리베이터에 탑승해 레버를 당기자 도르래가 그들을 무대 위로 인도했다. 무대와 객석이 횡뎅그렁하게 비어 있었다. 미스터리 스마일은 호주머니에서 살구를 꺼냈다. 바지에 문질러 닦은 뒤 그것을 반쪽으로 쪼갰다. 클로이가 노란 과육을 정신없이 쪼아 먹었다. 미스터리 스마일이 나머지 반쪽을 깨물며 말했다. 배가 고팠구나. 미스터리 스마일은 클로이에게 배가 고팠냐고 물은 것이었지만 어쩐지 그 물음 자체가 미스터리 스마일 자신이 클로이에게 듣고 싶었던 물음이자 대답이라는 생각이 들었다. 배가 고팠구나. 클로이가 거의 동시에 화답했다.

깡통 거인은 캄캄한 보물 상자 속의 심해에 잠들어 있었다. 이끼와 산호초가 드러누운 깡통 거인의 몸뚱이를 점령하며 울창해졌다. 이끼와 산호초는 다 열거하지 못할 만큼의 무수한 해양 생물을 양육했다. 대륙붕은 코, 대륙사면은 턱, 해구는 배꼽, 구릉은 무릎. 그러나 번식한 이끼와 산호초의 위장막 덕분에 해저 세계의 독특한 지형이 실은 유해가 된 깡통 거인의 몸뚱이라는 사실은 밝혀지지 않았다. 깡통 거인은 수중의 환경과 거의 유사해졌다. 영겁의 시간이 지나도록 깡통 거인은 깨어나지 않았는데, 바다 아래 결박된 채 자신의 몸뚱이를 이끼와 산호초에게 공여하는 어떤 불능 상태가, 또한 제 몸뚱이 위로 부지런하게 자생하고 생동하는 해양 생물들의 넉넉한 지평이자 배경으로 진화하는 중이라는 사실을 알고 있었기 때문이다. 해양 생물들의 풍요로운 속삭임과 간질임 속에서 인내하며 영면하는 일. 사물의 신비는 언제나 사물들이 인간보다 현명하게 사유한다는 것을 보여준다. 깡통 거인은 언제부턴가 무수한 해양 생물이 서식하는 너그러운 폐허가 되어 있었다. 돌고래들이 깡통 거인의 귓바퀴 주위를 둥글게 헤엄쳤다. 실없는 농담을 주고받았는데, 인간의 농담이 그러하듯 대개 그 주제란 제 마음대로 되지 않는 삶, 삶에 관한 재능과 지혜와 여유가 현저하게 뒤떨어지는 서로의 바보스러움을 위무하는 것이었다. 물론 매번 실없기만 하지는 않았다. 농담의 바통을 끝없이 교환하다 가끔 박장대소를 터뜨릴 만큼 즐거운 순간에 도달하는 경우도 있었다. 깡통 거인은 돌고래들의 초음파를 청취하며 꿈을 꿨다. 오대양 육대주가 그려진 비치 볼을 머리로 튀겼다. 자애로운 돌고래 공동체의 지느러미 칭찬, 지느러미 박수 속에서, 능청스레 드리블한 지구를 보트 위에 걸터앉은 잠수사 청년들에게 전달하는 아기 돌고래의 모습이었다.

*

익명의 해안, 흐린 날씨. 익명의 아이는 가족과 함께 바다를 구경하러 왔다. 가는 길에 운전석과 조수석이 소란스럽게 다투며 꽥꽥거리는 꼬락서니를 보아야 했지만, 익명의 아이는 곧 도착할 해변이 게임 속의 해변이나 환상 속의 해변처럼 아름다우리라 생각하고, 가지런하게 정돈된 모래사장, 잘게 부서져 반짝거리는 고운 모래알들을 상상하며 승용차 안의 분위기를 견뎠다. 운전석은 벌거벗은 사람들이 좀비 떼처럼 바글거리는 해수욕장으로 가는 건 자살 행위라고 말했다. 조수석은 이렇게 헤매다간 비좁고 에어컨도 고장 난 중고차 안에서 비명횡사할 것이 확실하다며 좀비라면 운전석의 얼굴이 가장 좀비 같다고 말했다. 닥쳐. 너나 닥쳐. 아이는 꼬리에 꼬리를 무는 운전석과 조수석의 말싸움을 무시한 채 이어폰을 끼고 유튜브를 시청했다. 영상 속의 무지갯빛 파라솔 아래서 익명의 아이와 비슷한 또래의 아이들이 부드러운 모래를 모종삽으로 다져 모래성을 쌓고 있었다.

그렇게 고생해서 당도한 해변은 아이의 기대를 처참하게 배반한다. 폐업한 뒤 철거가 예정된 구멍가게와 횟집이 인적 없는 해안에 즐비하게 늘어서 있다. 언젠가 해수욕장으로 개발할 계획이 있었지만 피서객의 감소로 무산되었고, 이제는 어민들이 사는 낙후된 촌락만이 드문드문 자리를 지키고 있을 따름이다. 녹슨 철조망 너머의 해변은 황량하고 스산하다. 조경을 관리하지도 모래를 교체하지도 않았기 때문에 자갈과 돌멩이와 조가비가 어수선하게 퇴적되어 맨발로 해변을 밟을 수조차 없다. 파손된 콘크리트 계단을 통과해 해변으로 나서니 광경은 더욱 을씨년스럽다. 해변은 방치된 부유물들과 무단 투기된 쓰레기들로 난장판이 되어 있다. 폐비닐, 짓뭉개진 종이컵, 썩은 장갑, 메마른 해초, 병뚜껑이나 검게 오염된 스티로폼 조각, 까뒤집힌 장화, 폭죽 껍데기, 낚싯바늘, 케이블 타이, 그을린 철사, 형광색 미끼 따위가 산발적인 형태로 널려 있다. 알루미늄 돗자리 주위에는 먹다 남긴 머릿고기, 깨진 술병, 사과 껍질, 재떨이, 부패한 컵라면, 일회용 접시와 윙윙거리는 초파리들이 치워지지 않은 채 고스란하다. 식은 팥죽 색깔의 바다에서 후텁지근한 악취가 풍긴다. 안개가 침침하게 내려앉은 수평선 안팎이 경계 없이 어스름하다. 아이가 버려진 해먹을 들춘다. 손톱 크기의 갯강구들이 음습한 그늘 속에서 굼지럭거리는데, 아이는 그만 깜짝 놀라 모래사장에 엉덩방아를 찧고 만다. 이렇게 더러운 거 함부로 만지지 말랬지. 얌전하게 놀아라. 조수석이 아이를 일으키며 짧고 단호하게 꾸짖는다.

쓰레기들 사이에서 영롱한 조약돌이나 특이하게 생긴 조가비를 발견하지만 그뿐이다. 아이는 울적하게 해안을 서성거린다. 갈매기들이 슬리퍼를 끌며 걸어가는 아이의 면전으로 사납게 날아오른다. 텃세를 부리듯 끼룩거리며 공중을 선회한다. 분해된 미시 세계의 쓰레기 분말들이 모래톱에 뒤섞여 있을 것이고, 만일 금속 탐지기라도 있었다면 해변을 뒤져 동전이나 쇠붙이 같은 유실물을 찾는 놀이라도 할 수 있을 텐데, 하지만 아이는 동전이나 쇠붙이 같은 걸 찾아서 대체 뭘 하겠나 싶은 냉소적인 생각들로 인해 그런 놀이에 몰입하지 못하는 편이고, 십 원짜리나 백 원짜리를 발견해 무구한 기쁨을 느낄 정도로 경제관념이 무르지도 않다. 땅을 파봐야 찌그러진 깡통이나 더 나오겠나. 운전석은 해변에 쭈그려 앉아 청승맞은 표정으로 담배를 피운다. 조수석은 바다를 멍하니 쳐다보다가 안개 저편으로 모습을 감춘 아이의 이름을 크게 외친다. 저 여기 있어요. 아이가 대답한다. 툴툴거리듯 모래를 걷어찬다. 모래톱 속에서 흉측한 납덩이가 비죽 튀어나온다.

아이는 해변을 대중없이 얼쩡거리며 떨어진 꽁초들을 줍는다. 스무 개만. 스무 개를 채운 다음 그것을 호주머니에 넣는다. 떫은 악취가 잔향으로 남은 손바닥을 코에 대고 킁킁거리며 냄새를 맡는다. 아이는 아직 어리다. 그러나 손바닥에 스며든 악취는 자꾸만 맡고 싶어지는 법이라는 사실, 어젯밤 여행의 안녕을 빌며 책상 위에 공들여 세워놓은 장난감 토템이 자신의 소망에 무관심했거나 쓸모없었고, 심지어 스스로의 기도를 배신했다는 사실 정도는 명확하게 자각하고 있다. 외로움을 느끼지만 외로움이라는 단어와는 무관한 열두 살, 뭔가가 자신을 몰아붙이고 있는데 그걸 저지할 수 없어 전전긍긍하는 무력함 같은 것을 이러한 유형의 부정확한 서술과 무관하게 체험하고 있을 것이다. 발목으로 들이친 파도가 해안을 할퀴며 멀리까지 물러난다. 플라스틱 물병 하나가 물살에 덤벙거린다. 아이가 플라스틱 물병을 향해 다가간다.

길쭉하고 투명한 물병에는 여덟 글자의 알파벳이 매직으로 갈겨쓴 듯 흘림체로 적혀 있다. 오무아무아Oumuamua. 오무아무아? 물병 안쪽으로 보라색 종이 앵무새가 들어 있는데, 병목이 협소한 까닭에 어떻게 이 종이 앵무새를 플라스틱 물병 안에 온전히 넣을 수 있었는지는 모르겠다. 아이는 호기심을 느낀다. 운전석은 종이 앵무새의 정체가 누군가가 쓴 행운의 편지일 거라고 짐작한다. 궁금하다면 물병의 배를 갈라 내용을 확인하면 좋겠다고 말한다. 싫어요. 아이가 대꾸한다. 네가 읽길 바라며 먼 곳에서 배달된 편지란 말이다. 꼭 전하고 싶은 메시지가 있을 거야. 운전석이 아이를 타이른다. 싫다고요. 아이는 완강하다. 조수석이 물병에 적힌 알파벳을 또박또박 읽는다. 오무아무아. 오무아무아가 오목한 입술 끝에서 진동한다. 치아에 걸리지도, 목울대에 가로막히지도 않는 소리, 어물거리는 입술만으로 안에서 바깥으로 빠져나가는 소리다. 귀에 댄 소라 껍데기에서 나는 웅웅거리는 배음 같은, 동굴을 맴도는 묵직한 저음 같은, 종내 붙잡을 수 없이 공허하게 흩어지는 오무아무아는 태양계 밖에서 태양계를 방문한 성간 천체의 이름이기도 하다.

아이는 오무아무아를 소중하게 안고 집으로 돌아온다. 창턱에 가로로 놓아두고 거기 어른거리는 햇살을 바라보기도 한다. 오무아무아는 열람되지 않는다. 시간이 지나 아이가 간직했던 오무아무아가 보물 상자 속으로 들어가고, 그 보물 상자 또한 닫힌 지금, 아이는 아주 가끔, 심심하거나 허기질 때, 무기력하거나 초조할 때, 바람이 시원하고 쾌적할 때, 누군가를 자꾸 생각하다 그 사람에 관한 솔직한 감정을 문득 깨달을 때, 이유 없이 입술을 오므리며 조용하고 나지막하게 오무아무아라고 발음한다. 귓속말처럼, 오무아무아가 무엇인지 잊어버린 채. 최면에 빠진 오무아무아. 암시나 주문 같은 오무아무아. 오무아무아는 보라색 종이 앵무새를 싣고 대양을 항해한다. 여전히 어딘가에서 미확인 물체를 전송하고 있을 허수의 바다에서. 그것이 클로이가 창공을 날갯짓하며 떨어뜨린 마지막 깃털이다.

프록코트 혹은

꼭두각시 악몽

인간 카탈로그

　싸늘한 새벽이었다. 그는 침대에 누워 끝나지 않을 것만 같던 깊은 잠에서 자신을 몰아낸 악몽의 정체에 관해 생각하고 있었다. 관자놀이가 지끈거렸다. 누군가가 반쯤 열린 문틈 사이로 그를 들여다보고는 복도 저편으로 사라져갔다. 복도에는 지난 세기의 양장을 입고 옆구리에 가방을 낀 세일즈맨들의 사진이 일렬로 걸려 있었다. 물론 그들은 죽은 사람들이었다. 실내용 슬리퍼를 끄는 나지막한 발소리가 키득거리는 웃음소리처럼 들렸다. 그는 멀어지는 소리만으로 누군가 거닐고 있는 어두컴컴한 복도를 상상할 수 있었다. 그는 침대에서 뛰쳐나왔다. 방범창 모양으로 내려앉은 그림자를 느리게 밟으며 창가로 갔다. 발목이 서늘했다. 앙상하게 몸을 뒤치는

나무들이 내는 사각거리는 소리, 귓속을 빠져나가지 못하고
꼬리잡기를 하는 바람, 오한을 부르는 환각적인 속삭임이 도
처에 즐비했다. 그는 몸을 움츠렸다. 혀로 입술을 축였다.

악몽 속에서 그는 여전히 이곳 내실의 귀퉁이에 누워 있
었다. 상반신이 기울어진 천사는 그를 향해 튜브처럼 기다
란 모가지를 늘어뜨린 채 천장 중앙에 매달려 있었다. 석상
에 물감을 입힌 듯했다. 동전 크기로 입을 벌린 채 오오, 오
오, 비탄의 내막을 추측할 수 없이 우짖기만 하는 천사였다.
눈동자를 하얗게 칠해 눈먼 것 같았고, 입술은 새빨갛게 빛
났으며, 입술 사이로 혀끝이 비죽 삐져나와 있었다. 일그러진
얼굴에는 사람 아닌 것이 지을 수 있는 가장 끔찍한 표정이
정교하게 모사되어 있었다. 방은 적막했다. 그는 천사를 알아
보았다. 살아가는 동안 그가 목도했던 수많은 타인의 표정이
그 얼굴에 깃들어 있었기 때문이다. 그가 기억하는 얼굴들의
무분별한 환영이 석상의 표정 위로 거품처럼 미끄러졌다. 석
상의 혀끝에서 타액이 방울져 떨어졌다. 물방울은 혼탁한 빛
깔이었다. 석상은 처음부터 서서히 녹아내리는 중이었다. 얼
굴에 새겨진 감정의 골짜기들이 흐릿해졌다. 주름진 이마가
평평해지기 시작했으며, 표정 자체가 하얀 천을 뒤집어쓴 것
처럼 완만하게 가라앉았다. 시간이 하염없이 지나갔다. 달걀
처럼 매끄럽게 변한 석상의 얼굴은 이제 모든 얼굴이 만들어
지기 이전의 창백한 공백을 연상시킬 따름이었다. 그는 소리

를 지르며 깨어났다.

그는 창밖을 내다보았다. 창틀이 덜컹거렸다. 그에겐 시각과 촉각을 통각에 가깝게 파악하는 버릇이 있었다. 차가운 유리창에 이마를 비비면 날카로운 종잇장에 베인 혓바닥의 감각이 고스란히 전해졌다. 벌거벗은 나무들이 칼바람을 맞는 모습을 바라볼 때는 발바닥에 박힌 압정을 느꼈다. 귓속을 꿰뚫는 송곳을 느꼈다. 꼭두각시 마켓에 소속된 이후 이러한 실감은 지속적이었다. 대체 언제부터 마켓의 하수인이 되었는지, 혹은 마켓과 세계 자체가 그의 의식이 만들어낸 환상적인 공간은 아닌지 하는 의문들은 어느 순간 그에게 부차적인 것이 되었다. 가령 거울에 비친 그의 모습은 괴물 같았고, 너무 자주 마주쳐 무감하게 쳐다볼 수밖에 없는 괴물의 모습이었다. 이목구비가 있던 자리에는 커다랗게 박힌 달팽이 화석이 있었다. 거기 볼록하게 튀어나온 레버를 붙잡고 크랭크 핸들처럼 돌리면 달팽이 화석을 회전시킬 수 있었다. 덜덜거리며 돌아가는 달팽이 화석은 힘주어 당겨도 빠지지 않았으며 골격의 지층 아래로 단단하게 묻혀 있었다.

나는 이미 이 세상 사람이 아닌지도 몰라. 그는 자주 생각했다. 말하자면 죽음 속에서 그를 반복적으로 깨어나게 하는 것이 바로 그가 체험하는 악몽이었는데, 악몽이 줄곧 그를 방문하는 한 그는 세계를 지켜보는 유령의 모습으로 좀처럼 사라질 수가 없었다. 내가 영혼이라면 나는 내 시신 안쪽에 감금된 채 내실의 미로를 헤매고 있는 안쓰러운 꼬락서니야. 콧구멍이라도 찾아야 하는데 신체의 구멍 전부가 밀랍으로 봉해져 있는 거야. 그는 복도에 걸린 사진들 사이에서 자신의 얼굴을 찾기 위해 노력했지만 닮은 사람을 발견하지 못했다. 밤마다 호기심으로 가득한 시선들이 그를 엿보고, 문틈 사이로 사탕이나 참새 장난감 같은 것들을 들이밀었다. 사탕은 비닐을 벗겨 먹었다. 참새 장난감은 태엽을 감아주어야 했다. 딸깍거리며 고개를 끄덕이는 참새 장난감. 그와 참새 장난감은 동일한 속도로 내실 바닥을 가로지를 수 있었고, 그것은 그가 토끼 걸음으로 참새 장난감의 보조를 맞추고 있었기 때문이다. 당신은 내 러닝메이트요. 그는 무릎을 꿇고 참새의 작은 눈을 바라보았다. 말을 걸었다. 제발 망가지지 마세요, 제임스 씨. 아무도 사랑하지 마세요, 나카무라 씨. 그는 쓰러진 참새를 주워 태엽을 감았고 플라스틱 참새 안에서 되살아나는 영혼을 느꼈다. 침대로 돌아간 그의 눈꺼풀이 다시 감기기까지 참새는 벌레를 쪼는 환상을 생산하고 있었다. 악몽 기계는 그의 삶이라는 환상을 여전히 생산하고 있었다. 달력 없이 흐르는 날들이 어떠한 칸막이도 가지지 않은 것 같았다.

*

그는 아침마다 헐렁한 프록코트를 입었다. 거울 앞에 우두커니 섰다. 이때 그의 복장은 복도에 걸린 사진 속 세일즈맨들과 다르지 않았다. 거울 앞에서는 혼잣말을 할 수밖에 없군. 그는 생각했다. 오늘의 입맛은 떫고 비리다. 출근하기가 제일 싫어. 나쁜 일이 벌어질 것만 같은 날씨군. 이곳에 소속된 내게도 그런 나쁜 일들이 허락된다면 말이야. 중얼거림과 동시에 얼굴에 박힌 화석이 거세게 진동하기 시작했다. 그는 화석을 제어할 수 없었다. 얼굴이 뜨거워졌다. 거울 속에는 화석을 응시하는 그의 눈동자가 존재하지 않았다. 입술도, 콧방울도, 눈꺼풀도 없었다. 얼굴 안쪽으로 뻐근한 감각이 전해졌다. 화석은 찻잔 속에 일어난 소용돌이를 박제한 것처럼 보였다. 중심과 주변부가 한 호흡으로 휘어져 있었던 것이다. 그는 혼잣말을 멈춘 뒤 제자리에 멎은 달팽이 화석을 다시금 바라보았다. 얼굴이 먼지 자욱한 환풍기 같군. 그는 생각했다. 그것은 잿빛 분말을 토해내고 있었다. 그는 마른세수를 한 다음 가방을 챙겼다. 내실 밖으로 나갔다.

그는 자신의 얼굴을 기억하지 못했다. 그러므로 복도에 걸린 세일즈맨들의 사진 가운데 하나가 그의 과거일 가능성도 있었다. 세일즈맨들은 치아를 훤히 드러낸 채 웃고 있었다. 그들의 쾌활한 표정은 가까이서 바라보면 어쩐지 사기꾼처럼 느껴지기도 했는데, 말을 직업으로 살아가는 사람들은 언제나 말에 내재한 공허를 취급하고 있는 것이라고 그는 종종 생각했다. 말이 많은 사람들일수록 말의 지향을 잃어버리기 쉬운 법이다. 그치지 않고 뱉어낸 말의 지속이 그것의 실체를 고갈시키고 말았는지, 아니면 그 지향 자체가 처음부터 텅 빈 자리를 맴돌고 있었던 것인지는 영영 드러나지 않는다. 그는 공허를 엔진으로 말이라는 황폐한 스케치를 계속할 수밖에 없는 것이다. 요즈음의 유능한 세일즈맨들이란 이 공허를 적절한 의미로 환전할 새로운 기교를 갖춘 사람들이라고 그는 다시 생각했다. 복도를 지나 정원으로 향했다.

마켓의 정원에서 그는 많은 사람의 박수를 받았다. 그와 함께 꼭두각시 마켓에 거주하는 사람들이었다. 정원에는 깡마른 대추야자와 겨우살이 소나무가 일정한 간격으로 자라나 있었다. 눈이 덮여 있었고, 사람들의 가슴팍에는 각자의 이름을 새긴 명패가 붙어 있었다. 사람들은 따로 흩어져 새하얀 눈밭을 들쑤시는 중이었다. 그는 그들을 일일이 쳐다보았다. 상수 씨는 눈밭에 포복한 채 고개를 치켜들고 울부짖었다. 드미트리 씨는 눈이 수북하게 쌓인 소나무 앞에서 바지를 까고 엉거주춤 앉아 끙끙거렸다. 포갠 양손으로 까마귀 모양을 만들어 허공을 향해 날리는 야요이 씨, 잘린 그루터기에 대고 당수를 연마하고 있는 나카무라 씨도 보였다. 콜롱비나 씨가 허공에 휘두르던 대파를 반으로 분질러 그에게 내밀었다. 그는 대파를 받아 코트 안주머니에 보관했다. 콜롬비나 씨가 정원 구석에 있는 텃밭으로 뛰어갔다. 사람들은 가끔 토끼처럼 놀란 눈을 하고 그를 향해 박수를 쳤다. 그리고 다시금 저마다의 놀이에 열중하는 것이었다. 그런 산만한 패턴이 그가 정원을 통과하는 동안 줄곧 반복되었다. 우리는 고마움이라는 감정에 오랜 시간 집중할 수 없는 사람들입니다만 어쨌든 시간이 날 때마다 감사하다고 말씀드리고 싶어요. 진심으로 고맙습니다. 그렇게 이야기하는 듯했다.

그는 쓸쓸한 눈으로 그들을 바라보기 일쑤였다. 그들의 존재 전체가 측량하지 못할 마음의 틈새를 간신히 깁고 있는 취약한 눈꺼풀에 불과하다는 사실은 언제나 두렵고 슬픈 일이다. 그는 아무것도 이해하고 싶지 않았다. 나는 그들의 온갖 동작, 연속되는 동작들 사이의 세부에 불과한, 머그잔을 입으로 가져가고, 젖은 티슈로 입술을 닦는 그 동작들, 포착할 수도 잘 표현될 수도 없는 사소한 디테일에 생긴 위태로운 틈새와 발작적으로 맞닥뜨리고 만다. 그곳은 까마득한 세계의 입구이기도 하다. 날씨가 매섭게 추웠다. 그는 종종걸음으로 사람들 사이를 지나쳤다. 엘리자베스 씨와 제임스 씨가 진흙이 묻은 눈덩이를 뭉쳤다. 그는 언젠가 정원에 드러누워 헐떡거리는, 힘겹게 가슴을 쥐어뜯고 있는 제임스 씨를 목격했던 기억이 있었다. 살아가는 동안 수만 마리의 나방을 고통스럽게 했어요. 나방들이 불꽃을 휘두르며 아래로 떨어지고 있었지요. 나방은 온몸을 가려워하는 것 같았어요. 수만 마리 나방의 심연을 헤매는 제 몸통이 눈부신 필라멘트가 되어 있었지요. 엘리자베스 씨는 자신의 일기에 그렇게 썼다. 좀처럼 맥락을 파악할 수 없는 일기였다.

그는 빗장을 풀고 거리로 나갔다. 길가에 택시가 세워져 있었다. 집배원 복장을 한 아를르캉 소년이 다가와 제본된 카탈로그를 내밀었다. 얼굴이 말이 아니에요. 아를르캉 소년은 그의 비서였다. 출근하기 전날에는 잠을 제대로 자둬야 한다고요. 대뜸 삿대질을 하며 그를 타박했다. 밤을 길들이지 못하는 사람들에게 사회생활이란 없다. 매일이 밤새 축출하지 못한 유령들이 배회하는 악몽의 염증이다. 알았죠? 아를르캉 소년이 물티슈를 뽑았다. 그의 얼굴을 공들여 닦아주었다. 얼굴이 축축해졌다. 오늘 일정은 말이죠. 말을 잇는 동안 그는 아를르캉 소년이 신은 자줏빛 워커를 내려다보았다. 허름해 솔기가 터진 매듭이 엉망으로 풀려 있었다. 그는 허리를 구부렸다. 끈을 묶어주기 위해서였다. 아를르캉 소년이 질색하며 오른발을 치웠다. 언제까지 어린애 취급이에요? 제 아빠라도 되시나요? 워커로 향하던 그의 손이 공중에서 정지했다. 주제를 좀 아시라고요. 저도 이제 다 컸는데. 아를르캉 소년이 그의 등짝을 가벼이 두들겼다. 아무것에나 인간적인 감상을 품지 말라는 뜻이에요. 그는 자신이 치명적인 실수를 저질렀다고 생각했다.

차창이 의식을 횡령하고 있었다. 멍하니 창밖을 바라보고 있으면 삶이 돌이킬 수 없는 장소로 이전되는 느낌이 들었다. 택시는 아를르캥 소년과 그를 싣고 대교를 달렸다. 강물이 새파랗게 질려 있었다. 아를르캥 소년이 재잘거렸다. 콜롱비나 씨의 손목, 야요이 씨의 모가지, 제임스 씨의 두개골, 내 발가락, 내 잘린 발가락. 마치 노래를 부르는 것 같았다. 콜롱비나 씨에겐 대파가 전부예요. 그렇게 귀중한 걸 분질러 당신께 줬다는 건 오늘 자신을 잘 좀 처분해달라는 애원이고요. 저는 콜롱비나 씨를 잘 알아요. 어제 같이 잤거든요. 소년이 폭소를 터뜨렸다. 선생님이 방에 처박혀 불쌍한 사람 연기를 하는 동안 저는 꼭두각시 마켓을 돌아다녀요. 진짜 손길이 필요한 분들과 친교를 맺지요. 소년이 생긋 웃더니 목까지 채워진 셔츠 단추를 풀었다. 어깨가 보이도록 셔츠를 내렸다. 얄팍하고 야윈 어깨에 잇자국 모양의 멍이 선명했다. 아를르캥 소년은 그 멍을 자랑스러워했다. 어젯밤 저는 콜롱비나 씨의 마네킹이었어요. 이게 콜롱비나 씨가 깨문 자국이죠. 통증이 강렬해지면 베개를 악물고 훌쩍이던 콜롱비나 씨의 슬픔을 더 잘 상상할 수 있었어요. 나른하게 이어지는 통증의 강약에서 저를 배려하는 콜롱비나 씨의 마음을 느낄 수 있었고요. 혹시 부러워하시는 건 아닌지? 아를르캥 소년이 윙크했다. 그는 무언가에 도취된 것처럼 쉬지 않고 떠벌리는 아를르캥 소년의 말들을 외면하고 싶었다.

강변을 따라가던 택시가 유턴을 했다. 위장에 구역질이 걸쭉하게 엉겨 있었다. 그는 소년에게 받았던 카탈로그를 꺼냈다. 첫 페이지에 상수 씨의 알몸 사진이 있었다. 몸이 비대하고 지방이 뭉친 자리가 거무튀튀하게 그을려 있는, 자신의 두둑한 배를 끌어안고 심술궂은 표정을 짓고 있는 상수 씨의 신체를 그는 오늘 판매할 예정이었다. 전방으로 차량들이 빽빽하게 늘어서 있었다. 아를르캥 소년이 시계를 들여다봤다. 늦지는 않겠네요. 아주 여유로워요. 차량들이 매연을 뱉어내고 있었다. 눈앞이 침침해졌다. 그는 차창에 머리를 기댔다. 멀미가 심해질 때마다 그는 곧잘 손바닥을 쥐었다 펼치는 행위를 되풀이하곤 했다.

페이지를 넘겼다. 다음 페이지에는 상수 씨의 그로테스크한 복제품이 있었다. 흑백으로 음영이 져 흐느적거리는 복제 꼭두각시의 팔과 다리가 수갑에 결박되어 만(卍)자 모양으로 비틀려 있었다. 꼭두각시는 무방비 상태로 멸균 처리를 마친 것 같은 인상을 주었다. 냉담하게 윤색된 눈동자 아래쪽으로 적나라하게 노출된 알몸에는 출생과 성별의 흔적이 말끔하게 지워져 있었다. 표정이 없었다. 상수 씨와 닮았지만 뒤틀린 몸뚱이의 관절들이 섬뜩하게 탈구된 그 꼭두각시는 상수 씨를 단지 제멋대로 조작하거나 부러뜨릴 수 있는 완구로서의 골격으로 퇴행시키고 있는 것만 같았다. 아래쪽으로 인형의 신체 조각들이 있었다. 조각들은 정갈하게 분해된 채 각자의 프레임 속에 전시되어 있었다. 그것들은 얼마든지 인간의 신체와 다른 방식으로 조립될 수 있었는데, 카탈로그는 다리와 팔꿈치가 운동 기구처럼 맞붙거나 모가지가 사타구니와 접합되어 거꾸로 매달리는 사진들을 예시로 제공했다. 모두 신체의 오용과 남용이 야기하는 기괴한 효과들을 보여주는 참혹한 사진들이었다. 오늘은 콜롱비나 씨 차례예요. 아를르캥 소년이 팔을 뻗어 콜롱비나 씨의 사진이 있는 페이지를 펼쳤다. 귓속이 윙윙거렸다. 악몽이란 세계를 두려워하는 겁쟁이들의 폭주하는 악취미에 불과하다. 문제는 그가 그런 세계에 속해 있다는 것이었다. 도축된 황소의 아가리와 같은 악몽 속에 머리를 집어넣은 채 그는 차창에 비친 자신의 화석이 화려한 무늬의 키조개처럼, 섬광처럼 반짝이는 모습을 보았다.

테라토마와 자전거

프루프록 씨의 저택은 마켓에서 차량으로 한 시간 정도 달려야만 하는 거리에 있었다. 물결이 납빛으로 일렁거리는 퇴락한 부두였다. 그는 택시에서 내렸다. 삭막한 프루프록 씨의 저택을 올려다보았다. 파도 소리가 들렸다. 프루프록 씨의 저택이란 일종의 거대한 컨테이너 바벨이라고 부를 수도 있

었는데, 철문이 달린 무수한 대형 컨테이너가 까마득한 높이
와 넓이로 쌓여 있었기 때문이다. 컨테이너들을 화물용 트럭
처럼 연결해 붙인 이 저택의 중심에는 정원이라고 불리는 비
좁은 공간이 있었고, 으레 프루프록 씨와의 거래가 성사되는
장소는 바로 그곳이었다. 컨테이너 바벨은 위압감을 주었으
며 동시에 버려져 처치 곤란으로 녹슬어가는 산업 사회의 잔
존물처럼 여겨지기도 했다. 철제 계단이 저택을 나선으로 휘
감고 있었다. 지그재그로 배치된 컨테이너들은 부자연스럽
고 아슬아슬한 모습이었다. 아를르캥 소년이 바다 쪽으로 그
를 이끌었다. 항구는 안개가 자욱해 음울한 분위기였다. 파
도가 철썩거렸다. 시간이 남았으므로 그와 아를르캥 소년은
잠시 바닷바람을 쐬기로 했다. 그는 포말이 부서지는 테트라
포드들을 내려다보며 잠시 서 있었다. 날갯죽지가 젖어 물을
튀기는 갈매기들이 방파제 주위를 맴돌며 난폭하게 끼룩거
렸다.

　각각의 컨테이너 안쪽은 내실이나 사랑방, 지하실로 꾸며
져 있었다. 그러므로 프루프록 씨의 바벨을 방문하는 사람들
이 개미굴처럼 무수한 사방의 철문을 열자마자 즉각적으로
조우하게 되는 것은 일반적인 저택에서 기대할 수 있는 가장
은밀한 풍경에 속했다. 그것은 이 바벨의 설계가 화창한 정
원에서 시작해 음란한 내실을 향해 이어지기 마련인 고딕적
인 저택 일반의 경로를 도착적으로 반전시켰다는 사실, 프루

프록 씨의 바벨이 그저 거대한 포르노 타워에 불과하다는 사실을 의미하는 것이었다. 이때 내실과 지하실, 사랑방 안쪽에서는 외설적인 육체들의 치고받는 소동극이, 그 외설적인 체위의 거듭된 반복으로 말미암아 불가피하게 무미건조해진 인형극이 상설로 공연되는 중이었다. 이러한 인형극은 컨테이너 바벨의 심부에 있는 정원을 은폐하기 위한 눈속임처럼 보였다. 그는 속임수에 걸려들지 않을 것이었다. 소금기가 어린 바벨은 용도 폐기된 전차를 연상시켰다. 하늘로 뻗은 바벨의 굴뚝들에서 무람하게 피어오른 연기가 바다의 연무와 경계 없이 뒤섞이고 있었다. 멀리까지 뛰어갔던 소년이 귀신처럼 키들거렸고, 형체를 산산이 흐트러뜨리는 안개 속에서 한쪽으로 치우친 소년의 입꼬리가 가장 먼저 되돌아왔다. 그는 소년과 함께 저택으로 향했다. 계단을 올라 철문 중 하나를 열었다. 경첩이 불그스름하게 삭아 있었다.

이윽고 그는 포탄을 피하려는 사람처럼 양손으로 머리를 감싼 채 정신이 나간 환상들의 미로를 통과했다. 그는 점입가경으로 펼쳐지는, 황금색으로 칠갑한 자동인형들, 사티로스나 처용이나 비슈누나 늑대나 외계인, 오징어로 분장한 꼭두각시들의 사도마조히즘적인 광증과 마주쳐야만 했다. 그 인형극은 실은 아무런 의미가 없었고, 이른바 프루프록 씨가 가진 과시적인 변태성만을 열렬하게 표현했는데, 그러한 꼭두각시들에 접근하는 방법이란 단지 철문의 문고리를 당기면 되는 것이었다. 저택이 모든 사람에게 무료로 개방되었기 때문이다.

　배치된 인형들은 제각기 규칙적인 동작을 되풀이하며 생식 행위에 관한 다양하고 실험적인 가능성들을 나열하는 중이었다. 신화, 정신분석학, 그리스 비극이나 성경, 니체의 텍스트에서 좀도둑질한 것처럼 보이는 아포리즘, 살로 소돔의 고리타분한 가훈을 뻔뻔스럽게 인용하는 현판이 내실 곳곳에 어수선하게 내걸려 있었다. 희한한 교합의 형태나 기상천외하게 굴절되어 껄떡거리는 신체들의 모습에서 파격적인 관능의 경지나 성애의 심연을 탐구하고 그 과정을 있는 그대로 전시해 관람자에게 인지적 충격을 전달하려는 프루프록 씨의 의도를 명확하게 짐작할 수 있었지만, 또한 그것들은 너무나 장치 같았고 언제나 같은 동작만을 출력하는 더미 인형들에 불과했기 때문에 어떤 공포나 매혹도, 모골이 송연하며 가슴이 벌렁거리다 대뜸 구역질이 치미는 모종의 언캐니한 긴장감 따위도 환기하지 못할 만큼 무능한 위반이라는 생각이 들었다. 그는 단상에 누워 팔딱거리는 인형들 앞에서 입을 벌린 채 침을 흘리고 있는 아를르캥 소년의 뒷덜미를 붙잡고 끈질기게 나아갔다. 어떤 컨테이너에 이르면 얼굴이 노르스름하게 부푼 건장한 환자들이 의자에 퍼질러 앉아 질질 짜고 있었고, 소설을 쓰고 있었으며, 헤드뱅잉을 하면서 새빨간 고구마처럼 우람한 팔뚝에 스테로이드를 주사하고 있었는데, 그 인형들은 연료가 무한한, 소진되지 않는 연민 기계들, 그치지 않고 제 우울과 마음의 비참을 토로하고 있는 프루프록 씨의 분신들이었다.

길을 잃은 사람들만이 이러한 환영들 속에 남겨지는 법이었다. 그는 평정심을 되찾았다. 그에게는 목적이 있었다. 아를르캥 소년은 마지막까지 인형들에 시선을 빼앗긴 채로 우왕좌왕했다. 그는 넥타이를 정돈했다. 프루프록 씨를 만나면 토씨 하나도 틀리지 않고 능란하게 읊조려야만 하는 의전용 대사를 머릿속으로 되뇌었다. 정원으로 통하는 철문 앞에서 아를르캥 소년이 말했다. 돈이 얼마나 많아야 이런 저택을 지을 수 있는 거죠? 정말 부러워 죽겠네요. 투덜거리는 듯했다. 프루프록 씨는 꼭 마법사 같아요. 마법사들에게 세상은 계속해서 뽑아 쓸 수 있는 두루마리 휴지 같은 거고요. 복권에 당첨되면 궁핍했던 시절을 회상하며 착하게 살겠어요. 베풀고 아끼고 기도하면서요. 그들은 정원에 입장했다. 어두컴컴하며 냉랭한 정원은 사실 붉은 나무들이 공중에 빽빽하게 걸린 정육점이었다. 냉각기를 가동한 탓에 실내는 영하의 온도였다. 바람 한 점 불지 않는 밀실 천장으로 창백한 가스등 몇이 가늘게 삐걱거렸다. 천장에 매달린 나무들은 방사형으로 구획되어 있었다. 알코올 냄새가 났다. 나무들을 진열한 천장의 쇠스랑이 느리게 짤랑거리고…… 다행스러운 일은 나무들에 불투명한 비닐 포대가 씌워져 있다는 사실이다. 비닐 포대 안으로 덩어리진 물체가 비쳤다. 한번 방문할 때마다 나무들의 숫자가 늘어나는 듯했다.

프루프록 씨가 구석에서 비닐 포대들을 가르며 등장했다. 나무들이 좌우로 갈라지며 부스럭거리는 소리를 냈다. 그는 정중하게 묵례했다. 내 작품들이 어떻소. 해체한 황소를 뒤집힌 나무 모양으로 재봉해 걸어놓았지. 프루프록 씨가 말했다. 비닐 포대는 나무에 맺힌 진귀한 열매들의 부패를 방지하기 위한 것이라오. 나는 모든 사물을 자연과 다른 방식으로 조합하는 것을 선호하오. 황소의 육체로 나무의 형상을 제작하는 것. 대체 왜 혓바닥엔 머리카락이 자라지 않는지, 왜 똥구멍엔 외눈박이 눈알이 박혀 있지 않은지, 왜 인간의 심장은 방광이 아닌 것인지 나는 도무지 납득할 수 없소이다. 내게는 불가능한 일이 아무것도 없소. 가령 나는 내 두뇌를 허벅지 안에 보관하고 있지. 이곳을 허벅지라고 일컫는 것도 천한 이들의 관점일 뿐이지만 말이오. 프루프록 씨의 목소리가 정원 안에서 메아리쳤다. 그는 프루프록 씨의 괴상한 웅변이 끝날 때까지 잠자코 기다렸다. 죽음이란 불가능성이 시도하는 최후의 저지선이지. 그러나 나는 제한 없는 욕망의 천사, 죽음과 유희하는 악마, 죽음을 변용하는 인간, 내 딱딱한 생식기는 썩어 무위로 돌아간 나의 주검 위에서도 버젓이 자생할 것이외다. 정녕 죽음이 나의 문제란 말인가? 나는 한정 없이 변이하는 자의 의식, 불멸 자체란 말이오. 프루프루프록 씨가 거들먹거렸다. 아를르캥 소년이 한숨을 쉬며 물러났다.

그는 손짓했다. 아를르캥 소년이 가방에서 카탈로그를 꺼냈다. 프루프록 씨가 그들을 향해 다가왔다. 나무들이 프루프록 씨의 몸에 부딪혀 휘청거렸다. 그는 카탈로그를 펼쳤다. 차가운 바닥에 길게 엎드렸다. 위대하고 고매하신 프루프록 폐하. 오늘 폐하를 위해 준비한 물건이 있사옵니다. 프루프록 씨의 눈이 새파랗게 변했다. 무언가를 자세히 살필 때 으레 나타나는 반응이었다. 프루프록 씨는 꼭두각시 마켓의 다른 고객들이 그러하듯 완전한 괴물이었다. 하반신은 원반형의 알루미늄 상자이며 상자 외곽에는 시시각각 색이 달라지는 모조 눈알이 수십 개나 붙어 있다. 상반신인 고깔모자는 대개 세모꼴로 쪼그라져 있다가 정체 모를 기분의 변화로 인해 붓거나 납작해지지만 그럴싸하게 서술할 만한 실용적인 역할은 담당하지 못한다. 상자에 속한 알루미늄 서랍은 프루프록 씨가 공중 부양을 하며 으스댈 때만 개방되는데, 그곳에는 쌀알 크기의 담청색 두뇌 미니어처들이 플라스틱 톱밥처럼 가득 담겨 있다. 프루프록 씨가 나무들 쪽으로 후진하다 재차 그들 앞으로 되돌아왔다. 이 사람의 이름은 무엇이오? 음성은 프루프록 씨가 아니라 정원 구석에 설치된 스피커에서 흘러나왔다.

그는 대답했다. 저희는 콜롱비나 씨라고 부릅니다요. 마켓에 입고된 지 두 해 정도 되었습죠. 각별하게 언급할 개성이라면 파를 좋아하는 인간이라고 말할 수 있습죠. 음계의 파가 아니라 알싸한 맛이 나고 기름에 볶으면 고소한 냄새를 풍기는 향신 채소. 매일 마켓 귀퉁이의 텃밭에서 자신이 아끼는 대파들을 돌보고 있습죠. 프루프록 씨는 정지해 있었다. 배경의 나무들이 쉭쉭 소리를 내며 꿈틀거렸다. 비닐 포대 너머로 시허연 증기가 피어올랐다. 그는 무릎을 털며 일어났다. 좋지 않은 예감이 들었다. 고깔모자가 열기구처럼 부풀기 시작했다. 흉측한 모습이었지만 다행히도 콜롱비나 씨를 매입하겠다는 뜻이었다. 그는 얼른 대답했다. 매번 이렇게 마켓의 재정에 보탬이 되어주셔서 성은이 망극하옵니다. 다음에 또 찾아뵙도록 합죠. 저는 이만 마켓으로 복귀하도록 하겠나이다. 제게 딸린 불쌍한 식솔들이 배를 곯고 있습니다요. 그는 프루프록 씨의 눈을 힐끔거리며 뒷걸음질했다. 프루프록 씨의 눈빛이 혼탁해졌다. 이때 프루프록 씨의 눈빛은 오만하지도 악랄하지도 가학적으로 느껴지지도 않았다. 그것은 팽창하는 고깔모자의 테두리를 장식하는 모조 눈알, 활력이나 특성이 없는, 그것이 정말 눈알인지조차 밝혀지지 않은 조악한 기계의 부속일 따름이었다. 그와 아를르캥 소년이 저택에서 퇴장하는 동안 스피커에서는 여전히 프루프록 씨의 불쾌한 일장 연설이 계속되었다.

　내겐 세상의 온갖 이치가 따분하기만 하오. 의미란 본래

하찮은 것이오. 금기 또한 내게 미물들의 재미를 일러줄 뿐인 사방치기 이상의 역할을 하지 못하잖소. 내가 억만장자이기 때문이고, 나와 같은 사람들에게 세상의 원리란 탑 꼭대기의 정자에서 한가로이 구상하는 허망한 공상과 하등 차이가 없는 것 같소이다. 그간 카발라를 믿었기 때문에 나는 세계수의 전능한 꼭대기에 앉아 있었지만, 다음 순간 내가 아이작 뉴턴을 믿었기 때문에 천지를 갈아엎을 만큼의 거대한 사과가 운석처럼 세계를 향해 낙하했던 것이오. 의미들 가운데 가장 비싼 의미는 무엇이오. 내가 그것을 살 수 없으리라고 생각하시오? 나의 공허는 요동치고 있소이다. 그 공허의 중심은 태풍의 눈처럼 적요하지만 세계의 모든 재화를 지불해도 메우지 못할 광막한 심연이기도 하지. 그 게걸스러운 세계의 배꼽이 실은 내 굶주린 목구멍과 닮아 있다는 말이외다. 소용돌이치는 반복의 거품기가 세계를 어떻게 변화시키는지 나는 그 광경을 핀에 꽂힌 나비의 주검에게 그러하듯 심드렁하게 관람할 것이오. 그리하여 언어가 소각되고 앓이 절멸하며 세계가 구겨진 휴지처럼 폐지되는 순간에도 지상에서 벌어지는 가공할 공허의 참된 주인인 나 프루프록 폐하는 미래를 도모하기 위해 그저 한 그루의 사과나무를 심는 일에 몰두하는 사람이 되겠소이다. 거기엔 새로운 시대의 아들들인 미끄덩한 테라토마들이 주렁주렁 열려 턱을 달그락거리며 킬킬대고 있겠지. 세계에 허락된 유일한 나무가 내가

양육한 그 나무가 된다면 그제야 나는 손뼉을 치며 즐거워할
수 있을 것 같다는 말이오.

저택에서 나와 다음 장소로 향하는 택시에 오른 다음에
도 프루프록 씨의 목소리가 뇌리 어딘가에 질척하게 달라붙
어 있었다. 프루프록 씨는 만날 때마다 묻지도 않은 넋두리
를 토씨 하나 다르지 않게 지껄이곤 했다. 그것은 프루프록
씨의 배역을 담당하는 그 고깔모자 또한 포르노 타워에 있는
무기력한 자동인형 중 하나라는 사실을 암시하는 것이었다.

택시 안에서 그와 아를르캥 소년은 잠시 침묵한 채 전방을
응시했다. 아를르캥 소년이 카탈로그에서 콜롱비나 씨 부분
을 찢으며 중얼거렸다. 콜롱비나 씨가 기뻐하시겠네요. 정이
많이 들었는데요. 아니, 아니, 그럴 리가 없잖아요. 창밖에서
안개 자욱한 바다를 배경으로 컨테이너 바벨이 과적된 선박
처럼 육중하게 뒤처지고 있었다. 그는 생각했다. 내가 원하는
건 거울 속에서 내 얼굴을 발견하는 거야. 그게 누구든 상관
이 없어. 생각들이 나사못처럼 원을 그리며 깊어져갔다. 아를
르캥 소년이 차창에 입김을 분 다음 손가락으로 소용돌이를
만들었다. 마음이라는 게 참 놀랍네요. 목소리가 의기소침했
다. 제가 콜롱비나 씨를 사랑하고 있었나 봐요. 창문의 소용
돌이가 희미해지며 졸음이 쏟아졌다. 그는 처음으로 소년의
말에 대꾸할 필요성을 느꼈다. 텃밭은 어쩌지? 재배한 대파
들은? 콜롱비나 씨가 관리했던 거잖아. 아를르캥 소년은 그

의 물음이 마음에 들지 않는 모양이었다. 그 텃밭은 애초부터 텃밭이 아니었잖아요. 내버려두면 원래대로 잡초가 무성해지겠죠. 게다가 지금은 겨울이잖아요. 멍청한 질문이세요. 그는 입을 다물었다. 택시가 과속방지턱을 통과했다. 차체가 덜컹거렸다. 아를르캥 소년이 조수석 등받이에 머리를 들이받았다. 그는 눈을 감았다. 조금 전에 했던 말은 취소하는 게 좋겠어요. 사랑했다는 말. 아를르캥 소년이 등받이에 이마를 대고 말했다. 콜롱비나 씨는 그냥 마켓에 사는 유령들 가운데 가장 예쁜 유령이었어요. 물론 제 눈에만 그랬겠죠. 하루는 절반도 채 지나지 않았다. 세상에는 프루프록 씨의 저택과도 같은 장소가 수십 곳, 프루프록 씨와 같은 사람이 수십 명이나 되었다. 그들에겐 고단한 하루가 예정되어 있었다.

*

프루프록 씨의 저택을 포함해 프루프록 씨의 영화관, 도서관, 편의점, 세탁소, 오락실 등지에도 역시 프루프록 씨에 의해 기괴하게 개조되거나 망가진 신체들이 진열되어 있다. 꼭두각시 마켓에서 사지가 멀쩡하지 않거나 결함이 있는 신체는 불량품으로 취급되어 팔리지 않는다. 반대로 마켓을 떠났을 때 기형이나 결손이란 신체들이 함께 공유하는 표준적인 속성이 된다. 원형적인 외양을 유지하는 신체가 외려 특이해진다. 신체 조각들은 유기체의 정상성을 매개하는 인지적인 통념에서 이탈해 자유롭게 결합하며, 그렇게 제작된 신체들 또한 모두에게 분배되는 기형과 결손의 보편성 속에서 서로 평등하다. 프루프록 씨의 경륜장에서는 이렇듯 무차별한 신체들의 자전거 경주가 한창이다.

드넓은 원형 트랙에서 신체들은 각자에게 정해진 라인을 차지하고 선다. 자전거에 탑승해 출발 신호가 떨어질 때까지 대기한다. 원형 트랙을 에두르는 관중석은 페인트칠이 바래거나 벗겨진 채 황량하게 비어 있다. 번쩍거리는 전광판이 선수들에게 걸린 배당금을 표시한다. 어마어마한 숫자들이지만 관중이라곤 코빼기도 보이지 않는 프루프록 씨의 경륜장에서 과연 누가 이 꼭두각시 인형들에게 거액의 돈을 베팅했는지는 밝혀지지 않는다. 전광판조차 의미 없이 증폭된 숫자들을 무작위로 찍어내고 있지 않은지 의심스럽기까지 하다. 경륜장의 시스템과 설비는 통째로 자동화되어 있는데, 구겨진 경륜권과 신문지, 짓밟힌 쓰레기가 휑뎅그렁하게 날리는 모습이 이 경륜장의 실체라고 해도 과언이 아니다. 인간들이 전부 떠난 이후에도 모종의 자족적인 연료를 통해 끝없이 가동되는 버려진 폐쇄 회로, 짜릿한 승부, 질주 본능, 승자와 패자, 행운과 불행, 돈을 잃는 이와 돈을 따는 이의 게임이 계속되지만 자전거 경주를 둘러싸고 있는 사행성 도박에 참여하는 이는 존재하지 않는다. 배후의 공허를 무시하듯이 레이스의 결과가 산출되면 자전거 경주는 다시 원점으로 복귀한다. 대기실의 선수들이 트랙으로 입장한다. 출발선에 일렬로 비치된 은빛 자전거 앞에 선다. 흥겹고 명랑한 음악이 돔 형태의 경륜장 전체에 쟁쟁하게 메아리친다.

프루프록 씨는 공정성의 개념을 전혀 이해하지 못하는 듯하지만 앞서 언급했듯 신체들의 표준이란 기형과 결손이다. 신체들은 어떤 엉뚱한 핸디캡과 당혹스러운 변형을 통해 왜곡되어 있고 서로 동등하게 자신이 주행할 트랙 하나씩을 책임져야 한다. 간혹 선수 몇몇이 인체의 이상화된 형태에 관한 통념의 해부도를 피상적인 방식으로 충족하는 경우도 있으나 대개는 그렇지 않다. 대기실, 혹은 대기실이란 이름의 제작실에는 절단된 꼭두각시의 부속들이 어지럽게 널려 있다. 방부 처리된 이목구비와 코팅한 내장까지 잡다한 신체 조각들은 시합 직전 무자비한 재봉과 용접의 공정을 통해 천태만상으로 결합된다. 이렇게 탄생한 꼭두각시 신체들은 자명하게도 비좁은 안장에 엉덩이를 안정적으로 걸친 다음 손잡이를 양손으로 힘주어 움켜쥐고 허리를 날렵하게 구부려 공기 저항을 최소화하며, 두 다리를 리드미컬하게 쟁강거리며 페달을 밟아 체인을 회전시켜야 하는 자전거의 공학적인 설계에 어울리지 않는다. 출발은 무모하거나 터무니없으며, 선수들은 은빛으로 번지르르하게 반짝이는 이 늘씬한 강철 기구를 이끌고 트랙을 달려야만 하는 난처함에 직면하게 된다. 자전거와 함께 트랙 열두 바퀴를 돌아 골인하는 일이 원칙이므로 레이스는 곡예나 묘기, 행군이나 노역에 가깝다. 쓰러진 자전거를 끌거나 밀거나 짊어지고, 자신 또한 기어가거나 폴짝거리거나 바닥을 뒹굴면서, 때로는 무거운 자전거에 깔려 끙끙거리듯 신음하면서 선수들은 어떻게든 그들만의 자전거 경주를 성립시킨다. 최초로 결승선을 통과한 선수가 가장 먼저 대기실로 이동한다. 경기 내내 선수 한 명을 구성했던 신체는 재차 원래의 조각들로 분해되고, 자신의 몸뚱이를 뜯어내는 거열 기계의 천진난만한 손놀림 속에서, 선수들은 누적된 피로를 누그러뜨리고 짧게 휴식할 공동의 이완과 해방의 기회를 얻게 된다.

아를르캥의 유서

다음 날은 휴일이었다. 그는 악몽 속에서 그가 자주 만났던 석상과 함께 침대에 누워 있었다. 누가 그의 옆자리로 석상을 운반했는지, 석상은 어째서 얼굴 없는 천사로 위장하고 있는지. 그는 아무것도 알지 못했다. 가위에 눌린 것처럼 뻣뻣하게 몸을 얽는 마비 상태 속에서 갑작스레 그는 이 석상이 누군가의 시신을 은닉하고 있는 부조된 석관이라는 사실을 깨닫게 되었다. 깨달음이 다녀가자 움직임이 한결 편해졌다. 그는 침대에서 일어나 석관을 더듬었다. 곧 석관의 옆구리에 부착된 잠금장치를 발견할 수 있었다. 석관의 뚜껑을 개방하기 위해선 숫자 레일에 암호 네 자리를 순차적으로 맞춰야 했다. 그는 신비로운 기분에 휩싸여 숫자 레일을 회전시켰고, 십진법이던 숫자 레일은 곧 개구쟁이 슬롯머신처럼 눈알이 튀어나온 토끼나 파친코에 중독된 금붕어 같은 컬트적인 캐릭터들을 보여주기 시작했다. 그는 초조한 기분을 느꼈다. 석관의 암호는 숫자 레일에는 표시되지 않을 네 자리의 음수였던 것이다. 그러므로 그의 행동은 확률이나 우연 너머의 마술적인 순간에, 이루어질 수 없는 일 자체에 호소하는 방식이었다.

그러나 그는 레일을 돌리는 일을 중단하지 못했다. 그곳은 누군가가 이미 안치된 석관이 아니라 누군가가 안치되길 기다리는, 콜롱비나 씨나 나카무라 씨, 제임스 씨나 야요이 씨, 혹은 세일즈맨인 그 자신을 위해 준비된 석관일지도 모를 일이었다. 그는 조급해졌다. 누군가의 죽음이 임박했다고 생각했기 때문이다. 물론 이런 생각 또한 근거 없는 꿈속의 예감일 뿐이었지만. 그는 잠에서 깨어났다. 동이 틀 무렵부터 꼭두각시 마켓의 정원에는 사람들이 여럿 모여 있었다. 사람들은 프루프록 씨에게 매각되어 전날 밤 마켓을 떠난 콜롱비나 씨의 텃밭 주위를 배회하는 중이었다. 그는 서리가 내린 창문에 이마를 붙이고 부옇게 흐려진 정원의 정경을 내려다보았

다. 제임스 씨와 나카무라 씨가 시들고 얼어붙은 대파들 사이
를 왕래했다. 텃밭을 짓밟았다. 그러나 오직 그 두 사람만 텃
밭을 훼손하고 있을 뿐, 나머지 사람들은 펜스 바깥에서 황폐
해지는 텃밭을 우두커니 지켜보고 있을 따름이었다. 시린 손
을 호주머니 안에 넣은 채로 발을 동동거리면서 말이다.

　밖으로 나서기 위해 프록코트를 입자 어제 아침 콜롱비
나 씨에게 건네받은 대파가 가슴 언저리에 닿았다. 그는 코
트 자락을 걷어 안주머니에 꽂힌 대파를 보았다. 받을 때는
몰랐는데 보푸라기 모양의 꽃이 피어 있었다. 코끝이 얼얼했
다. 그는 팔을 뻗어 대파를 잡아채려 했지만, 벌써 그 대파는
코트 안주머니에 뿌리를 내리고 있었다. 여전히 꿈과 같은
일이었다. 자세히 확인하니 안감으로 실밥 모양의 구불거리
는 잔뿌리들이 보였다. 그것들은 프록코트의 섬유 조직과 단
단하게 엇물린 채 뒤엉켜 있는 듯했다. 그는 힘을 주어 대파
를 캐낼 수 있었지만 그렇게 하지 않았다. 그때 누군가가 내
실의 문을 두드렸다. 그는 프록코트를 벗어 옷장 안에 걸었
다. 거울을 바라보았다.

　문 앞에서 상수 씨가 난데없이 그의 손을 잡아끌었다. 울먹
이는 표정으로 고갯짓을 했는데 두꺼비처럼 늘어진 양쪽 볼
이 탄력 없이 물결쳤다. 그는 일단 상수 씨를 진정시키기 위
해 어깨를 붙잡았다. 괜찮아요. 무슨 일입니까. 상수 씨는 성
급하게 발을 구르며 입술을 달싹거렸다. 이마에 땀방울이 맺

혀 있었고, 거구인 몸에 큼지막한 양털 점퍼를 걸쳐 마치 북극곰 같았다. 그는 자신을 인도하는 상수 씨와 함께 꼭두각시 마켓의 복도를 걸었다. 상수 씨가 펄쩍거리며 바닥에 깔린 러그 위를 달음질했다. 그를 재촉하는 듯했다. 그는 상수 씨를 쫓아 복도를 뛰기 시작했다. 상수 씨가 모퉁이를 꺾어 시야에서 사라졌다. 어쩌면 저렇게 민첩할 수가 있지. 그는 어느새 상수 씨의 뒤꽁무니를 추적하는 신세가 되었다. 액자 속에서 치아를 번뜩이며 미소를 짓고 있는 세일즈맨들, 그들은 언제나 아득한 시간 저편에서 그를 감시하고 있었다. 그들 또한 매일 아침 거울을 바라보아야만 했을까. 거울에 비친 달팽이 화석을 뚫어져라 응시하며 제 표정을 연습해야 했을까. 자신이 자신의 웃음과 만날 수 없다면 그 웃음은 대체 어디에 걸려 있는 것일까.

그가 웃고 있다고 착각할 때마다 그의 얼굴은 자연사박물관 어딘가에 보관되어 있어야 마땅할 수만 시간 동안의 현기증이었다. 그가 슬퍼하고 있다고 착각할 때마다 그의 얼굴은 얄팍하게 축약된 시간 저편의 짙푸른 무덤 속에서 방금 솟아오른 낡은 묘석이었다. 그것은 그의 얼굴조차 아니었다. 달팽이 화석이란 마켓에서 살다 죽은 세일즈맨들이 각자의 거울 속에서 홀로 뒤집어쓰고 있었던 불모의 가면이었다. 그는 이러한 가망 없는 생각을 멈추지 못했다. 악몽 기계에 탑승한 인간이 취급하는 대상은 오직 자신이다. 악몽 기계는 그곳,

자신과의 만남이 좌절된 자리에서 자신의 변주된 왜상들을 끝없이 순환시키는 괴물 같은 질서이기 때문이다. 나는 일그러지며 나아가는 사람, 그러한 넋 없는 노동으로 세계에 소용되지 못할 악몽들을 위폐처럼 찍어내는 사람일 따름이다. 악몽 기계의 입장에서 자기 자신이란 계속해서 스스로를 폐기하는 과정에서 말해지는 자신, 그러한 거듭된 질서가 소진되지 않기에 다시금 존재할 수밖에 없는 석화된 잔해들에 불과하다. 견고하게 굳어진 채 시간에 의해 퇴색되거나 풍화하는 소용돌이. 누구도 들여다보지 않는 지하실에서, 영구 폐쇄된 공장 안에 아직도 남아 같은 산업을 되풀이하는 어리석은 기계의 망상. 그것이 악몽이었다. 악몽은 곧 그를 이어 꼭두각시 마켓의 세일즈맨이 될 아를르캥 소년의 몫이기도 하다. 달팽이 화석이란 마켓에 소속된 세일즈맨들을 길들이기 위해 마련된 형틀이기 때문이다. 그때 상수 씨가 헐레벌떡 아를르캥 소년의 방으로 뛰어들었다.

그는 상수 씨를 따라 방으로 들어갔다. 상수 씨가 숨을 고르며 아를르캥 소년 앞에 무릎을 꿇고 있었다. 주먹으로 바닥을 내리치기 시작했다. 아를르캥 소년은 입을 헤벌린 채 음악을 듣고 있었다. 이어폰을 끼고 있었다. 내려진 속옷이 발목에 걸려 있었으며, 깡말라 움푹 꺼진 복부를 고스란히 내보인 채였다. 오목한 가슴팍에는 이어폰과 연결된 워크맨이 투명한 테이프로 부착되어 있었다. 실내는 그늘이 짙었다. 커튼이 살랑거렸다. 사이로 비친 단편적인 햇살은 아를르캥 소년의 앙상한 발목 언저리에 닿았다가 이내 들썩이는 커튼에 가로막혔다. 넘어진 의자 곁에서 환한 물고기 모양의 틈새를 내비쳤다. 아를르캥 소년의 방문 앞으로 사람들이 구름 떼처럼 몰려들기 시작했다. 야요이 씨가 사람들을 인솔했다. 여러분, 낯선 사람이 사탕을 주면 받아먹어서는 돼요 안 돼요? 세상에는 나쁜 사람들이 참 많잖아요. 야요이 씨가 양손을 부들거리며 외쳤다. 여러분, 약한 사람 티를 내면 돼요 안 돼요? 그렇습니다. 우리 약한 사람들은 마음이 크림빵처럼 부드럽다고 합니다. 종잇장에 베여도 그 틈새로 내면 전부가 배어 나오거든요. 면역력 제로. 자가 치유 불능. 그게 우리라고요. 평생 팬티 앞섶에 더러운 것을 묻히잖아요. 어쩔 수 없어, 나도 나를 억지할 수 없어, 내실 구석에 웅크린 채 하얀 멜론 크림을 갈망처럼 토해내고 있잖아요. 제임스 씨는 원숭이를 하세요. 암스트롱 씨는 원숭이를 학대하는 뚱보 어린이를 하시면 됩니다. 도미니크 씨가 간호사예요. 우리는 지금 심리 치료 역할극을 할 겁니다. 집중하세요.

*

원숭이는 아버지의 유품인 바나나를 들고 병원으로 왔습니다. 검게 변색된 바나나를 처연하게 그러쥐고 있어요. 물론 바나나는 까맣고 물컹하게 녹아내리고 있습니다만, 그래도 원숭이는 코를 훌쩍이며 종일 아버지를 떠올렸지요. 울창한 밀림과 착한 동물 친구들과, 아버지의 등에 업힌 채 덩굴을 타고 야자나무들 사이를 뛰어넘던 순간들을 사무치게 그리워합니다. 그날 원숭이는 호수에 있었죠. 물가에 앉아 물질의 제왕인 아버지의 등짝이 역광으로 어둑해지는 모습을 바라보았어요. 잔잔한 수면 위로 물보라가 아찔하게 솟아올랐습니다. 아버지의 양쪽 어깨에는 어느새 무지갯빛 부리를 가진 앵무새들이 날개를 접고 앉아 꾸벅꾸벅 졸고 있었고요. 얼마나 평화로운 광경인가요. 이 풍경을 무엇으로 바꾸겠습니까. 우리는 모두 어린 시절, 따스한 햇볕이 내리쬐는 행복의 극장에서 동화책을 읽거나 곤충을 채집하거나 벽지에 그려진 빗살무늬를 신기하게 쳐다보면서 구구단을 낭송하거나 하지 않았나요. 하지만 이러한 기억은 어딘가 조작된 것처럼 여겨지기도 합니다. 당장 그 시절에 아버지가 어머니를 폭행하며 가스관을 가위로 잘라버리겠다고 위협을 하고 반쯤 정신이 나간 어머니가 옷장에 걸린 양복들을 갈기갈기 찢으며 헝클어진 옷감들 사이에 고립된 채 머리를 세차게 끄덕거리고 있었다는 사실을 까맣게 잊어버린 모습이니 말입니다.

그때 사냥꾼들이 나타났어요. 사냥꾼들의 엽총이 불을 뿜었고, 불길한 총성이 호수의 적막을 반으로 갈랐지요. 앵무새들이 푸드덕거리며 날아올랐어요. 원숭이는 끽끽 비명을 지르며 고개를 돌렸습니다. 숲의 혼잡한 덤불 사이에 수평으로 내뻗은 총구들이 이번엔 자신을 겨냥하고 있었어요. 나쁜 아저씨들이 아버지에게 총질을 했던 거죠. 믿을 수 없었습니다. 그 황홀한 풍경이 이렇듯 한순간에 허물어질 수 있다니요. 그래도 원숭이는 핏덩이가 된 아버지를 향해 나아가고 있었습니다. 수영을 배운 적이 없었지만, 이상하게도 양쪽 팔이 저절로 움직이며 수면을 가르고 있었답니다. 어느새 아버지처럼 길어진 팔을 휘저으면서, 잇몸을 훤히 드러낸 채 원숭이는 호수의 중심을 향해 미친 듯이 나아가고 있었던 것입니다. 자신을 가리키고 있는 총구들을 있는 힘껏 외면했죠. 앵무새들이 공중을 둥글게 맴돌며 속삭였어요. 가지 마. 어서 도망쳐. 피난처로 가. 나쁜 아저씨들이 너마저 해칠 거야. 아버지의 피가 번진 호수는 말 그대로 지옥 같았고, 비릿하고 뜨거운 냄새가 자꾸만 콧속으로 밀려들었습니다. 손에 닿을 거리에 있던 아버지가 어느새 보이지 않았죠. 아버지는 무기력한 자세로, 생기 없는 동심원을 그리며 호수의 밑바닥으로 가라앉고 있었습니다. 그렇게 원숭이는 아버지의 핏속을 헤엄치고 있었던 셈이지요.

원숭이는 아버지가 마지막으로 남겼던 바나나를 차마 먹을 수 없었습니다. 그것은 아버지와 정겨운 밀림, 착한 동물 친구들에 관한 추억을 상기시키는 물건이었거든요. 원숭이는 아버지를 살해한 인간들에 대한 복수를 꿈꾸고 있었습니다. 흉악한 새끼들, 좆같은 인간들 다 눈깔을 파버려, 내가 씨발 어떻게 하나 보자, 내가 씨발 이렇게 병원에 처박혀 네놈들의 마루타로 살아갈 줄 아냐. 마음속으로 원한의 칼을 갈고 있었습니다. 그때 병원의 불한당인 뚱보 어린이가 원숭이를 급습하기 위해 콧김을 뿜으며 달려옵니다. 원숭이는 재빨리 나무를 타고 올라가려 했죠. 그러나 인간들이 자신의 손톱을 지나치게 짧게 깎아버렸음을 상기했어요. 뚱보 어린이가 원숭이를 치받았지요. 원숭이는 풀밭으로 나동그라집니다. 그 바람에 소중한 바나나를 놓치고 말았어요. 원숭이는 켁켁 기침을 하며 가슴 어딘가에 응혈처럼 맺혀 있던 억울함이 터져버리는 것을 느낍니다. 뚱보 어린이가 원숭이의 멱살을 잡으며 말했죠. 이 멍청한 원숭이 새끼야. 네가 진짜 원숭이라고 생각하느냐. 나 뚱보 어린이는 현실 기계에 탑승해 재활 치료를 받고 있어. 너 왜소한 원숭이는 악몽 기계에 탑승해 징그러운 절망 속을 헤매고 있지. 내가 진실을 알려줄까. 알려줄까? 말까? 뚱보 어린이가 바나나를 짓밟았어요. 바나나 점액이 눅진하게 풀밭으로 스며들었죠.

원숭이는 참을 수 없는 기분이 되어 뚱보 어린이의 모가지를 향해 팔을 뻗었습니다. 그러나 뚱보 어린이는 너무나 살이 쪄서 목이 없었지요. 뚱보 어린이가 배를 튕겼습니다. 원숭이는 허우적거리며 풀밭으로 나자빠지고 맙니다. 이 바나나는 오늘 점심에 급식으로 나온 바나나잖아. 너는 바나나

한 개를 들고 훌쩍이고 있지만 나는 바나나 열 송이를 먹고
도 배가 부르지 않아. 그래서 오늘은 너를 괴롭히며 이 까닭
모를 허기를 달래볼까 해. 그만 까불고 순순히 협조하란 말
이야. 원숭이는 경악했습니다. 아버지의 이름을 목 놓아 부
르고 싶었죠. 그러나 밀림과 원숭이들의 세계에서 이름이라
는 것은 존재하지 않습니다. 그것은 인간의 관습이지요. 원숭
이의 입장에서 자신의 외침은 이 간절한 기억들이 전부 가짜
가 아닐까 하는 의심을 심어주기에 충분했던 모양입니다. 원
숭이는 머릿속에 박힌 아버지의 이름을 문질러 지우고 싶었
습니다. 그러나 이 서글픈 이름은 아버지에 대한 그리움만큼
깊게 새겨져 마모되지 않았죠. 이름이란 대체 무엇입니까. 자
신의 기억이 허구라는 사실을 자각하고 나면 원숭이로서의
삶은 대체 어떻게 되는 겁니까. 원숭이는 원숭이로서의 긍지
를 지킬 필요가 있는 겁니다. 뒤뚱거리는 뚱보 어린이가 발
길질을 퍼붓는 동안에도 원숭이는 씩씩하게 버티고 있었어
요. 단지 원숭이처럼 지독하게 비명을 지르고, 눈을 커다랗게
부릅뜬 채 뚱보 어린이를 쏘아보고 있었지요. 그것으로 원숭
이는 인간이기를 거부하고 있었던 겁니다. 그것은 숭고한 태
도가 아닌가요. 그러나 수난을 견디는 숭고함이란 또한 원숭
이의 망상은 아닌지요.

야요이 씨의 역할극에서 제임스 씨와 암스트롱 씨, 그리
고 도미니크 씨는 각각 원숭이, 뚱보 어린이, 간호사의 배역

을 맡고 있었다. 이때 연극의 전면에 출연하지 않는 간호사로 말할 것 같으면 이 역할극의 변사이자 감독인 야요이 씨 뒤편에 숨어 원숭이와 뚱보 어린이의 난투극을 훔쳐보는 역할이었다. 배역은 얼마든지 뒤바뀔 수 있었으며, 그것은 겉으로는 서로의 처지를 이해하기 위해서였지만, 어쩐지 이러한 역할 바꾸기는 서로에 대한 이해나 공감에 도달하지 못하고 심리적인 분열만을 가중시키는 연극 치료의 사악한 패러디처럼 여겨지기도 했다. 어쩌면 원숭이와 뚱보 어린이와 간호사 또한 악몽 기계가 가로지르는 세 가지 인격으로, 악몽 기계는 이러한 내적 분열의 세 인격을 무한히 도치하는 가운데 악무한에 가까운 혼란의 저글링을 산출하고 있는 것이었다. 그러나 야요이 씨는 정말로 이 연극 치료의 효과를 신뢰하는 것처럼 보였다. 악몽 기계의 순환을 자발적으로 반복하고, 어쩌면 가속하는 과정에서, 이를테면 과부하로 인한, 희귀한 시스템의 오류가, 연료의 고갈이, 악무한을 침묵시키는 모종의 출구가 나타나리라는 희박한 가능성을 상상했는지도 몰랐다. 야요이 씨는 악몽 기계의 파열을 위한 남모를 반역을 준비하고 있는지도 몰랐다. 조금씩 빗나가고 밀쳐지던 각도가 쌓이고 쌓여, 허공을 세차게 회전하던 공이 실수한 악몽 기계의 손아귀에서 미끄러지는 바로 그 순간을, 그저 악무한을 통해, 악무한 자체를 악무한의 궤도가 엇나갈 때까지 한없이 증강하는 일을 통해서 말이다.

아를르캥 소년은 공중에 있었다. 그 아래는 아를르캥 소년에게 가장 까마득한 낭떠러지였겠지만, 또한 그것은 단지 의자 위에 올라서는 일, 그리고 천장에 걸린 루프에 목을 걸고, 발꿈치로 자신을 지지한 의자를 슬쩍 건드려 넘어뜨리는 일이었다. 아를르캥 소년의 발이 바닥에서 두 뼘 정도 떠올라 있었다. 상수 씨가 엎드린 채 머리를 짓찧기 시작했다. 상수 씨는 어떤 일이든 극단적인 반응을 선택하곤 했으며 이는 상수 씨가 자신의 격렬한 감정을 잘 보관하지 못하는 사람이기 때문일 뿐 다른 이유는 없었다.

그는 넘어진 의자를 일으켜 세웠다. 의자를 밟고 올라서 왼손의 나이프로 매듭을 잘랐다. 아를르캥 소년의 시신이 내실 바닥으로 힘없이 떨어졌다. 그는 어제 아침 자신이 아를르캥 소년의 풀린 신발 끈을 묶어주려 했음을 떠올리며, 매듭을 묶는 일에 서투른 소년이, 어떻게 그렇게 정교한 올가미를, 자신의 삶 전체를 허공에 매달 수 있는 견고한 올가미를 묶을 수 있었는지에 대해 생각했고, 동시에 어리석은 삶이나 어리석지 않은 삶 모두가 우스꽝스러운 장난 같다는 생각을 했다. 공평하게 바보스러운 비애가 어리석음과 어리석지 않음을 구속하고 있으며, 매일 꿈속에 출현하는 천사의 임무란 공동의 퇴행을 심판하거나 축복하는 일이었다고. 그는 아를르캥 소년의 가슴팍에서 워크맨을 떼어냈다. 차갑게 식은 갈빗대에 귀를 대고 아를르캥 소년의 죽음을 확인했다. 상수 씨가 복도 한복판으로 뛰쳐나갔다. 사람들을 밀치며 연극을 중단시키려 했다. 그는 이어폰을 귀에 꽂았다. 워크맨에서는 음악이 아니라 녹음된 소년의 목소리가 흘러나왔다.

선생님! 선생님께서는 제가 이 메시지를 남기는 일을 용서해주실 것으로 알아요. 이제 제가 무슨 여한이 있겠어요. 못난 직원은 저 하나로 족하답니다. 일과를 마친 다음 방으로 돌아와 바닥에 주저앉자 새카매진 발바닥이 눈에 들어왔어요. 발가락 사이엔 양말 보푸라기가 끼어 있었고요. 악취도 심했어요. 달빛이 비치는 창가에 의자를 놓고 앉아 양쪽 발꿈치를 창틀에 붙이면 창문에 어린 냉기 때문에 발바닥의 부기가 사그라지는 것 같았지요. 몸과 마음이 회복되는 기분이었어요. 언제나처럼 그러고 있는데 문득 콜롱비나 씨의 목소리가 들려오는 거예요. 환청인 것 같아서 주위를 둘러보았는데요. 저는 으레 환청에 시달릴 때마다 바지를 내리고 자위를 했어요. 정신이 불안할 때도 마찬가지로요. 엎드려 양팔을 뻗은 채 노란 장판에 발기하지 않은 가랑이를 문질렀지요. 사람들의 고통이나 저를 몰아대는 죄책감이 제 엽기적인 생식기에 괴여 있는 느낌이 들어서요. 힘차게 생식기를 쥐어짜는 동안엔 프루프록 씨 같은 사람들이 가진 특별한 유형의 권태, 세상을 향한 냉소적인 환멸감이나 희한한 과대망상들로 치장된 무관심성을 이해할 수 있을 것 같은 기분이 되었죠. 프루프록 씨가 하는 말들을 잘 들어보세요. 프루프록 씨는 결국 우주적인 존재로 변신해 그 경이로운 찡그림 속에서 지구의 얼굴에 듬뿍 사정하는 순간을 갈망하고 있을 뿐이잖아요. 제 소망의 끝자락에 그 벌레만도 못한 오줌싸개가 있었다는 것도 충분히 이해하고 있었다고요.

마음을 좀 다스리고 다시 말씀을 드리겠습니다. 달빛이 스며든 고요한 정원을 바라보며 자위를 하려고 했는데요. 마음이 안정되지 않았어요. 바지를 벗지도 못했고요. 허리띠 버클엔 손도 대지 못했지요. 오늘 아침 택시에서 콜롱비나 씨가 제 어깨를 깨물었다고 말씀드린 적이 있죠. 환청이 들리는 곳이 거기였어요. 멍울이 욱신거렸죠. 뭉툭한 말뚝이 쇄골 아래에 박히는 것 같은 강렬한 통증이 이어졌어요. 청각과 통각이 한데 얽혀 관자놀이에 징을 쳐댔어요. 콜롱비나 씨, 저는 당신께 잘못한 게 없잖아요. 저를 좀 살려주세요. 저는 엎어져 바닥을 데굴데굴 굴렀지요. 통증은 쉽사리 진정되지 않았어요. 그 느낌을 어떻게 전달해야 할까. 환청을 어떻게 언어 따위로 설명할 수 있겠어요. 진심으로 죽을 것 같았다고요. 머리 위로 샛별 수천 개가 유통되었죠. 초고속으로 공전하고, 별 하나하나마다 빛으로 착각된 음성들이 닥치는 대로 쏟아져 내렸다고요. 콜롱비나 씨, 저도 살고 싶어요. 이렇게 괴롭히시면 제가 어떻게 당신의 말씀에 귀를 기울일 수 있겠어요. 잘 들어야 당신을 위해 제사도 지내고 안타까움도 느끼고 할 거 아녜요. 저는 어렵사리 바지를 탈의하고 제 깜찍한 생식기의 모가지를 꽉 움켜쥘 수 있었습니다. 그런데 말입니다. 어느새 더듬이가 둘 달린 설치류 크기의 민달팽이 한 마리가 제 몸을 타고 기어오르는 것이 아닙니까. 티셔츠 목 바깥쪽으로 머리를 내밀고, 축축한 밑바닥으로 제 민감한 젖꼭지를 문질러대면서요. 저는 몸을 뒤집었어요. 달팽이를 가슴으로 압박하기 시작했지요. 이 미친 달팽이 새끼!

끈적끈적한 체액이 저를 감쌌어요. 저는 콜롱비나 씨의 목소리에 찔려 그 목소리가 제 몸을 관통하는 것을 얼떨떨하게 방치하고 있었죠. 그때 콜롱비나 씨는 자신이 감금된 프루프록 씨의 창고를 묘사하고 있었어요. 저는 가슴을 쥐어뜯고 있었고요. 콜롱비나 씨는 내게 얼마나 중요했지? 얼마나 중요한 사람이었기에 이렇게 내 인생이 속수무책으로 고달파지는 거지? 단지 제 얼빠진 환상에 불과한 민달팽이가 질박하게 녹아내려 형체도 없이 사라진 다음에도 말입니다. 콜롱비나 씨는 이제 친절한 사람이기를 포기한 것 같았어요. 콜롱비나 씨, 당신의 유지를 받들어 텃밭을 유지하도록 하겠습니다. 콜롱비나 씨, 편히 눈을 감으세요. 저도 편히 귀를 닫겠습니다. 당신을 그렇게 만든 사람은 프루프록 씨예요. 내가 아니잖아. 나는 아를르캥 소년이라고. 정신 똑바로 차려. 닥쳐. 속삭이지 마. 고함치지 말라고. 나를 가지고 놀지 마. 애꿎은 장소에서 분풀이하지 말고 잠이나 자. 콜롱비나 씨, 당신에게 하는 말이 아네요. 오해하셨다면 죄송해요. 당신이 아니라 환청에게 하는 말이라고요. 용서하기 싫으면 저를 버리세요. 용서하신다면 입을 굳게 다무시고요.

그래도 콜롱비나 씨는 말을 그치지 않았죠. 제가 들었던 것은 프루프록 씨의 창고에 감금된 콜롱비나 씨의 목소리였어요. 콜롱비나 씨는 혼자였습니다. 콜롱비나 씨는…… 제게 자신을 구해달라는 이야기를 하지는 않았어요. 콜롱비나 씨, 곧 죽게 생겼잖아요. 너무 아파요. 다 싫어. 여기서 다 나, 나가라. 하지 마라. 콜롱비나 씨. 하지 마. 코피를 흘리는 콜롱비나 씨. 악몽의 끝까지 도려낸 입. 콜롱비나 씨는 무엇을 하셨는가. 콜롱비나 씨는 무엇인가. 그러니까 콜롱비나 씨는 무슨 말을 했는가. 무슨 뭐?

선, 선생님, 콜롱비나 씨는 그러니까 창고에 있, 있었다고요 무, 무릎을 만지다가 일어서서 걷, 걷기도 했겠지요 앉았다가, 뭐 그런? 벽을 밀쳤다가, 안, 안짱다리로, 비좁은 곳을 산책하, 하다가, 어떤 것도? 그 어떤 꽃 덤불 속의 그 어떤 동굴 같은 들개의 해골 속의 그 어떤 증발한 냄새도? 평평한 장소에서, 뭔가? 서핑? 날아가는 새 밟기 게임? 범고래 승마? 그런 것을 하듯? 발을 끌며 걷다가 자신의 발등을 굽어보고는 살아 있었다, 콜롱비나 씨, 그러다 자신이 더는 살아 있다, 다는 사실에 대해 전혀 의식하지 않게 되, 되었을지도 모르죠 그, 그런데 콜롱비나 씨, 씨의 죽음이 확, 확실해진 이후에도 환, 환청이 끊이지 않, 않는 걸 보면 이상하죠 프, 프루

프록 씨의 꼭, 꼭두각시들이 말이라는 걸 할 수 있으, 으리라
곤 생각해본 적이 없거든, 든요 침묵, 묵하는 꼭두각, 각시들
의 침, 침묵도 제 침묵과는 다르잖, 잖아요 이건 제 환청일 뿐
이라, 라고요 네가 죽, 었다고 상상한 이후에 네, 네게 벌어질
일들을 집요하게 묘사하, 하렴 그것은 어차피 다 틀, 틀릴 테
니까 입을 빼앗기고 나면 네가 발생시킨 번듯한 허깨비들이
저, 저절로 움직이, 이기 시작할 거야 물론 그것도 네, 네 착
오라는 사실을 명심하렴.

그런 가혹한 명령 속에서 제, 제가 접, 접근할 수 없는 어
두, 두운 창고의 문, 문이 열, 리고 통통한 손 하나가 불, 쑥 들
어왔어요 그 손은 콜롱비나 씨의 어, 깨를 손아귀로 꽉 억, 류
했고, 요 살짝 힘을 풀, 어 가볍, 게 놓아, 주기도 하다, 가요
콜, 롱비나 씨는 눈부신 공간으로 훌쩍 날아갔고 축축하고
미끄, 덩한 연구개 속으, 로 부드, 럽게 처박혀서요 치아 없,
는 질척하고 미지, 근한 구멍 속에, 서 위로 아래로 다, 시 위
로, 달콤하고 고, 소한 이유식 냄새, 를 풍기는 물컹한 체, 내
를 들락거, 리다 그러니까 콜롱비나 씨를 잡, 아먹은 그 잇몸
이 늙고 케케묵, 었는지 손상되기 쉽게 붉고 연, 약한지, 아
무, 도 모르잖아요 콜, 롱비나 씨조차도 그저 왕복하며 실컷
머리채, 를 탐닉하, 는 구강에 의, 해 인, 체에 해, 로울지도 모
를 흡입, 성 고무, 인형이 되, 어 앙 물, 린 어둠 속에, 서 코와
이, 마 사이, 를 갈지, 자로 선회하는 혀, 끝의 난폭한 쩝쩝거

림, 재, 잘거림, 깔짝거, 림 할짝거림 짤, 깍거림 속, 에서 걸
쭉, 하게 반죽되며 뭉, 그러지, 는데도 콜롱비나 씨의 눈은 구
슬처럼 커, 다랗, 고 눈꺼풀은 감기지 않네 코는 여전히 뭉툭
하구나 턱이 뾰족하구나 이마가 판판하구나 콜롱비나 씨는
아프지 않, 게 깨, 물리며 이렇게 쉼표가 송곳니처럼 콱, 불거
지지 않은 구덩이에, 서 끈적거리는 타, 액으로 흥건한 진, 흙
거품 속에서 온통 샤, 워를 해도 기분이 나쁘지가 않고 자, 신
을 쥐고 역시 위로 아래로 위로 아래로 솟아오르고 하강하면
서 실, 신 직, 전의 로, 켓처럼 진, 동하는 과정에서 흥분하고
새롭게 북, 받치면서 손, 아귀 속에서 마, 침내 모가, 지의 패
킹, 이 똑 하, 하고 부러, 지는 순, 간 나머, 지 몸, 뚱이는 창고
속으로 던져지, 는 가운데 원, 시적으로 흐느적거리는 수천
개의 도마, 뱀 꼬리, 인 분, 열된 무더, 기 속에서 영원, 히 합
쳐지, 고 있네 네 네 그랬다고요 그렇게 하겠다고요 네 네 나
는 다시 태어나도 네 네 네 아직 네 머리통은 질겅거리는 구,
강 속에 있어 그 말랑말랑한 살갗은 속이 빈 골, 무 같은 네
머, 리통를 씹고 있지 벌렁거리고 있지 여전히 물렁하고 조
금은 아늑하, 기까지 한 몽롱, 한 체온 속의 핏덩, 이처럼 유,
쾌하고 찌릿해 죽겠, 다는 듯이 짝짝거리는 풍부하, 고 과민
한 입속에 조난된 채로 그곳의 우, 글거리, 는 교, 감신, 경들
을 충분히 간, 지럽히, 면서 말이지 하 하 하 좋아 좋아 좋아
좋아 좋아 진짜 좋아! 프, 루프, 록 씨의 악, 몽 기, 계가 쩍 입

을 벌리, 고 머리, 통을 무성의하게 퉤 뱉, 으면 콜롱비나, 씨
는 어디, 로 가나 어디, 로 허물, 어지며 범, 람하고 증식하는
창고 속, 에, 서 얼, 굴들 얼굴들 얼굴, 들, 이제, 는 얼, 굴들 말,
말 말 말 침, 묵 침묵 침, 묵 우, 물 우물 우, 물 랄, 라 랄, 라 랄
라 노, 래, 래 래 래 부르, 지 마, 세 세 세, 요 하, 지 지 지 말,
고 부, 딱 딱 딱 귓, 속 속 속에 음, 음, 음소, 거를 한, 뒤 선, 생
님 제 노, 래는 이런 게, 아 아 아니에, 요 요 요 아롱 아롱 아롱
콕 콕 콕 찹 찹 찹 쪽 쪽 쪽 힉 힉 힉 냐 냐 냐 쾌 쾌 쾌 컥 컥 컥
겔 겔 겔 치 치 치 퉤 퉤 퉤 쌕 쌕 쌕 캭 캭 캭 쯥 쯥 쯥 똑 똑 똑.

되살아나는 인형

그는 거울을 바라보며 생각했다. 나의 꿈일 뿐이다. 옷장
을 열면 수많은 대파가 무럭무럭 자라나 새하얀 꽃을 피웠
다. 그러나 이러한 불운 또한 나의 꿈이니, 아를르캥 소년의
장례는 한밤에 치러질 예정이었고, 그는 꿈속에서 끙끙거리
며 석관을 끄집어냈다. 가여운 사람들이 석관을 이고 복도를
지나갔다. 이번엔 정말 나의 꿈이니, 액자 속의 세일즈맨들
은 핼러윈 파티에 참석한 것처럼 색색의 귀신 가면을 썼다.
그러나 이 정황들이란 서술자의 꿈이지만 그의 꿈은 아닌 것
이, 거울 속에는 아직도 얼굴을 되찾지 못한 그가 담배를 피

우고 있었기 때문이다. 달팽이 화석인 그가 어떻게 담배를
빨아들일 수 있는지 채 언급되지 않은 모습이었다. 연기가
내실 천장에서 둥글게 뭉쳐졌다. 그는 눈물을 흘릴 수도 있
었다. 그러나 눈물을 흘리는 달팽이 화석은 어떨까. 폭우에
젖은 광물의 냄새를 풍길 수 있을까. 그는 콜록거렸다. 손으
로 눈을 훔쳤다.

석관이 텃밭에 세워졌다. 얼굴에서 달팽이 화석이 빠르게
회전했기 때문에 그는 손가락이 잘리는 환각에 시달렸고, 얼
굴에 손을 얹자마자 그러한 일이 일어났어야 했지만, 그는 손
가락이 잘리지 않았고, 말을 하거나 눈물을 닦을 수도, 겨울
의 냄새를 코끝이 시큰하도록 맡을 수도 있었다. 제임스 씨
와 나카무라 씨가 텃밭에 삽질을 했다. 겨우내 척박해진 텃밭
엔 삽날이 잘 들어가지 않았다. 그들은 탈골된 어깨를 이끌고
드미트리 씨가 정원 초입에 천막을 쳐 설치한 간이 보건소로
갔다. 드미트리 씨는 익숙한 동작으로, 엄한 선생님처럼 굴며
그들의 어깨를 고쳐주었다. 앞치마를 두른 암스트롱 씨가 쟁
반에 국밥 두 그릇과 간식인 사과 네 알을 받쳐 그들에게 왔
다. 야요이 씨는 시를 썼다. 겨울 철새들이 야요이 씨의 몸에
내려앉아 재잘거렸다. 상수 씨는 네발로 정원을 뛰어다녔다.
야자나무와 씨름을 하기도 했는데, 곁을 우연히 지나치던 엘
리자베스 씨가 대뜸 그에게 사랑을 느끼고 말았다. 엘리자베
스 씨는 아흔 살이 넘었고, 스무 해쯤 전에는 황무지를 떠도

는 국적 없는 할머니들이 결성한 비밀결사의 초대 의장에 임명되었던 사람이었다. 나카무라 씨가 김이 오르는 국밥을 떠먹으며 말했다. 암스트롱 씨, 너무 맛있어.

작업이 완료되었을 때는 자정 무렵이었다. 사람들은 검은 의복으로 갈아입은 상태였다. 석관은 구덩이 아래에 안치되었다. 사람들이 구덩이 쪽으로 랜턴을 기울였다. 정원을 부유하던 빛들이 석관을 향해 한꺼번에 번졌다. 구덩이 밑바닥이 환해졌다. 석관의 안면부가 아를르캥 소년의 얼굴로 변해 있었다. 그것은 시간이 많이 흐르고 난 뒤의, 이미 성인이 된 아를르캥 소년의 얼굴이었다. 석관은 하르르 물결치는 노란 조명 한가운데 무겁게 침몰해 있었다. 그는 쪼그려 앉아 석관을 바라보았다. 그리고 기억나지 않는 과거의 어느 날, 구덩이 아래에 누운 소년처럼, 자신 또한 달팽이 화석을 뒤집어쓰지 않을 기회가 있었음을, 그러나 그 기회를 저버렸다는 사실을 떠올리며 형편없는 회한에 빠졌다. 소년이 죽음을 통해 자신의 얼굴과 닮은 뚜껑을 가졌다면, 그는 거짓된 죽음인 악몽 속에서 자신의 얼굴을 배당받지 못한 채 개방되지 않는 석관 뚜껑을 거칠게 두들기며, 지하에 매몰된 석관 안쪽을 애처롭게 긁어대는 가련한 상황에 처해 있는지도 모를 일이었다. 주위를 맴돌던 악몽이 그의 석관 표면에 달팽이 모양의 부조를 새겼다.

사람들이 구덩이를 향해 묵념을 했다. 입김이 자욱했다. 랜턴이 순차적으로 꺼졌다. 구덩이가 캄캄한 벼랑으로 가라앉았다. 사람들은 가냘프게 숨을 쉬었다. 누구도 이 적막의 불청객이 아니었다. 풍경이 어둠에 잠식되고 난 뒤였다. 어둠의 안쪽에서 내부와 외부는 쪼개지지 않았고, 눈을 감으면 자신의 내면 어딘가에 존재할 풍경이, 그가 눈을 뜨고 난 뒤로도 저곳에 존재할 수 있었으며, 다만 보이지 않았을 뿐, 사람들은 이글거리는 어둠 속에서 그들의 머리를 악물고 있는 공허 속으로 삼켜지지 않았다. 누군가가 흙을 뿌렸고, 그 또한 삽으로 흙을 조금 떠 구덩이 안으로 던졌다. 대파들이 우수수 구덩이 아래로 들어갔다. 이내 그들은 서로의 곁을 알지 못한 채 멍하니 서 있었다. 야요이 씨의 목소리가 들렸다. 여러분, 엄숙한 분위기에 죄송한데요. 제가 시를 썼어요. 구슬픈 아를르캥 소년을 위해서예요. 조금만 참고 들어주셨으면 좋겠습니다. 목소리가 파르르 떨렸다.

매일 버리려고 시를 썼는데요. 버리려고 대본을 썼고요. 그러니까 저는 낫 놓고 기역 자도 모르는 까막눈이고, 입으로 글을 쓰고 나면 외울 수가 없었거든요. 오늘은 걸작을 썼는데, 아쉽게도 휘발되고 말았답니다. 기억으로 그 노랫말을 되살릴 수 있다면 더 바랄 일이 없겠지만요. 저는 머리가 아주 나빠요. 암기력과 집중력이 부족해서 어릴 적엔 얼간이라고 놀림을 받기도 했거든요. 제 밥벌이도 하지 못할 인간이라고요. 그래도 제가 시를 쓰고 대본도 쓰는 작가가 되었답니다.

감격스러운 일이잖아요. 오늘은 즉흥적으로 하겠습니다. 글을 쓰실 줄 아는 분이 계시면 받아 적어주세요. 어둠이 이슥해 글을 쓸 수 없으면요. 어둠 위에 글을 쓰면 되잖아요. 야요이 씨가 수줍은 듯 헛기침했다.

이때 어둠이란 곧 정원을 뒤덮을 눈 더미를 뜻하는 모양이었다. 야요이 씨가 시를 낭송하자마자 폭설이 쏟아졌다. 다른 이들은 가만히 경청했고, 문맹이 아닌 이들은 포근한 눈의 더께에 야요이 씨의 시를 필경했다. 그는 눈이 밤새 녹아 야요이 씨의 시가 없어지리라고 예상했지만 이내 그의 판단은 보기 좋게 빗나갔다. 새벽녘에 몰아친 맹렬한 추위가 눈밭을 통째로 얼렸다. 눈의 입자가 얼음 조각처럼 날카롭고 빳빳해졌다. 글자들은 하루 동안 지워지지 않은 채 그대로 남아 있었다. 야요이 씨는 아를르캥 소년의 무덤 앞에서 머쓱하게 뒤통수를 긁으며 주변을 배회하던 엘리자베스 씨에게 간밤의 시를 읽어달라고 부탁했다. 드디어 나도 퇴고라는 걸 할 수 있겠군. 첫 문장부터 머리를 쥐어뜯었다. 망작이야, 망작! 어젯밤의 낭독회를 상기하면 얼굴이 화끈거려 견딜 수 없군. 원숭이도 나무에서 떨어지는 날이 있다더니 그게 오늘이란 말인가. 양손으로 황급히 엘리자베스 씨의 입을 틀어막았다. 그날 밤 아를르캥 소년의 유령이 나타나 무덤 앞에 새겨진 야요이 씨의 망작을 담요처럼 개켜 무덤 안으로 가져갔다. 정말 탐나는 망작이야. 야요이 씨에겐 미안하지만 훔치고 싶을 만큼 매력적인걸. 명계에서 이 시를 발표하면 천사들이 뿔피리를 불며 나를 천당으로 인도하겠지. 아를르캥 소년의 무덤 앞이 깨끗해졌다. 야요이 씨는 안도해 가슴을 쓸어내렸다.

*

그는 다시금 내실 침대 위에 누워 있었다. 머릿속이 끓인 풀처럼 곤죽이 되어 있었다. 그는 잠시 참새 장난감과 노닥거렸다. 갑작스레 내실 문이 열렸다. 그는 내실로 입장하는 프루프록 씨를 망연하게 쳐다보았다. 화들짝 놀라 침대에서 일어났다. 당장 나가십시오. 오늘부터 파업이에요. 사생활 침해라고요. 프루프록 씨는 별다른 반응이 없었다. 프루프록 씨, 제가 오늘 무슨 일을 치렀는지 아십니까. 참담하고 애통한 심경입니다. 항상 찾아가 머리를 조아린다고 제가 호구로 보이십니까. 그거 다 가식이에요. 썩 꺼져버려요. 프루프록 씨는 지팡이를 짚은 강철 노신사의 모습이었다. 손등의 투명한 캡 아래로 작동의 원리를 적나라하게 노출한 톱니바퀴 장치들이 있었다. 목 잘린 기사처럼 머리가 없었는데, 벌어진 가랑이 사이에는 흉측한 뻐꾸기가 스프링에 휘감겨 덜렁거렸다. 그는 기분이 언짢았다. 그냥 부숴버릴까. 어깻죽지에 잠자리의 양쪽 겹눈을 연상시키는 스피커가 붙어 있었다. 프루프록 씨가 말했다. 말이 이어지는 동안에도 지팡이가 일정한 리듬으로 딱딱거리며 거슬리는 소리를 냈다.

오늘 내가 이곳까지 방문한 이유는 은밀한 거래를 위해서라오. 내 용모가 어떻소. 제법 그럴듯하게 쓸모가 없지 않소? 이곳에 도착하는 데만 무려 반나절이 걸렸소이다. 그래도 나는 스스로를 아주 독창적인 기계라고 생각하고 있다오. 당신 같은 미물이 이해할 수 있을지는 잘 모르겠지만 말이오. 여정이 심심할까 하여 앙증맞은 꼭두각시 친구들과 함께 행진을 했소이다. 자, 이곳으로 들어오시게. 세일즈맨 양반의 환대를 받으시게나. 프루프록 씨의 꼭두각시 인형들이 웅성거리며 문턱을 넘고 있었다.

내 반가운 소식을 듣자 하니 이곳에서 시신 한 구를 새로 들였다고 하더이다. 나로 말할 것 같으면 산 사람을 구입하는 일보다 죽은 사람을 구입하는 일에 더 관심이 많소. 산 자의 머릿수보다 죽은 자의 머릿수가 훨씬 많을 것이 자명하거든. 산 자를 처분하는 일이 현상과 관계하는 일이라면 죽은 자를 처분하는 일은 역사와 관계하는 일이라는 이야기를 하고 싶은 것이오. 더군다나 당신의 카탈로그에는 사망한 어릿광대의 이름과 금액이 적혀 있지 않을 테니, 내 카탈로그에는 없을 진귀한 실물을 사러 이곳까지 직접 방문하게 된 것이오. 내게 시신을 팔면 어떻소. 값은 후하게 지불하겠소. 나는 늘 최상의 공허만을 취급하는 사람이오. 삶을 개조하는 일이란 환영의 꼭두각시놀음일 따름이라는 사실도 잘 알고 있지. 산 자들로 연습을 마친 뒤 끝내 죽은 자들을 개조하는 것만이 내가 욕망하는 궁극의 소명이라고나 할까. 게다가 그 어릿광대 소년은 아주 흠모할 만한 육체를 가졌더구려. 소식을 접했을 때 내가 이날을 줄곧 기다려왔다는 사실을 자각할 수 있었다오. 사랑의 실체란 이러한 기다림이 아니었겠소? 허허, 이런 고백은 창피하군. 부끄러워 쥐구멍에라도 들어가고 싶은 심정이외다.

그가 대답했다. 제가 사장님이 아니라서 함부로 결정할 수가……

프루프록 씨가 되물었다. 당신이 아니라면 이 마켓의 주인이 누구라는 말이오? 여기 다른 피에로라도 있단 말이오?

그는 양쪽 손바닥으로 얼굴을 감쌌다. 프루프록 씨의 꼭두각시들이 내실로 쳐들어와 거울을 떼어냈다. 그는 거기 있었다. 거울이 치워진다면 그는 그저 하나의 구멍이지 않은가. 복도에는 서로를 짓밟으며 쓰러지는 꼭두각시들이 산더미처럼 쌓여 있었다. 얼굴에서 떨어진 화석이 내실 바닥을 굴러갔다. 곧이어 그는 시야를 장악하는 아득한 어스름의 포말 속에 머무르고 있었다. 아무것도 생각하지 않았다. 느끼지 못했으며, 세계 또한 그러한 존재 미만의 애매한 밝기로 물러나 있었다. 그곳을 혼잡하게 채우는 것은 여럿의 와해된 크로키들, 산산이 헤쳐진 뜬구름들, 혼몽함 속을 떠다니는 민들레 홀씨 모양의 잔영들이었다. 그는 나사가 빠진 얼굴로 바

닥에 주저앉게 되었다. 더듬거리는 손가락이 나부끼는 크로
키들을 잡아채고 있었다. 짚고 있었고, 누르거나 반죽하고 있
었으며, 떼어 던지고, 늘여 펼치고, 손가락 사이로 스치는 물
거품들을 집요하게 건드리고 있었다. 이 순간은 밝혀지지 않
았다. 망각 속을 휘젓는 그의 갈피 없는 손은 서서히 와류의
원리를 이해하게 될 것이다. 어리둥절하게, 그러나 언제나 그
것을 따라 어지러워하는 방식으로. 그가 여태껏 찾아다녔던
것은 자신의 얼굴이었지만, 또한 그가 이러한 망각 속에서
구하고자 했던 것은 바로 자신의 달팽이 화석이었던 것이다.
그는 침대 주변에서 화석을 발견했으며 그것으로 얼굴의 구
멍을 메웠다. 충치를 쑤시는 가느다란 꼬챙이, 마취 상태, 오
염된 피 냄새, 희미한 시야로 들이닥치는 드릴의 회전, 그리
고 즉물적인 깨어남이 있었다. 싸늘한 새벽이었다. 그는 다른
사람이 되어 있었다.

뼈와 꿈

강보원
(시인, 문학평론가)

황금알을 낳는 거위

황금알을 낳는 거위에 대한 이야기로부터 시작해보자. 이 이야기에는 많은 판본이 있지만 대강의 얼개는 거위가 황금알을 낳기 시작했고, 이 거위의 소유자는 황금을 더 많이 얻고자 하는 탐욕 때문에 거위의 배를 갈라 죽게 만들고 결국 황금을 영영 잃고 만다는 것이다. 『클로이의 무지개』에 수록된 네 편의 소설은 모두 이 황금알과 모종의 관계를 맺고 있다. 「거위와 인육」은 말할 것도 없이 황금알을 낳는 거위 이야기를 거의 직접적으로 인유하고 있으며, 「클로이의 무지개」는 자체로 보물선의 막대한 황금을 찾기 위한 여정이다. 나머지 두 편의 소설 「가면의 공방」과 「프록코트 혹은 꼭두각시 악몽」의 주요한 무대가 되는 곳은 공방과 꼭두각시 마켓이라는 기업이다. 『감상 소설』[1]에서부터 양선형에게 소설은 언제나 회사였으며 이윤을 창출하는 공간이었고 양선형의 인물들은 그 회사에 배제되는 방식으로 포함된 이들이었다. 황금알은 이 이윤의 가시화된 형태이다. 이는 우선 양선형의 소설이 어떤 욕망, 그리고 이 맥락에서 보다 간명한 표현으로는 이익에 관련된 것임을 말해준다. 어떤 이익인가? 수도 없이 인용된 김현의 무용지용론은 여전히 문학이 이익을 창출하는 메커니즘을 가장 간명하게 묘사한 글 중 하나이다. 문학은 쓸모가 없기 때문에 가장 큰 쓸모를 가진다. 그것은 무의미를 최대의 의미로 전환시키는 방법론이다. 문학의 깨달음은 의미를 구하기 위해 굳이 의미가 필요하지 않다는 데에 있다. 그것은 "사랑을 사랑과만, 신뢰를 신뢰와만 등으로 교환할 수 있"[2]어야 한다는 마르크스의 이상을 거부한다. 문학을 통해 의미는 무의미와 교환된다. 즉 A를 구하는 데에 A에 상응하는 무언가가 필요하지 않은 것이다. A를 구하기 위해서는 B가 사용될 수 있다. B를 구하기 위해선 C, D, E, 아무것이나 가능하다. 그리고 결국 무엇인가를 구하기 위해서는 아무것도 필요하지 않게 된다. 고기가 필요한 상황에서 벌레를 씹어도 괜찮다. 왜냐하면 문학은 벌레를 소고기로 교

---

1 양선형, 『감상소설』, 문학과지성사, 2018.

2 칼 마르크스, 『경제학-철학 수고』, 강유원 옮김, 이론과실천, 2006, p. 181.

환하는 법을 알고 있기 때문이다. "눈을 감고 벌레를 씹으며 이것은 벌레가 아니다,라고 스스로를 가만가만 위로해보자. 자신을 속이고 미혹해보자. 그러면 벌레에게서 벌레의 맛이 사라진다. 구역질이 사그라진다. 소고기 맛이 난다. 그렇다고 들 한다."[3]

무의미는 편재해 있다. 그러므로 우리가 무의미를 의미로 바꿀 수 있다는 것은 한 마리의 거위, 평범하고 곧 소모되어 버릴 알을 영원히 지속되는 황금으로 바꿀 수 있다는 것, 그러한 황금알이 편재되어 있다는 것을 뜻한다. 통상적으로 문학을 하는 이들은 현실의 이익으로부터 거리를 두고 글쓰기라는 사명, 혹은 보편적이지 않은 개인적 욕망을 위해 자신을 투신한다고 생각된다. 그들은 고집쟁이이고 또 현실적으로는 다소 어리숙하며 이해관계를 잘 파악하지 못하는 사람으로 여겨진다. 어떤 젊은이가 작가가 되겠다는 선언을 했을 때 얼마나 많은 부모의 가슴이 미어졌겠는가? 앞으로 그에게는 고생길이 열려 있을 테니 말이다. 어떤 측면에서 이는 분명히 사실이다. 최근에는 사정이 달라지고 있는 중일 수 있지만, 많은 작가가 실제로 가난에 시달리며 종종 그 가난 속에서 비극적으로 삶을 끝마치기도 한다. 하지만 그러한 사실

3   「생활과 L의 유령」, 『감상소설』, p. 72.

이 곧 그들이 다른 사람들보다 현실적인 이익에 무관심했다고 말할 수 있게 해주는 것은 아니다. 오히려 그들은 다른 모든 사람처럼, 이익과 관련하여 단 한 순간도 그것을 등한시한 적이 없다. 그 이익은 또한 결코 공상적이지 않으며 반대로 지극히 현실적이다. 작가를 포함하여, 모든 진지한 예술가는 극도의 현실주의자이자 실용주의자들이다. 그들의 입장에서는 나머지 모든 인간의 행동이 비효율적이고 어리석게 보이는 것이다. 왜 원하는 것을 **곧바로** 얻으려 하지 않는가? 그들은 최대한 단순하게 생각하려고 한다. 만약 우리가 그 행복을 곧바로 얻을 수 있다면 무엇 하러 다른 수단을 경유해 돌아가야 한다는 것인가? 만약 직장을 구해 일을 하고 돈을 벌어 행복한 삶에 접근해야만 하는 것이 아니라, 직장과 돈이 없어도 행복해질 수 있다면 왜 그런 것들을 감당해야 한다는 말인가? 문학은 이 행복을 손에 쥐기 위한 가장 **현실적인** 수단 중 하나이다. 소설을 쓰고, 그 소설을 통해 자아와 세계와의 화해를 이루어내면, 거기에는 더 이상 바랄 만한 무언가가 존재하지 않을 것이다. 욕망은 결핍이며, 화해는 결핍의 결핍이다. 문학은 결핍을 결코 충족시킬 수 없다는 것을 알고 있다. 그러므로 그것은 결핍을 제거한다. 이것이 문학이 알려주는 방법론이며 문학은 이를 통해 세상의 어떤 부자보다 더 큰 부를 획득한다. 양선형은 이 방법론을 터득하고 체화한 이에게 세상이 어떻게 보이는지를 이렇게 쓴다. "경천동지. 하늘을 놀라게 하고 땅을 움직이게 한다는 뜻이다. 받은 금액의 쥐꼬리를 떼어 빌딩 스무 채를 간단히 구입할 수 있을 정도였다. 실화입니까? 제게 무슨 일이 벌어진 것입니까? 그는 경탄했다"(「거위와 인육」, p. 74).

이것이 황금알에 걸려 있는 가치이다. 그러므로 문학에 입문했을 때, 이 기술의 숙련을 공적으로 인정받고 작가의 상징인 '베레모'를 쓰게 되었을 때, 그 베레모는 천문학적 가치일 수밖에 없는 것이다. 이 베레모가 "자존감 버섯"(p. 88)인 이유는 그것이 단지 제도나 타인의 인정을 통해 그를 작가로서 치켜세워주기 때문이 아니다. 문학이란 자신을 세상에 존재해도 되는 것으로 정립하는 방법에 관한 것이다. 그 방법의 핵심은 무엇을 바꾸기보다는 그저 이미 존재하는 세계를 특정한 방식으로 바라보는 기술에 있다. 즉 이 베레모는 결국 문학적 **시선**의 체현물이다. 양선형의 소설 곳곳에서 드러나는 신체의 이동을 떠올려본다면, "나는 내 두뇌를 허벅지 안에 보관하고 있지"(「프록코트 혹은 꼭두각시 악몽」, p. 284)라고 말하는 프루프록 씨의 경우처럼, 이 베레모는 머리 위에 달린 탈부착이 가능하고 잃어버릴 수도 있는 눈, 머리 위에 쓰고 세계를 볼 수 있는 눈이라는 것을 알 수 있다. 「거위와 인육」의 '그'가 악마를 알아보지 못했던 이유는 그가 어린아이를 보고 있는 눈은 이미 눈이 아니며, 악마를 봐야 하는

그 눈 — 베레모 — 은 꽁꽁 숨기려고만 하고 있었기 때문이
다. 양선형에게 맨눈이라는 것은 항상 부재하며 그것은 항상
어떤 부가적이거나 기계적인 장치로서 나타나야만 하는 것
이다.

문제는 이 무한한 황금, 화수분으로서 문학이 가져다준 부
가 사실은 빚이었던 것으로 밝혀진다는 것이다. 예술의 종
언이나 근대 문학의 종언과 같은 말들은 문학이 지니고 있
던 상징적 자본이 실은 허구에 불과했음을, 혹은 적어도 시
효 만료로 인해 그것이 더 이상 자본으로 작동할 수 없음을
폭로한다. "내 황금이 어디로 증발했지? 허풍쟁이 악마가 불
안스레 주변을 기웃거렸다"(pp. 70~71). 하지만 「거위와 인
육」의 '그'에게 이 사실은 너무 늦게 전해졌으며, 그는 자신
의 처지를 뒤늦게 자각한다. "허풍쟁이 악마의 의뢰를 처음
전해 들었을 때 그는 어렸다. 돈이 아주 많이 필요했다. 더는
어리다고 할 수 없는 지금, 그는 생애 내내 지출했던 돈을 허
풍쟁이 악마에게 전부 반납해야만 하는 얄궂은 상황에 봉착
해 있었다. 매복 행위가 아무런 성과를 거두지 못한다면 그
는 빚더미에 올라앉을 예정이었다"(p. 69). 이 빚은 이중적
인 의미에서 빚인데, 왜냐하면 그것은 문학이 가져다준 부를
사용한 '그'의 빚이기도 하지만, 문학이 그에게 빌려준 돈 자
체가 이미 문학이 세계에 대해, 사물에 대해 지고 있는 빚이

기 때문이다. 세계를 바라보는 방식을 바꿈으로써 문학은 세계를 조작하고 있었던 것이며, 문학이 보유했다고 자처하는 황금을 얻었던 방식은 "보물선을 위조하는 것이었"(「클로이의 무지개」, p. 204)던 셈이다. 즉 무의미로부터 의미를 발굴한다는 문학의 역량 그 자체가 가장 결정적인 의심의 대상이 된다. 그것은 단지 거대한 사기였던 것일까? 사실 그것이 사기이든 아니든, 그 자체가 중요한 것은 아니다. '신용'이 괜찮다면 얼마나 빚을 지고 있든 큰 문제는 아니며, 그럴 때 부채는 오히려 자산의 일부를 이루는 것이다. 그러나 이 신용에 대한 의문이 제기되기 시작했을 때, 이 자산은 곧바로 감당할 수 없는 빚더미로 변하게 된다. 양선형이 맞닥뜨린 것은 바로 이러한 시간, 문학의 신용이 바닥을 치고 이때까지 사용한 재화들에 대한 대가를 실질적으로 치러야 하는 시간이다. 문학을 둘러싼 추문들이 전혀 존재하지 않는 것처럼 무시하거나, 종언 혹은 죽음이라는 말로 그것에 또 다른 오라aura를 부여하는 대신, 그는 이 파산 이후를 정면으로 마주한다. 종언이나 죽음과 달리 파산은 그 이후에도 여전히 해야 할 일들을 남겨둔다. 말하자면 그의 시간은 정산의 시간이다. 켜켜이 쌓인 먼지 더미 속 아무도 손대지 않던 재무제표를, 두려워서 누구도 차마 확인하지 않는 통장 잔고를 들추는 것이 그의 소설이다. 그렇게 그는 문학이 구제할 수 없는 빚더미에 올라 있음을 몇 번이고 다시 확인한다.

채무와 사기

일단 최악의 결과가 벌어지고 나면 그 전까지 좋아 보였던 것들이 하나하나 빠질 것 없이 이 최악을 향해 박차를 가하는 몸짓이었음을 알게 된다. 셰에라자드에게서 우리는 서사가 가진 지연의 힘을 배웠다. 그러나 빚을 상환해야 하는 상황이 되었을 때, 지연은 이 부채의 상환을 피하는 방법이자 그것을 증대시켜온 바로 그 수단이었음이 드러난다. 이 수단에 대한 분석은 문학이 지연을 통해 얻는 것이 정확히 무엇이었는지를 밝혀준다.

시간적 관점에서 보았을 때, 부채란 대금의 지불이 지연된 구매이다. 그렇다면 글쓰기에서 지연되는 것은 무엇인가? 그것은 침묵이다. 글쓰기란 결국 말할 것이라고는 아무것도 없다는 사실을 향해 나아가며, 동시에 그 사실을 맞닥뜨리는 것을 끊임없이 지연시키는 행위 자체이다. 글쓰기 속에서 우리는 침묵 속에 있다고 느끼지만 그 침묵이란 아직 준비되지 않은 것이며 그래서 그 침묵은 아직 대금을 치르지 않은 침묵, 글쓰기가 언젠가 도달할 것으로서 미리 도래한 침묵이다. 글쓰기에 대한 탐구에서 드러나는 그것의 형식적 불가능성은 이 시간적 어긋남에 호응하는 것이다. 글쓰기는 그 어떤 내용에 대한 것이라 하더라도 "그가 말하고 있는 것이, 언제나 그 자신에 불과하다는 [……] 언제나 말의 내용보다 더욱 참혹한 한계"(「거위와 인육」, p. 66) 속에서 씌어지는 것이지만, 바로 그렇기에 글쓰기란 그 한계를 배반하기 위한 기술, "나에 관해 말하기 위해서가 아니라 나에 관해 말하지 않기 위해 말하는 방법"(p. 124)이어야 하는 것이다. 이 불가능성이 모든 글쓰기를 침묵에 다가서게 한다. 물론 침묵이 황금과 맺는 관계 또한, 웅변은 은이며 **침묵은 금**이라는 말에 의해 보증된 것이다. 그것은 우리가 상상할 수 있는 최상의 것이자, 위대한 것이다. 왜냐하면 침묵은 말해질 것이 이미 다 말해졌으며, 더 이상 덧붙일 것이 없는 최상의 상태를 ── 그 어떤 상태 속에서도 ── 다만 증명하는 것이기 때문이다. 지연은 실제로 그것에 도달하지 않는 방식으로 그것에 도달하는 유일한 방법이다. "거인의 머릿속에 적재된 뭔가 위대한 것, 이른바 시적 과대망상을 유지하기 위해서 글쓰기의 기간은 아주 길어질 필요가 있었다. 한 편의 시는 미완된 채, 종결되지 않은 채로 한없이 연장되어야 했다"(「클로이의 무지개」, pp. 214~15).

그런데 이 부채는 교묘하게 사기와 연결된다. 물론 채무가 곧바로 사기가 되는 것은 아니다. 채무를 상환한다면 그것은 사기가 아니기 때문이다. 그래서 빚쟁이는 영원히 채무를 상환해야 하는 그 시간을 뒤로 미루고자 한다. 이를 통해 그는 사기꾼이 아닌 시간 속에 머물고자 하지만, **그러나 빚쟁이를 빚쟁이로, 그를 사기꾼으로 만드는 것은 바로 이 지연 행위 자체에 있다.** 이 모호한 지대에서 글쓰기는 채무와 사기 사이를 줄타기한다. 그러나 분명한 것은 문학이 획득했다고 주장하는 침묵, 그것을 지연하는 동안 앞당겨 손에 쥐고 있는 이 침묵은, 실체가 없다는 것이다. 문학은 결과적으로 실체가 없는 것을 담보로 이익을 취한다.

현실에서 이와 유사한 사례로 미국 복권 구매 대행과 관련된 한 기발한 사기 사건을 들 수 있을 것 같다.[4] 사기꾼 일당은 사람들에게 약간의 수수료를 받고 당첨금이 높은 미국 복권을 구매 대행해준다고 한다. 사람들은 수수료를 지불하더라도 미국 복권의 부에 접근하려고 한다. 일당은 매주 미국 복권의 당첨 번호를 확인하고 당첨된 상금 액수를 구매자들에게 이체한다. 여기까지는 별문제가 없어 보인다. 문제는 이들이 실제로는 한 번도 미국 복권을 구입한 적이 없었다는 것이다. 복권은 어차피 구매자가 손해를 보게 되어 있는 구조이기 때문에, 이 사기꾼 일당은 단지 복권 판매자의 역할을 충실하게 대리 수행하는 것만으로 막대한 이득을 볼 수

4　SBS 뉴스, 「[단독] 상금 미끼 걸고 "외국 복권 구매 대행"…431억 사기」, 2018년 12월 6일 자. (https://news.sbs.co.kr/news/endPage.do?news_id=N1005047257)

있었던 것이다. 이 사기에서 기묘한 점은 누가 어떤 피해를 보았는지가 한눈에 들어오지 않는다는 것이다. 이 사기는 구매자와 판매자 사이에 일어난 것이지만, 피해는 이 둘 사이에서 발생하지 않는다. 피해를 보는 제3자가 있고 그것은 이 복권의 정당한 발행처와 그 발행처의 보증인으로서의 국가이다. 그런데 이 사건을 더욱 흥미롭게 만드는 것은 이 사기꾼들이 막대한 돈을 벌기까지 국가는 그러한 사기를 당하고 있었는지도 몰랐으며, 사실상 알아채는 것이 거의 불가능한 구조였다는 것이다. 이는 국가가 애초에 아무것도 아닌 것을 팔아 이윤을 남기고 있었기 때문이다. 사기꾼은 국가로부터 아무것도 아닌 것을 훔침으로써 이윤을 창출하며, 국가는 아무것도 아닌 것을 빼앗김으로써 손해를 본 것이 된다.

요컨대 이들은 아무것도 아닌 것, 무(無)를 훔치는 사기꾼들이다. 양선형은 곳곳에서 이 무의 횡령을 추적한다. 어떤 순간이나 감정, 혹은 지나가버린 것들의 재현과 포착이 글쓰기의 염원이라면 「가면의 공방」에서 인간문화재 옹은 확실히 그 위업을 수행하는 중이다. "문제는 그가 이러한 실종된 찰나의 이미지를 간직하거나 꺼내볼 수 있는 어떤 매체나 기록의 수단도 갖고 있지 않다는 것이었다"(p. 18). 「가면의 공방」의 서술자에 의해 보증된 이 기억의 '정확성'은 역설적으로 그러한 기록의 없음에 전적으로 의존하여서만 표현될 수 있다. 이들에게 실체가 없다는 것은 한계가 없다는 것, 더 막대한 부의 가능성과 같은 뜻이다.「거위와 인육」의 허풍쟁이 악마가 축적한 부는 바로 이 공허로부터 온 것이다. "절약이란 모래와 먼지를 비축하는 절차란 말이야. 오직 사치를 능가하는 사치, 죽음을 불사하는 절대적인 사치만이 허기를 불허하고 종식시키는 유일한 대안이라는 거야. 바닥을 드러낸 통장이 왜 백지수표가 아니냐는 거야. 왜 신체포기각서에 서명하기를 두려워하느냐는 말이야. 최저점에 도달한 신용을 담보로 왜 가공할 허무와 몰락의 재화를 반출할 생각을 하지 못하냐는 거야"(p. 73). 허풍쟁이 악마에게 대항하는 소인배 천사 역시 같은 전략을 공유한다. "영혼에 형태가 없다는 게 얼마나 다행인지 몰라요. 형태가 있었다면 저는 이 크레이프 튤립을 영혼의 모델이라고 부르지 못했을 테니까요"(p. 101). 이때 형태가 없다는 것은, 그것을 만들어낼 수 있는, 가능성의 조건이 된다.

이 조건이란 문학의 조건이기도 하다. 이것을 사기라고 말한다 하더라도 문학은 그 사기에 걸려드는 것 말고 다른 어떤 것을 의미할 수 없는 것이다. 모든 작가는 자신만의 "자이로스코프호"(「클로이의 무지개」, p. 146)를 출항시킨다. 보물선을 찾기 위한 그 배는 인간의 가치와 문학적 가치를 찾아 영원 속을 헤맨다. 그 가치가 실재하지 않는다고 아무리 말한들 문제는 조금도 해결되지 않는다. "너구리 반 선생님은 갈라파고스 회장이 당장 체포되어 손해를 본 투자금을 조금이라도 회수할 수 있게 되기를 바랐지만, 동시에 보물선 인양이 정말 실현되어 이제는 휴지 조각이 된 자이로스코프 코인이 갈라파고스 회장의 사기극이 아니길 간절하게 바라는 마음 또한 없지는 않았다"(p. 191). 이 허망한 믿음이 문학의 세계 전체를 지탱한다. 보물이 발견되지 않는다는 사실은 보물이 만에 하나 실제로 발견되었을 때의 부를 더 키운다. 또한 보물이 아직 발견되지 않았다는 사실은 그것이 보물임을, 즉 원래 발견되기 어려운 것이라는 사실을 증명한다. "갈라파고스 회장은 영상을 편집하는 과정에서 스스로가 심해의 현실을 직접 수정하고 있다고 판단했다. 영상을 손보는 행위를 통해 그토록 찾기를 희망했던 난파선을 잿빛 심해로부터 차츰 발생시켰으며, 갈라파고스 회장에게 자신이 수선한 현실이란 진짜 현실과 분간되지 않았다. 때문에 갈라파고스 회장이 정말 사기꾼이냐 아니냐의 여부 또한 보물선이 수면을 향해 떠오르기 전까진 보류된 채로 남아 있었다"(p. 205).

위에서 언급한 복권 사기와 이 현실의 차이점을 들자면, 전자에는 국가라는 정당한 보증인이 있지만 후자에는 어떤 보증인도 존재하지 않는다는 것이다. 비단 갈라파고스 회장뿐만 아니라 누구에게나 현실은 수선한 현실로밖에 존재하지 않으며, 그러므로 현실은 망상을 발생시키고 그것을 자신의 몸으로 삼는다. 황금이란 이 수선된 현실의 보증금, 의미이자 현실 자체이다. 양선형의 인물들, 문학에 모든 것을 투자했으나 결국 실패한 작가들은 각기 자신의 현실을 돌려받고자 한다. 그 현실은 그것을 요구하면 요구할수록 존재하지 않는다는 것이 점점 더 확실해지지만, 그러나 이 현실은 자신의 존재 없음을 끊임없이 지연하며, 이 인물들을 기다림의 늪에, 혹은 심해에, 오솔길에, 처박아둔다. 한번 손을 떠난 작품은 영원히 보물찾기에 돌입해 있을 것이므로, 또 사람들이 말하듯 인생은 짧고 예술은 길기 때문에, 이 기다림은 그 자체로 인생을 훨씬 초과해야만 한다. 이 기다림의 연장은 결국 그것 말고는 달리 할 수 있는 것이 없다는 사실을 원동력으로, 동시에 그 사실을 은폐하기 위해 무한히 작동한다. 기다림을 포기할 수 있는 시각은 영영 오지 않는 것이다. "그러나 허풍쟁이 악마가 아직 오솔길에 발을 들여놓지 않았다면? 이렇게 체념하고 기다림의 희망을 포기하기에는 아직 이른 시각이 아닐까?"(「거위와 인육」, p. 92). 이 물음에 대답이라도 하듯 문학은 뻔뻔하고 능글맞게 속삭인다. "사랑의 실체란 이러한 기다림이 아니었겠소?"(「프록코트 혹은 꼭두각시 악몽」, p. 317).

불과 지혜

만약 문학이 속이는 것이라면, 그것에 속지 않는 것이 중요할까? 그러나 양선형에게 문제는 그렇게 간단하지가 않다. 우리가 '아니, 그것은 사기야'라고 말할 때, 그때야말로 사기에 걸려드는 메커니즘이 존재한다. 믿지 않음으로써 가장 크게 당하는 것이다. 양치기 소년의 우화를 떠올려보자. 만약 마을 사람들이 늑대가 나타났다고 외치는 소년의 말을 한 번만 더 믿었다면 어땠을까? 이 마을 사람들은 더 이상 속지 않겠다고 다짐함으로써 모든 좋은 것 — 희고 아름다우며 부의 출처인 양들 — 을 잃는 이들이다. 그들의 불신이 정당했다는 항변은 그 어떤 것도 보상해주지 않는다. 양선형의 인물들은 이 마을에 거주하는 주민들이다. 그리고 악마는 늑대와 양 떼를 모두 부리는 양치기다.

궁극적으로 보증인이 없다는 것은 어떤 특정한 행위가 사기인지 아닌지를 결정할 수 없다는 것을 의미하는 데에서 그치지 않는다. 요지는 그것이 결정되는 데에 아무런 법칙도 존재하지를 않는다는 것이며, 그것이 언제나 불합리하게 결정된다는 것, 게임이 극단적으로 불공평해진다는 것을 뜻한다. 현실은 틀린 말을 하지 않는 것이다. 따라서 믿지 않는 것으로는 불충분하며, 잘 믿어야만 한다. 그러나 어떤 것이 잘 믿는 것인지는 모든 일이 끝난 뒤에만, 사후적으로 결정된다. "허풍쟁이 악마의 말은 무엇이든 믿지 않았다"(「거위와 인육」, p. 73)거나 "어디든 도달해야 해. 빌려준 시간을 돌려받아야 해. 내 삶이 가면들에 의해 잠식되는 것을 호락호락 방관할 수는 없어. 나는 가면들을 관통해야 해"(「가면의 공방」, pp. 46~47)라고 말하는 인물들이 실패하는 것은 이 때문이다. 속지 않는 것이 속는 것의 범주 안에 있듯이, 참여하지 않는 것은 참여하는 것에 포함된다. 결과적으로 모두가 이 게임에 참여하게 된다. 아무것도 아닌 것과 어떤 것은 구분되지 않으며, 사기와 믿음은 구분되지 않는다. 채무와 현실은 구분되지 않는다. 이 게임의 핵심은 어떤 것이 사기이고 어떤 것이 진실인지를 구분하는 데에 있지 않다. 남은 것은 어떤 사기에 적절히 걸려들 것이냐, 어떤 지점에서 털고 나올 것인가, 언제 무엇을 구입해 어떤 시점에 되팔 것이냐 하는 선택뿐이다. 그들은 이 게임에서 벗어나고 그것을 그만두고자 하지만, 그들의 시도는 번번이 좌절되며 이용될 뿐이다.

글쓰기가 끊임없이 그들을 유혹한다. 이제라도 곧 상환의 시점에 도달할 듯한 기대감 속에 영원히 머무르라고 속삭이는 것이다. 거기에는 향유가 스며든다. "기다림이 농밀해진 만큼 허풍쟁이 악마를 발견했을 때의 쾌감도 엄청날 텐데. 이때 그가 지속하는 기다림의 소실점이란 아직 등장하지 않은 허풍쟁이 악마이기도 했지만 제 장기를 떼다 팔아도 다 변상하지 못할 막대한 배상금 자체이기도 했다"(「거위와 인육」, p. 68). 이 향유는 처치 곤란한 것이지만 끊임없이 침투한다. 눈이 남아돌 때, 눈이 놀고 있을 때, 성욕, 관찰, 시선의 욕망이 슬그머니 자리를 요구한다. 자신이 구하려던 토토와 오토가 자신의 도움을 필요로 하지 않는다는 것을 알고 더 이상 할 게 없어지자 '그'의 시선은 그들의 육체로 향한다. "남자는 꽤 볼만한 어깨를 가지고 있었다. 특히 쇄골 위쪽으로 앙증맞게 곤두선 승모근이 매력적이었다"(「가면의 공방」, p. 23). 이 향유와 함께 기다림은 영원해지며, 혹은 반대로 이 기다림이 어느 틈엔가 향유에 미소하지만 돌이킬 수 없는 변질을 가한다. 사기꾼들이 처음에는 필요한 것을 가져가는 것이 아니라 남는 것 — 실은 결코 남는 것이 아니지만 그들이 남는 것이라고 납득시키는 무언가 — 을 가져가기 시작하면서 그를 빈털터리로 만들듯이. 심지어 그게 자신의 이익이라고 느끼게 하면서 그들을 가장 극심한 빈곤 속에 밀어 넣듯이.

그들은 문학으로부터 무엇인가를 '돌려받아야 한다'라고 생각하지만, 그러한 생각이 오히려 문학의 부채와 — 빚쟁이에게는 부채가 곧 자산이므로 — 자산을 증대시킨다. '소설'

은 이를 친절히 일러준다. "가면은 가면이에요. 가공된 비천함 속에서 혼탁한 강바닥을 허우적거리는 당신의 작위적인 절망감 또한 가면에 불과합니다. 환영이며 모형이에요"(p. 29). 이는 그가 가면 뒤에 있는 실체에 다다르지 못하고 있다는 것을 의미하는 것이 아니다. 여기서 말해지는 것은 오히려 가면이 진리의 유일한 형식이라는 것이다. 양선형의 소설은 이 진리들로 가득 차 있다. 그것이 그를 움직이지 못하게 한다. 『클로이의 무지개』 전반에 설치된 논쟁과 장광설은 이를 보여준다. 오토와 토토, 그리고 그들의 관찰자이자 서술자 격인 '설거지에 유용한 사람'이 주고받는 그 모든 말의 끝은 그들이 한 치도 전진하지 못했다는 것이다. "선생님, 차가 가지를 않고 있는데요……"(p. 44). 인간문화재 옹과 일꾼들, 허풍쟁이 마왕과 소인배 천사, 선장과 선원들, 갈라파고스사와 소비자들, 오토와 토토, 이들 사이의 논쟁은 늘 쌍둥이들끼리의 논쟁이며, 문학에 대한 논쟁이자, 그들은 모두 문학에 삶을 바친 자들이므로 또한 삶에 대한 논쟁이다. 이 논쟁의 특징은 그 안에서 오가는 말들이 지독히도 어리석지만, 동시에 어떤 상황에 대하여 가능한 모든 선택지가 그 안에 포함되어 있다는 사실이다. 이 어리석은 말들은 가능한 진리의 표면을 빈틈없이 채운다. 그리하여 혼자 생각할 때조차 어떤 결론을 내리는 것이 불가능하다. 「거위와 인육」에서 '그'는 낮에는 자존감이라는 것을 그것의 "높낮이를 통해 내면에 자리한 비가시적인 영역의 건전성과 안정성을 측량하고 어필해야 하는 속류 심리학"이라고 일축하지만, "밤이 되면 으레 그의 머릿속으로 모면할 수 없는 근심이 싹트기 시작"한다. 이 근심은 잭과 콩나무에서의 씨앗처럼 무한히 자라나 낮과 밤, 지상과 천상을 연결하여 분리되어 있는 두 차원에 구멍을 뚫는다. "그는 왕성해지는 생각의 그림자에 짓눌렸다"(p. 91). 그가 짓눌린 생각의 그림자란 무한히 거대하게 자라난 진리의 그림자다.

양선형의 세계 전체는 이 그림자의 평면에 속해 있다. 그것은 이 세계를 그려내는 그의 소설 자신조차 예외일 수 없다. "소설의 처지도 이와 유사하다 [……] 명치에 복숭아 씨앗이 박힌 듯 호흡이 답답해 어서 이 소설을 끝내고 메타적인 레벨로 피신하고 싶다"(p. 117). 소설이 피신하고자 하는 이 "메타적인 레벨"이란 무를 횡령해 의미-황금을 생성하는 바로 그 공장이다. 문학이, 혹은 모든 말이 무의미하다는 말이 여전히 불충분한 이유는 그 말이 그럼으로써 모든 말을 바라보는 절대적이고 메타적인 위치로 피신하기 때문이다. 양선형에게 이런 말 자체는 예컨대 '모든 말은 의미로 충만하다'는, 그것의 반대를 의미하는 말과 같은 평면에 배치되어야만 한다. 말은 무의미 그 자체가 아니라 단지 그것의 파편이 되어야만 하는 것이다. 이 평면에서 영원히 소실되는 것은 진리가 아니라 어떤 말을 진리라고 보증해주는 시선, 그리고 그러한 시선을 지닌 주체의 자리이다. 양선형의 논쟁이 혼란스럽다면, 그 이유는 우리가 이 논쟁 혹은 장광설 도중에 발설된 말들을 어떻게 받아들여야 할지, 즉 이 말은 서술자에 의해 냉소적으로 파악되고 있는 것인지, 아니면 모두 헛된 말에 불과하다는 것인지, 아니면 그러한 의도를 다시 한번 배반하며 어느 한쪽의 편을 들고 있는 것인지를 알지 못하기 때문이다. 통상적으로 말은 말하는 주체의 개성과 그의 내면을 표현한다고 여겨지며, 그로부터 우리는 이 말하는 주체의 성격과 개성과 본질을 파악한다. 그렇게 그에게 주어진 자리를 파악하고 나면 우리는 그제야 그 말의 의미를 알 수 있다. "말의 출처가 말의 내용보다 먼저 그들이 진술할 고백의 성격과 맥락을 규정"(「클로이의 무지개」, p. 186)하기 때문이다. 그리고 영어권의 관용어에서 보이듯, 믿는다는 것은 구매하는 것이다. 신용이 곧 화폐이듯이. 어떤 말을 지지하기 전에 우리는 이 말이, 이 채권이 건강한 것인지를 확인하고자 한다. 그러나 양선형에게서는 바로 그러한 확인을 위해 필요한 메타적인 레벨이 부재한다. 그러한 해석과 시선 자체는 이 말들의 진흙탕에 이미 포함되어 있다. 이 진흙탕에 발을 들이지 않고 그것을 관망할 장소는 존재하지 않으며, 직접 위험을 감수하지 않고서는 그 어떤 것도 얻을 수 없다.

즉 양선형은 말들로부터 그것의 보증인을 찾아가는 우리의 통상적인 해석 절차를 반대로 수행한다. 어떤 궁극적인 입장들로부터 시작하여 그것을 언어들의 더미로 해체하고, 걸쭉하고 지저분한 점액질의 액체와 섞히는 은박지, 고철과 돌멩이 들로 환원하는 것이다. 숭고한 이념들은 개인적인 기억과 욕망과 뒤섞이며, 강박적으로 관철된다. 그것은 이 말들이 순환하며, 어떤 보증도 결여한 채로, 비와 먼지처럼 이 세계에 존재하고 우리의 시야를 가리고 발걸음을 기록하거나 바지를 젖게 하며 상존한다는 것을 받아들이는 일이다. 그러나 이 환원은 그저 모든 것을 한곳에 넣고 끓이는 방식이 아니다. 그것은 황금을 만드는 방식을 차용한다―"불과 지혜"(「거위와 인육」, p. 135). 그를 둘러싼 온갖 말과 가면, 시선의 부딪침과 깨어짐은 이것들에 대한 끈질긴 탐구와 그로부터 도출된 섬세한 절차들로부터만 가능해진다.

이름들

양선형의 소설에 등장하는 기이한 분장들은 이 연금술의 열쇠이다. 그가 찾아 헤매는 것은 가면 뒤의 실체가 아니라 가면 그 자체, 가면의 표면이다. 우화는 그 완벽한 무대일 텐데, 우화의 동물들은 언제나 교훈을 전달하는 하나의 상징이

자 가면, 혹은 인형으로서 등장하기 때문이다. 하지만 우화는 그 교훈을 실어 나르는 데에서 소진되지 않는다. 아이들이 잠들기 전에 이야기를 들려달라고 조르는 이유는 교훈을 얻고 싶기 때문이 아니다. 아이들의 마음을 끄는 것은 이 교훈을 위해 설치된 무대와 지칠 줄 모르고 다시 등장하는 인형들 자체다. 양치기가 누워 있던 풀밭의 부드러움, 늑대와 개가 고기를 두고 다툴 때 여우가 크기를 맞춰준다고 그들을 속이며 한 입씩 떼어 먹는 고깃덩어리의 질감, 여우가 입맛을 다시며 돌아설 때 푸르고 싱싱하게 빛나는 포도, 말하고 다투고 곤경에 처하는 그 동물들. 그곳에는 지칠 줄 모르는 명랑함과 항상 실패하더라도 모험을 감수하는 용기가 있다. 왜냐하면 이 동물들은 한 이야기 속에서 아무리 호된 꼴을 당하더라도, 다른 이야기에서 거짓말처럼 다시 등장해 또다른 일화를 전해주기 때문이다. 양선형의 인물들도 모험을 떠난다. 하지만 아이들이 교훈 전에 이미 존재하는 우화의 세계에 매혹된다면, 양선형이 매혹되는 것은 이 우화가 끝나고 교훈이 모두 소진된 이후에 남은 세계와 그 세계에 남은 동물들이다. 너구리, 거위, 원숭이, 쥐 등등 알레고리가 실패하는 지점에서 출현하는 것처럼 보이는 양선형의 기묘한 동물─인간들은 더 이상 할 일이 없어졌기 때문에 자기 자신에 대해 생각하기 시작한 우화 속 동물들이다.

그러나 이 생각이란 거의 생각이라고 할 수가 없다. 교훈과 동떨어진 곳에서 이 동물들은 가면으로서의 가면, 내면이 없는 존재들이기 때문이다. "그는 생각한다. 그는 생각하지 않는다. 그의 내면성이란 명백하게 가시적으로 상연되고 있기에 외면과 거의 분간되지 않는다. 그는 가면이다"(「가면의 공방」, p. 46). 그리하여 이들은 분장을 통해서만 자기 자신이 된다. "너구리 동굴의 거주자인 너구리들은 전부 두 눈두덩에 너구리 분장을 하고 있"는데, 이 너구리들의 "꼼꼼하게 탄생을 덧칠한 것처럼 보였던 눈두덩의 분장은 사실 피멍"이라고 서술된다. 그들은 "피멍이 가라앉으면 주먹을 움켜쥐고 자리에서 벌떡 일어나 제 눈두덩을 가격했으며 그러한 방식으로 다시금 너구리 공동체의 일원으로 변신"하는 과정을 반복한다(「클로이의 무지개」, pp. 147~48). 너구리가 아닌 것들이 너구리로 가장하는 것이 아니라, 그들이 이미 너구리이기 때문에 너구리가 되기 위해 분장해야 할 필요성이 있는 것이다. 요컨대 그들은 끊임없이 잘못된 현실을 수정한다. 그러나 가면을 쓰는 과정이 이토록 고통스럽고 지난함에도 불구하고 그것은 늘 완전하지 않다. "원숭이는 경악했습니다. 아버지의 이름을 목 놓아 부르고 싶었죠. 그러나 밀림과 원숭이들의 세계에서 이름이라는 것은 존재하지 않습니다. 그것은 인간의 관습이지요. 원숭이의 입장에서 자신의 외침은 이 간절한 기억들이 전부 가짜가 아닐까 하는 의심을 심어주기에 충분했던 모양입니다"(「프록코트 혹은 꼭두각시 악몽」, p. 301).

만약 '원숭이'라는 기표가 단순히 어떤 인간을 가리키는 이름에 불과했다면, 그는 자신이 실제로 원숭이라는 착각에 사로잡히지 않아도 되었을 것이다. 한편으로 그가 진짜로 원숭이였다면 그는 애초에 이런 혼란에 사로잡히지 않았을 것이 자명하다. '원숭이'의 혼란은 그의 이름이 단지 자신을 가리키는 것일 뿐만 아니라, 동시에 그의 존재 자체이기도 하다는 데에서 온다. 그의 이름은 동시에 그의 영혼인 것이다. 그러므로 그의 혼란은 이름과 관련된 애벗과 코스텔로의 전설적인 코미디에서 연출되었던 혼란과 유사한 면을 지닌다. 이 짧은 코미디 속에서 애벗은 야구팀을 운영하고 있는데, 그 야구팀에서 1루수의 이름은 '누구'이고 2루수는 '무엇'이며 3루수는 '모르겠다'이다. 그래서 코스텔로가 애벗의 야구팀 선수들의 이름을 묻자 대략 다음과 같은 혼란스러운 대화가 펼쳐진다. '코스텔로: 1루수가 누구야?/애벗: 응, 맞아./코스텔로: 1루수가 누구냐니까?/애벗: 응, 맞아!/코스텔로: 아니, 1루수에 있는 게 누구냐고!/애벗: 그래, 1루수에 있는 게 '누구'야!/코스텔로: 그걸 대체 왜 나한테 물어봐?'

'1루수가 누구야?'라는 코스텔로의 질문은 결코 답해질 수 없다. 코스텔로는 답을 질문으로 착각하고 있기 때문이다. 그래서 1루수가 '누구'인지 알려주는 애벗에게 그는 '그걸 대체 왜 나한테 물어봐?'라고 되물을 수밖에 없는 것이다. 원숭이 역시 어떻게 자신이 원숭이이면서 인간의 관습과 기억을 지니고 있을 수 있느냐고 끊임없이 되묻지만, 이 물음에 대한 유일한 답은 그가 '원숭이'이기 때문이라는 것이다. 마찬가지로 「가면의 공방」에서 "그는 여기서 사망하고 만다"(p. 47)라는 단언과 함께 분명히 죽은 그 남자가 천연덕스럽게 살아나는 장면이 도대체 어떻게 성립하느냐고 물어도 양선형은 같은 대답을 들려줄 것이다. '어떻게 죽은 사람이 계속 소설의 인물로서 활동할 수 있지? 그는 형장의 이슬이 된 거 아니야?/그래 맞아!' '형장의 이슬'은 여기서 하나의 고유명이 된다. 수식으로 이루어졌거나 원래는 일반명사일 뿐인 단어들, 그래서 그를 설명해야 하는 이 말들이 양선형에게서는 모두 고유명으로 작동한다. '허풍쟁이 악마' '소인배 천사' '원숭이' '너구리' '미스터리 스마일' '어린이 스마일' '뚱보 어린이' 등등. 이름이 자신이 가리키는 대상과의 거리를 상실함으로써, 이름이라는 표면은 그것의 깊이 안으로 접혀 들어간다. 그리하여 이름들은 양선형의 세계에 존재하는 유일한 대상이 된다.

표면이란 깊이에 대한 환상이며, 그것 외에 어떤 다른 것도 아니다. 따라서 단순히 표면을 선언하는 것으로는 결코 표면에 다다를 수 없는데, 그것은 여전히 부정적인 방식으로 깊이를 보존하는 일이 될 것이기 때문이다. 그렇기 때문에 양선형은 표면을 선언하는 것이 아니라, 그것을 훼손하는 것을 택한다. "항해 지도로 돛단배를 접었다 펼친다. 접힌 자리마다 실선을 긋는다. 돌고래와 메아리를 접는다. 굴곡진 바다가 다홍색 군도(群島)를 삼킨다. 지도를 펼친다. 두루미와 개구리, 사슴의 귓바퀴를 접는다. 실선이 증가한다. 혼란스레 얽혀 교차하는 실선을 서로 연결하면 누더기 같은 평면 위로 수많은 별이 떠오른다"(「클로이의 무지개」, p. 208). 지도에 그려진 기호들이 어떤 의미들의 체계, 서사를 이룬다면 그것의 표면, 지도의 물질성에 도달하기 위해 이 기호들이 의미하는 바를 단순히 무시하는 것만으로는 충분하지 않다. 오히려 지도-종이의 물질성, '접힐 수 있음'은 그 자신의 의미를 관통해야 하는 것이다. 양선형에게 표면이란 어떤 내부의 바깥이 아니라, 내부와 외부의 구분 불가능성 그 자체, 어떤 다른 차원의 철저한 부재를 뜻한다. 그러므로 지도의 사례에서 표면이란 종이를 접어 생긴 실선이 실질적인 항로로서 **의미를 갖는** 그 순간을 지시한다. **즉 양선형은 지도의 표면이 지구라고 주장하는 것이다.** 마찬가지로 서사의 표면이란 그것을 이루는 언어가 그것의 내용에 침입하는 순간, 요컨대 그것의 내용이 이 내용을 실어 나르는 이름들이 되는 순간이다.

따라서 「클로이의 무지개」에서 파편적으로 펼쳐져 있는 다양한 화소 사이에 등장하는 공통된 이름들이 갖는 **서사 내적인 의미**를 찾는 것은 불가능하다. 그것은 단지 서사라는 체계 내부로 접혀 들어가는 언어의 궤적이다. 우리는 클로이의 비행을 따라 그 궤적을 실제로 탐험한다. 지도의 표면이 지구이듯, 서사의 표면으로서 이름—언어는 다시 그 서사를 실제로 주파해야만 하기 때문이다.

항해 소설

그러므로 양선형에게서 서사는 해체되는 것이 아니다. 오히려 서로 중첩되고 얽혀드는 온갖 층위의 서사가 공존하게 되며, 그것이 양선형 소설의 풍부함을 이룬다. 그러나 이 풍부함 속에서 서사는 자신의 가장 중요한 지위를 박탈당한다. 서사의 핵심은 그것이 어떤 시간과 공간 속에 배열하는 사건들 자체가 아니라, 그 사건들을 하나의 틀 속에서 파악하는 시선에 있다. 그러나 양선형은 서사를 통해 세계를 바라보는 하나의 시선을 손에 넣는 것이 아니라, 각자의 자리에 존재하는 이 시선들이 서로 부딪쳐 부싯돌처럼 불꽃을 내는 순간들을 포착하고자 한다. 「가면의 공방」에서 '그'는 검은 안경을 쓴 남자로부터 "오늘도 공방의 부름을 받아 사람 둘을 납치했다"(p. 12)는 이야기를 듣고 차에 탄다. 그리고 뒷좌석에서 "붉은 혈흔과 정체 모를 얼룩으로 범벅이 되어 있"(p. 14)는 자루를 발견하고, 당연히 그것이 납치된 사람들일 것이라 생각하며, 어떤 막연함 속에서 그들을 구하려고 한다. 그것이 '그'가 차에 가지고 탑승한 서사이다. 그러나 이 서사의 총체성은 보란 듯이 거부당한다. '그'의 시선은 또 다른 시선의 대상이 된다. 자루 속의 남녀가 그를 바라보기 시작하는 것이다. "칼로 자루의 표면을 가르자 거기 한 쌍의 남녀가 서로를 뜨겁게 끌어안은 채 그를 빤히 째려보고 있었다. 아무래도 떨어질 생각이 없어 보였다. 그는 당황해 조금 물러앉고 말았다. 그야말로 불청객 취급이었다. 그는 속으로 되뇌었다. 제가 방해가 되었군요. 제 선의가 이렇게 또 중대한 위기를 맞았네요"(p. 15). 서사는 자신이 마땅히 존재해야만 하는 바로 그 근거를 상실함으로써만 소설 안으로의 입장이 허용된다. 이때 서사는 어떤 투명한 시선의 확보가 아니라 반대로 그것의 착란으로만 가능해지며, 그것의 지위는 신기루와 같은 것이 된다.

「클로이의 무지개」를 구성하는 이야기들 역시 하나같이 자신이 이 소설의 최종적인 시점을 담지하고 있다고 주장한다. 이 소설은 "오징어 한 마리가 광막한 대양 아래에서 헤엄을 치고 있었다"(p. 145)라는 문장으로부터 시작하지만, 미스터리 스마일을 찾기 위해 도망치던 클로이는 한 청년의 "닌텐도 스위치 화면 속에서는 방금 출현한 히든 보스인 크라켄이 청년의 범선에서 발사된 박격포에 맞아 빈사 상태에 빠져 있"(p. 167)는 것을 본다──항해와 관련된 이 모든 이야기는 이 게임 속의 배경 서사일까? 하지만 "멍하니 스마트폰으로 웹 페이지를 넘기다 북극의 빙하 속에서 발견된 앵무새에 관한 토픽을 읽었다. 북극에서 떠밀려 온 투명한 유빙 안에 얼어붙은 앵무새 한 마리가 잠들어 있었다"(p. 156)는 구절은 우리에게 이 소설이 작가인 양선형이 어느 벤치에서 앵무새에 대한 기사를 읽다 떠올린 이야기일 뿐이라고 말하는 듯하다. 소설이 진행될수록 이 혼란은 더욱 증대될 뿐이다. 크라켄을 만나 고군분투하는 청키와 팽키의 이야기를 포함한 자이로스코프호의 서사 전체는 갈라파고스 회장이 "선상에서 벌어진 일들을 이해하기 위해 이 털실 장갑 두 짝을 끼고는 홀로 연극을 벌"(p. 206)이며 지어낸 이야기일 뿐일까? 그게 아니라면 이것은 "어린이 스마일"이 가져온 스케치북 그림책에 그려놓은 이야기일지도 모른다. "폭풍 속의 보물선이 커다란 오징어를 만났대. 오징어는 보물선을 바다 아래로 끌어당겼지. [⋯⋯] 그런 크레파스 바닷속에서 벌어지는 이야기들"(p. 227).

하지만 닌텐도를 하고 있는 청년은 클로이의 깃털 이야기 속에 존재하며, 갈라파고스 회장이 자이로스코프에 대한 그 모든 이야기를 지어내기 위해서는 그가 이미 자이로스코프에 대한 이야기를 알고 있었어야 한다. 그가 이야기 속에 속해 있지 않았다면, 그 어떤 이야기도 그로부터 새롭게 만들어질(조작될) 수 없었을 것이다. 앵무새 클로이가 미스터리 스마일을 만나기까지의 여정은 이 소설 전체를 관통하는 것처럼 보이지만, 동시에 "태풍의 이름이 나열된 장황한 목록에서 클로이라는 이름을 발견한다고 해도 전혀 이상한 일이 아니"(p. 236)라는 사실은 클로이 역시 다른 서사에 포함되어 있는 인형일 뿐이라는 사실을 말해준다. 이 이야기 조각들은 서로의 꼬리를 문 채 퍼즐처럼 얽혀 있다. 그러나 그 조각들을 다 맞추고 나면 완성된 이야기 전체가 흔적도 없이 사라져버리고 만다. 이 서사의 체계는 클로이라는 이름으로, 청키와 팽키라는 이름으로, 오징어라는 이름으로, 자이로스코프나 거인이라는 이름으로 접혔다가 폈을 때 생기는 실선으로 빼곡하게 채워져 있을 뿐인 것이다.

표제작 「클로이의 무지개」처럼, 또 다른 항해 소설인 『노인과 바다』를 떠올려보자. 이 소설에서 고기를 잡기 위해 바다에 나간 노인은 목숨을 걸고 믿을 수 없이 큰 청새치를 잡기 위해 분투한다. 바다 위에서 노인은 이 청새치와의 싸움에서 승리하지만, 그가 육지에 가지고 올 수 있었던 것은 청새치의 흰 뼈와 사자 꿈뿐이다. 작가는 자신의 글쓰기로 생생한 실재 혹은 어떤 진귀한 가치를 포획하고자 한다. 그러나 그 생생함은 단지 이야기 속에서만 전달될 수 있으며, 그에게 허락된 것은 그것의 죽음, 혹은 죽음의 증거뿐이다. 하지만 양선형은 여기에서도 덜어내야 할 부당이득을 발견한다. 그는 청새치의 흰 뼈와 사자 꿈 중에서 다시 뼈를 반납하고 꿈만을 남긴다. 이 뼈는 무의미와 실패를 자처하지만 실은 노인이 바다에서 겪었던 생생한 체험을 보증하는 전리품이기 때문이다. 양선형에게는 그가 바다로 나섰다는 사실 자체가 청새치의 생명과 살점처럼 오로지 이야기에 속한 것이어야 한다.

양선형의 소설에 순수하게 환상적이거나 욕망의 기표로서만 작동하는 존재들이 주요한 모티프로 작용하는 것은 그 때문일 것이다. 일각수나 거인, 크라켄처럼 순수하게 이야기 속에 자신의 이름을 갖는 존재들, 또는 황금이나 무지개, 튤립(겹겹이 쌓인 — 그러나 이 겹들을 벗겨내고 나면 아무것도 남지 않는 이 꽃은 네덜란드의 튤립 파동을 일으켰던 튤립이다)처럼 욕망이 걸려 있는 대상들은, 그것들이 끝내는 아무것도 남기지 않는다는 속성을 공유한다는 사실로부터 소설의 가장 탁월한 알레고리가 된다. 뼈가 무의미를 지시한다면 꿈은 향유를 지시한다. 그러나 이 향유는 무의미로부터 가치

해설 | 뼈와 꿈

를 착취해 자신의 보증으로 삼지 않는 향유, 어떤 궁극적인 의미에의 기다림으로 소모되지 않는 향유, 바닥이 없고 일말의 근거도 보증도 없는 향유이다. 이 향유가 세계를 설명한다. 라마크리슈나는 신이 선하다면 세상에는 왜 악이 존재하느냐는 질문에 이렇게 대답했다. "줄거리를 더 흥미진진하게 만들기 위해서지요."[5] 같은 대답이 글쓰기를 설명할 수 있을 것이다. 소설이라는 형식 속에서 소설을 탐문하는 일이란 결국 허풍쟁이 악마의 모형을 찌르는 일일 텐데, 어째서 그런 글쓰기를 지속해야 할까? 왜냐하면 그것을 찔렀을 때 흩날리는 위폐와 거위 깃털들이 보기에 좋기 때문이다. 이 흩날림 속에서 이루어지는, 혹은 이 흩날림 자체일 양선형의 축제가 불안한 이유는 두 가지일 텐데, 하나는 이 답변이 가지고 있는 불충분함 때문일 것이다. 그리고 다른 하나는 본래 축제란 그 누구에게도 속한 것이 아니기 때문이다. 그것을 소유할 수 없다는 사실이 우리에게 불안을 준다. 그러나 그 불안은 다시 향유와 분리될 수 없다. 아마도 이 향유란 그가 문학으로부터 정당하게 취할 수 있다고 생각하는 유일한 대상일 것이다. 그것은 무지개처럼, 투명한 빛에서 시작해 아무것도 남기는 것 없이 사라진다. 소설이란 단지 잠시 동안 환각 속에 머무르는 일인 것이다.

5   존 케이지, 『사일런스』, 나현영 옮김, 오픈하우스, 2014, p. 75에서 재인용.

11월 19일

이 책에는 그동안 내가 문학과 관계했던 모든 방식이 담겨 있다. 나는 그 태도들을 유사 인물들에게 분유함으로써 오직 언어적으로만 경험될 수 있는 사건, 말 자체에 의해 지지될 수 있는 공간을 발생시키려 했다. 나는 매번 소설을 쓸 때마다 언어를 통해서 가능한 신기루 같은 궁전을 건축하려 했다. 그리고 내가 이 궁전의 주인이 아닌 주민이 되기를 희망했다. 나는 다른 이들의 눈에는 그 마음의 실체가 결코 밝혀지지 않는 불성실한 하인으로서, 혹은 스스로 마음이랄 것이 별로 없다고 느끼는 부지런한 가정부가 되어 여기서 먹고 말하며 잠자는 환영들 사이를 오갔다.

로베르트 발저는 『벤야멘타 하인학교』(홍길표 옮김, 문학동네, 2009)에서 이렇게 썼다. **내가 산산조각이 나고 파멸해**

간다면, 무엇이 부서지고 파멸하는 것일까? 부서지고 파멸하는 것은 어느 영(零)일 뿐이다. 이 문장은 내게 다음과 같은 문장과 같은 뜻인 것처럼 이해된다. 하지만 한 가지만은 확실하게 알고 있다. 내가 훗날 아주 근사하고 동그란 영이 될 거라는 사실 말이다.

지금껏 내가 이 환영들을 돌보고 있다고는 생각지 않았으나 소설집을 묶으며 느꼈던 건 앞으로 내가 이 환영들을 돌보는 역할을 맡게 되리라는 사실이었다. 나는 이 환영들과 함께 살아갈 것이다. 그것이 기쁘다. 정말로 기쁜가? 사실 잘 모르겠다. 그러나 나는 여기에 기쁘다고 말하고 싶은 이 감정을 기록해둔다.

나는 허구가 아니라 허구에 대한 가짜 허구를 쓰고 싶었다. 이야기 자체보다 이야기와 관계할 수 있는 가짜 이야기를 쓰고 싶었는데, 돌아보니 나는 처음 소설을 발표할 당시부터 줄곧 소설에 대한 소설, 소설을 위한 소설, 소설을 향한 소설을 쓰는 사람이었다는 생각이 든다. 예전부터 문예지에는 소설을 다루는 소설은 바보 같다는 식으로 말하는 글이 많아서 조금 속상했다. 그런데 종종 나도 나를 바보라고 생각했다. 바보니까 이런 일을 계속했을 것이다.

당시 내게 시급했던 문제란 어떤 내용의 소설을 쓸 것인지, 혹은 소설을 통해 내가 무엇을 말할 수 있는지가 아니었다. 나는 문학과 글쓰기가 대체 무엇인지 알고 싶었는데, 문학과 글쓰기가 내게 미치는 어떤 놀라운 힘에 관해, 합의되기 쉬운 의미나 가치로 환원될 수 없는 이 잠재적인 영향력을 이해하는 일이 내게는 다른 어떤 문제보다 중요하게 생각되었던 것 같다. 그러니까 나는 내게 어울리는 방식으로 문학과 관계하고 싶었고, 나와 문학 둘 다를 그 관계성 속에서 변형시키고 싶었다. 원래는 지금까지 이러고 있을 생각은 없었으나 어쨌든 몇 년 동안 이 일을 지속하게 되었으니 이런 탐구를 지켜내는 게 내게 아주 중요해졌다. 나는 소설을 통해 소설의 존재가 출현하기를 바랐다. 그러나 이미 무엇을 쓰든 그것이 소설의 존재 자체이니 나는 결국 소설의 존재를 통해 소설의 존재에 대해 말하고 있었던 건가? 내가 사랑하는 사람의 존재가 내게 말하고자 하는 것이 내가 사랑하는 사람의 존재 자체이듯. 그러나 이런 비유는 조금 기만적이라는 생각도 든다.

소설은 소설 아닌 것에 대해 얼마든지 이야기할 수 있다. 그러나 또한 소설은 그것이 소설이라는 한계를 짊어진 채로 그러할 수 있는 것임을 동시에 이야기해야 한다. 최소한 내게는 그렇다. 소설은 결국 소설에 대해서밖에 말하지 못한다는 사실을 고백하는 일은 내가 작가로서 느끼는 정직성의 가장 단순한 형식이기도 하다. 세계에 관해 이야기할 때도 소설은 자신이 무엇을 할 수 있고 또 할 수 없는지를 매 순간 인식해야 하며, 이런 문제들이 촉발한 혼란을 회피하지 않은 채로 통과해야 한다. 그래야만 한계를 모색의 지대로 변화시킬 수 있다. 때때로 피난처에 들어가서 쉬어도 된다. 매번 힘든 곳에만 거주하기 위해 안간힘을 쓸 필요는 없으니까. 피난처 안에 머물며 자신만의 풍요로운 정원을 가꿔도 좋다. 그곳에서 얻은 지혜를 소중하게 간직한 채 피난처를 벗어나도 된다.

근거와 권위를 잃어버린 말들은 어리석은 말들과 분간되지 않는다. 문학이 권위를 멀리하고자 한다면 문학은 스스로가 찾고자 했던 것들을 수많은 어리석음 속에서 발굴해야만 하는 난처한 상황에 직면할 것이다. 만일 알려진 권위에 의존하고 싶다면 그래도 괜찮다. 알려진 권위를 좋은 곳에 사용한다면 마다할 이유가 없기 때문이다. 그러나 나는 내가 찾고자 하는 것들을 내 조건인 어리석음 속에서 찾고 싶다. 물론 나 또한 언젠가 내가 찾을 것들을 좋은 곳에 사용할 예정이다.

내 소설 속의 모든 문장은 내가 생산한 위폐 같은 것이다. 그렇게 생각하면서 썼다. 돈을 쓰는 것과 글을 쓰는 것은 똑같지만 한쪽에는 현실이, 한쪽에는 공허가 있다. 모두가 알다시피 현실과 공허의 자리는 자주 뒤바뀐다. 나는 돈을 쓰듯이 글을 쓰며 환상이나 의미나 시간 같은 것들을 구입한다. 동시에 글을 쓰듯이 돈을 쓰며 딸기와 양말, 호박을 사서 집으로 돌아온다.

12월 28일

「클로이의 무지개」를 구상하며 적은 낙서들. 선박이 대양 위를 가로지른다. 선박은 심연 아래의 보물선을 발견하고자 하며 그곳으로 나아가기 위해 온갖 고초를 겪게 된다. 하지만 이 선박이 진정으로 이끌리며 매혹되는 대상이란 하늘 위를 빙빙 돌며 지저귀는 앵무새의 목소리다. 인간이란 빛나는 하늘의 파편을 손에 쥐고 심연으로 가라앉거나, 어두운 심연의 파편을 손에 쥐고 천상으로 날아가는 존재다. 나는 이것을 허먼 멜빌의 『모비 딕』에서 배웠는데, 그렇게 되기까지 인간은 바다 위에 머무르며 자신에게 가능한 모든 일을 하면서 살아간다. 그것은 인간이 인간이 아니게 되는 과정이기도 하다. 인간은 언제나 인육이나 거위, 악마나 천사 같은 존재로 변신하는 도정 속에 있다. 내게 소설은 이 도정을 가속하거나 감속하면서 벌어지는 일을 다루는 장르이기도 하다.

　나의 소설은 앵무새의 목소리가 인간을 모사하면서도 그것 자체로 앵무새 고유의 지저귐이자 노래라는 사실을 깨닫는 일에서부터 시작되어야 한다. 앵무새가 내게 안녕이라고 말할 때 그것은 안녕이라고 말하고 있는 것이 아니다. 안녕이라고 말하며 안녕이라고 말하지 않는 앵무새의 목소리를 나는 진짜로 들을 수 있을까? 앵무새가 인간을 모사할 때 대체 무슨 일이 벌어지고 있는 것일까? 게다가 앵무새는 인간

의 목소리에만 귀를 기울이는 동물이 아니다. 앵무새는 졸
졸 흐르는 개울물 소리나 퍼붓는 빗소리, 캉캉 짖는 강아지
의 음성, 문을 여닫을 때 나는 철컹거리는 소리, 낙엽의 버석
거림, 세상을 빽빽하게 채우는 온갖 잡음과 소음에도 그것
각각이 전부 인간의 언어와 동등하다는 것처럼 관심이 많다.
앵무새가 아무것도 말하고 있지 않을 때조차 나는 앵무새가
침묵이나 고요를 시늉하고 있다고 생각할 수도 있다. 그러나
그것은 시늉하는 것이 정말 맞을까? 앵무새는 노래를 부르고
있는 것이 아닐까? 흉내이면서 흉내에 대한 중단인 어떤 모
호성이 앵무새의 목소리에는 존재하는 것 같다. 반가운 메아
리이면서 낯설고 즉물적인 반향인 어떤 빈틈이.

처음 구상 단계에서 이 앵무새는 귀스타브 플로베르의 「순
박한 마음」에 등장하는 앵무새 룰루였다. 박제품이 되고 시
간이 흘러 퇴락하고 꾀죄죄해진 룰루가 죽어가는 펠리시테
위로 그림자를 드리운다. 펠리시테를 아스라하고 비밀스러
운 환각 같은 은총으로 감싸며 끝이 나는 이 소설은 내가 생
각하기에 문학이 무엇인지에 대해 거의 전부를 이야기하는
탁월하고 감동적인 소설이다.

문학은 앵무새다. 클로이는 펠리시테의 룰루와는 달리 「클
로이의 무지개」를 쓰는 과정에서 솟아난 나의 앵무새다. 그
러므로 클로이의 무지개는 클로이가 그리는 문학의 무지개
다. 1만 년 후의 지상으로 그치지 않을 것 같은 기나긴 폭우

가 쏟아진다. 폭우가 다녀가고 맑게 갠 1만 년 후의 하늘에 뒤집힌 입꼬리 같은 아름다운 무지개가 피어난다. 무지개는 잠시 하늘을 가로지르며 걸려 있다 곧 사라질 것이다. 1만 년 후의 풀잎 위에는 이슬이 맺혀 있고, 그 이슬이 깨질 때 햇살은 반짝이며, 떨어지는 이슬을 부드럽게 에워싸고 있던 풀잎은 미미하게 흔들릴 것이다. 그곳에 나는 확실하게 존재하지 않는다. 어쩌면 인간 또한 존재하지 않는다. 이 광경은 아무것도 아니다. 그러나 나는 그 광경을 어떤 투명한 진실처럼 상상할 수 있고, 어떤 짤막한 환영이 세계와 나 사이의, 물론 여전히 아무것도 아닐 결속이자 약속으로서 선명해지고 있음을 느낀다. 투명한 진실에 대해 말할 때 나는 거의 미래에 대해 말하는 사람이 된다.

이 소설집에 등장하는 사물과 동물과 인형과 가면, 천사와 악마를 포함한 각종 우화적인 캐릭터들은 오직 언어를 통해서만 현현할 수 있다. 언어를 통해서 존재하는 이들은 물론 작가들을 가리키므로 실은 이 캐릭터들이란 내가 문학에서 빌려온 어리석은 작가들이기도 하다. 이 작가들이란 진짜 작가들은 아니고 가짜 작가들인데, 자신의 원형에서 에너지를 길어내지 못하는, 기껏해야 그들의 출처나 근거와 상사적인 관계를 공유할 따름인 언어의 버블에 가깝다고 해도 그리 틀린 말은 아닐 것이다. 이들은 수다쟁이들과 허풍선이들이고, 거기서 언어를 제거한다면 세상에서 가장 유능한 풍선 장수인 허풍선이의 풍선처럼 아무것도 남지 않게 되는 그런 존재들이기도 하다. 그러므로 독자들이 이 소설집에서 뭔가를 체험할 수 있다면 그것은 언어의 그림자가 벌이는 일을 직접 체험하고 있는 것이다. 이는 비유나 비평적 수사가 아니라 사실 그대로다.

나는 우화와 동화, 성경과 포르노, 연극과 고어, 트위터와 모더니즘 소설의 문법을 피상적인 수준에서 차용해 인간을 물화하고자 했다. 인간 아닌 것들을 인간처럼 다루려 노력했으며, 앵무새를 참고해 이들 사이에 교환되거나 착종될 수 있는 서술적 상호성을, 내가 의태나 변신이라고 부르는 급진적인 대화가 허용될 장소를 만들려고 했다. 그러므로 이 소설집에는 어떤 인물도 등장하지 않는다. 나는 인물을 일종의 언어 주머니로서의 별명으로 대체하고자 했고, 이른바 이 소설의 표층인 언어적 환상을 빼앗는다면 어떤 사건도 벌어지지 않게 되는 어떤 아슬아슬한 상태를 실험하거나 긍정하려 했다. 언어를 삭제하자마자 통째로 증발하게 되는 이 비어 있는 공간으로서의 배경을 직접 마련하고 조직하면서 나는 세상의 입장에서는 그리 유리하거나 유용하지 않을 어떤 독특한 소설적 형식을 발명하는 일에 몰두했다. 내가 아는 한 내가 쓰는 소설적 형식은 나만 쓴다. 누가 나처럼 쓰려 하겠는가? 이건 바보 같은 소설인데 말이다. 나는 플로베르가 말한 것처럼 무(無)에 관한 책을, 오직 자력으로 홀로 지탱되는 한 권의 책에 대한 욕망을 갖고 있는데, 이것이 내가 글쓰기를 통해 도달하고 싶은 거의 유일한 목표 지점이라고 할 수 있을 것 같다. 「클로이의 무지개」 또한 다른 에너지원 없이 홀로 무한히 자전하며 찬란한 무지개, 그리고 소용돌이 모양의 튤립을 생산하는 자이로스코프 팽이를 찾아 떠나는 여정을 기록한 소설이기도 하다.

물론 나는 플로베르가 아니라 양선형이기 때문에, 또 지금은 플로베르의 시대가 아니기 때문에 이 욕망을 실천하는 방식과 궤적은 아주 달라질 것이다. 그리고 나는 아직 이 구상에 관한 어리석은 아이디어들만을 보유하고 있을 따름이다. 그 어리석은 아이디어들의 정체에 대해서는 이 소설집이 충분히 증명할 것이라고 생각한다. 어쩌다 나는 현명함보다 어리석음에 대해 더 많이 말하는 작가가 되었는데, 나는 무에 관한 책 또한 그것이 어떤 문학의 이념으로서 단일하게 존재하는 것이 아니라 복수형이라고 꿈꾸고 싶다. 나는 내가 좌충우돌하거나 혼란을 겪으면서도 나의 방식으로 그곳에 다가설 수 있으리라고 믿고 있다.

하여 나는 이 소설집 속에 표현된 많은 실패담과 무관하게 나의 글쓰기가 일종의 성공담으로 읽히기를 바란다. 더 낙관적으로 말할 기회를 달라. 나는 승리하기 위해 소설을 쓴다. 그때가 되면 나는 내가 문학과 세계에 진 빚을 전부 청산할 수 있을 것이다. 또한 그 승리는 동그랗고 근사한 영으로

서의 승리일 것이다. 무에 관한 책을 다 쓰고 난 뒤 자축할 겸 피자에 맥주를 마시고 잠에서 깬 다음 날, 나의 출근길이 평소와는 달리 아주 행복하리라고 상상하면 기분이 좋다. 나는 그때 할아버지일까? 친구들에게 전화를 걸고 싶을 수도 있다. 예를 들어 나는 이설빈에게 전화를 걸어 드디어 인생에 성공했다고 말할 것 같다. 이설빈이 어이가 없다는 말투로 나의 착각과 과대망상에 대한 장난스러운 일침을 날리겠지. 정신 좀 차려라. 그런 말이면 좋겠다. 그럼 평소대로 시답잖은 농담을 주고받으며 어제 읽었던 책에 관해 이야기할 수 있을 것이다. 어제보다 즐겁게.

1월 7일

새해가 되고 일주일이 지났다. 나는 서른세 살이 되었고 곧이 「작가의 말」이 실린 책이 출간될 예정이다. 작년에는 청탁을 하나도 받지 못했다. 그러니까 원고료 수입이 0원이었다. 카드값과 월세 등등이 빠져나가니 하나은행 통장 잔고가 0으로 변했다. 내 생각에 영원의 실재란 그것이 0원이라는 사실을 가리킨다. 내 근사하고 동그란 영(들)을 보라.

내가 문학 제도 안에 속해 있는 한 책이 많이 팔리거나 문학상을 받지 못하면 청탁이나 계약은 전부 없어질 확률이 높다.

책이 많이 팔리거나 문학상을 받는 것! 그렇게 되지 못하면 작가로서의 생명은 위태로워지기 쉽다. 나는 별로 원하지도 않았던 뭔가가 나를 움직인다는 생각을 하면 성격이 고약해진다. 그래서 나를 움직이려 하는 것들이 절대로 원하지 않을 것 같은 뭔가를 자꾸만 시도하려고 한다. 어쨌든 책을 많이 팔지 못하거나 문학상을 받지 못하는 일은 특별한 불행도, 나를 파괴하는 일도 아니다. 그건 심지어 아무것도 아니다. 작가로서 나를 찾는 사람이 없다는 것은 내가 더는 소설을 쓸 수 없다는 뜻일까? 나는 그래도 작년에 틈틈이 「클로이의 무지개」를 썼다. 소설은 그냥 쓰면 되는 것이다. 예전에는 이런 소설은 혼자 쓰고 혼자 읽으라는 말을 듣고 상처를 받았었는데, 지금부터는 혼자 쓰고 혼자 읽어도 누굴 원망하거나 절망하지 않는 사람이 되고 싶다. 더불어 작년 한 해는 재작년보다 편안하고 마음이 상쾌했던 한 해였다.

새해가 되어 다짐했던 것들의 목록을 여기 기록해둔다. 금연이나 야식으로 라면 먹지 말기 같은 계획도 있지만 소소한 건 생략.

1. 나는 앞으로 평생 동안 내가 좋아하는 것들을 더 잘 좋아하는 방법을 고안하면서 살아갈 것이다.

2. 책상 앞에 앉은 사랑하는 사람의 뒷모습을 가끔 바라보며 침대에 누워 내가 걸작이라고 생각하는 소설을 반복해서 읽는 일. 한 문장만 계속 읽어도 된다. 이 순간은 다른 무엇도

바랄 게 없다고 느껴질 만큼의 충만한 감정을 전달한다.

3. 생계유지 및 돈벌이 과정에서의 우당탕탕. 그래도 해야 해!

4. 내가 혼란과 불안과 공허에 사로잡혀 있는 것이 아니라 그것 모두를 배낭 안에 넣고 직접 짊어진 채 걸음을 옮기는 중이라는 사실을 잊지 말기. 나는 나의 혼란과 불안과 공허를 책임지는 사람이 될 것이다.

「작가의 말」끝. 이 소설집도 끝. 여기까지 읽어줘서 정말 고마워요.

2022년 1월
양선형

수록 작품 발표 지면

가면의 공방 『문학과사회』 2019년 여름호

거위와 인육 〈문장웹진〉 2020년 12월호

클로이의 무지개 미발표작

프록코트 혹은 꼭두각시 악몽 『악스트』 2019년 1/2월호